U0749607

春风绿古镇

钱 铮 著

浙江工商大學出版社
ZHEJIANG GONGSHANG UNIVERSITY PRESS
·杭州·

图书在版编目（CIP）数据

春风绿古镇 / 钱铮著. — 杭州：浙江工商大学出版社，2021.8

ISBN 978-7-5178-4584-3

Ⅰ. ①春… Ⅱ. ①钱… Ⅲ. ① 长篇小说—中国—当代 Ⅳ. ① I247.5

中国版本图书馆CIP数据核字(2021)第135588号

春风绿古镇
CHUNFENG LV GUZHEN
钱　铮　著

责任编辑　任晓燕
封面设计　沈　婷
责任印制　包建辉
出版发行　浙江工商大学出版社
（杭州市教工路198号　邮政编码310012）
（E-mai1：zjgsupress@163.com）
（网址：http：//www.zjgsupress.com）
电话：0571-88904980，88831806（传真）
排　　版　杭州红羽文化创意有限公司
印　　刷　杭州宏雅印刷有限公司
开　　本　880 mm × 1230 mm　1/32
印　　张　13.5
字　　数　312千
版 印 次　2021年8月第1版　2021年8月第1次印刷
书　　号　ISBN 978-7-5178-4584-3
定　　价　78.00元

目录

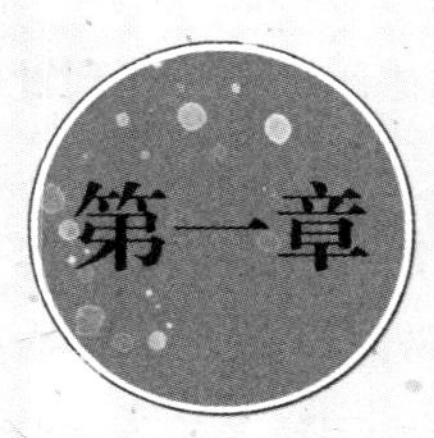

第一章

这是 2004 年 5 月一个阳光明媚的早上，时针刚刚指向八点整，退伍女兵展颜手持工作报到单，走进了江南千年古镇——蔬浔镇的园林管理处。

这位刚满二十周岁的退伍话务女兵长得一点都不像传统意义上的江南美女，但凡江南烟雨造就的那种女性的柔弱、温婉和秀气跟她完全沾不上边。她的脸因线条分明、有棱有角而略显粗犷，一双黑色的眼睛纯净而又清澈，睫毛不长，但乌黑浓密，配上一头齐耳的短发和古铜色的肌肤，让她看上去颇有些热力四射的南美巴西女郎的味道。当然，但凡了解她、熟悉她的——甭管是男同学还是男战友们，却从来没被她那副比较有异国情调的长相所迷惑过，通常他们只会这样感叹：真是一条倔强的好汉呐……

年轻的退伍女兵迈着轻快的步子，满怀兴奋地准备迎接她人生中的第一份工作。此时的她还不知道，从她踏入蔬浔镇园管处的第一步开始，她就已经踏进了一场激荡翻腾的风暴当中。

蔬浔镇园管处的办公地点设置在古镇著名的景点——莲香公园里，明媚的阳光从万里无云的天空，洒向公园的每一个角落，空气中充满了暖和且柔润的气息。蓬勃生长的杜鹃和玫瑰争奇斗艳，大片大片的波斯菊和薰衣草把整个公园点缀得十分鲜艳。想着自己以后会在如此美丽的环境里工作，展颜的心几乎是雀跃的，她脸上欢悦的微笑一直没有停过，直到她站到菰浔镇园管处行政办公室的门口。

行政办公室的门开着，里面站着五男一女，为首的那个男人四五十岁的样子，他面带怒色，双手环抱在胸前，以一种极为防备的姿势和泾渭分明的神态瞪视着站在他对面的那位三十多岁的女同志。他身后的其他几位男同志看上去十分年轻，但表情俱是一派冷漠。

吵架了？他们这是在对峙！

展颜在吃惊的同时，心里迅速对屋内的情景有了一个正确的判断，她那只抬起的准备敲门的手，因而也有些犹豫地停在了半空。

正在这时，为首的那个中年男子却不知因何而突然暴怒了起来：“再考虑考虑？以大局为重？我呸！我早就已经受够了！”他咆哮着，猛然间把手一挥，顿时桌子上的一只茶杯被扫落在了地上，“啪”的一声，玻璃碎片迸得老高。

“我……我在这个单位十几年，什么活没干过？挑粪浇花，上树锯枝，为了施工抢进度，没日没夜地干，在工地上晕倒了挂了瓶水继续干！我……我还是整个菰浔镇园管处唯一一个拥有园林绿化高级工程师职称的人！可，这又有什么用？还不是连正常的升迁升职都轮不到！你们不重视我，可人家却十分看重我那园林绿化高级工程师的职称，所以才会提出高薪请我去当副总。升迁升职的时候没想过我，现在却来跟我说以大局为重？朱主任呀朱主任，你们把我当什么呀！”男人嘶吼着，情绪激动之下，把办公桌上那些纸呀，笔呀，烟缸呀，打印机呀之类的，但凡他能抓到的东西，一件件地抓了起来，狠狠地砸向地板。瞬间，它们“血肉横飞”、粉身碎骨，整个办公室里一片狼藉。

“胡总，请你冷静点！”被称为朱主任的女同志想要阻止男子的疯狂行为，但飞起的玻璃碎片划到了她裸露的胳膊上，她轻呼一声，后退了两步，表情略略痛苦地捂住了手臂，顿时有丝丝鲜血从她的伤口处渗了出来，而周围其他几名男同志却依然冷漠地看着这一切。

“报告！”展颜有些看不下去了，她用力敲了敲门，故意大喊了一声。洪亮的声音果然成功地引起了所有人的注意。虽然有些心理准备，但在如此众多不善的“注目礼”下，展颜的心跳还是不由自主地加速起来。但她向来不是个怕事的人，她缓缓吸了一口气，揣着自己那颗怦怦乱跳的小心脏，慢慢地走进这个“尸横遍野”的战场，走向那位被“敌军”包围着的如同孤独伤兵一样的朱主任。

“你好，请问你是朱英主任吗？我叫展颜，我今天来报到。”展颜把手里的报到单递给这位朱主任。

“啊，行，你，先在外面等一下，等徐处长来了，我再带你去见他。”朱英愣了一下，接过了报到单。

“朱主任，你的手臂被玻璃划伤了，要不要包扎一下？”展颜看了那几个男人一眼，大声提醒。

“啊，没事，划破了一点皮而已，用创可贴贴一下就好。你在外面等吧，没事的。”朱英勉强地笑了笑，从抽屉里翻出几张创可贴贴在了伤口上。

“那我先帮你把办公室打扫一下吧。”展颜有些不放心她一个人留在那，也不管她是否同意，就拿起了扫把开始打扫。

朱英沉默了一下，算是接受了她的善意，然后转头对着那位胡总轻声说：“胡总，我知道，因为这次升迁你又没能轮到，所以对处里的意见很大。我也知道，市里面那家园林企业因为想要升二级资质，给你和你的手下提出了不少优惠条件。你确实想走，我们也不好阻挡你去发财，但你不应该鼓动处里面这几位年轻的大学生跟着你一起走，他们都是处里辛辛苦苦培养起来的人才，都是具有园林绿化助工证和园林绿化工程师证的。他们是我们园管处的技术骨干，也是我们园管处的技术力量，胡总应该非常清楚，接下去无论是市里和上级建设部门给咱们处里制订计划，还是处里将来的发展都离不开这批有职称的年轻人，你要走可以，但请你不要鼓动他们也离开。”

“呵，那又怎么样？你们可以给出市场相应的工资吗？就你们给出的这么一点点死工资，别说买房买车了，能养活自己就不错了！我自己苦了这几十年也就够了，难道还要下面这帮兄弟跟着我一起受苦吗？人往高处走，水往低处流，现在都什么年代了，你们还以为只凭着事业编制这个条件就可以留住人才吗？”胡总冷笑着回复了朱英的话。

“既然如此，小朱，让他们把辞职报告给我，我马上签给他们。”门外响起了一个较为苍老的声音，随后走进来一个其貌不扬的清癯小老头。

“徐处！”朱英叫了一声，似乎想说些什么。

徐处冲她挥了挥手，然后走到了那位胡总的面前：“小胡啊，你呢，是从我手里招进来的，你这人有技术有能力，缺点就是脾气太差了。我可以很坦率地告诉你，你之所以几次三番正常升迁升职都轮不到，就是因为你的脾气太差，得罪的人太多，把群众基础、人际关系弄得一塌糊涂。作为你的老领导，在这儿，我奉劝你几句，今后你到了企业要千万控制好自己那个火爆的脾气。所谓世态炎凉，你已经不再是业主单位的人员，也不再是官方有职务职位的人员，人家对你的态度是会发生很大变化的，希望你能尽快适应这种变化。至于你们这几个年轻人——”徐处走到那几个年轻的男子身边，一一端详着他们，“我们园管处的工资低，你们守不住、熬不牢也是很正常的。胡总说的也不错，人往高处走，水往低处流，现在有绿化企业愿意出高薪将你们挖走，这也证明了你们的价值所在，希望你们到了新的工作岗位之后，能够发挥出自己的特长来。”

说着，他走到了办公桌面前，在朱英递给他的那一张张辞职报告上签上名字，这期间，他对办公室的狼藉以及正在打扫卫生的展颜都仿佛视而不见。签完之后，他甚至还微笑着，友好地拍了拍那位胡总的肩：“以后有空常来坐坐，要把这儿当成你的娘家，祝你今后的工作一帆风顺！”

适才还满面怒容的胡总仿佛一拳打在了棉花堆里，他有些木讷地拿着自己的辞职报告，想要说些什么，结果却什么也没说出口，最后，他低着头，拖着沉重的脚步领着那几个年轻人转身离去了。

“哦，朱主任，你到我这儿来下！”走到办公室门口的徐处突然转了个身，对着朱英指了指展颜说，“我跟你说下这个退伍小女兵安排岗位的事。”

“好的，徐处长。”朱英冲着展颜安慰地一笑，走了出去。

办公室里只剩下展颜一个人，她打扫完之后，也不知道自己该再做些什么才好，就干脆正襟危坐在了那儿。她端坐的姿势很特别，一眼望去，分明是老实文静的模样，不过，若是你仔细观察的话，就会发现，无论她低垂着眼睛的模样是多么秀气，白裙飘飘的模样显得多么文静，却依然掩饰不了她身上那股子略带着凌厉的军人气质。

呆坐了差不多一刻钟的时候，就见一位年轻美貌的女子一手拿着个粢米饭团，一手拿着瓶牛奶走进来在朱英对面的位置坐了下来。她边吃着东西，边歪着头带有几分好奇的神色打量着展颜。

展颜赶紧站了起来，她不知道这个年轻又十分美貌的女子是什么职务，只好干巴巴地向她自我介绍道："领导好，我叫展颜，我今天是来报到的。"

大概是展颜的样子有点傻，这个美貌的女子居然笑喷了，嘴里吃的饭粒卡进了喉咙，她又是喝水又是咳嗽的，好一通忙乱之后才弄停当。

女子笑嘻嘻地说："原来你就是那个退伍女兵呀，怪不得这么S……"大约她想说个傻字，S音在舌尖上一滚，又被她用甜得发腻的微笑给掩饰了下去，"我可不是什么领导，我是办公室文员，我叫孙敏敏，喂，你是通过什么关系分进来的呀？"

"啊？"展颜有点发怔。

孙敏敏咬了一口饭团，慢悠悠地嚼了嚼，把嘴里的东西吞了下去，才说道："我的意思是说，你既然有关系怎么就分到咱们园管处来了呢？"

"我……我没什么关系，就是组织上分配的。"展颜向她解释。

"我就说嘛，能去当女兵的人怎么可能会分到我们园管处来，这都快改制了，怎么还分进来……"孙敏敏叹息着，带着几分遗憾的样子。

展颜不明所以，颇有些不以为意。孙敏敏似乎看出了她的不以为意，摇着头，摆出一副过来人的架势说："哎，你叫展颜是吧，我跟你说，你应该不知道吧，咱们园管处马上就要改制了，你分进来的时候是有着事业编制的'铁饭碗'，可改制后，你这'铁饭碗'，可就没了，事业编制也没了。"

"没了事业编制，那改成什么编制呀？"展颜忍不住问。

"企业喽，这以后呀，你们可全变成了自负盈亏的企业编制喽。"孙敏敏扬长了声音，懒洋洋地靠在椅背上，好像全身没有骨头似的。

“那……你……你是事业编制的吗？你也会变成企业编制？”展颜好奇地问这个女子。

“切，我？我又怎么会跟你们一样？”孙敏敏立即白了展颜一眼，顿了顿，她摸着自己的下巴，带着几分未卜先知预言道：“如果你真的不是通过别的什么门路进来的话，我估计呀，你会被分配到公用管理科下不知道哪个公园去卖门票的！”

正说着，朱英走了进来，她瞪了一眼还在那里吃粢米饭团的孙敏敏，冷冷地说：“孙敏敏，这都几点了，你怎么还在吃早点？注意点形象。”回过头却含笑对展颜说：“展颜，考虑到你是女同志，又是当兵退伍回来的，所以，处里决定暂时安排你去公用管理科公园管理中心下面的青少年公园，从明天开始，你就是公用管理科的人了。”

就这样，在见证了一场职场风暴之后，展颜正式开启了她的人生职场生涯，她的第一份工作，很简单，很轻松，那就是在青少年公园门口卖景点门票！

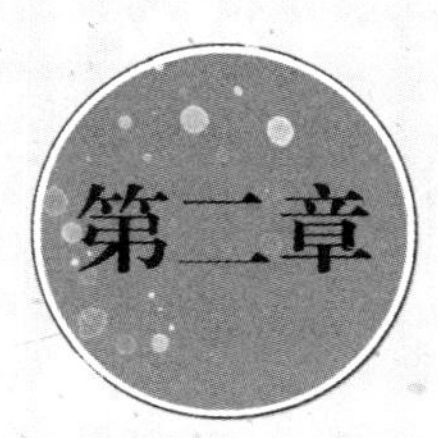

第二章

青少年公园其实挺漂亮的，尤其是在十月这个时节，公园里各式各样的花儿纷纷绽放，白的，粉的，紫的，红的，各类繁花将整个公园装点起来。而各种儿童游乐设施分散在公园的各处，什么小木马啦，小飞机啦，小火车啦，每天都有孩子拉着大人兴高采烈地在公园里游玩，不把各种设施玩遍那是绝不罢休的。

展颜托着下巴坐在公园的卖票房里发着呆。

卖门票这个工作十分轻松简单，基本就是坐着，一坐就是一整天，上一天班休息一天，至于工资，哈哈，居然还不错，也是，捧着“铁饭碗”有编制的人，这工资还能低到哪里去?

可是展颜心里却十分郁闷，整个青少年公园像她一样的工作人员有十来个，全都是阿姨辈、妈妈辈的，全都是处里的老职工，不少人从一进来就在这个岗位上，一直到退休都没挪动过。展颜只要一想到自己有可能就这样托着腮、傻坐着卖门票直到退休，就觉得浑身不寒而栗。

“小展，天这么热，你也别傻坐在那儿，来，你去喝点水，休息一下。”今天和她搭班的吴师傅从休息站走了过来。

卖门票也是需要两个人搭班的，否则，人有三急，万一卖票的地方没人，群众是会闹意见的。可是，照展颜看，两个人搭班未免太浪费劳动力了，大部分来菰浔镇游玩的外地游客都是冲着古镇古街的景点去的，来青少年公园游玩的以本地人为主，游客量并不大。这边的实际情况往往就是一个人工作，另一个人就可以掰指甲玩。所以经验丰富的老前辈们都会自行商量好，你工作多少时间休息，我工作多少时间休息。展颜是新来的，又跟这群阿姨、妈妈相差了一个辈分，于是她就自告奋勇地承包了整个工作时段，当然上厕所、吃中饭这种特殊情况，还是需要和搭班的同事轮流的。就冲着她这么肯“吃亏”这一点，她就讨得了青少年公园所有工作人员的喜欢。

“吴师傅，我不热，也不累，您去休息吧，别管我。”展颜管这儿所有的工作人员都叫师傅。

“哎呀呀，到底是当过兵的，既有素质又有礼貌，哪像昨天那几个在处里闹事的大学生！”吴师傅笑眯眯地夸她。

“昨天有大学生在处里闹事？”展颜有点好奇。

“可不是嘛！”吴师傅在她对面坐了下来，“昨天有两个大学生，跑到处里去找领导闹事，说什么他们这些专业学校毕业的本科大学生，工资待遇还不如我们这些在公园门口卖门票的、连小学文化都没有的大妈，哈，居然还不要脸地提出，要让领导给他们加工资。”

展颜在这里小半年，多少对吴师傅她们还是有些了解的。这些人的确文化程度不高，连初中生都没两个，她们这批人，主要是公园建设时因土地置换、房屋拆迁等而被政府以安抚性质安排进来的，还有几个则是军转干部家属。

说到这里吴师傅就有些气愤，她往地上狠狠啐了一口，那张老实巴交的宽脸上呈现出恼怒的神情，她气冲冲地说：“公园看门卖门票怎么了？不也一样辛苦？专业学校毕业的本科大学生怎么了？能跟我们这些老园林比吗？工龄有我们长吗？对咱们园管处的贡献有我们大吗？”

展颜不知道该如何回答这些问题，只好笑着说：“吴师傅，您今天怎么还不去买菜？一会新鲜的好菜就要被人挑光了！”

“哦，对哦，我马上就去！”吴师傅说着就向马路对面的菜市场走去。

除展颜之外，基本上这儿每位当值的大妈都会趁着空当去对面的菜市场买菜，然后再轮着在公家的水龙头上把菜择洗干净带回家，有几个夸张的还会带衣服来洗呢！对此，公用管理科下面公园管理中心那位有着老好人之称的谢科长也只不过是睁一只眼闭一只眼。反正都是公家的嘛，再说了即便是公园卖门票的，只要她有编制，那她端的就是个“铁饭碗”。

展颜站起来目送着吴师傅离开，直到她的身影消失，这才如梦游般地坐回到椅子上去。小半年无聊的工作以及吴师傅今天的这番话，不知道怎的，让她突然从内心深处生了一种深切而又不太好懂的痛苦和煎熬感来，像是有什么东西被按捺了很久且又不安分，马上要从胸膛里爆出来一般。

有阿姨们的地方，就是“八卦”的天堂，在这儿，她经常被迫接收到一些关于处里面乱七八糟的传闻。什么又有大学生被企业高薪挖走了啦，上级领导其实并不同意园管处改制啦，有可能不改制但事业编制的身份要取消啦，处里哪个副处长跟哪个关系好、跟那个职工有暧昧啦，等等。但展颜觉得，这些并不是让她感到越来越心烦意乱的源头，这个直率、简单、热情得就像是菰浔镇那条母亲河一样的女孩，似乎有些迷失在日复一日单纯机械而又简单的工作当中，那张从前略带着骄傲的、神气的、自豪的脸上，开始流露出一种淡淡的迷惑以及莫名的心烦意乱来。

这一天下班的时候，展颜推着自行车行走在古镇的林荫道上，此时太阳已经慢慢沉落下去，天边那片灿烂的红霞已逐渐褪变成了淡粉色的暮霭，朦胧夜色开始悄悄地笼罩着这座美丽的古镇。游客们早已各自回家，喧闹了一天的古镇静下来，显现出一种超尘拔俗的安宁。古镇里那些在阳光下郁郁葱葱的树木，这会子在朦胧的夜色中，已变得黑沉沉的。微凉而又柔润的气息夹带着花草树木的清香包围住了她，这一宁静而又温馨的暮景给她那迷茫而又纷乱的心情带来了一定程度的安抚。她停下来，深沉地望着茂盛的植物，这大片大片的绿色让她想到了自己曾经穿过的那身军装的颜色，这个颜色，使她敬畏，使她着迷，也使她平静。这一瞬间，她心中有了“顿悟”的感觉，她找到了让她感到心烦意乱的源头，那就是她工作这么久以来，竟然还没有确立未来的规划以及今后的职业目标！

当兵的时候，她是一名优秀的话务兵，那么，难道分到了园林管理处之后，她就只能成为一名优秀的票务员？哦，不不不，她的人生目标可不应该设立得这么低。她并非看不起这个岗位，只是身上那双隐形的坚强的翅膀和那颗不安分的心，一直在告诉她，其实她可以飞得再高一点、再远一点。

那就跟那些被人高薪挖走的大学生一样，也当个绿化工程师吧，或者，她还可以跟那位用极其骄傲的口气说“唯一拥有园林绿化高级工程师职称的人”的胡总一样，也成为一个拥有园林绿化高级工程师职称的人，她想。确立了自己将来的职业规划和目标之后，展颜顿时感觉重新把握了生活，整个人也奇迹般地充满了激情和热情。

这位年轻的姑娘向来是个说干就干的性子，心里有了这样的念头，在第二天一早就跑到了公园管理中心谢国华谢科长的办公室告诉他说，她想要换部门。

“什么？你说想要换部门？”被称为老好人的谢国华科长

放下手中的报纸和那杯清茶，有些吃惊地望着展颜。这是一个矮胖的半秃顶小老头，一杯清茶、一张报纸是他的日常基本工作“配置”。

“是的，谢科长，我想要换部门！”

“这样呀……”谢国华皱了皱眉，他对这个当兵退伍回来的姑娘印象还是相当不错的。这孩子肯吃苦，肯吃亏，还特别听话，让加班就加班，让顶班就顶班，对他这位科长也十分尊重，哪像管理中心其他那几个老娘们，故意把谢科长叫成谢顶长，还人前人后都谢顶长、谢顶长这么地叫他！

“这样吧，金象湖公园管理站那儿最近人手不足，我跟处里分管领导汇报一下，把你调到那边去好了，那里离你家也近一些。”

谢国华觉得自己还挺关心下属，挺有人情味的，可惜，展颜却并没有领他的好意，她迟疑了一会，慢慢地说：“谢科长，我的意思是……是，我想去别的部门锻炼锻炼。”

“别的部门？”谢国华愣了一下，叹了口气，“小展呐，你分到咱们园管处也有一段时间了吧，应该对咱们处有所认识的。咱们处是一套班子两块牌子，园林管理处这块牌子下面分行政科、公用管理科、绿化养护科和花木培育中心，另一块牌子就是园林总公司，下面设了绿化设计室、预决算部和工程项目部，主要负责古镇绿化工程施工。这行政科，你就别想了，一个萝卜一个坑地占着，没点路子那可是挤都挤不进。绿化养护科和花木培育中心，我想你一个女孩子去也不合适，你是想去挑粪呢还是想爬树？至于总公司的设计室、预决算部和工程项目部，没有职称、没有专业知识，你去那儿能干什么？我呀，估计你现在连基本的树种和图纸都不认识，更别说去设计绿化项目或者按图施工了。”

说着，他加重了语气，很有些长辈风范地说：“小展呐，这做人要知足！咱们园管处虽然比不上建设系统的其他单位，但好歹也是有编制的事业单位嘛，也是个‘铁饭碗’嘛，这比上不足，比下可还是有余的。就算是你那个卖门票的活儿，可也是有不少人眼馋着呢，可惜，没编制进不来。”

展颜一时语塞，她是怀着对未来美好规划的期盼而鼓起勇气冲动了一把，被谢国华这么一说，一时间，一种缺乏自信、孤独沮丧的情绪，差点让她的勇气烟消云散。但到底，她有着倔强暴躁的天性和容易感情冲动的“好汉”品质，她想了想，抬起了头说：“谢科长，我知道我的工作来之不易，只是，我还年轻，我希望能做一些更有意义的事。是的，我连树种都不认识，图纸也的确都不认识，可是，我可以学呀。”

谢国华一直在报纸和展颜脸上飘忽的眼神，终于停了下来，看得出展颜的不识好歹令他有些不开心了，他极其严肃地直视着她，满是皱纹的脸上，隐隐透出一股权力被侵犯之后的不耐与冷漠，就连眉宇之间，也渐渐地蒙上了一种大理石般生冷的严厉神色。

“小展呀，让我怎么说你呢，你是当过兵的，应该清楚什么叫作服从命令，听从指挥吧？组织上把你分配到这个岗位上来，你就应该在这个岗位上好好干。年轻人么，应该刻苦耐劳、严于克己，不要总是想着要好高骛远！”

展颜感到有股难以形容的热血冲向了自己的头部，如果说前面那几句，不过是给她那个想要换岗的希望蒙上了一层虚幻渺茫的阴影的话，那么后面那几句声色俱厉的话，则让她心里充满反感，她的声音忍不住扬高：“谢科长，我并不是好高骛远，我只是想着，我还年轻，我希望可以多学点东西，我希望可以力所能及地做一些对社会有用的事，这难道有错吗？”最后的那句反问句里，含着毫不掩饰的怒气和激动，她绷紧了身体，整个人就像一支标枪一样，锐利而又危险。

谢国华有些意外，他倒是没想到这个平时看起来笑眯眯，十分乖巧的小姑娘发起火来的样子居然挺可怕的。啧啧啧，看着平常还对他恭恭敬敬的，说她几句就翻脸，翻起脸来，说话声音比他还大，唉……现在的年轻人呀！

办公室里一时静谧无语，展颜深吸了口气，把目光投向右侧那明亮的玻璃窗。咖啡色窗帘的皱褶挡住了一半的视线，透过另一半，她能看到从远处延伸到这里的那条蜿蜒小道两旁，有一丛丛像铺地彩虹般绚烂的美女樱，桂花、龙柏、银杏、雪松等树木的颜色深深浅浅，像一幅油画一般，或茂密或稀疏的树枝相互交叉掩映，阳光在树叶间闪烁。

这里的办公环境，真的是好，适合养老，她在心里称赞了一句。

“咳，咳！”看她有些出神，谢国华咳了几声。

展颜回过神来，她转过头来的一瞬间，谢国华觉得自己看到了一位没有拿着枪的女斗士，她的目光炯炯发亮，神态严肃倔强，作为一名新员工，她身上没有一丝一毫被领导批评后的惶惶不安，反而有股子不达目的不罢休的狠戾。

“那你倒是说说看，你想要调到什么部门？做什么工作？”

“谢科长，我想要调到总公司的工程项目部，我想从当一名绿化施工员开始，我相信，只要我肯努力，终有一天，我会当上绿化项目经理，甚至绿化总工的。”

谢国华一口茶水喷了出来。连树都不识得几棵，压根没一点绿化专业，却在他面前侃侃而谈，说以后要成为绿化总工的女同志，她展颜还是第一位。要知道，他们园林管理处但凡处于领导职务或是专业部门的，那都得是专业人才，是从林学院、农学院、土木工程学院等专业院校毕业分配过来的大学生。即便是专业学校出来的这群学生，也不见得个个有能力担当起项目经理，独立完成一个绿化项目，更不要说是当绿化总工了。这几年，调走、辞职的人多的是，还有一些能力不足的，即便是手里拽着大专文凭又怎么样？还不是照样爬在树上锯树？再说了，在菰浔镇，不，不要说是在菰浔镇，即便是在整个江南地区，现如今还找不到一位施工方面的女性绿化总工呢。

谢国华之所以被称为老好人，到底还是有原因的，心中立马对展颜的远大理想生出了三分同情，口气也软了不少："展颜同志，凡事都要量力而行，你如今要职称没职称，要学识没学识，就这么空口白牙提出来要调部门，你说说，该怎么个调法？当然，你想要多学点东西，做一些力所能及的事情，要当绿化施工员，乃至于当绿化项目经理、绿化总工，这些个想法呢，还是挺好的嘛，但前提还是那句古话——打铁还需要自身硬，你说是吧？"

谢国华的这番话，展颜倒是听了进去，现在她开始后悔不该顶撞这位一般情况下都会像长辈一样照顾她的"老好人"，她是个知错就改的好同志，于是便深深向谢国华鞠了个躬，说："对不起，谢科长！"跟着又鞠了个躬，"谢谢你，谢科长！"还要再鞠，被目瞪口呆之后反应过来的谢国华给拦住了。

"别别别，小展，千万别三鞠躬，弄得跟在遗体告别似的。"

展颜一想，哈，还真像，忍不住红着脸扑哧一声笑了出来，谢国华却被她笑绿了脸。

展颜再一次体现了她雷厉风行的军人作风，迅速地在网上申报了风景园林学院的工民建专业，同时，在谢国华的指点下，向市人事局递交了初级职称的申报。

2005 年正月前，展颜拿到了人生的第一张职称证——技术员。与此同时，一纸调令也下到了公用管理科，她即将被调往园管处的行政办公室工作。

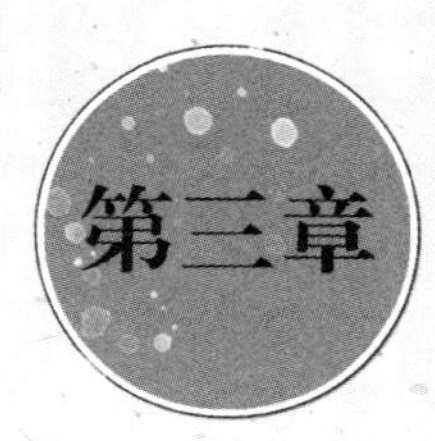

第三章

展颜同志安静地坐在自己的办公桌旁边，一手托着自己的下巴，眼睛瞪得大大的，极其无聊地盯着窗外那棵高大的香樟树发呆。

尽管已经是天寒地冻的时节，但这棵常绿品种的香樟树依然枝叶繁茂，就像是一张密密的绿网，鲜艳生动。阳光透过香樟树的枝叶，洒在她的身上、桌子上，投下一片斑驳。突然，从树上飞下的一只小小麻雀狠狠地撞到了玻璃窗上，它奋力而激烈地拍打着翅膀，企图闯过这个透明的结界，结果却是从这扇玻璃窗上撞到了那扇玻璃窗上。她叹了一口气，觉得自己就像这只小麻雀，明明看到眼前是一路光明，奈何却始终找不到出口。

调到处里行政办公室工作也有些时间了，她对整个园管处的情况已经有了大致的了解。先说处里这幢办公楼，这楼说大不大，说小也不小，总共有三层，一楼分给了两块牌子中的园林总公司使用，绿化设计室、预决算部和工程项目部的人，将整个一楼挤得满满当当。整个处里最年轻、最有活力、学历最高的人员基本都在这里，所以，这是最喧闹、最不羁和最闹腾的一层，这里每天都上演着不同版本的关于施工才子与设计佳人的逸闻。同是年轻人，展颜跟这里的姑娘、小伙算是混得蛮熟了。

二楼有着驾驶班、财务科、行政管理科这三个部门，外加一个大会议室、党建室等公共区域。驾驶班的同志清闲，财务科的同事清高，至于公用管理科么……此乃“仙家”所在之地，正副科长跟他们手下一位办事员全都是老烟枪，所以这个科室永远处于烟雾缭绕当中。展颜每次进去送报纸，都得屏住呼吸，否则，就会呜呼哀哉！

而三楼则聚集着整个园管处的主要领导干部。

楼梯上来的第一个办公室，就是行政办公室，主要人员为办公室主任朱英、刚提升为副主任的孙敏敏，还有她们手下的小兵——展颜，她们的对面则是文印室、档案室和杂物库。第二个办公室的主人是设计室的两位主任，一位姓沈，一位姓黄，沈副主任年轻，黄主任即将退休。和她们相邻那间办公室的主人是预决算部、业务部的管理人员。再走进去，便是几位副处长的办公室了。

其中占据了整个园管处第二大办公室的领导，是李副书记，她名叫李莉，为副处长，兼任支部副书记，分管行政和公园管理站。和她面对面办公室的是沈海沈副处长，他毕业于林学院，分管绿化养护科和花木培育中心。还有一位副处长，姓陆，叫陆建华，他也毕业于林学院，现在是园林总公司的技术负责人，大家一般叫他陆总。园管处最大的官员是徐处长，他既是处长同时也是园管处的支部书记，他在最里面一间办公室。徐处长比较忙，常常在外开会，是以神龙见首不见尾的状态而存在的灵魂人物。

这么多大小领导聚在一起，三楼的气氛颇为严肃、紧张，就连空气里，也常常翻腾着不安与冷漠的味道。好在展颜是个有礼貌的好同志，见到每一位领导都会停下来打招呼，他们或是对她点头示意，或是会说些微言大义的话，总算相安无事。但，若是几位领导碰巧在办公室遇上，又碰巧同时要吩咐办公室那位朱英朱主任做些什么工作，那么，即便是像展颜那种不通人情世故的“愚钝”之人，也能深深体会一把什么叫微笑中言语的刀光剑影和礼貌下措辞的咄咄逼人。

几位领导相互不和！

这是展颜在调到这之后的重大发现，这个发现，就如同夏季雨夜那无所顾忌把天空劈为两半的闪电，用一种足以让人畏惧的能量，把一条最为深邃、最为神秘的破碎裂缝正大光明而又赤裸裸地展现在她的面前。这个发现，令她产生了一种颇为不安的情绪，而这个情绪现如今正以极其鬼魅的方式，细微地渗透进她的心里。

“小展，今天晚上有个饭局，沈副处长点名让你必须参加。”穿着一件大红色羽绒服的办公室副主任孙敏敏走了进来，一屁股坐在她那张阳光满满的椅子上，随即皱着眉站了起来，“啪”一下把窗帘放了下来，嘴里不满地说道：“跟你讲了几遍了，把窗帘拉上，把窗帘拉上，你怎么就是听不懂，你想晒死我呀？”

孙敏敏这个办公室副主任的位置才提上来不久，原本她的办公桌是在朱英主任对面的，展颜一来，她便要求搬到窗边的另一头，与展颜背靠背而坐。

这时，朱英走了进来，一伸手就又把窗帘给拉开了：“大白天的把窗帘拉得这么严干什么？弄得整个办公室都黑漆漆的。”

孙敏敏坐在那儿冷哼了一声，拿起手里的报纸，遮住了自己的脸。

看吧，这个办公室里也有“闪电”！

展颜牙痛般地倒吸了口气，自打她调到办公室参加过一次饭局之后，她的酒量和胆量就在处里出了名，尤其是那位沈海沈副处长，简直把她当成了御用陪酒人员，但凡有他出席的饭局，那是一定会把她给带上的。最让展颜痛苦和无奈的是，喝完酒之后，沈海还喜欢到KTV里去吼两句，美其名曰：醒酒。在第一次听到展颜的歌声之后，沈海简直对她惊为天人，以后每个夜场的KTV展颜是逃不掉了。

因为刚报到的时候，展颜出手相助，所以，朱英对待展颜一向与别人不一样，此时看到她那无奈的表情，不由得笑着说："小展，咱们办公室除了在日常工作中起到承上启下的作用，平时呢，还要负责联系内外，沟通相关部门。现在刚刚过完年，处里也需要和各部门联络一下感情，这招待工作多了起来，也是正常的。粗俗地说起来呢，的确是饭局，其实这是招待任务，也是我们工作的一部分。"

见展颜用一种极为认真严肃的神情点头，背挺得直直的，像个听话的小学生一样，朱英又不禁莞尔。她实在是很喜欢这个勤奋乖巧又可爱的姑娘："好了，放轻松些，其实今天这个饭局还是很重要的。我相信，你也已经听说过，咱们园管处可能会由事业制改企业制，而今天接待的那几位同志，恰恰就是春光园林的人，他们曾经的编制跟我们一模一样，但现在，他们已经完成了事改企的体制转变，并且还拿到了园林一级资质，成了我们浙北地区的龙头企业，我们有很多地方要向他们学习。"

一天的工作很快结束，黄昏来临了，淡淡的阳光把树的阴影拉长，投射到展颜的办公桌上。

孙敏敏从包里拿了化妆盒开始打扮起来，平时上班的时候，她也涂口红，只不过是淡淡的粉色，而现在她涂的却是一支极为艳丽的大红色口红，她本就长得漂亮，口红的颜色一鲜艳，更衬托得整个人明艳动人。

展颜有些欣赏和羡慕地看着孙敏敏梳妆打扮，已经二十一岁的她，活得毫不精致，到现在还没有涂过口红呢。

孙敏敏从化妆盒的小镜子里看到了满脸羡慕之色的展颜，不由得转过身子，抿着嘴笑："傻妞，你看什么呢？"

"孙副主任，你真漂亮！"这是展颜发自肺腑的感叹！

孙敏敏扑哧一下笑了出来，扬了扬手中的口红问："你要不要也来擦点？"

展颜连忙摇头，慌里慌张的模样有点傻，口气却有些自豪："不，不用了，孙副主任，我从来不化妆的。"

"小展，我可不觉得从不化妆是个优点。"孙敏敏对她的话嗤之以鼻，"我告诉你，化妆是礼仪的一种，在国外，不同的场合要配不同的衣着，同样也要配不同的妆容。平时工作不化妆没什么，但要出去应酬……"

说到这里，她看到展颜微微皱眉，露出好似对"应酬"两个字反感的表情，忍不住翻了翻白眼，改口说："要出去完成招待任务，或者和其他兄弟单位交流感情，那还是不要素面朝天的好，哪怕涂一点点口红，略施脂粉，也会让你的气色看起来不一样。"

说话间朱英走了进来，展颜敏感地发现朱英也已经化过淡妆了，尽管非常淡，但看上去的确气色不错。

晚上的这个饭局，是由沈海主持的，春光园林来了五个人，他们原先的处长也就是现在的总经理、董事长赵忠民并没有来，来的是几位副总。同样，他们园管处这边徐处长也没有参加，但三位副处长却全都到齐了。

第一次参加饭局的时候，朱英就曾私下告诉过展颜，这种饭局一般有两大要素：一是要讲排场面子，二是要讲酒量胆量。

所谓排场面子，并不是指非要上什么高档大酒店，一般去的酒店都是中档，但菜肴必须丰富，山珍海味，鹅肝鱼翅之类的，总是必不可少的。酒水，更是讲究，红酒必须是进口的，白酒必须是品牌的。此外，宾主的座位也非常讲究，比如说主位，一般情况下，主位都由最大的领导坐，然后再根据“右高左低”的原则，按职位、级别的不同依次入座。像今晚，由于徐处长没有参加，而对方的老总也没有来，所以中间的位置就由主持这个饭局的沈海坐了，而靠门和上菜这个位置被称为下座，留给了驾驶员和展颜这些工作人员坐。

人员到齐之后，沈海一番客套，无非是“欢迎春光园林的同志，向你们学习，共同进步”之类的场面话，然后大家举杯，酒宴正式开始。朱英主任则在一边一一介绍客人。这次春光园林一共来了五个人，最重要的那位叫林风伟，是春光园林的常务副总，且是春光园林董事长赵忠民的妻弟，另外几位分别是莫松副总、范兴书办公室主任、冯光乐财务科主任和他们的驾驶员。

几位客人都非常善饮也非常豪爽，林风伟、莫松喝的是红酒，范兴书和冯光乐喝的是白酒。他们这边李莉副书记、朱英和孙敏敏这三位女同志喝的也是白酒，而沈海和陆建华副总的强项则是喝红酒。至于展颜的强项，则是喝啤酒。

辈分、级别最低的展颜自然处处低调，奈何沈海却是不允许她低调的，让她拿着啤酒大杯，倒得满满的，一气不歇地敬了全场一圈，获得不少掌声。

一圈下来之后，场面开始热烈起来，几位男士开始称兄道弟相见恨晚，喝起酒来一饮而尽那叫一个豪气冲天。桌上加上展颜共有四位女性，于是，她们四人便被戏称为四大美女，客人们就开始冲着四大美女来了，而喝酒爽气又最为年轻的展颜更是他们的“集火”目标。

“来，小展，你把这瓶啤酒喝了，我就把这小壶白酒干了，怎么样？”冲她说这话的是春光园林那位范兴书办公室主任。

朱英一边与林、莫二位副总热烈地聊天，一边眼观六路，一见这个架势，站了起来笑着说：“范主任，可不兴你这样欺负小姑娘的，你这一小壶才多少酒，就让我家展颜喝这么一瓶，实在说不过去，不如这样……”她把自己白酒杯里的白酒倒进白酒壶里，这样，她壶里的白酒就明显比范兴书多了一些。“范主任，我们二位办公室主任喝一个怎么样？”

孙敏敏站了出来说：“朱主任，这可不行，范主任一个大男人哪好意思喝得比你少呢，让我来帮他倒一点。”说着，拿起白酒瓶就往范兴书的壶里倒，引得大家又是起哄，又是笑。范兴书倒是想捂着酒壶不让她倒，但很快在美女笑靥如花、吹气如兰的攻势下败下阵来。

孙敏敏出手狠辣，这一倒，居然就倒了大半壶，吓得范兴书大叫：“不行不行，这么多怎么喝得下？”

孙敏敏笑得花枝乱颤，眨了眨眼，揶揄地说道：“哎呀呀，范主任，男人怎么能说不行呢？”

展颜这会子还不知道这里头一语双关的意思，在座的其余人却全都哄笑了起来。

而这一边朱英趁机拿起酒壶说：“范主任，我先干为敬，你要是真不行——”她拖长了声音，含笑说：“那你可以随意。”说完一昂头，就把半壶白酒喝了下去。

朱英这么爽气，赢得大伙儿一片掌声，但却把范兴书给难坏了，喝吧，这么一大壶实在喝不下，不喝吧，这边朱英已经抢先喝了下去，颜面上未免有些过不去。这时，孙敏敏又笑着说：“范主任，这办公室主任要是不能喝不敢喝，哪能行？再说了我们园管处的办公室主任可都喝了，你这个春光园林的办公室主任，好意思不喝吗？”

展颜惊奇地发现，平时不对付的朱英和孙敏敏，在酒桌上居然配合得这样默契。

被孙敏敏这么一说，他们的常务副总林风伟就有些坐不住了，发话道:“老范，这壶酒，你不喝也得喝了。咱们公司自改制以来，就已经不再是朝南坐的位置，这个，身份要摆正，都企业了，该冲的地方就得冲，还像以前那样兜着藏着可不行。”

看得出这位林风伟的性格十分强势，他一发话，范兴书就不得不扬头把酒给喝了下去。结果是这厢刚喝下去，那厢就一头倒在桌上，醉得不省人事。林风伟觉得有些丢面子，脸上直接露出不满之色。

接下去，李莉副书记照样含蓄，朱、孙二位主任则正面出击，沈、陆二位副处长密切配合，把春光园林公司的莫松和冯光乐当场给灌趴下了。如此一来，除了驾驶员外，他们剩下清醒的就只有林风伟了。眼见自己带来的人都醉倒，一向自认为“喝”遍酒场无敌手的林风伟有些挂不住了，于是他站了起来，倒了小半壶白酒，对展颜说:“小展呐，我看你的二位主任把你保护得很好呀，都把我的兄弟给灌趴下了，这样，我喝的是白酒，你喝的是啤酒，按照比例，我把这壶酒喝了，你喝两瓶啤酒，怎么样？”

展颜很是无奈，但她也知道这个时候是不能退缩的，当下微微一笑，站了起来，拿了个白酒壶，为自己倒上了满满一壶，同时，也学着孙敏敏的样子，为林风伟倒了小半壶，这样一来，她是满壶，而林风伟是大半壶。她笑着说：“虽然我从没喝过白酒，没什么酒量，但是我当过兵，胆量一向很好，所以，这壶酒，您随意，我先干为敬了！”说完一昂头，一口气喝了下去。

在众人的起哄声中，林风伟勉为其难地喝下了那半壶酒，脸色当即有些发白，露出要吐不吐的样子。沈海见好就收，笑着说:“今天的酒，到这儿也差不多了，咱们接着下一个节目，K歌去。”

通常这种情况下，朱英和李莉是肯定不再参加了，展颜和孙敏敏是必须要去的，陆建华会视情况而定。而这一晚，陆建华喝得有点多，所以，并没有参加这第二个场子，但平常不参加这些活动的李莉却参加了这晚的第二个场子。此时的展颜并不知道，正是由于这一晚的这个饭局，由于这个第二场的“K歌”，她注定会在不久后的将来受到一场颇为艰辛的磨炼。

第四章

第二天，展颜来上班的时候，朱英敏锐地发现她的状态十分不好，一摸她的额头，果然是有些发烧了。这姑娘的脸烧得红红的，嘴唇也是鲜红，看上去蔫蔫的，这倒比她平时看上去要柔和了几分，有种让人心疼的明艳。但她的眼神却显得焦灼又彷徨，有些六神无主的模样。朱英一阵心软，说："展颜，你是不是不舒服？生病的话就回去休息吧，不要硬撑着。"

话刚说完，孙敏敏一阵风似的刮了进来，阴沉着脸坐在展颜对面看着她，而展颜的眼睛瞬间睁得老大，黑暗幽深的眼睛隐藏着极为莫名的情绪回望着她。两人皆不说话，静静地对望着，朱英的心不由得抖了一下，直觉预感到有什么不好的事情要发生了。

昏沉无力的日光照着办公室里的三个人，幽幽的，静静的，有一种让人窒息的沉静。良久，朱英站了起来，轻轻地对展颜说："我早上还有个会要开，你……"她轻轻叹了口气，带着一种淡淡的悲悯，"还是先回去休息吧，坐我的车，我送你回家。"

"朱主任！"孙敏敏抬起了眼睛，似笑非笑地看着她，一双美丽的眼睛里全是彻骨的冰寒，"不好意思，我这还有一点点小事要找展颜帮忙，您有会议您就先去忙吧，您不用担心，我也有车，一会儿我负责送她回家，保证她少不了一根寒毛。”

朱英淡淡地看着孙敏敏，笑了，她笑得云淡风轻，却又似乎带着一丝让人无法拒绝的力量：“同志之间，应该相互关心，展颜她生病了，应该由我这个办公室主任把她送回家。至于你有什么事找她帮忙，我想，只要不是什么火烧眉毛的事就放一放吧。哦，不，哪怕是火烧眉毛的事也先放一放！身体是革命的本钱，身体垮了，就什么都不是了。”

“你！”孙敏敏气得浑身发抖，展颜清晰地听到她咬牙切齿发出的凛冽而尖锐的声音。

“咦，大清早的，你们仨站在那儿干什么？”正在这时，一个声音打破了仨人之间古怪的气氛，李莉走了进来，对展颜招了招手说：“小展，来，到我办公室来，我有事情交代你做。”

“李副书记，展颜有些发烧，我正准备送她回家呢。”朱英迟疑了一下，还是对上了李莉。

“哦……”李莉点了点头，漫不经心地说，“昨天跟春光园林的同志交流了一下改制的流程、方案还有一些资料，都比较重要，我交代小展帮我整理一下，一会儿就好，你去开你的会吧，等下，我让驾驶员送她回家。”

孙敏敏的脸顿时变得惨白，她略带惊恐地看着展颜，朱英则深深地看了她一眼。

“哎呀，都在呢，大清早的，可真热闹！”又一个声音突兀地插了进来，带着一如既往的随意，沈海走了进来，对着展颜笑了笑说：“小展，我正有事找你呢，来，到我办公室来一趟。”

沈海的到来，让孙敏敏长舒了一口气，但接下来李莉的话却让她再次如坠冰窟。

“沈副处长，凡事总有个先来后到吧，是我先找的小展，你要找她，总得等她忙完我的事之后。”说着，李莉笑了笑，那笑带着丝让人悚然的诡异:“沈副处长，至少现在你我可都是平级，等改制之后，你当上了董事长、总经理再来命令我也不迟呀，对不对？”

说着，她上前一步拉着展颜的手，带着几分亲热和亲切说:“小展，来，跟我走。”

“小展！”沈海笑着叫住了她，他的声音带着一种虚弱的镇静，“我呢，一直很看好你，觉得你这位同志，有思想，有魄力，敢打敢拼，很有发展前途。现在，咱们处里正面临着改制的重要关头，人才稀缺，你好好干，选对路，将来才会前途无量啊！”

“我和你一样，也是一向很看好小展的！”李莉给了沈海一个意味深长的微笑，拉着展颜的手，向自己的办公室走去。

李莉办公室的空调开得很暖，桌子上的电水壶里的开水咕嘟咕嘟地滚着。

“来，坐，喝咖啡还是茶？”李莉平常是一副高高在上、不食人间烟火的模样，今天对展颜如此热情，实在令展颜有些受宠若惊。

“不，不用了，李副书记，您不是说要整理资料吗？”展颜有些怔怔地开口。

“呵呵，先不急！咱们随便聊聊！”李莉给她泡上了一杯咖啡，咖啡的香气缠缠绵绵、丝丝缕缕地扑向展颜的每一个毛孔，但她的心却变得更加七上八下了。

“展颜，相信自从你分到处里之后，就一直听到市里面要求我们园管处改制的传闻。”李莉自己也端着杯咖啡，极为优雅地抿了一口，说，“那你知不知道，市里的领导为什么要求我们把好端端的事业制改成企业制呢？”

展颜摇了摇头，有些不明白李莉为什么会跟她谈这个。

李莉对此并不在意，她笑了笑继续说:“咱们园林管理处、园林绿化总公司，是以一套班子两块牌子的形式存在的全民事业单位。体制不活、运作不良是其中最为突出的两个缺点，在如今市场竞争激烈的情况下，我们的公园、行道树、街头绿化、草花摆放等方面依然得靠国家拨款，对政府的依赖性十分强。如果说，以前我们这样的体制还有一些优势的话，那么，自从我市如雨后春笋般出现了大批园林企业，在他们进驻菰浔镇，进入招投标市场之后，我们在菰浔镇园林绿化行业‘一统天下’的局面早就被打破。最可悲的是，由于我们的体制，更由于我们对政府的长期依赖，一直以来，就只会在自家这块一亩三分地上活跃，根本就没想过要走出菰浔镇，更不要说走向全省、全国了。现在全国形势政策一片大好，而我们园管处依然死气沉沉，这样下去，迟早会被市场淘汰的。所以，改制乃是势在必行！”

展颜认真地听着，她对面那台立式空调吹出来的风，热烘烘地吹在她的脸上，她感觉自己的脸很烫，浑身燥热，热到她开始有些坐不住了。

“小展呐，徐处长老了，马上就要退休了，很多事情，他已经不再插手。而我们园管处现在急需一位英明、公正、能干、无私的新处长，或者说是未来的董事长、总经理来带领大家在改制后走出一条康庄大道。我也不瞒你，听上面的意思，这位新的处长，未来的董事长、总经理，会在我、沈副处长、陆副处长之间产生。现在，我们三个人都在市局领导的考察当中。”李莉细长的眼睛里这时充盈了一种奇特的神色，“小展，你是当过兵的人，是共产党员，你觉得一个品行不正的人，能挑得起这个重担，担得起这个大任吗？”

展颜愣住了，这么猝不及防的提问让她不知道该怎么回答，她望着突然变得严厉、严肃的李莉，结结巴巴地说：“我……我……我不知道。”

李莉的神色更加严肃，她低沉着声音，把手放在了展颜的肩上，仿佛推心置腹，又仿佛诱惑般地轻声说：“昨天晚上，我和春光园林公司那几位客人走的时候，快十一点了，那时，沈副处长还在很尽兴地唱歌。我送几位客人到宾馆后返回来时，差不多十一点半的样子，正好看到你慌慌张张地从KTV里跑了出来，跑到门口的时候，还摔了一跤。过了一会儿，我又看到沈副处长绷着脸从后面追了出来，你躲在门口的阴暗处好一会，等沈副处长走了之后，才敢走出来。小展，你告诉我，发生了什么事情，你别忘了，我除了是副处长之外，还是副书记，你也是名党员，如果真的有什么不好的事情发生，或者说你受了什么委屈，应该及时向党组织汇报。”

李莉的声音像是从半空中砸下来一样，砸到展颜的头上，砸得她一时间有些蒙，她有些吃惊地抬起了眼眸：“李副书记，您……您都看到了？”

“是呀，我看到了，我本来想走过来的，但见你躲得好好的，又不想让沈副处长尴尬，所以，就坐在车子里没下来。不过，我看沈副处长脸色不对，又怕你会出事，所以，让驾驶员开着车远远地跟着你，我一直护送到你骑车安全到家之后才离开，那个时候，正好是十二点。”

李莉说话轻轻地、慢慢地、缓缓地，可展颜却被感动了，她有些局促地说：“真没想到您这么关心我，谢谢您！”

“这没什么，你能不能告诉我，到底发生了什么事？难道是沈副处长对你……”李莉的声音里满是怜惜和同情，按在展颜肩上的手却渐渐用力。

“哦，不，不是的！不是我！”仿佛受到了侮辱一般，展颜涨红了脸，连忙否认着。

“哦，那是谁？到底发生了什么事？说吧！”李莉直起了身子，显得高高在上，她全身呈现出一种紧张、激动的状态，说话的语气里已经带上了明显的压迫和不容分说的命令。

此时的展颜到底还年轻，没有经历过真正的人生历练，对她来说，是与非，就像是黑与白这样简单。她没有深入细致地想过，朱英为什么一看到孙敏敏的样子就要执意送她回家，更没有辩证地看待李莉的言语和行为，而昨天晚上她所看到的事情，也确实触及了她心中疾恶如仇的底线。于是，她终于说出了口："昨天晚上，我本来签了单准备回家，后来想起来，把围巾忘在包厢里了，我回去拿的时候，就看到沈副处长和孙副主任他们……他们在沙发上……"

展颜不知道，在她开始说的时候，李莉已经偷偷按下了口袋里的录音笔。随着展颜的诉说，李莉的眼睛亮了起来。听完之后，她就已经有些心不在焉了，她心不在焉地安慰了展颜几句，心不在焉地向展颜保证一定会为她保密，又心不在焉地叫来了驾驶员把展颜送回家。但展颜临走前，她又对展颜千叮万嘱道："小展，现在是改制的关键时期，我们要以大局为重，不能让这件事影响到整个班子。况且这件事还关系到沈副处长和孙副主任两个人的声誉，甚至关系到两个家庭。所以，出了这个门之后，你暂时不可以跟别人提起，就连朱主任也不可以说。当然，我会向徐处长汇报这件事，组织上，也会在适当的时候对他们两个做出适当的处理。"

展颜见她说得郑重，连忙向她保证绝不再向别人提及，李莉这才放心地让她离开。

急着离去的展颜并没有注意到，就在她刚刚转身离去的那一刹那，李莉的脸上露出了一个奇异的笑容。她更不知道，就在她坐上汽车的那一刻，李莉拿起座机给沈海打了个电话，她说："沈副处长，有空吗？我这儿有一段有趣的录音，不如你到我办公室来听一听怎么样？”

展颜这一病，就病了三天。令她万万没有想到的是，当她第四天来上班的时候，她接到了一纸调令——她被调到了最艰苦的部门“花木培育中心”。

“为什么？”接到调令后她不解地问李莉。

这一次，李莉并没有给她一丝一毫的亲切，反倒是恢复了平常那副高高在上、不食人间烟火的做派。就连说出来的话，也是满满的官腔：“展颜同志，这是组织上的决定。年轻人嘛，就应该到基层去多锻炼、多学习。我听说你想当园林绿化施工人员，这吃不了苦哪能上工地，对不对？这样吧，你先去基层锻炼，找机会，我再把你调上来。到时候看看哪个部门更适合你。”

展颜有些垂头丧气地回到办公室收拾东西，朱英默默地帮她一起收拾，末了，才叹了口气说：“孙副主任的爷爷是原市住建委的副局长，现在退休了，她父亲是我们区委办的主任。至于沈副处长，外公是老红军、离休老干部，父母亲都是国资委的领导。”

展颜有些懵懂地望着朱主任，眼睛纯净得就像婴儿的眼睛，一头雾水的样子，完全不知道巨大的邪恶、欺骗、伤害已经与她擦肩而过。

“徐处长马上就要退休了，新一任的处长，可能会在沈副处长、李副书记、陆副处长三个人当中产生，这当中，陆副处长的人际关系最为薄弱，所以，其实竞争最厉害的，就是沈副处长和李副书记两个人。不过，我昨天听徐处长提及，沈副处长好像自愿退出竞争，改为支持李副书记了。至于你的调动，是李副书记亲口向徐处长提的。”朱英平静地向展颜诉说了一个残酷的事实。

展颜蒙了一会儿，突然就听懂了，听懂后的她只觉得脑袋“嗡”的一声，一种彻骨的寒冷，从心底蔓延而上，她想说些什么，却什么也说不出口。

“其实，我倒是认为，调到花木培育中心对你来说未尝不是一件好事。现在处里正面临着改制的关键时刻，人际关系太过复杂。你避开了也好，你在中心好好干，多跟中心的老师傅们学一些园林绿化知识，你那么年轻、能干，迟早还是会被领导调到重要岗位上去的。”朱英拍了拍她的肩，语重心长地告诫着她。

第五章

就这样，展颜浑浑噩噩地拿着调令来到了花木培育中心。

花木培育中心远离古镇中心，一直在蒁浔镇东村这边，这儿有数百亩大型苗木培育基地，温室大棚约2万平方米，主要负责花卉培育、销售、租赁、养护，还承接大型庆典、会展、会议、开业典礼等的花卉植物布置业务。

花木培育中心的范根生主任是一位半秃的中年人，高高瘦瘦，脸上永远挂着苦大仇深的表情。他看着站在他面前有些无措的展颜，打着官腔，颇为不怀好意地说：“你就是展颜同志呀？你来之前呢，不管是咱们处里的沈副处长也好，办公室的孙副主任也好，还是咱们的李副书记也好，全都交代过了，说你呢，是咱们处里非常重视并且要准备培养的苗子，所以呢，要让我把你放在矛盾最多、困难最多的地方好好磨砺一番。这个……这个……人在事上练，刀在石上磨。年轻人就要在咱们基层多摔打、多历练，全面了解和掌握基层状况，啊，这个……这个多了解一下基层的突出问题和矛盾，经风雨、见世面才能壮筋骨、长才干。”

展颜屏气凝神地听着，她只是没有经历，并不是蠢，范根生的话，让她本能地觉得，有些不太美妙的事，即将发生。

果然……

“这个，小展啊，这个花木培育中心，条件最艰苦，基础条件最差的就要数花木培育小组了。平时呢，主要是挑粪施肥，给草花换盆啥的，这样吧，你呢，就去花木培育小组报到吧。我听说你是当兵退伍回来的，你可不要给你们退伍军人丢人，不要吃了一点点苦头，就哭着喊着要回家。来来来，老尤，你带她去熟悉一下环境，教教她怎么个挑粪施肥法。”范根生边说，边喊来一位头顶笠帽、满面皱纹、皮肤黝黑，像个老农民一样的人，“来，给你介绍一下，这位老尤是我们花木培育中心的老员工，年年都是先进工作者，拿过市劳动模范奖，跟你一样，人家也是有事业编制的。老尤，这是展颜同志，以后她就跟着你了。哦，对了，小展，我们这儿有规定，因为这儿是农村，平时上下班不是特别方便，一般规定未成家的年轻人要住在这里，你必须住到花木培育组去，那边是有宿舍的。”

老尤愣了愣，看了花骨朵一样的展颜，犹豫了一下，还是开口道：“范主任，这个让小展一个姑娘家挑粪施肥什么的，不太好吧？再说你又不是不知道，如今我们培育组这边，全都是没文化的大老粗，你让她一个姑娘家住进来，这生活起居什么的也不方便呀。我看，是不是让她跟到咱们中心来轮岗的那两位大学生一样，跟着工程养护组走呀？既可以学到工程知识，也可以了解一些绿化常识。我们这边花木培育小组无非就是给草花施肥、浇水、换盆啥的，没什么知识含量呀。”

范根生白了他一眼，嘴巴张合间，森冷的白牙凌厉地闪动着：“我说老尤，你的思想觉悟得继续提高才行呀。把年轻人放到条件艰苦的关键岗位上经受风吹雨打，增强群众观念，磨炼意志，扎根基层，拓宽眼界，这可是咱们处里好几位领导的意思，这也是一种培养年轻人的手段。再说了，你怎么能说你这花木培育小组没什么知识含量？什么时候换盆，什么时候施肥，什么时节种什么草花，这该学习的东西可海了去了。行了，行了，你也别多说了，总之，先让她在你那儿学上个一年半载的再说，去去去，赶紧带她过去干活！”

“可是范主任，让小展住到我们花木培育小组那种宿舍确实不太好也不安全，要不然，让她每天乘公交车上下班？”

“老尤，这规定就是规定，领导把展颜同志放到咱们这儿来，那可是一片苦心，是有深刻意义的。领导为处里培养这个人才那叫呕心沥血，多不容易，咱们哪能随随便便就破坏规定？那是要毁了领导的这一份心血的。你说你这个同志呀，什么都好，就是关键的时候不怎么拎得清。”范根生阴阳怪气地说。

老尤无奈，只好把展颜带走。

换上了一身工作服后，老尤把她带到了化粪池边上，手把手地开始教她该如何舀粪、如何挑粪、如何施肥。

尽管展颜做好了充分的思想准备，但化粪池涌出的那种刺鼻气味仍让她难以接受。她脸色煞白地听着老尤介绍，根本不敢开口说话，她唯恐自己一开口就会吐个天昏地暗。

就这样，展颜开始了人生的第一次挑粪工作。虽然老尤全程都在一边陪同，但是意外还是发生了。她挑着粪桶没走几步，扁担的铁钩突然断了，粪水溅了她一身。

展颜的眼泪顿时冒了出来，这个倔强的号称“好汉”的姑娘，在这一刻，觉得浑身的血液都凉透了。她咬着牙，跌跌撞撞地跟着老尤来到了工程养护组这边的女淋浴间，在莲蓬头打开，温热的水倾泻到她身上的那一刻，她慢慢地蹲下，抱住自己赤裸的双腿，低声哭了起来。

那一天，她在浴室里洗了很久很久，憨厚的老尤一直在门外默默地为她看门。洗好出来后，老尤递给了她一瓶“六神花露水”，喃喃地说："我们这边草花多，蚊虫也多，虽然现在天气还冷，但这瓶花露水你还是先备着吧。宿舍那边，咱们也不去听范主任的，你一个姑娘家，住培育小组的宿舍确实不行，我就直接把你安排到工程养护组那边去了。其他的同事已经帮你打扫干净了，这个，你也先别急，慢慢来。实在不行，回头我再帮你跟范主任去说说，把你调到工程养护组去做做后勤工作吧。"

"谢谢你尤师傅，我能行的。"展颜红着眼睛，吸着鼻子，瓮声瓮气地说道。

老尤抓了抓头，无奈地叹了口气，又交代了她几句，转身回去了。

展颜梦游一般地游走在苗木培育基地数百亩花田中间。三色堇花田娇艳，美女樱花田热烈，孔雀草花田活泼，虞美人花田艳丽，这一片片美轮美奂的花田本足以让人迷醉，可她却根本没有欣赏的心情。这会子，她连哭的力气都已经没有了。也不知道在基地里走了多久，她终于耗尽了身上的最后一点力气，于是，她慢慢地坐在了田埂上，看着太阳一点点地落下去，如同她那颗曾经活泼热情的心。

"请问，你是展颜吗？"

身后有年轻而又充满朝气的声音传来，展颜回头一看，见身后站着两个小伙子，一个戴着副眼镜看上去老实憨厚，另一个英俊帅气，正露着雪白的牙齿对她笑得无比灿烂。

"你好，我叫楚槐。"这个英俊帅气、笑得无比灿烂的小伙子对她说，"他叫秦风，我们是去年刚刚分配到单位的，现在正在工程养护小组轮岗学习，花木培育小组的尤师傅让我们两个过来喊你吃饭呢！"

即便这调动如无妄之灾令展颜心中耿耿于怀，即便上级领导的不公在她心坎上烙下了特别深刻的印记，即便第一次挑粪让她痛苦狼狈之极，但在人前，她依然表露出平静、坚忍的一面，她微笑着，向两位小伙子伸出手，说："你们好，我是展颜。我是从行政办公室调过来的。"

就这样，三位年轻人开始有了命运的交集。

如果展颜没有被下派到这个地方来，她和他们的命运或许会像平行线一样永远不会交错。现在，三位年轻人的命运轨道开始发生变化，并在今后的工作中、情感中，向着某一个奇特的方向，或是交错或是背驰。

包括刚刚认识展颜的楚槐和秦风在内，几乎没有人相信这姑娘能够在花木培育小组坚持下去，毕竟，现如今的小姑娘都很娇气文弱，即便是小手破个口子都会"哇哇哇"地哭上半天，更不要说干这种又脏又累又臭又苦而且毫无体面可言的挑粪施肥工作。特别是展颜参加同学聚会的那一次，她匆匆忙忙地换了衣服，搭了中心的顺风车从乡下赶到镇里最豪华的酒店。她走进去的时候，靠近她的同学纷纷捂住了鼻子，曾经的班长关切地捂着鼻子站在她的面前，犹豫着拿出了包里那瓶香奈儿香水递给她。这时，展颜才注意到，她只顾着换衣服，忘记换下那双劳作的球鞋了。那一刻，展颜羞愧难受得恨不得钻到地缝里去。

那天晚上，她流了整宿的眼泪，可她到底是那个所有男战友、男同学口中感叹的倔强的"好汉"，到了第二天，这姑娘就把所有的泪水给硬生生地吞了下去，照例若无其事地跟着老尤该干嘛就干嘛。展颜的父亲展开和母亲颜雨红曾到中心来看过她一次，一看到她在那儿挑粪，当下就受不了了，展妈妈含着泪劝她说："女儿呀，算了吧，这地方工作条件这么艰苦，你一个女孩子还要挑粪施肥的，何必呢？跟妈回家吧，妈帮你找一份更好的工作。"

爸爸展开偌大一条汉子，嘴上没说什么，眼睛却也红了，直接跑到展颜的宿舍，吭哧吭哧地帮展颜整理行李，说什么都要立即把女儿带回家去。展开想着同事家、亲戚家的女儿基本都是坐在办公室，吹着空调打打字、写写文件什么的，可自己一直娇宠着的宝贝女儿竟然在大夏天顶着烈日，在四五十摄氏度的大棚里挑粪施肥，这样的工作他无法接受。

可展颜不想走，她曾是个军人，她怎肯轻易言败？即便在这个没有硝烟的职场上，她也绝不肯当个不战而降的逃兵。她心里很清楚，范根生安排她做这份工作就是要让她知难而退、不战而降。可是凭什么？她又没有做错什么，凭什么她要放弃这份当兵四年后国家分配给她的工作？凭什么他人龌龊的因，却要她来承受这不堪的果？她不信这世间没有公道，她不信她这一辈子就只能跟粪桶打交道！

憨厚的老尤嘴上倒是没再说什么，但那些劝阻的言语几乎全都写进了他的眼睛。他也有个捧在手掌心的女儿，他着实不忍心看到这个跟他女儿一样大小的姑娘吃这样的苦头。为了她，老尤跟范根生争执了好几次，可是范根生是得到“上级领导”指示的，岂会就这么轻易放过因说了真话而给自己惹下大祸的展颜？所以，该受的就受着吧，该熬的就熬着呗，受不了熬不住，那就自动辞职，麻溜地滚出这个单位吧！

好在，在这里展颜还有两位无条件支持她的盟友——秦风和楚槐。

在花木培育中心的这段日子，展颜经常会虚心地向这两位本科毕业的专业人士请教一些绿化知识。两位盟友也非常热心，除了会向展颜介绍一些专业书籍外，还会带着展颜去外面认树，教她看设计图纸。在他们以及老尤的帮助下，聪明的展颜很快就熟练掌握了花木培育中心所有花木的形态特征、生态习性、苗木繁殖、栽植、土肥水管理、整形修剪、病虫害防治等知识和技术。

展颜的宿舍被安排在条件相对比较好的工程养护组这边，她的房间就在秦风和楚槐的边上。花木培育组和工程养护组白天共用一个食堂，到了晚上，员工们有的搭公交车，有的搭便车，有的骑摩托车，各回各家之后，食堂就关门了。这样一来，三个住宿舍的年轻人就只能自己做饭。展颜不太会做菜，但秦风和楚槐这两个大男孩却都有一手好厨艺。展颜也不跟他们见外，在两位大男孩邀请了一次之后，便开始跟着他们一起搭伙吃饭，费用大家 AA。

要知道，这个世上，有年轻人，特别是都还没有对象的年轻男女的地方，总会自然而然地生长出许多有趣的故事来。于是，花木培育组的大老粗们和工程养护组的那帮子精力旺盛的大老爷们，每次都会因忠厚踏实的秦风和英俊机智的楚槐到底谁跟展颜更配而展开激烈的争论。三人的逸闻和传说在两组人员的口中流传着，到了后来，支持秦风跟展颜成为一对的和支持楚槐跟展颜成为一对的，简直就是针锋相对、泾渭分明，大家伙儿还为此打了赌。

三位当事人起初有些哭笑不得，于是认真解释，结果被认定为此地无银三百两，于是沉默是金，却又成了默认许可。渐渐地，在这样丰沛而奇诡的种种传闻中，三位当事人之间原本极其纯粹的友谊和情谊，不知怎么回事，开始擦拭出某种纯洁却又神秘的火花。只是，这样的火花却难免让人有些苦恼，三位当事人心中各有各的心虚，于是在佯装无辜和不屑的同时，三人统一了口径，对外自称“三剑客”，打着三人的友谊地久天长的旗帜，向大伙儿诠释了一番朋友之间的真挚友谊和同志之间的革命情谊，才勉强算是把逸闻和传说给压了下去。

第六章

时间过得飞快，转眼间便到了“秋老虎”肆虐的季节。

这一天，展颜照例跟着老尤在干活，毒日头没遮没拦地晒在他们的头上。此时，花棚里的温度已经接近五十摄氏度，展颜身上的那件夏季工作服早就被汗水湿透了，紧贴在她青春而健美的身体上，她那张朝气蓬勃的年轻脸庞上洒满了阳光，红润而又明亮，如同花海里最娇艳的那朵太阳花一样，顿时就吸引了过来巡视或者说是监视她工作的范根生的眼球。

范根生离婚许久，事业编制这个身份再加上现有的一官半职，让他觉得他有充分挑选第二任妻子的权利和余地。他又不太爱照镜子，经常误以为自己是一个对生活品质有要求的男人，在他目前的认知里，他的老婆，必须长得漂亮，太丑了怎么配得上他？没一份体面的工作当然也是不行的，并且还得是个黄花闺女，这样才会气死当初跟他离婚的那个婆娘，彰显出他的身份来！至于他到底有个什么狗屁身份，还有他的长相是怎么样的，人品又怎么样，这些高层次有深度的问题则不在他的考虑范畴之内。

现在，他相中了展颜。

这个年轻的姑娘跟他一样有着事业编制的身份，又是当兵退伍回来的，长得吧，呵呵，其实还挺好看的，带出去也倍儿有面子。虽然说现在干的工种不太入流，不过没关系，有他在，把她调到自己身边来当个内勤什么的，那也是他一句话的事情。再说了，李副书记可是在私底下答应过他，以后若是改制了，会给他一定的股份。到时候，他就是个小股东、小老板，岂不是想把她调到哪个岗位就可以调到哪个岗位，想把她调成什么工种就可以调成什么工种？当然，这主要还是要看这姑娘的表现了！

范根生看着在花田里忙碌的展颜，几乎是用一种“悲天悯人”的心态，“大发慈悲”地决意给展颜一个表现的机会。罢了罢了，若这姑娘能知情识趣点，再加上表现得好一点，那么，他就马马虎虎给她一个可以与他携手的机会好了。

“小展，到我办公室来一趟。”为了突现他领导的权力和权威，他一向是抬头挺胸沉着脸说话的，当然，若眼前站的是位领导，那他就会低头弯腰觍着个笑脸了。

一头雾水外加忐忑不安的展颜在老尤眼神的安慰下，来到了范根生的办公室。

这个时候，范根生就开始展露出中年男人特有的老谋深算来：“来来来，小展，先擦把汗。这块毛巾是新的，给你洒上了花露水，驱虫解暑。”

展颜以为范根生嫌弃她身上的那个味道，也没跟他客气，拿起毛巾就擦了把脸。

“来来来，这瓶防晒霜给你，我看你晒黑了不少，姑娘家晒这么黑，可不好。来，喝可乐，刚冰好的，正好可以解渴。”展颜早就已经习惯了范根生对她“横眉冷对千夫指”的态度，见他今天突然转变成“俯首甘为孺子牛”的关怀，她莫名觉得有些毛骨悚然。

“范主任，您有什么事直接说吧。”她小心翼翼地问。

“这个，小展，其实，你有没有想过换个工种呢？比如重新回到行政部门去？”范根生带着亲切的笑意，坐在了她的身边，离她很近，近到几乎要贴到她的身子了。

展颜皱了皱眉，并没有多想，只是有些不适应地往边上挪了挪，跟着整个人便沉默了下来。

说实在的，这小半年来，她的确过得十分辛苦，但这种辛苦并不是指她的肉体，以她的体力来说，无论是挑粪浇花、草花换盆，还是节假日草花上街的摆放，这些工作对她来说，她都不觉得辛苦。她的辛苦，源自她的内心。她常常觉得自己活得像是一个笑话，这让她几乎无法面对自己的同学、朋友还有战友。她受不了他们那些吃惊、同情、愕然的眼光，受不了当她转身后，窃笑、嘲笑在身后骤然响起，更受不了那些打扮得花枝招展的女同学看到她时，用手捂鼻子的那种不堪。很多次，她觉得自己已经没有勇气挨过这段对她来说几乎是黑夜一般的日子，但，到底，她还是坚持了下来。她不屈不挠，坦然而又辛酸地坚持着这一份工作，她咬着牙，把所有的嘲笑、讽刺和不堪看成是她的人生磨炼的一部分，因为无论如何，她都不允许自己在职场上当一名逃兵。

“范主任，我记得您曾经说过，这是组织上对我的一种锻炼，既然如此，那么，我想，总有一天组织会把我调离这个地方，我会得到我想要的那份工作的。”

呵呵，这姑娘可真天真！望着展颜那双明亮、湿润、纯真的眼睛，范根生笑了。

“小展，有些事情，我想，你可能并不知道……”他从口袋里掏出了一包“三五”牌香烟，慢悠悠地点上，然后，他侧身对着她，试探着，以一种极为亲密的姿势缓慢地把手臂放在展颜身后，并轻浮地对着她吐了口烟。顿时，密闭的办公室里弥漫起了呛人的、浓烈的烟味。

“如果你不辞职的话，咱们的李副书记和沈副处长可是打算让你在这个岗位上一直干到退休的啊。不过，你也不用急，虽然两位领导有这个想法，但如果你真的很想要换一个工作环境或者说换工作岗位，也不是没有办法。”

“范主任，您有什么办法？”展颜问得平静。她那波澜不惊的样子，让范根生有那么一刹那心里产生了些许怯意和惭愧。但这种被他认定为负面的情绪，很快就消散在因“范主任”这个称谓而产生的莫名骄傲里。

“小展，我的情况呢，你也应该知道一些。我离婚有好几年了，一直没找对象。不是说没有，不瞒你说，这些年，不知道有多少人给我介绍过对象，但是呢，你看，我本身条件还是可以的，所以这要求就自然高了一些。那些个长相差的，工作差的，拖儿带女的，我还真就一个都看不上。不过，这么久接触下来，我倒觉得你这姑娘还算勤快老实，又是当兵退伍回来的，家境嘛，你妈妈是当老师的，你爸爸是镇上企业里的，马马虎虎，不算好也不算差。所以呢，我是打算给你一个机会，咱俩处处对象。如果说，咱俩相处得还不错，你又让我满意的话，我就想办法把你调离现在这个岗位，你想调到哪，就调哪，你看怎么样？”

范根生说得眉飞色舞、激情澎湃，展颜却听得目瞪口呆、瞠目结舌。

一时间，让人难堪的寂静不期而至。范根生亲手备下的冰可乐、湿毛巾以及防晒霜，突然就裸露出某种耐人寻味的暧昧来。

展颜有些受不了这样的气氛，她开口生硬地拒绝了：“不好意思，范主任，我从来没想过要跟您处对象。”

这就尴尬了，对于踌躇满志甚至于势在必得的范根生来说，他根本就没有被选择人拒绝的习惯。他沉下了脸：“小展，你可要考虑清楚。你要知道，虽然我离过婚，但以我的条件，要找一个像你这样的小姑娘，还是可以随便找找的。我是真心觉得你这人还不错，才愿意给你这样一个机会，难道，你还想一辈子都干这种挑粪浇花的工作？只要你点头，我可以帮你向李副书记和沈副处长去求个情，到时候，你想去哪个部门就可以去哪个部门！”

说着，他再次挪过去靠近展颜，他那只早已按捺不住的左手，堂而皇之、毫不客气地搭上了展颜的肩头，然后从她的肩头轻轻地、缓缓地沿着年轻姑娘笔挺的背部，向着她纤细的腰肢摸去：“小展，你好好考虑一下吧，你放心，只要你答应我，我是不会让你吃亏的。”

展颜顿时大怒！空调吹出的风声，办公室里这些精心准备的毛巾、可乐，范根生那近在咫尺的呼吸以及他那张丑恶的脸，这一切的一切都让她感到无比愤怒。

要说李莉的那份调令和这份挑粪的工作，并没有令她产生半点愤世嫉俗之感，那是假话。她曾无数次在黑暗的夜色里痛恨、悔恨着自己当初的懵懂无知、识人不清。好在，她对这个世界始终抱着那么一丝天真的善意，才让她身上那伤痛的痕迹并不明显，但现在，这位范根生范主任的所作所为，显然触及了她天真善良的底线。

她猛地站了起来，将肩一抬，撞开了范根生那只已经快要游移到她腰部的左手，脸上的表情严峻：“不好意思，范主任，还有几亩地的草花没有换盆，我先走了。”

“哎，小展，小展，先别急着走呀！咱们再聊聊！”范根生快步拦住了她。

“范主任，麻烦你让一让，我想我和你没什么好聊的，我对你的建议一点兴趣都没有，我也不可能跟你处对象，你死了这条心吧。”展颜涨红了脸，冷冷地说。

“小展，你先别急着回答，考虑考虑再说嘛。我虽然说年纪比你大一点，但年纪大有年纪大的好处，再说了，好歹我也是单位的中层领导干部，有钱也有权，以后改制了，我就是股东，就是你老板，你可得想清楚了才好。”范根生觍着脸笑着说，并伸出双手按在门上，对着展颜做出了“壁咚”的姿势。

电影电视剧里英俊帅气的男主角对女主角做这个姿势的时候，唯美而又浪漫，但搁在范根生这个中年油腻且又丑恶的老男人身上，就显得极其猥琐下流和令人恶心了。

这下彻底激怒了展颜，她瞪大了眼睛，涨红了脸，闪着似要吃人的目光，一个屈膝，重重地顶上了范根生的腹部，再抬脚将他蹬开。趁着范根生痛得浑身冒汗捂着肚子的那一瞬间，她拉开了办公室的门，像一支利箭一样“嗖”的一声，飞了出去。

展颜跑出来的样子，正好被楚槐和秦风撞见，他们看到展颜咬着牙，两只眼睛血红血红的，就觉得事情不对。

“展颜，你怎么了？我刚看到你从范主任的办公室里跑出来，发生什么事了？”楚槐拉着她问。

秦风并不是个善于言辞的人，他沉默地看着她，但关切之情流露于他的双眸之中。

“没什么。”她喘着粗气说，“就是差点被疯狗咬了！”后面一句话，她说得恶狠狠的，咬着牙、切着齿。

“是不是范主任欺负你了？”秦风转头看到了站在办公室门口正向他们张望的范根生，轻声地问道。

展颜的呼吸停顿了一下，慢慢地湿了眼睛，这个倔强的年轻姑娘，在两位朝夕相处的伙伴面前，终于还是觉得委屈了。

“我不怕他！”她红着眼睛，咬着唇，狠狠地说，“我才不怕他！他要是再敢欺负我，我就……我就把他打得满地找牙。”

这就是被欺负了！

楚槐和秦风相互对视了一眼，楚槐安慰她说：“你先别气了，你告诉我，他到底怎么你了，我帮你对付他，我帮你把他打得满地找牙！”

一只花脚蚊子哼叫着，不怀好意地向展颜脸上飞去，秦风伸出了手，一把将它捏死，他并没说什么，但捏紧的拳头却像是一个承诺。

第七章

展颜给范根生这重重的一击，并没有让他打消对这位年轻姑娘的觊觎，相反，却让他更加想要得到她。

“等我把她弄到手，哼哼，等我把她弄到手，我就要她，就要她……”范根生气鼓鼓地想着，满脑子都是展颜的样子。她那罂粟花一样鲜艳动人的红唇，纯真明媚的眼睛，凹凸有致的健美身材，在他的脑子里像雾气一样飘浮着，一会儿清晰，一会儿又虚幻。这雾气渐渐地又从他的脑子里弥漫开来，慢慢地涌向他的下半身，于是，他开始有些坐不住了。

他知道这位年轻的姑娘每天下班后的第一件事，就是到工程养护组那边的女淋浴间去洗澡。而那个时候，工程养护组的人员已经走光了，两个住宿舍的大学生——楚槐和秦风，在这个时候，则会去展颜的房间里炒菜做饭。等展颜洗好澡出来，三个人便会围在一起，热热闹闹地边吃饭边说着无尽的话题，吃完饭就由展颜负责洗碗打扫卫生。

工程养护组的女淋浴间就在他办公室不远处，而这个时候，她应该正在洗澡！

有个想法在范根生的心里滋生。秋日的晚风里，花田间草花的芬芳和肥料的腥臭汇集成了某种特定的荷尔蒙，让他的腿脚不受控制地迈出办公室，向工程养护组的女淋浴间走去。

此时的展颜已经洗好了澡穿好了衣服，正在擦拭着湿漉漉的头发，突然间听到了门外传来“窸窸窣窣”的声音，她顿时吓了一大跳，随手拿起了浴室里疏通水沟的铁棍，紧张地问：“谁？谁在那儿？”

门外传来一阵慌张的脚步声，显然有人跑了，她举着铁棍猛地拉开了门，正好看见范根生那落荒而逃的模糊背影。展颜紧蹙着双眉，捏紧了铁棍，女性的直觉告诉她，刚刚就是他在偷窥她。这个直觉，让她感到无比恶心和愤怒，她没有犹豫，冷笑着，拎着铁棍追了上去。

“范主任，刚才你在浴室门口干什么？”展颜追上了范根生，用锐利的眼神，审判似的盯着他。

“不干什么呀，只不过是路过而已。”范根生眼神飘忽，看到她手里的铁棍，不由得眼角突突乱跳。

“路过？路过的话，听到我问谁，你跑什么？你说，你是不是在偷看我洗澡？”展颜盯着他的眼睛问，手中的铁棍一顿一顿地捣着地面。

展颜的责问，让范根生觉得自己的权力、身份和地位受到了严重的挑衅，他面目狰狞地骂道：“谁给你的胆子和权力这么跟上级领导说话？嗯？展颜同志，你给我说话小心点，说我偷看你洗澡，你有证据吗？没有证据那就是诬蔑。你这是在诬蔑你的上级领导，你这是在侮辱我的人格！你……你……你给我回去好好反思反思。你必须要给我写检讨，你必须要向我道歉！否则……就扣你工资，扣你奖金！”说完，他怒气冲冲头也不回地走了，那气得发抖的背影，就好像真的受了多大的侮辱、多大的委屈似的。

“你站住！”展颜大喝一声，可这会子范根生是真的被她手中那根铁棍吓得浑身直冒汗，哪里还敢真的站住。展颜不喝还好，一喝之下，范根生简直就是两脚生风飞也似的跑走了。

展颜气恼之极，举起手中的铁棍，狠狠地向着这个背影砸去，可范根生跑得太快了，一下子就没了踪影。她又气又恨，浑浑噩噩地走进秋日漆黑的夜里，即便是这样热烈的一个秋日，她仍是感到了一种毛骨悚然的寒意。

宿舍的餐桌上，一把花田里摘来的帝皇菊带着几分恣意斜斜地插在玻璃水杯里，渲染出几分悠然、浪漫的气氛。桌上摆着番茄炒蛋、酱爆螺蛳、红烧排骨，还有几根煮好的嫩玉米，菜不多，但有荤有素，营养美味。

这时，展颜拎着铁棍走了进来，像往常一样坐在餐桌旁，楚槐觉得纳闷，问她："展颜，你拎着个棍子干吗？"

展颜红了眼圈，她瞪着手中的铁棍，眼睛中流露出一种令人胆战心惊的怒意。"我从来没见过这么不要脸的人！"她拍着桌子吼，"我忍不了了，明天非要打他一顿不可！"

"发生什么事了？"秦风是第一次见她这个样子，不由得十分担心。

"那个姓范的，下午的时候，他把我叫到办公室，说要和我处对象。后来，他又偷看我洗澡，被我抓个正着，没想到，他非但不承认，还说我冤枉他、诬蔑他，让我明天写检讨，不然就扣我的工资和奖金。太无耻了！我……我……这口气，我怎么也忍不下去了。"展颜气得眼泪都流了出来。

秦风凝视着她气得绯红的脸，因为经常在太阳下工作，她的皮肤呈现出健康的古铜色，气红了之后便显得特别黑，不过仍然是美丽的，尤其是她那双带着怒意的眼睛，红红的，让这个平时看上去朝气蓬勃的年轻姑娘，显出几分可爱的柔弱来。他不禁感到一阵心痛，开口劝慰道："你别哭，不如这样吧，明天我们陪你一起去处里找领导反映这件事情。范主任是个小人，我怕你对上他会吃亏，而且如果你打了他一顿的话，到时候明明你有理，也变成没理了。”

展颜抬起湿润的眼睛，望着秦风，万分沮丧地摇了摇头：“没用的，处里的领导是不会帮我的。”

犹豫了一下之后，她把自己之所以在这里的原委告诉了这两位伙伴。说完之后，她跟个泄了气的皮球一样，说：“我被李副书记利用，又得罪了沈副处长和孙副主任，范主任就是在他们的示意下经常为难我的。处里也就这么几个领导，我一下子就惹了三个，就连朱主任都建议我暂时避避风头，你们说处里哪里还会有其他领导会为了我这么一个小职工跟他们三个人过不去的？”

她说不下去了，眼泪突然之间涌了出来。

“既然这样，那你为什么还留在这里？为什么不换个单位？”楚槐既感慨又不解。

“因为我不甘心。”展颜咬了咬牙，“我不甘心这份我当兵四年换回来的工作就这么没了。我明知道他们把我弄到这里来，其实就是希望我吃不了苦，自己辞职。但我实在是不甘心，我偏不要如他们的愿。我倒是要看看，改制后他们到底能不能如愿地坐上他们想要的位置。而且，虽然现在苦了点，但好在在这里，有你们，有尤师傅，还有工程养护组的师傅，你们可以教我很多绿化专业知识，工作时间又比较自由，对于我考建造师和绿化工程师证有很大的帮助。我想过了，如果将来真的是李莉当上了这个董事长，那么，我会在拿到绿化工程师证之后，跳槽到别的绿化企业去！”

“既然到处里去告状没用，那咱们合计合计，想个法子对付姓范的那个混蛋。咱们既不能让他抓住把柄，又得让展颜把这口气出了。”得知了展颜的情况和想法之后，一向聪明机灵的楚槐开始了他的谋划。

第二天，快下班的时候，展颜给范根生打了个电话："范主任，昨天你跟我说的话，我回去想了一夜，我觉得我现在有很多话要跟你说，你有空吗？我在三色堇的花田这边等你！"

范根生笑了，他就知道以他这样的条件，那姑娘一定是拒绝不了的，至于昨天嘛，小姑娘家家会害羞那也是很正常的嘛。他笑着，深深地吸了一口气，空气中仿佛突然弥漫着荷尔蒙散发的气味，那是闷热的青草味、淡腥的泥土味、微甜的花香味以及肥料的骚味。他的心顿时变得火热，整个人也仿佛年轻了几岁，他想了想，拿起脸盆放上了水，又倒了大半瓶花露水在水中，然后把自己从头到脚擦拭了一遍。

喷香并且激情澎湃的范根生主任准备去赴约了，为了让这第一次的约会显得浪漫而隆重，在路过玫瑰花田的时候，他还特意跑进去摘了几枝玫瑰。

老远的，他就看见三色堇花田那边，那年轻的姑娘在朝他招手。他激动了，他亢奋了，他迈开步伐向展颜走去。突然，他觉得脚下一空，只听得"扑通"一声，他整个人摔进了一个莫名出现的半米多深的粪坑里，无数屎尿飞溅起来，溅得他头上、身上、脚上甚至是嘴里都是。

"呕……"扑鼻而来的臭气以及嘴里那不可描述的感觉令他忍不住当场呕吐了起来。

这时，头顶一阵咔嚓声，竟然是楚槐和秦风那两个小子，他们不知从哪儿蹦了出来，正拿着照相机对着他一阵狂拍。

"你们……你们干什么？还不快把我拉上去？呕……"范根生简直是气急败坏，他边吐边说。

展颜跑了过来，拿了那根昨天准备要揍他的铁棍递给他，在楚槐和秦风的帮助下，把他给捞了出来。他一出来，这三个人就立即捂着鼻子跑得老远。

“你们……你们给我等着！”范根生这时已经知道自己为什么会掉在粪坑中了，肯定是中了这三个人的圈套了，他气得直哆嗦，疯了似的跑到工程养护组那边的淋浴间冲洗。但是等他洗好了准备穿衣服的时候，他又蒙了，他放在外间柜子里换洗的衣服竟然不翼而飞。他光着身子，惊慌失措地在淋浴间里徘徊着，慌乱得不知道该怎么办才好。

这时，他听到有人在敲淋浴间的窗，他听到展颜笑着说：“范主任，刚才我们拍了很多你在粪坑里游泳的照片，你要是再跑来偷看我洗澡的话，我不介意把这些照片发给单位所有的同事欣赏一下。说不定会有人当作新奇的事情拿给新闻媒体去看，哈哈，那你可就出名了！”

“是你，是你挖了个坑害我的对不对？”范根生急怒攻心，想撕了展颜的心都有了。

“范主任，请你说话小心点，说我挖坑害你，你有证据吗？没有证据那就是诬蔑。你这是在诬蔑你的同事，侮辱我的人格呢！”展颜咯咯直笑，把他昨天的话原封不动地还给他。

范根生气得想要拉开窗户跳出去打人，但看了一眼自己光溜溜的样子，终究还是不敢，他压低了嗓子，恶狠狠地说：“展颜，你别以为我不知道，就是你挖个粪坑害我，我明天一定要到处里去举报你，我要让李副书记开除你！还有，我的衣服呢？我的衣服是不是楚槐和秦风那两个小子拿的？呵呵，你们等着，等我出来要你们好看。”

窗外，秦风说：“范主任，你自个儿不小心掉进了粪坑，人家展颜好心好意地救你，你居然诬蔑她，还想去处里举报她。要不要我把大伙都叫过来评评理呀？”楚槐则用嘲讽的口吻说道：“您可是没证据说展颜害您，不过，您偷看展颜洗澡，我和秦风可都看到了，都可以为她做证。咱要不要去处里，找处领导把这事给谈一下？我可告诉您，您以后再欺负展颜，我和秦风就一起到处里，甚至还可以到市建委里去找领导反映情况。我劝您，您呀，最好离她远点！还有，您说您要出来给我们好看，那真是吓死我们了，既然这样我们可就先走了，您要是不介意，就待在淋浴间吧，估计明天大家伙儿来上班的时候，会有好心的同志帮您拿衣服的。”

范根生愤怒、无奈以及害怕之极，但是他现在真的没了办法，低声下气地问：“你们要怎么样才肯把衣服还给我？”

淋浴间的窗打开了，塞进来一张纸条，是一纸“认罪书”，上面写着：“我范根生利用职务之便欲对展颜同志图谋不轨，我还偷看展颜同志洗澡。我该死，我有罪，我保证从今天开始，绝对不再打展颜的主意，也绝对不会利用职务之便针对她欺负她给她穿小鞋。”最后一行写着“认罪人签名”。

范根生一看，这还了得！当下就大叫道：“你们几个不要欺人太甚！”

楚槐冷笑着说：“范主任，等会儿我和秦风冲进来给你拍裸照，那才真的叫欺人太甚。我劝你赶紧在这张纸上签名，不然的话，我们可就真的进来了，到时候，我们园管处人手一份你范主任粪坑里游泳以及光溜溜的照片，那你范主任可就毫无颜面可言了。”

范根生还能怎么办？他一向认为自己是个能屈能伸的大丈夫，更何况在这样的情况下，他敢不签这个名吗？

至此，识时务者为俊杰，范根生果然离展颜远远的，远远的。三个年轻人的团结和友谊所迸发出来的耀眼光芒，到底让他不得不熄灭了某种丑陋而又卑鄙的心思。

而展颜则更上心地学习着将来可以让自己安身立命的绿化专业知识。她人聪慧、谦逊又肯吃苦，很快用以考代评的方式取得了助理工程师证。

这一年的十月，她和秦风、楚槐都上了电视。原来，他们三个人联手救治了景区里几棵濒死的古树名木。此前，时任浙江省委书记的习近平同志在浙江安吉余村考察时，曾提出了“绿水青山就是金山银山”的科学论断，他们三个人的这个行为，被媒体解读为“用实际行动很好地把握了‘绿水青山就是金山银山’理念的科学意蕴”，受到了市建委领导的表扬和关注。

十一月底，展颜再次被调回行政处，而秦风、楚槐作为重点培养对象分别调至工程项目部和预决算部。

第八章

江南的冬天严寒而又漫长，与北方的冰天雪地不同，江南地区的雪一向以羞涩含蓄而闻名，往往是“犹抱琵琶半遮面”似的下那么一点，其效果只不过是让天地之间稍稍变幻出一些白色，若是第二天出个太阳，那么天地之间的那一点雪白顷刻就会消散得无影无踪。但是江南冬天那凛冽的寒风，却是厉害得紧。若把江南的春风比成一个温柔的姑娘的话，那这江南冬日的西北寒风简直就是个凶悍的泼妇，它持久而凄厉，铺天盖地地盘旋在天地之间，无孔不入地侵蚀着每个人的毛孔，不把人冻个面青唇白、血色全无那是绝不肯罢休的。

展颜就在这样一个寒风凛冽的日子里重新回到了菰浔镇园管处，望着熟悉而又陌生的办公楼，她心中感慨万分。不过一年多的时间，她的心态却已经完全变了，当初刚刚迈进这个地方时的那种兴奋，如今已经被一种无法言说的怅然所取代。

此时园管处的领导层已经发生了极大的变动，原先的徐处长已经退休，让人大跌眼镜的是，取而代之的并不是踌躇满志、志在必得的李莉李副书记，而是一位名叫陈然的部队转业干部。至于沈海沈副处长和孙敏敏孙副主任，都已经先后调走。而展颜之所以能这么顺利地调回行政部门，除了朱英主任在新来的陈然处长面前为她讲了不少好话之外，还有退休了的徐老处长曾给这位新处长不少人事上的意见。展颜、楚槐、秦风这三人都是徐老处长推荐给这位新处长的可用人才。

"小展，坐吧。你那坐姿一看就知道是当兵退伍回来的，退伍这么久，还能保持这样的坐姿，不错！难怪朱主任经常在我面前提及你。"陈然今年刚刚四十岁，一张国字脸，浓眉大眼，身上有着和展颜同样的军人气质，"咱们长话短说，根据市委、市政府部署，市里决定以市建设系统为试点，对事业单位进行改革，着力解决经营类事业单位存在的政企、事企不分，体制不顺，机制不活，效益不高等突出问题。我们菰浔镇园管处已经确定成为第二批试点改制单位。至十一月底，咱们处里所有有编制人员的人事关系都已经冻结了，改制的帷幕算是正式拉开了。由于办公室原先的孙副主任在人事关系冻结前已经调离了本单位，现在办公室就剩下朱主任一个人，人手严重不足，办公室行政工作又很繁忙，加上现在面临改制，会出很多文件，所以在朱主任和已经退休的徐处长的提议下，我把你从基层调了上来。希望你能好好地配合朱主任，做好办公室承上启下的工作，保障好我们的改制任务。"

"是！"展颜"啪"的一个立正，逗笑了陈然，顿时令他对这个年轻的女同志心生好感。

展颜的回归，让朱英感到十分高兴和欣慰，与展颜几天接触下来，她的心底却没由来地发出一声叹息。展颜这姑娘到底还是有些变了。生活的残酷、冷峻、背叛以及打压，让这姑娘那双曾经清澈的眼睛盛满了某种黑夜般浓郁的落寞。她感到这位退伍女兵那颗不屈服的心似乎已经躲到了一层薄雾当中，从前的生动活泼如今也由沉静清冷所替代了。她自然知道展颜在基层的时候吃了不少苦，她本来还颇担心展颜会心存怨恨，在见到曾经在背后“插”了她一刀的李莉时会生出愤怒、怨恨的情绪。不想展颜始终在李莉挑衅的眼光里保持着得体而又职业的微笑，这倒让她大大地松了一口气。所以说，基层的这一趟磨炼，展颜其实并没有白受苦。

而对于展颜来说，自从她回到行政处之后，虽然李莉那双挑衅的、嘲讽的眼睛始终悬挂在她的生活当中，就像她肩上挑过用来施肥的那些东西一样，散发出无孔不入的臭气，但是经过了大半年的磨炼，她早已不是那个遇事只会慌张撒腿就跑、问话之后马上七情上脸的职场菜鸟了，虽然她不屑于唱念做打惺惺作态那一套，但好歹也已经学会了用最完美的表情，沉默地与它对峙。

李莉想要当处长和董事长的如意算盘被打破了，她气急败坏，展颜心里是知道这个的。

是的，李莉的确已经气急败坏了。

在利用展颜逼退了沈海这个最强劲的竞争对手后，她原以为自己必定会成为新一任的园管处处长，那么改制后成为企业董事长当然也是板上钉钉的事情。可她千算万算，却万万没有算到，竟然会空降一位处长下来。这样的安排，让她前期的努力全部变成了苍白透明的句号。

但她并不是一个甘于接受失败的人，即便这位空降的陈然处长击破了她的美梦，可她仍旧觉得自己有反败为胜的机会。对她来说，这是一场关于权力的争夺战，而战争的胜利不就在于天时、地利、人和吗？虽然，上级的这个任命让她没了天时，可她在园管处这么久，有的是地利和人和，这场仗，她还是有本钱、有能力、有机会打上一打的。所以，在改制已经紧锣密鼓拉开帷幕的最初阶段里，她一反常态，不再像从前那样矜持地等待着机遇从天而降，而是化被动为主动，频频出击，四处活动，她甚至还结交到了一个盟友——曾经同样觊觎处长、董事长这个位置的陆建华副处长，同时，各种阴暗操作也在背地里慢慢进行起来。

12月25日，圣诞节这一天，菰城市建委副局长兼任改制办主任的黄炳耀副局长带领改制办工作组来到了菰浔镇园管处，准备召开改制动员大会并宣读改制政策。谁也没料到，一些不利于改制的谣言早已悄悄在一百多名员工当中传开并且发酵。

什么改制后企业会让四五十岁的员工下岗，改制后将会大幅度下调工资待遇水平，改制后企业就变成私人的了，老板看你不顺眼，就可以立马让你滚蛋……诸如此类的传言，吓坏了大半辈子都捧着这个“铁饭碗”的老员工们。也不晓得到底是谁听来的，应该是员工中有些门路的人听来的，他们说，处里的几位副处长手头已经有一份名单了，那是新来的陈处长准备在改制后辞退的人员名单。所以，大伙儿若是想要保住自己的饭碗就得抗争，得跟市建委的领导抗争，得跟新来的那位恶毒的陈处长抗争。

于是乎，在这个动员会上，来的不仅仅是一百多名员工，还有许多前来撑腰并准备对陈然兴师问罪的员工家属。人们的情绪就好像是被淋上了汽油的柴火，群情鼎沸，一点就着。而点燃柴火的人，正是李莉一向用得极为顺手的范根生。

当黄炳耀一行刚刚在主席台上坐定，还没有开始宣讲改制政策，范根生就已经义愤填膺地拍桌而起，他的手上扬着一张纸，上面满是鲜红的手印，让人望而生畏。“领导，这是我们全体员工签署的请愿书，我们所有的员工请愿签名，按了手印，我们是坚决反对改制的！别以为我们不知道，我们园管处改制是有内幕的，你们要把我们这个园管处送给私人老板！我们别的不说，这事业制变企业制后，我们员工的待遇、权益会由谁来保障？还不是新上台的老板。再说了，硬生生把我们事业编制的身份转换成普通企业员工，这以后的退休金得相差多少，你们算过没有？还有就是改制之后，我们的生活、工作就没了保障，人家老板想要你就要，不想要，就可以随便开除，到时候，我们叫天天不应，叫地地不灵，谁会来管我们？总之，我们大家全都是坚决反对改制的，我告诉你们，你们如果非要改，我们就到市建设局、市政府去静坐上访！”

范根生这么一开头，会议场内的气氛开始剧烈翻腾起来，所有一张一合的嘴巴、怒目圆瞪的眼睛、拍打桌子的双手都在表达对改制的抗拒。会场内有不少家属是带了孩子过来的，这么一来，就把孩子给吓到了，孩子大声地啼哭了起来。一时间，叫的叫，骂的骂，哭的哭，整个会场乌烟瘴气、鸡飞狗跳。

黄炳耀副局长曾经主持过春光园林的改制，那场改制算得上是水到渠成颇为顺利，他万万没想到会在菰浔镇园管处这里遭到如此剧烈的反对，意外之下，他看了一眼乱糟糟的会场，略略提高了声音说：“请大家冷静一点，大家可以先听听我宣读的改制政策，到时候你们有什么问题，我们再坐下来慢慢谈。另外，抱小孩的女同志能不能先带着孩子到会场外面去休息一下，孩子这么哭闹，这么吵，咱们这个动员会也没法开呀。”

话音刚落，“咚”的一声，一个矿泉水瓶就从人群中飞了出来，砸在了他的桌子上：“我们这都要没饭吃了，你还嫌我们吵，你是不是人？”

第一个矿泉水瓶飞出之后，导火索瞬间被点燃，群体性的发泄瞬间淹没了人的理智，无数个矿泉水瓶从人群里飞了出来，砸向了主席台，几乎所有人的情绪都被带动着激动了起来。陈然见势不妙，当即让朱英和展颜带着黄炳耀等人从会场的一侧撤了出去，自己则留在那儿，安抚激动的人群。

“别让工作组的人跑了，一定要逼着他们答应我们不改制这个条件。”会场里不知道是谁吼了这么一嗓子。

“对，对，抓住那几个当官的，让他们答应咱们的条件！”

“当官的没一个好的，完全不顾我们的死活，让我们这些四五十岁的下岗，叫我们怎么活下去？我们活不了，他们也别想好过！”

“我们要问清楚，那份要辞退我们的名单到底是谁列出来的，名单上到底有谁？到时候，被辞退的人都到这个人的家里去吃饭！”

事态向着不可收拾的地步发展了下去，激动的人们根本就不想听陈然的解释，一窝蜂冲出会场追了上去。

这边，展颜和朱英按照陈然的指示，带着黄炳耀等一众人员飞快地向园管处外面撤退。但，显然，这是一场有预谋的混乱，此时园管处的大门已经被人用铁锁链锁了起来，守在大门口的，是十来位员工家属，都是些六七十岁的老太太，她们手挽着手，以人墙的方式把门给堵上了。

见到朱英、展颜他们一行，有老太太立即用跟自己年龄不相符的响亮嗓音叫了起来：“他们在这里，他们跑出来了，快点抓住他们。”顿时老太太们如狂烈的海浪般向展颜一行人卷去。

黄炳耀的秘书卢栋连忙拦在了前面，才问了一句“你们要干什么”，脸上就挨了好几爪子，脸差点被抓破了。

好在展颜认出其中有几位老太太是之前花木培育中心几位师傅的家人，仗着自己跟她们略有一些交情，当机立断一把把卢栋推向身后，同时伸开双臂拦住了想要冲过去抓黄炳耀的三位老太太，转头对朱英大喊：“快走，带他们走小楼梯去处长办公室！”

这层楼有个小楼梯，直通三楼陈然的办公室，平时很少有人走。而通往陈然那间办公室前有道厚重的防盗门，只要朱英他们锁上防盗门，躲在办公室里，一时半会儿还是安全的。

现场已不容朱英多做考虑，她担忧地看了展颜一眼，拉着卢栋转身往小楼梯的方向跑去。

展颜成功地阻挡住了老太太们的袭击，但同时，她的这个举动也激怒了这群老太太。对改制的不满，对家人未来的担忧，早已让她们憋了一肚子的怒火，现在，这些怒火有了一个宣泄口，于是，除了几位身手尚为敏捷、年纪相对比较轻的老太太去追赶朱英一行之外，大部分老太太都冲着展颜来了。她们推搡叫骂着她，责问她为什么不站在员工的立场，反而要帮着那帮黑心的官员。要不是那几个跟她认识的老太太拦着，这会子她准会被抓个满脸开花。她的耳边也响彻着老太太们各种各样“问候”家人的言语，人也被她们推来搡去的差点摔到地上。幸亏这是大冬天，这要是在夏天，指不定她全身的衣服都被老太太们给扯烂了。

展颜又气又急，可在这种情况下，她是万万不敢跟老太太们动手的，略略争辩几句，换来的是更多的辱骂，无数唾沫星子都喷在了她的脸上，无奈之下，她只得放弃抵抗，认命地闭着眼睛，任由她们叫骂推搡。

后面的人追了出来，人群骚乱得更加厉害，所有的人都拼命地挤向小楼梯方向，连展颜也被老太太们推搡着往小楼梯方向走去。这中间，她不知道被人踩了多少脚，也不知道暗中被人拧了多少下，她被人潮席卷着、包裹着，身不由己地随着人群往前走。她试着挣扎过，也不知道是哪位缺德的老太太恼怒之下一把抓住了她的头发，她倒仰着头，被狠狠地拖行了一段路。

就在她绝望地以为自己要被老太太们折磨死的时候，她身后有两个人像豹子似的扑了过来，冲过人群，拉开一个又一个人。他们像闪电似的冲进老太太堆里，有人拉开了扯着她头发的老太太，有人拖着她向一边正好门开着、没有人的办公室退去。是秦风和楚槐，他们眼露凶光，用手指着追进来的老太太，大声喝道：“你们干什么？你们有诉求有要求去找领导，欺负一个小姑娘干什么？你们再这样，我们就报警了！”

“狗男女，全他妈不是好东西，砸他们！”展颜听到了范根生在人群里的声音，紧接着一个矿泉水瓶从他手里飞了出来，狠狠地向他们仨人砸来。秦风转身将展颜护在怀里，矿泉水瓶砸中了他的肩，水流得到处都是。

“不许砸！”

“别动手！”

人群中响起了好几个声音，是尤师傅和公园的吴师傅以及工程养护组、花木培育组的几位师傅赶到了，他们推开人群，伸出双手，以保护的姿势拦在了三个年轻人面前，尤师傅说：“大家不要动手，不要乱来。咱们说好是要讲道理的！再说了，这事，跟这几个小年轻没什么关系，还是上去找领导吧！”

尤师傅在员工当中还是有些威望的，再加上有吴师傅和工程养护组、花木培育组那几位师傅保驾护航，老太太们终于大发慈悲地放过了展颜他们，骂骂咧咧地往小楼梯那儿走去。尤师傅和其他几位师傅等人群都走光了，这才放下伸展的双手，他们也没多说什么，只冲着三位年轻人点了点头，也往小楼梯方向去了。

“我们报警吧！”楚槐说着就拿起办公桌上的电话准备拨打。

展颜一把将电话按住：“刚才跑的时候，陈处长交代我们，不到万不得已的时候，千万不要报警，以免矛盾进一步激化。”

“可现在大家的情绪已经失去控制，再这么下去，肯定会出事的！我觉得应该报警了！”楚槐坚持报警。

“等等，你先别急着报警，我跟上去看看情况再说！”展颜心里也是慌得一塌糊涂，但她是个实性子的人，既然陈然这么吩咐了，她自然就会听从。

“等下，我陪你一起上去。”秦风跟在了她的身后。

楚槐见状，只得放弃报警，跟着两人一路小跑，通过小楼梯跑向陈然的办公室。

第九章

三楼的过道上密密麻麻全都是人，他们三个人到了三楼楼梯口就上不去了，正在他们犹豫着是否要报警的时候，他们听到了陈然那中气十足的声音。

“都站住了，你们想干什么？”站在防盗门门口的陈然，双手叉腰，正以一夫当关的气势，面对着情绪失控、群情鼎沸的员工。他大声吼道：“我陈然，可以拍着胸脯大声地再跟大家说一遍，根本就没有所谓改制辞退人员名单！我知道大家担心改制后会没了工作丢了饭碗，但，我可以向你们保证，只要我陈然还有工作还有饭碗，就绝对不会让你们没了工作丢了饭碗！”

“信你个鬼，你们这些当官的都坏得很！”人群中一个矿泉水瓶带着呼啸声冲着陈然的脑袋飞了过来，陈然心中微微一惊，急急地把头往后一仰，这才避过了这个擦着他的脸颊飞过去的矿泉水瓶。水瓶去势不减，穿过防盗拉门，重重地砸在了他身后那间紧闭的办公室大门上，发出巨大的声响，让躲在办公室里工作组的人员一阵心惊肉跳。

矿泉水瓶被砸破了，冰冷的矿泉水浇了陈然一头一脸，这激起了他心中的怒火。他指着人群中一位个子瘦小、眼光躲闪的人，单刀直入、劈头盖脸地问道:“苟小二，你想干什么? 你是想砸死我，然后好坐牢是不是? 你有没有想过，如果刚才那一下，真的砸在我的脑门上，我要是真的被你砸出了什么事，我问你，你打算怎么办? 你那个靠你工资吃药的老婆怎么办? ”

这个苟小二本是个极为老实的汉子，这次不知受了什么蛊惑，却是寸步不让，他缩在人群里喊道:“陈处长，我可不是存心要砸你。我这是想砸门，我是要把门给砸开，好让里面那些当官的跟我们面对面地把话说清楚。不过，你要是再不让开，那就不好说了，反正法不责众，我怕什么? ”

陈然冷笑一声，带着壮士断腕般的决绝，向前迈了一步，二十多年的军旅生涯，使得他身上有种极为凶悍的气势，逼得挤在前面的那几个员工不住地往后退。

“我今天把话搁在这儿，我，陈然，当了二十多年的兵，就不是个孬种！今天，你们要是想以这副样子跟市建委工作组的同志谈，我是不会让开的，有种，你们就把我陈然当场砸死在这儿，然后你们踏着我的尸体走进去！”

也许是被他的气势所慑，人群开始安静了下来，而陈然要的就是这安静的一刻，他深吸了一口气，大声说:“同志们，我以我曾经是一名军人的身份，在这儿向你们保证，不管怎么样，我一定会坚定不移地站在大家这一边，也一定会如实向上级领导表达你们的意愿，解决你们的问题。我可以向你们保证，我们的改制是没有内幕的，是公平、公正、公开的！你们所有人全程都有参与权和知情权！我可以向你们保证，绝对没有所谓改制辞退名单，更不会出现你们口中所说的改制后就会随意辞退员工这种情况！我可以向你们保证，你们所有人的待遇和权益，一定会放在首位考虑。同志们，请你们相信我，相信我这个有着二十多年兵龄的老兵和党员，也请你们相信组织、相信领导。改制，是为了建立现代企业制度，是为了使我们园管处成为一个产权明晰、权责明确、政企分开、管理科学的现代企业；是为了建立健全新的决策、新的执行和新的监督体系，使我们园管处可以成为一个自主经营、自负盈亏、自我发展的法人实体和市场主体。说白了，改制，真正的目的，就是让我们园管处更好，让大家更好！你们说，改制是把园管处送给私人老板了，这是不对的，因为，你们仍会是园管处的主人。在这儿，我可以悄悄透露一个信息给大家，在我们的方案中，改制后，你们当中有很多人，将成为新公司的股东，你们非要说是私人老板的话，那就是，你们中间有很多人，即将成为私人老板之一，至于是谁成为新公司的股东，成为私人老板之一占多少股份，这都需要我们大家坐下来慢慢谈。”

最后这几句话，使人群中炸开了锅。

“什么，我们也可以成为股东？”“这么说，我们也可以当老板之一？”“只要能保障我们的利益，保住我们的工作，不会把我们这批四五十岁的人辞退就行了。”“那你们说，我们职工会占多少股份呀？”

有人喊了出来：“陈处长，你说的是不是真的？我们职工会有多少人可以当股东呀？占多少股份呀？”

到了这个时候，陈然才算是微微松了口气，他挥了挥手，示意大家安静下来：“大家静一静，这些事情，都要慢慢地谈。你们职工有自己的职工委员会，你们所有的诉求，都可以通过职工委员会反馈上来。我的建议是这样的，咱们先把这个动员会给开好了，把这个改制的政策给听懂了，咱们再坐下来慢慢谈。说白了，你们就算是要闹腾，再难听点儿，就算是你们要造反，那你们也得知道从哪个口子下手是不是？你们现在可是连到底怎么改，改成什么样，都还不知道呢！你们说你们处于两眼一抹黑，啥都不知道的状态，那你们后期可怎么谈条件谈要求？这知己知彼，才能百战百胜，你们得把这个政策读透了，了解清楚了，才能争取自己最大的利益，大家说是不是这个理儿？”

陈然的这番话，也算是推心置腹了，人们听了进去，原本对改制万分抗拒的心有了一点点摇摆。“那就把动员会开完吧！咱们听一听到底是怎么改的。”人群里包括尤师傅在内的几个有威望的老员工发了话。

陈然松了一口气，笑了起来，露出满口的白牙：“行，但咱们得事先说好，咱们这次心平气和，坐下来，好好地把这个动员会给开完。可别开到一半，矿泉水瓶又满天乱飞，这会场这么多老人、孩子都在，你们就不怕吓到他们，砸到他们？我在这儿跟你们这么说吧，如果你们确实有什么想法，有什么意见，也都请先忍一忍，咱们不要闹出鸡飞狗跳全武行这种情况出来。回过头，你们有什么想法和意见都可以直接来找我陈然说，如果，我陈然，没有站在你们的立场上为你们考虑，没有把你们的意见和建议向上级领导反馈，那你们就每个人抱一箱矿泉水上来，对着我狠狠地砸，砸死不偿命！”

人群顿时变得鸦雀无声，朴实的员工们心里开始对这位还很陌生的新处长生起了一点点、一丝丝的敬意。

在陈然终于控制住了事态，轻轻敲响身后那扇大门的时候，楼道口的展颜以及躲在办公室里的朱英和黄炳耀他们都不禁长长舒了口气，齐齐摸了一把额头的冷汗。

当然，并不是每个人都会因此而舒口气的，为此憋气的也大有人在，比如，李莉李副书记。

她是真的没有想到，陈然在这么短的时间内就控制住了场面，快到了她脸上幸灾乐祸的表情都还没来得及收起来，快到了她那篇准备向新闻媒体曝光“处长暗箱操作改制，全体工人愤然反抗”的文章都还来不及发给她收买的那位记者，人们就又都乖乖地坐回会场，准备开会。

当然，李莉并非没准备后招，当大家再一次坐下，召开改制动员大会、宣读好改制政策之后，她站了出来：“陈处长，您呢，刚来我们园管处不久，跟您相反，我呢，在咱们园管处已经有十几年的时间了，可以说，我熟悉这里的每一位员工，也了解咱们园管处每一个部门的运作。这段时间以来，我也和广大员工聊了不少关于改制的设想，也听取了大家的意见。我想，我完全可以代表员工们，就改制这个事情说说我对于咱们园管处的提议。”

李莉把自己的想法和提议用响亮的口号、高昂的调子和深奥的言语说了一遍。不要说员工们，就算是展颜也听得云里雾里。李莉的这些个建议听上去似乎句句在为员工们争取利益，可具体怎么争取却又落实在她自己手中。

朱英在展颜耳边，低声为她解读了李莉的真正意图。一是企图仗权承包，以超低价购得现有土地、房产、设备和股权；二是意图通过人员洗牌安置的方法，将员工中一些老弱病残者甩卸给陈然处长。

李莉说完之后，陆建华站了起来，表示自己完全同意李莉的提议，并表示这个提议完全是站在员工立场上的，是对员工利益的最大化。

现在，形势已经很明朗了，园管处留下来的两位副处长已经结盟，陈然想要把自己这个位置坐实，想要改制顺顺利利地进行下去，势必会与两位副处长正面交锋。而底下的员工不明真相，只觉得原来处里的两位副处长都这么说，必然就是对的，而陈然迟迟不表态，则必然是想在这上头玩什么花招。好不容易安抚下去的情绪又激动了起来，人们议论纷纷，七嘴八舌地表达着自己的想法，场面再度开始向着失控的方向滑去。

此刻，陈然的心情是十分沉重的，他十分清楚和明白，事改企，注定将是一场艰辛的战斗。跟所有事业单位的职工一样，园管处的员工也因为自己的事业编制以及因事业编制享有的特殊待遇而感到自豪。事改企，则意味着人们已经拥有的需求和满足会被彻底破坏，那么，接踵而来的必然是政治上的失落和心理上的失衡。这就会造成大家心理上的不平衡，极易发生刚才那样的过激行为。此外，少数员工长期在事业单位工作，产生了根深蒂固的惰性和习惯性思维，这也必将与改制形成尖锐的对立与碰撞。员工会产生强烈的失控感，会产生迷惘、错觉和困惑，这个时候往往就会盲从于表面的利益。显然，李、陆两位副处长就是抓住了这一点。另外，以苟小二为首的一小部分员工不讲大局，个人主义倾向性严重，主观臆断、自作主张、自认有理，在现场提出了无数个无理要求和超政策要求。他们这些人由于自身条件一般，对于改制的抵触情绪最为严重，是最难沟通最难做工作的。

这么想着，他站了起来，严肃认真而又慎重地说道："各位员工、改制办的各位领导，两位副处长所提议的这个改制办法，我认为还有待大家一起商榷。但我陈然今天可以当着大家的面，当着市建委领导的面，向大家保证，在改制的过程当中，我必将恪守三个要点：一是'心正'，我必将牢记党的宗旨，坚持原则，绝对会以广大员工的利益为先；二是'廉洁'，我绝不谋私利、不假公济私，绝对不会侵占你们应有的利益；三是'奉公'，我会做到一心为公、秉公办事、不徇私情、绝不贪赃枉法。同志们，上级领导把我指派到这里来，并让我组织事改企的工作，是因为领导相信我，信任我这个有着二十多年兵龄和党龄的老兵老党员，我希望大家也能够相信我。我知道，你们最担心会被无故辞退、下岗、收入减少，在这里我给大家立下军令状，只要我陈然成为改制后的当家人，绝对不会出现无故辞退、被逼下岗的情况。我保证，你们的收入绝对会和你们的付出成正比！同志们，'绿水青山就是金山银山’的理念对我们绿化行业来说，是给了我们巨大的契机，我可以在这里预言，我们这个行业，不再只是简单地种种树种种花、可有可无的行业，我们这个行业将会成为一个社会进步、经济发展需要的行业，一个造福子孙后代、改善城市环境、促进城市可持续发展的行业。这也就意味着，咱们园林人的春天已经到来了，请大家相信我，我一定可以带领咱们园林人走出一条改革致富的康庄大道！”

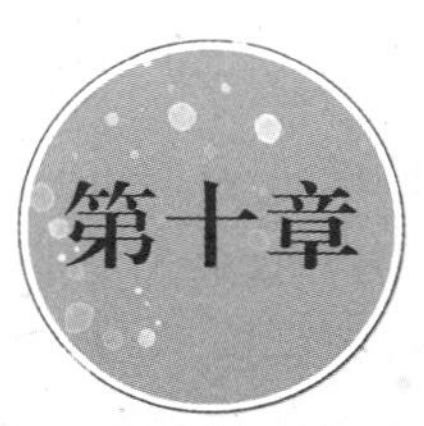

第十章

过了下午四点以后，冬日的阳光便开始在陈然处长那间宽大的办公室里逐渐消逝，阴阳怪气的下午渐渐转为凄凉冰冷的黄昏。展颜听见北风一直在窗外的树林里呼啸，感觉整个人也在一点一点地变得像块石头一样冰冷。今天，她和朱英、陈然再一次被人群堵在了办公室里。看着苟小二那个婆娘手中拿着的那瓶草甘膦，她的心怦怦地乱跳着，只觉得头皮发麻脸发烫。

无论一小部分员工是多么的不情愿，园管处事改企的工作终于还是如期启动，但是如何厉行法治、程序公正、民主监督，领导干部如何竞争和淘汰，如何分配股份，却成了最大的争议。李莉和陆建华既然在会议上已经跟陈然公开撕破脸，自然也不会善罢甘休，坐以待毙。改制后股权股份这块大蛋糕，他们无论如何都要把它吃下去。于是，这两个园管处的元老对内对陈然采取了死缠烂打、步步紧逼、穷追不舍的方针，对外对员工们采用了推波助澜、挑拨离间，外加喂食空心汤圆的方法。

不得不说，这两人在园管处这十几年并没有白待，除却恩威并施下对他们忠心耿耿的几个要害部门的负责人之外，还是有一部分员工对他们是百分百信赖并言听计从的。比如，现在把展颜他们堵在屋里的苟小二一行。

这会子，苟小二那个经常生病的婆娘情绪十分激动，状态十分亢奋，她左手指着陈然哭爹骂娘，右手拿着草甘膦寻死觅活，她要陈然给她的男人10%的股权股份，否则，她就死给陈然看。

至于陈然，则皱着眉头看着桌子上那封匿名信，标题写着:“陈处长该醒醒了，现在你已死定了。”信内写道:“这几天，你是否注意到李副书记、陆副处长成天和一些中层干部在一起商量我们园管处改制的事?我把我听到的部分情况跟你汇报一下。目前李副书记制订了两个方案。第一个方案:陆副处长说你跟改制办的黄炳耀副局长关系密切，所以造成了国有资产流失，他手上就有你流失国有资产的证据，他会把这些证据交给税务局，查出问题后，再写信给检察院。听陆副处长说，流失国有资产是死罪，你进去后，他会推举李副书记当董事长，而李副书记则表示会提拔陆副处长当总经理。第二个方案:等公司改制完毕后，再向有关部门举报你造成国有资产流失，等你被抓之后，再全面控制公司。陈处长，你那天的话，我是听进去了，所以特地来提醒你。”

陈然无声地叹息着，世上有两根杠杆可以驱使人们行动——利益和恐惧，拿破仑诚不欺人。这么想着，他有些痛苦地揉了揉发胀的脑袋。别看这段时间来他似乎很轻松地压制和把控住了员工的情绪，其实，这些天来，他的心情一直处于一种焦虑、亢奋、紧张的状态中。

当初组织把他分配到蒁浔镇园管处时，便已经明确地告知他，园管处即将面临改制。虽然，他表示听从组织的安排，实际上，他还是带着重重顾虑，甚至有些心不甘情不愿的情绪来上任的。李莉和陆建华私底下的一些活动和手段，他不是不晓得，他采取的是忍让退却的做法，他并不想跟这两位副职全面开战，必要时，他甚至愿意适当妥协割让出部分他们想要的利益，包括总经理这个位置，他只希望可以安稳地、平安地度过这整个改制期。但可惜李莉和陆建华这两位似乎并不接受他释放出来的善意，他们在背地里一味地挑拨离间着，像眼前苟小二婆娘来闹事这种鸡飞狗跳、争闹不休的情况已经持续了有些时间了，虽然他每次都应付得当，但也渐渐产生了一种心力交瘁的感觉。眼前的这封匿名信，除了让他更深地体会到这场改制的艰辛艰难外，也使得一种莫名的恐惧和愤怒在他心中渐渐升了起来。尽管他现在步步退让，但是李副书记和陆副处长这两位仍不知足，他们步步紧逼，磨刀霍霍，直等他退到悬崖边就要拿他开刀了，若他还天真地保持着跟他们两位和平共处的想法，只怕到最后就要落个身败名裂的下场。

陈然深深地吐了口气，仿佛是想将心中衰颓的暮气一吐而空，然后，他看向了大有哭到天崩地裂之势的苟小二婆娘。尽管这妇人哭得让他几乎想要摔门而去，但好在最后他以惊人的意志克制住了自己，在众人面前保持住了泰山崩于前而不动声色的冷静。他很清楚，这些人到他这儿来哭闹，是有人在他们的身后煽风点火的，若是他没这个能力力挽狂澜，那就等着被一波又一波的汹涌海浪拍死在沙滩上吧。

总算……苟小二家那婆娘也哭累了，她本就有冠心病，这号啕大哭也是个体力活，这会子，她真的哭不动了，于是哽咽着做出了连气都要喘不上来的可怜模样。陈然终于也动了，他站了起来，从抽屉里拿出了一瓶麝香保心丸和一瓶速效救心丸，带着春风般温暖的和蔼笑容，体贴地把这两瓶药放到了苟小二婆娘手中，顺势把她手里的草甘膦拿了下来递给了展颜。

“苟小二比我小，我呢就称你一声弟妹吧。”陈然亲自倒了一杯水，放到苟小二婆娘手中示意她吃药，“弟妹，你口口声声说苟小二太过老实，所以一直吃亏吃到了现在，他既没轮到加工资也没轮到升职，就只会勤勤恳恳地埋头苦干，所以公司改制不给他 10% 的股份，就没了天理。这些话，我有赞同的地方，也有不赞同的地方。”

他站直了身子，说道：“因为，不仅仅是苟小二，我们园管处的每一位基层员工，包括今天来办公室堵我的这些同志，一直以来全都是勤勤恳恳埋头苦干的好同志。那么，是不是只要是勤勤恳恳埋头苦干就一定要拿到新公司 10% 甚至是你们提出的更多的股份呢？我看，这不现实。整个园管处有一百来号职工，若个个都拿 10%，你们自己去算算，这股份股权变成了多少？再说了，弟妹，你可知道这 10% 的股份到底是多少钱？新公司注册资金按园林一级资质算就是 2008 万元，10% 可是 200 多万元呀。咱且不说，你们应不应该拿到这个股份，你们这个家庭有没有这个经济实力拿出这点钱来？”陈然拍了拍一言不发低着头站在那儿的苟小二，说道：“我们就只说说实际情况。你们大家有没有考虑过，入股新公司也是有一定风险的，万一公司经营不善，在市场竞争中败了下来，股东是要贴钱的，甚至有可能这 200 多万元还会血本无归！你们来我这儿吵着要股份的时候，你们有没有想清楚，万一亏了，你们怎么办？”

“什么？入股咋还要我们拿钱？不是说是新公司给我们股份吗？”苟小二的婆娘大惊失色。他们夫妻两个原本是农民，苟小二是在土地置换的时候靠政策进了园管处，成了有事业编制的员工，她自己小学都没毕业，基本属于半文盲，而苟小二也不过是初中文凭。公司改制那么多文件，那么多大道理，他们理解得还很糊涂，不过好在有花木培育中心那个平时特别讨人厌的范根生范主任，这次他很平易近人地跟他们两口子详细地解说了。范主任可是说过了，以她家苟小二这么点资历，就应该拿他个 10% 的股份，以后每年就算不干活，跷着腿就可以等着新公司分红给他们花。可……问题是范主任好像没说入股是要他们拿出钱来的呀？让她好好想想，当时范主任是怎么说来着？哦，对了，好像范主任说只要这股份认下来，钱不是问题。

同样被蒙蔽的还有其他几位员工，他们纷纷叫嚷了起来。

“怎么还要我们拿钱，不是说只要找你，你就会分给我们的吗？”

“陈处长，你是不是在骗我们？”

“就是，陈处长，你不是说了‘绿水青山就是金山银山’理念对我们绿化行业来说，是给了我们巨大的契机，怎么还会亏钱呀？”

“不是呀，我听范主任说了，没钱购买股份也没关系的，先认购下来，到时候可以转卖给想要的人，我们一分不出，也可以赚到一定分红的。”

陈然摆了摆手，示意大家安静下来，他颇有些哭笑不得地说：“你们大家伙儿来我这儿的时候，到底有没有认真学习过改制文件？我记得除了我在大会小会上，跟大家详细讲解过文件精神之外，你们职工委员会的同志也召开过会议，进一步学习过这些文件的呀？”

“看了，也学习了，但后来我们听范主任说，其实我们是可以争取股份，然后公司每年分红给我们的呀！你陈处长不是也说了，改制后，我们当中有很多人，会成为新公司的股东的吗？”

“根据文件精神，事业单位改制为有限责任公司的，公司注册成立后，全体股东按其出资比例占有公司全部资产。”陈然走近人群，耐心地解释，“什么叫按其出资比例？那就是这个股份，是要你们出钱出资购买的。至于股东怎么产生，上次我也说过了，是由公司职工代表大会推荐选举产生的。这股份不是我说怎么分就怎么分，不是我说给谁就给谁的！同志们，今后股东大会将是公司的最高决策机构，也是公司的核心部分，股东们的职权很大，可以直接决定公司的生死、各种情况等等。同理，每一位股东身上的责任也非常大。‘绿水青山就是金山银山’的理念给咱们园林绿化业带来巨大的契机，但有了这个契机，我们还需要到市场上去竞争。天上是不会掉馅饼的，我们走向市场之后，就将经受优胜劣汰的市场经济法则的考验。股东入股并不是一本万利，而是要承担一定的风险的。新公司新企业的股东、董事，都将对整个企业负责，对整个企业的员工负责。也就是说，咱们转体改制后，将成为产权清晰、自主经营、自负盈亏、自我约束、自我发展的法人实体和市场竞争体系。说个话糙理不糙的事，那就是咱们的这些新的股东、董事，得想方设法去赚钱养活咱们园管处的所有员工！所以你们职工代表大会推荐选举股东的时候，也应该慎重考虑人选。”

说着，他环顾了一圈堵着他的人群，指着他们，一一点名道：“苟小二，你初中文凭，目前的工作是在公园里处理保洁保绿这一块，我非常肯定你在自己本职工作这一块上做得是十分出色的，但问题是，你要想成为股东，这不仅仅要求你本职工作完成得出色，还需要你为新公司新企业带来创收！如果，我把你放到市场上去竞争，要你去养活你们整个养护部门保洁保绿的人员，我认为，你做起来会十分吃力的，而且你在你们部门有没有这个威望，你们部门的同志是不是愿意把你推荐成为股东，这个，你自己也要去想一下。”

“方伟，方师傅，你初中毕业，你在咱们园管处差不多有三十五年的时间了吧？这工龄的确够久了。你在修剪树木上是一把手，你在你们部门，也有一定的威望，如果职工代表大会推荐你当股东的话，我相信你是有这个能力带领你们养护部门的同志，做好日常绿化养护管理工作的。但，如果我要你去招投标市场跟其他园林绿化公司竞争绿化养护项目，这对你来说，就会有一定难度了。赵虎宝，你也是老同志了，你是工程项目部的人，是绿化工，虽然也参与了不少绿化项目，但你知不知道应该怎么去参加招投标？怎么做标书？怎么商议标底？你不知道！你只是在你们工程项目部项目负责人的安排下做好自己的本职工作而已。那么，我要是把一个 2000 万元的项目交给你，你知道该怎么当好项目经理，做出优质的绿化项目吗？你不知道！你是一个好的绿化工，但你当不了绿化项目经理。你说你是老员工，你也要 10% 的股份，你告诉我，凭的是什么？你们工程项目部的人商量过了？在这儿，我呢，建议你们大家在选举股东代表的时候，慎重考虑一下，不要一味讲资历，一味讲在园管处工作的时间有多久，你们要选举出有威望、有能力的人来担当股东。至于你，孙师傅，你属于距离退休年龄 5 年以内，且养老保险年限满 15 年的老职工，办公室朱主任和小展跟你多次协商后，你本人自愿选择了离岗退养。国家给的政策是退养期间，遇有国家或省统一增资，可按事业单位同类人员增加档案工资，你的退养生活费则以企业标准由新公司代给，待达到法定退休年龄时，仍按机关事业单位退休人员标准领取基本养老金。你现在也来要 10% 的股份，你自己说说看，你这么做，合适不合适？”

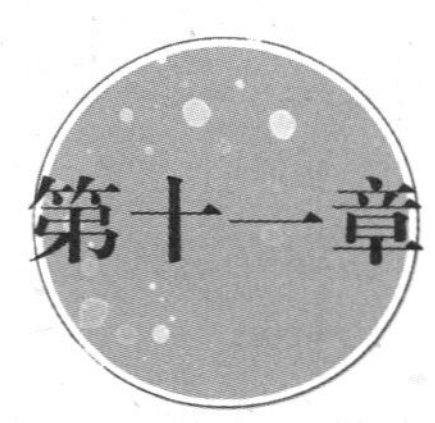

第十一章

展颜和所有人一样，默默地听着，渐渐地，她发现人们的眼神里流露出一种无法克制的迷茫和退缩。陈然的讲话还在继续，他说：“我理解你们在改制面前对未来的担忧和害怕，我说过，对于你们提出的合理要求，我一定会尽量满足。但怎么分配股份这件事，就不要来找我了，找我也没用。职工股东名单，是由你们职工委员会、职工代表大会讨论通过产生的，你们自己去讨论、自己去分配。”

听了陈然的话，人群开始小声议论，刚刚冲进办公室把展颜他们堵住时的急切、激动和不顾一切，被一种无措却又带着希望般的神情扰乱了。

“都散了吧，该工作的就回去工作吧！”朱英适时地开了口。于是有了台阶下的员工们，便不再堵在门口了，三三两两地议论着，有些无趣又有些无奈地离开了陈然的办公室。

展颜和朱主任刚刚歇了口气，李莉便满面笑容地走了进来。她笑得似乎十分真诚，但晦暗的眼神却出卖了内心恼怒的她。“陈处长，我看您这儿刚才还挺热闹的，想着要不要过来帮您解个围，没想到他们这就消停了。所以说，咱们园管处的这些员工哦，还是太过老实了。”

“李副书记说得对！”陈然微微一笑，喝了口茶，润了润略哑的嗓子，“咱们园管处的员工的确非常老实，所以，我们这些当领导的更要关心他们，可不能让老实人吃亏、被骗了。”

展颜以为陈然会像以往那样用含蓄的讥讽来结束这段对话，不想他却话锋一转，硬邦邦地说：“比如，骗他们争着吵着来抢10% 的股份，让他们来牵扯住我的精力；比如，拟定好职工股东的名单、职工股份的比例，要求职工委员会的一些同志在职工代表大会上想办法通过这份名单；又比如，明知道拟定好的这份名单中，有好些员工是没有这个经济实力，也得不到全体员工的认同来认购股份的，却依然让他们出面，做着让他们买进再转让给特定人员的美梦。李副书记，人在做，天在看，你和陆副处长这么做是不是不太合适呀？”

李莉抬脸与陈然对视，良久，笑了笑说：“处长这个职务是上级领导通过组织部任命的，您来当处长，我和陆副处长举双手赞成，我们没意见，也绝对尊重上级组织的决定。但企业董事长这个位子，应该是谁的股份多，谁来担任吧？您只是上级派来的处长，而不是上级指定的改制后企业的董事长，对不对？而且，既然要走事改企这一步了，那么就是走向市场了，走向市场就会有竞争，这企业的法人我和陆副处长两个想要竞争一下，应该没什么毛病吧？”

“我十分欢迎你和陆副处长来竞争董事长这个位子，这也说明大家的眼光是一样的，我们同样看好园林绿化行业在今后的发展。但是，李副书记，我希望这个竞争，是建立在善意、公平、平等自愿和诚实守信基础上的良性竞争，而不是走什么歪门邪道，行什么阴谋诡计。不要因为我们的员工善良、老实就欺骗他们，明面上是在帮他们，暗地里却视一些老弱病残员工为负担和包袱，欲借这次改制之机卸之而后快；也不要因为我们某些员工知识文化水平略低，就哄骗他们，表面上是帮他们争取自己的股份，实际上是利用职务、工作之便借员工的手拿到股份股权，为自己谋私谋利。”

“陈处长说话实在太过深奥，我听不太懂。不过，似乎，您跟我和陆副处长的观念是有些出入的，我觉得真是太可惜了，观念不同，那就代表谈不拢。”李莉耸耸肩，表示遗憾。

“是呀，道不同，不相为谋。”陈然回了她一句，两人的目光在空中相遇，火光四射。

“陈处长，您一直在讲什么公平、公正、公开，可我身边怎么总是有同志反映您出了不少问题？比如您和市局那位指导财产清查的闵处长的关系，比如在国有资产处置的问题上，在评估机构的评选上，又比如在参股份额的问题上，有人反映您陈处长给局有关领导内定了15%的参股股份。陈处长，我也是很尊重你的，不过，我身为副书记，有些权力和职责也不得不运用起来呀。”李莉隐含着威胁说。

陈然淡淡一笑：“在国有资产处置问题上，我完全是按市委、市政府出台的有关政策办理。对核定的所有国有资产，是经与财政（国资）部门商定后，按政策委托具有国有资产评估资质的评估机构进行评估的，而评估立项和评估结果，也已经上报市建委审核。至于清查工作小组，你应该很清楚，是完全按照事业单位财务管理制度成立的。同时，我处的财产、债权、债务等也是在市主管部门指导下进行全面清理核查的。我和市建委负责指导我处进行清理核查的闵处长的确是战友关系，但这并不能代表什么。你们如果有证据证明我和他在清理核查过程有徇私舞弊的行为，尽可以去向上级领导反映，我无惧也不怕上级领导派工作小组来调查。至于你所说的什么内定15%的参股股份，那完全就是一派胡言！我不知道向你反映这个情况的人是出于什么样的心态，也不知道他是打哪儿道听途说妄加推测出来的，我还是那句老话，但凡你们有一丝证据都可以去向上级领导反映。你们去市建委反映也好，去公检法反映也罢，我绝对不会有半句怨言。但是，李副书记，如果你们完全没有证据，只靠推测或是谣言就对此妄加判断，那就是对我的诽谤、对我的诬蔑了！李副书记，我的容忍也是有限度的，先前，我还妄想着和你们两位老同志共同把新企业建设好，但现在这个情况，都已经兵临城下了，我是退无可退呀，再不反抗，只怕会害了那些信任我支持我的同志了。”

大约是没想到陈然会把话说得这么不客气，李莉原本冷漠平静的眸子显现出一丝惶惶不安，她故作镇静，冷冷地说：“陈处长，没有证据的话，我和陆副处长当然不会乱说。有道是，若要人不知，除非己莫为。但凡做过一些事，总会留下一定痕迹的。当然，我也很希望跟我反映情况的那些同志所说的并不是事实，我和陆副处长还是很相信您陈处长的人品的。但既然有同志反映问题上来，我和陆副处长总不能装聋作哑置之不理吧？希望陈处长能理解我们。”说着，她看了一眼展颜和朱英，扬起了唇角，硬挤出一个笑容，转身离开了。

望着李莉离去的背影，陈然坐了下来，点了支烟，深深地吸了几口。展颜默默地拿起热水壶给他的杯子里倒上了热水，她观察到陈然的表情，就像刚刚经历了一场紧急集合，又突然瘫软下来一样，就连额上都渗出了细密的汗珠。

“陈处长，您没事吧？”展颜犹豫着，小心翼翼地问道。

“看来，我从前还是太天真了呀。我总想着，这两位老同志，在处里时间久了，对处里的贡献大家也是有目共睹的，所以改制成功后，如果我能成为董事长，那就在两位老同志之间推选出一位总经理来。结果，人家是心比天高，这硬生生，不光是要抢我的饭碗，而且还想砸我的饭碗呀。”陈然深吸一口烟，一只手慢慢握紧了拳头，“虽然我身正不怕影子斜，但总被人这么胡乱攀咬，还是十分难受的。这样吧，朱主任，你安排一下车子，从明天开始，咱们到基层去多转转。希望能多争取到一些员工站到咱们这边来，也希望能够通过一些摸底，弄清楚这两位老同志下一步到底想怎么做。由于我前面秉承和平相处的原则，退让太多，对他们的一些行为也是睁一只眼、闭一只眼，他们现在有些恣意妄为。我现在可以说已经退无可退，能做的，也就是见招拆招了！”

已经下定决心准备反攻的陈然第二天就带着展颜和朱英下到了基层各部门，开始一一摸底，并与员工开展了一对一的思想教育工作。不得不说，陈然的这个反应是迅速而又及时的，而他本身又在部队当了许多年的政委，调动职工积极性、调适心态、及时化解矛盾、鼓舞士气本就是他的老本行。通过一对一的接触和摸底，他也确实听到了一些在处里听不到的信息，比如哪几个部门的人写了匿名信，哪些人这段时间跟李莉他们走得非常近。

因而，陈然也就知道了李莉他们还有后手。果然，在两个星期后，几封署名为“苦难的园林工人”的匿名信件就飞向了市国资委、市建委、市信访办，内容直指陈然在改制当中联手市建委改制办的黄炳耀副局长，利用职权侵占职工利益，内定参股股份15%，并指出陈然在财产清查小组清理核查的时候以权谋私，通过他的战友闵处长侵吞国有资产。

苟小二夫妻也不知道通过谁找到了菰城日报的一位资深记者，向记者反映说菰浔镇园管处在改制中存在着不正当、不公平现象。大抵内容为，既然事业单位实行转体改制，其产权和资产处置就应坚持“谁投资谁拥有产权”的原则，那么凭什么他们夫妻俩就不可以投资呢？可见这场改制还是有内幕的。

这件事在处里引起了很大的轰动，以至于有些老员工看到苟小二就开玩笑叫他苟总。

这场没有硝烟的战争持续着，2006年的上半年很快就过去了，不管是怀着怎样的心情和心态，在半年度总结大会上，几位领导表面上照样是一团和气，仿佛什么事都没有发生过一样。但展颜知道，陈然和李莉他们的斗争已经进入白热化的状态。上面已经派了工作组下来调查“苦难的园林工人”在信中所提及的一切，而菰城日报的那位资深记者，也在关注着处里的一举一动。如果陈然真的有什么把柄在李、陆手中，那么等待他的将是身败名裂的下场。当然，陈然的反击也是毫不手软的。趁着半年度工作总结之际，他对包括范根生在内的十来位支持李、陆一派的中层干部、技术人员以各种理由进行了大规模的人事调动和职务调整。很快，李莉和陆建华就发现所有重要岗位上和要害部门里，他们的人或是被调走，或是被边缘化了。

这让李莉和陆建华简直出离愤怒了，陈然这样大规模地动他们的人，让他们在属于自己势力范围的下属面前颜面尽失。为此，他们多次找陈然协商，甚至组织这些被边缘化的人员到市建委去上访静坐过。但在这个改制的关键时刻，市委、市政府、市建委表示出了对陈然的大力支持，解释说陈然作为菰浔镇园管处的处长，对部分人员进行岗位调动，那也是很正常的。

倒是陈然为了防止事态升级，为了防止可能发生的事情严重影响处里的正常工作秩序以及改制的进行，最终还是做出了让步。他明面上对李莉和陆建华更加尊重，给足了他们脸面，并且在公开场合多次表示，虽然两位副处长与他的政见不同，但他依然会和他们一起，在将来的新公司里同舟共济。

事实证明，陆建华手上所谓陈然侵吞国有资产的证据就是一个笑话。上级部门派下来的调查小组调查后才知道，陆建华所提供的东西，要么是报废的固定资产，要么是非正常损失资产，再不然就是难以收回、难以取得法定证明的应收款，这些全都属于需要核销的不良资产。其中，报废的固定资产，已经由主管部门组织过技术鉴定，并且出具了相应的鉴定材料；非正常损失资产也已经有了主管部门批准的对非正常损失责任人的处理意见，这其中就牵涉到了已经调走的沈海，只不过现在正是改制的关键时刻，陈然并没有把这事放到明面上而已。所有的东西都有理有据，调查小组向市相关部门出具了调查报告后，就相继撤离了。

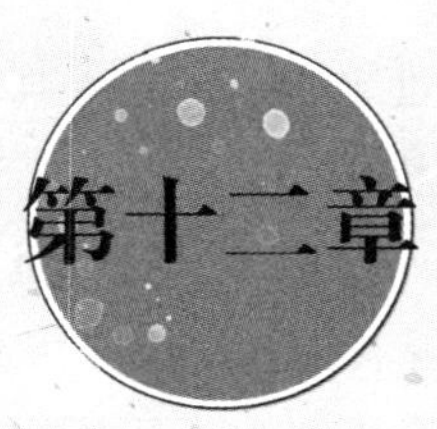

第十二章

菰浔镇园管处事改企的这场战斗，趁着这股东风如火如荼地继续了下去。

尽管李莉和陆建华依然在想方设法地多加阻挠，但在七月底，改制方案最终还是通过了职代会审议并形成决议。整个方案包括了改制的指导思想，改制原则，单位基本情况，资产状况和资产处置，改制后企业性质、名称、住所、注册资本金、股权设置、法人清理机制，改制方案的实施等内容。随后，改制方案报事改办批准后正式开始组织实施。

整个八月，展颜和朱主任都忙得不可开交，她们忙着办理工商登记、产权转移变更以及职工身份转换的衔接、资料归档等善后工作。

这天，就在她们两个忙得不可开交的时候，业务部的蒋新国蒋经理面色难看地找了过来。

“朱主任，不好了，我手上有几大标要开，但这五个人却都说没空，并且不愿意去开标，而其他三位有绿化工程师证的项目经理，包括我们现在的总工沈主任在内都有在建项目在身，无法参加招投标。这样一来，我手上就没有合适的项目经理可以去开标了，这几个绿化项目可都是造价在1000万元左右的大标，这可怎么办？”

朱英接过蒋新国递过来的五本工程师证，看了一眼，就有些明白了，这几位都跟李莉他们关系匪浅。她沉默了一下，还是找出通讯录开始给这五个人打电话。展颜虽然在一边忙碌，但仍关心这边的情况，她发现随着电话的拨打，朱英的表情越来越严肃。

“何小平，你为什么不能参加招投标？什么？好的，我明白了。”最后一个电话打完了，朱英放下电话，看着蒋新国，两个人面色都不怎么好看，流露出心照不宣的神情。

“朱主任，现在怎么办？前些年，徐处长为了升资质，十分注重园林绿化工程师的培养和引进，原先我们公司只有胡兵胡总这一位高级职称的园林工程师，得亏设计室的沈主任在去年十二月份通过评审也拿到了高级职称。而原来我们有十一位中级园林工程师，胡兵跳槽的时候，把他手下那四位中级园林工程师一并带走了，胡兵他自己本身就是高工，这样一来，我们就只剩下沈主任这位高工和七位中级工程师了。工程项目部和设计室中持初级工程师证的人倒有不少，但最早恐怕也要等到明年年初才能申报中级职称，这样的话，要到明年下半年才有人能拿到中级园林工程师证。现在，有证的这五位工程师摆明了是李副书记的人，而沈主任和许良、唐文他们三个人又全都有在建工程在身。这就表明，如果没有李副书记点头，在以后很长一段时间内，我们公司就没有工程师可以去参加招投标了，哪怕绿化项目再多再大，我们也只有干瞪眼的份。这可怎么办？要不，让陈董事长亲自出面跟这五位工程师交流一下？看看能不能把人从李副书记那儿挖过来。”沉默了一会，蒋新国有些恼怒又有些无奈地说。

“这事，我得跟董事长汇报一下。”朱英叹了一口气，现在大家都称原先的陈处长为陈董事长。

这时，李莉走了进来，手上拿着一叠纸，她阴沉着脸，活像是地上铺着的大理石一般，冷漠中透着坚硬，眉宇间满是冷厉的神色。展颜悄悄地打量着她，发现她的穿着打扮竟比从前讲究精致了许多。李莉刻意地靠坐在朱英对面的椅子上，舒展的腰肢衬托出她那身名牌服饰的漂亮和不凡。

“朱主任，麻烦你现在、立刻、马上就把这五个人的辞职手续办一下，喏，这是他们的辞职信。”她把手上的辞职信递给了朱英。

朱英看着手上的那几封辞职信，很是头痛，沉思了一会，她带着商量的口吻问道：“李副书记，你看这样好不好，蒋经理这里还有几个标要开，不如……”

“不行，你今天必须把这几个人的辞职手续办好！不瞒你说，他们这几个人是原先从咱们处里离职的胡总亲自打电话来要的。现在，市里好几家绿化企业都准备升资质，非常缺人，所以人家开出了很好的条件，现在他们正等着我们这边把手续办好，顺带着，也正好可以让他们参加这次那几个大项目的招投标。”李莉颇有些幸灾乐祸地说。

“可是，如果他们现在走了的话，我们就没有项目经理可以参加招投标了呀。胡总走的时候就带走了好几个人，怎么现在又来抢人了？李副书记，能不能……”蒋新国忍不住开口求情。

“不能！人往高处走，水往低处流，人家现在有好的地方去，咱们这些当领导的，更不应该阻挡人家的前程。蒋经理，你还是想想别的办法吧。要知道阻人前途，如杀人父母呀，你可别白白让人家心里恨你。”李莉冷冷地看着蒋新国，整张脸都蒙上了斑驳的阴影。

“那你稍等，我打个电话给陈董事长。”朱英见李莉这么强势，也没了办法。

不一会，陈然就走了过来。

这些日子以来，他过得其实并不轻松，李莉和陆建华简直就像是两根搅屎棍，东搅西搅，恨不能把新公司搅得乌烟瘴气、灰飞烟灭。最让他心悸的，还是前些天从市里一位绿化企业老总那儿摸来的信息，说是有个搞运输的大老板出资买下了个具有二级园林资质的企业，准备聘请李莉去当老总，而李莉已经说动了公司一批有职称的人员跟着她一起离开。知道这个消息后，他第一时间联系了公司的那几位绿化工程师，私下向他们承诺，公司以后会给他们一个更大的平台。那几位绿化工程师当时似乎也被他说动了，表示不会离开新公司。但现在看来，那几位绿化工程师应该只是在敷衍他，当然也有可能在待价而沽。

他一封封地翻看着那些辞职信，一颗心沉到了低谷，五位工程师的集体离职，对新公司来说几乎是一个致命的打击。这将导致新公司在未来很长的一段时间内，无人可用无标可投。李莉的这招釜底抽薪，让公司顿时处于风雨飘摇的状态。气愤让他的手有些抖动，他勉强压下心中的怒火，对朱英说："朱主任，你召集这几位同志过来，我想跟他们开个临时的小会。"他心里其实也非常清楚，像这样左摇右摆的员工不该挽留，但现在实在是没有办法了，如果这五个人走了，那么就没有人可以去开标了，他得听听这些人的条件，至少得想法子留住一个人才行。

"陈董事长是想说服他们留下来吗？我看不必了，他们是绝对不会留下来的。"李莉看到陈然气得厉害却又只能忍气吞声的样子，露出十分得意开心的神情。

"李副书记，你什么意思？"陈然忍住怒火，压低了声音冷冷地问道。

"陈董事长应该知道，习近平同志提出'绿水青山就是金山银山'理念之后，省委、省政府在园林和绿化方面的投资有了大幅度增加，现在全省各市各地区都在创建园林城市、宜居城市，可见对绿化行业的推动有多大。如今这园林绿化公司如雨后春笋般开了出来，聘请他们几位的，是一位具有二级园林资质的企业的董事长董总，他已经给这几位绿化工程师每人10万元的跳槽费，他们都已经收下了。当然，董总开出的工资也不低，至少是你目前给出的两倍。陈董事长，你想要他们留下来，除非你开出更高的条件。只是，如果你为了将他们留下来，而提高他们的工资待遇，那么对公司的其他人员来说，恐怕不太公平，所以，陈董事长，你预备怎么办呢？”李莉不怀好意地淡淡地笑着。

“李莉，你到底想怎么样？”陈然失去了耐心，连名带姓地叫着她的名字。

“我想怎么样？陈董事长，我还想问问你想怎么样呢！”李莉冷冰冰的目光，阴森森地凝视着他，“股权分配的时候，你一个人占了注册资本的27.8%，我和老陆才各占7.47%。至于这五位同志，则完全没有股份，陈董事长，你说你这样做是不是太不公平了？”

“整个股权设置方案是职代会审议通过的，并不是我想怎么分配就怎么分配的，股份的分配也是听取了大家的意见的。”陈然冷冷地回答。

李莉的表情愈加不好看：“陈董事长，我记得你跟我和老陆在私底下沟通的时候曾经承诺过，会在我和老陆当中聘任一位当总经理的，可现在你一个人既当了董事长又当了总经理，那又怎么说呢？”

“这就是你挖公司墙脚的理由？李副书记，一家企业的董事长和总经理需要成为充分信赖的事业伙伴才能推动整个公司的发展，你和陆副总两位身在曹营心在汉，如果我聘任你们的其中一位当总经理，我可以想象接下来必将出现的内讧和矛盾。新公司刚刚成立，我们需要的是把所有的精力用于走向市场，而不是内斗，这是我不想聘任你们二位中的任何一位出任总经理一职的真正原因。当然，如果今后，你们能与我坦诚处事，一切以‘内求利他’为指导思想，并且彼此之间相互信赖，那么你和陆副总谁来当总经理都是一样的。”

“既然陈董事长这么不信任我们，那我和老陆留在这里也没什么意思。这不，刚巧，董总看好我跟老陆的能力和人脉，力邀我和老陆去他所在的那家园林公司，由我担任总经理，老陆担任副总经理，股权可以分给我们15%和9.46%。本来，我还想把手头上的工作做完了再提这件事，既然今天你陈董事长在这儿，那我也不浪费时间了，一并提出来，也省得咱们的小展一趟又一趟地跑人事局。”也许是感受到展颜探究的目光，李莉突然提及了她，眼神与展颜的目光相遇时，脸上露出厌嫌之色。

“可以，你还想带谁走，也请你一并提出。地球缺了谁都照转，新公司没了绿化工程师，我也可以重新去招去聘，如果你妄想用这一招来掣肘公司的发展，我想你弄错了。”陈然的脾气也上来了，他沉着脸，转过头对着朱英硬邦邦地说：“所有想走的人，你们都不用再拦着劝着，他们要走，就让他们走，他们要立即办手续，你们就立即给他们办手续。”

李莉冷哼了一声，说：“那最好不过了，朱主任，我希望你们办公室现在、立刻、马上就给我们办手续，哼，我倒要看看，没了这几个绿化工程师，你们拿什么去参加下周新城区绿化建设项目，还有市区重点工程环湖公园的绿化项目开标。”

“别呀，陈董事长，现在不是意气用事的时候，我看这样吧，不如跟何小平他们商量商量，最起码也得等我们把新城区建设项目还有环湖公园的绿化项目的标投了再办离职手续呀。新城区绿化建设项目和环湖公园绿化项目的每个标段可都是1000万元左右的标呀！这样吧，不如由我出面去跟他们协商，实在不行，我们业务部可以出费用给他们！”眼见陈然那副破釜沉舟的模样，一向没什么主意的蒋新国在一旁有些急了。

其实这几个人要走，他早就听到过风声，而李莉私底下也曾经联系过他，想带着他一起跳槽到新公司，被他拒绝了。他是一个喜欢安逸且安于现状的人，他已经仔细分析过，虽说现在单位改制了，但好在国家还会在一定期限内给予相应的扶持政策，安安稳稳混到退休那是绝对没问题的。可如果跟着李莉去那家新公司打拼的话，太累，风险又太大，他可没有做垦荒牛的觉悟。不过，他私下答应过李莉，如果以后在招投标过程中，她想知道他这边的标底的话，他会私下告诉她的。

仗着两人私底下有这么个不可公开的协议，他厚着脸皮说：“李副书记，大家同事一场，不用做得这么绝吧？俗话说凡事留一线，日后好相见嘛。大家以后同在绿化圈子里混，这抬头不见低头见的，何必要弄得这么僵呢？再说了，这以后的招投标项目，大家还是需要互相帮忙的嘛。这样，你给我留三个，不，两个，两个人给我，让我把这次的标给投了再做打算，行不行？”

不想陈然却极为硬气，他一摆手，淡淡地说：“蒋经理，你还不明白吗？他们在这个时候闹出这么一出戏来，就是要让我们没人也没能力去参加这两个大项目的招投标。这次咱们没人没能力招投标不要紧，放弃就放弃吧，我会让朱主任立即去人才交流市场招人的。”

“呵呵，自从‘绿水青山就是金山银山’理念提出以后，现在的绿化工程师证已经是一证难求了，你们也得招得到才好。”李莉不无幸灾乐祸地说。

“陈董事长！”展颜站了起来，“秦风和楚槐在今年年初的时候参加了人事局以考代评的职称评审，前段时间网上已经有公示了，算算日子，也差不多可以拿证了，不如我去问问人事局，看看他们俩的工程师证是不是可以拿了？”

李莉冷漠平静的眸子顿时露出吃惊之色，她猛地转身，死死地盯着展颜，仿佛在分辨她说的是真话还是假话。

“真的吗？如果是这样的话，那就太好了，小展，你马上联系一下人事局，看看他们两位的绿化工程师证是不是可以拿了。”蒋新国大喜过望，催促着展颜立即打电话去人事局。

展颜当即拨打电话到人事局的办证窗口，得到了他们俩的绿化工程师证早就到了窗口且随时可以去取的消息。

待展颜放下电话后，陈然笑了起来，对着把脸板得像是雕塑一样的李莉意味深长地说了一句：“人算不如天算呐，朱主任、小展，既然李副书记和陆副总急着要去别的单位升官发财，那我们也不要耽误他们了，抓紧时间把手续办一下吧。”说着，在李莉铁青的脸色中，笑着扬长而去。

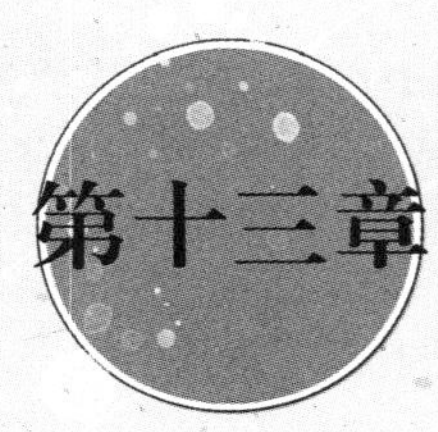

第十三章

在一阵鸡飞狗跳的忙碌中，李莉等人的离职手续很快办妥了。由于李、陆的离职，原定这两人的股份也空了出来，经过职代会的再一次讨论和重新分配，最终，敲定了包括楚槐和秦风在内的18位股东。

这样一来，昔日的菰浔镇园管处改制后就叫作“菰浔园林绿化有限公司”，18位股东分别由技术人员、中层骨干和部分老员工组成，董事长和总经理皆为陈然。公司按园林一级资质的资本金注册，金额为2008万元。其中，陈然以货币方式出资558万元，占注册资本的27.8%；业务部的蒋新国、设计院的沈梦希沈主任，分别出资190万元，占注册资本的9.46%；办公室的朱英朱主任和预决算部的何欢何主任分别出资170万元，占注册资本的8.46%，这五人组成了公司董事会。另外，股东还包括财务部、工程部、花木培育中心、公园管理站、绿化养护部门等一些干部、技术骨干和老员工，出资额分别占注册资本的0.3%至7.47%不等。

一直以来都对展颜帮助很大的尤师傅也成了公司的一个小股东，出资额占注册资本的0.5%，即出资10万元。曾经来办公室堵过门的方伟方师傅出资6万元，占注册资本的0.3%。由于现阶段绿化工程师对公司很重要，楚槐和秦风以及其他两位绿化工程师许良、唐文的股份比例分别占注册资本的0.75%，也就是出资15万元。至于向菰城日报那位记者反映过问题，并且号称要投资的苟小二则榜上无名，不过，大家依然戏称他为苟总。

没有人对资历最浅的楚槐和秦风成为公司最年轻的股东提出异议，公司的情况大家都已经知道。当初胡兵走的时候带走了一批工程师和技术人员，李莉和陆建华走的时候又带走了五位工程师，这样一来，公司原本的园林绿化工程师就只剩下了两位。如果不是楚槐和秦风及时拿到了工程师证，那么在接下去的时间里，新公司连正常的招投标也无法参与了。所以，就现阶段而言，有技术职称的人员对公司尤为重要。

而楚槐和秦风他们两个人的运气也真当不错，拿到绿化工程师证后，第一次以绿化项目经理的身份参加招投标就立即中标，楚槐中的是新城区绿化建设项目三标段，秦风中的是环湖公园绿化项目二标段，工程造价分别是800万元和1100万元，喜得陈然直说他们两位是他的福将。

展颜则是忙得不可开交，她骑着小电驴，每天奔波在工商局、社保机构以及人事代理机构之间，忙着处理工商登记、产权转移变更以及职工身份置换的衔接、资料归档等一系列善后工作。十二月份，所有股东缴足股份金额，菰浔园林绿化有限公司这才算是正式挂名了。

过年前夕，朱英旁敲侧击地问陈然新公司是否像以往一样给职工发放一些米、油之类的福利，陈然当即表示，新公司成立后，以前的福利照旧，这迎来大家的一片欢呼，整个公司都是喜气洋洋的。

秦风打电话给展颜的时候，她正在和一堆乱七八糟的人事资料做斗争。

“喂，展颜吗？今天晚上有空吗？上次我中标之后，你就喊着让我请客吃饭的，可我一直在工地上没时间回来，今天正好我请我们工程部项目上的同事吃饭，你要不要一起参加？”秦风在电话这一头喊着，展颜隔着电话机也能听到一楼那群精力旺盛的年轻人嬉笑起哄的声音，他们用各种稀奇古怪的腔调喊着：“有空！有空！”“要的，要的！”她忍不住就笑了起来。

新公司成立后，秦风仍一直在工程项目部工作，而原本在预决算部的楚槐由于提了不少关于招投标的建设性意见，被蒋新国相中，蒋新国直接把他从预决算部“抢”到了业务部。当然，由于现在他们两个人都中了绿化标，所以，大部分的时间他们都还是在各自项目的施工现场。不过，楚槐那个绿化项目即将竣工了，所以这段时间，他就有空经常到蒋新国的办公室里去报到。展颜遇到过他好几次，不过，他每次总是来去匆匆，别说是一起吃饭了，连说几句话都赶得很。

“秦老板，秦股东，你个小气鬼，我怎么觉得你好像并不是很诚心请我吃饭呀？你这是在请你项目上的同事吃饭，只不过顺带着叫上我吧？你这算是两餐并一餐吗？你也太抠门了吧！”展颜狡黠地笑着，故意逗弄着老实的秦风。

“小气鬼！小气鬼！”“抠门！抠门！”电话那头的年轻人们乱七八糟地叫着。

“哎呀呀，我不是这个意思，我真是诚心请你吃饭的，要不然……我……我……我下次从市里回来再单独请你？”秦风被边上的人起哄得有些着急，结结巴巴地解释着，又引来一片好意的哄笑。他中的是环湖公园绿化项目二标段，这个绿化项目在市里，所以他现在基本上都吃住在市区的项目部里，很难得才回公司一趟。

“算了算了，看在你诚心诚意请我的分上，我大发慈悲地答应了吧！”展颜笑着应了下来，顿时电话那头就传来一阵鬼哭狼嚎般的起哄声。

她笑着摇了摇头，刚刚挂上电话，就看见楚槐斜着身子靠在门上朝她笑。

“咦，是楚股东，楚老板呀，今天什么风，把你和秦风都从项目部吹来了？”展颜笑着问他。

“得了吧，什么楚股东楚老板的，你呀，就别寒碜我了。”楚槐无奈地叹息着，又问：“今天晚上空不空？我请你吃饭吧？”

“呀，你这是跟秦风商量好的吗？你们两个人这是打算凑份子请我吃饭？我才不干呢，说好的，你俩每个人都得请我吃一顿好的。”展颜用手中的笔指着楚槐随意地说道。

“怎么？秦风今天晚上也约了你吗？你答应啦？”楚槐走了过来。

“他今晚请他们项目上的人吃饭，顺带叫了我。”展颜耸耸肩，皱着眉，故意表现出不满的样子。

“那就别去了，这么多人，你去干吗？我可是诚心诚意并且单独请你的。”楚槐坐在了她的边上，一只手也不知道是有意还是无意地盖在了展颜的手背上。

展颜愣了愣，楚槐的手很大、很硬，这会子冰冰凉的，又出了一手的汗水，让她有种不舒服的感觉。

“不行，秦风那个小气鬼好不容易才请客一次，我才不会这么轻易地放过他呢！”她装着整理东西的样子，把手抽了出来。

楚槐的心怦怦乱跳着，认识展颜这么久，他也是第一次对她做了这么亲密的动作，但可惜，展颜那温暖、柔软的手只在他的掌心里停留了这么一小会就迅速抽离了，这让他有一种失落而又尴尬的感觉。

“展颜，他们那边那么多人，多闹腾，不如别去了，我请你去景区里那家新开的西餐厅吃牛排吧？”为了掩饰自己的失落和尴尬，楚槐拿出了一盒“红双喜”，取了一支香烟点燃，红红的烟头忽亮忽暗的，一如他此刻的心情。

“下次吧，我都已经答应秦风了，怎么能反悔？”展颜微笑着，忙碌地整理着桌子上的资料，想了想后她又说：“反正大家这么熟，要不然，你也跟我一起去吧？”

“事实上，他约过我了，我已经推了，跟他说没空了。”楚槐也笑，笑得有点尴尬。

这下，展颜倒是不知道该说什么好了，只好继续埋头忙碌着自己的事。

楚槐沉默地望着忙碌的年轻姑娘，她今天穿了一条牛仔背带裤，配着短短的头发，显得俏皮而可爱，虽然调回行政办公室也有些时间了，但她的皮肤不像其他办公室文员那样白净，仍然呈现出一种健康的小麦色。她整理着文件，也不知道被哪个文件所困扰，皱着眉，无意识地嘟着嘴巴，鲜艳娇嫩的嘴唇如同幽夜里暗香浮动的花朵，让他的心痒痒的、柔柔的。

他和秦风认识展颜已经快两年了，在工程养护小组那会子，他们仨人对外号称“三剑客”，又一向是孟不离焦焦不离孟的，几乎每天都混在一起，吃吃喝喝说说笑笑。对着他和秦风，展颜永远表现得坦荡而真挚，她洒脱地把自己放在一个超然的位置。这样的展颜让他既心动又苦恼，既怅惘又失望，他感觉她就像这江南晨间的轻烟薄雾，让他看得见感受得到，但是想抓却又抓不到，或者说是不敢抓。

是的，之前，他有些不敢抓，他来自江西一个偏僻而又贫困的小山村，通过努力学习，到富庶的江南来工作，从而跳出那个偏僻贫困的小山村，是他最初努力的方向和目标。到了这个单位之后，成为正科级干部是他给自己设立的新方向和新目标。知道单位要改制后，他果断地调整了自己的方向和目标，他看好绿化行业的发展，他希望自己以后也能成为公司的股东之一。只不过，连他自己都没有想到，这一次的方向和目标，竟然能这么快就实现，机缘巧合之下，他这个根基薄弱的新员工居然这么快成了公司的股东。既然如此，他觉得自己可以做一些自己想要做的事情了，或许，现在的他已经有资格追求自己想要追求的人或者事了。

“展颜，马上就到我生日了呢，一起吃个饭，就当提前给我过生日呗。你看我，虽说是调到业务部了，可人却整天在工地上，跑出来一趟也不容易，也不知道生日那天有没有空呢。”他俯下身子看着展颜，深邃的眼神带着祈求。

展颜有些迟疑和心软，不禁抬头看了他一眼。他那张年轻的脸庞上，充满了期盼，充满了诚恳，他的嘴角微微上扬着，那对会笑的眼睛包含着一丝让人脸红心跳的温柔。不知怎的，展颜突然觉得心脏跳得厉害，忍不住就要脱口而出答应他。

正在这时，蒋新国在办公室门外探了探头，看到了楚槐，惊喜地说：“咦，小楚，我正想打电话问你是在工地还是在公司呢，晚上有没有空？正巧，今天春光园林的林风伟常务副总陪着杭州一家一级资质园林企业的老总来我们这儿谈业务，陈董事长也参加。既然你在这儿，那你也参加一下，认识一下这两位一级资质企业的老总，顺便让我们陈董事长加深一下对你的印象。”

“啊……这……我……”楚槐有些结舌，有些狼狈。

“怎么？是不是约了小展？那可太不巧了，要知道陈董事长对你的印象挺好的，前几天还提及你，说让我好好培养你呢。”蒋新国有些遗憾。事业单位改制成企业之后，绿化项目招投标这块跟以往有了很大的不同，他们整个业务部都有些不大适应这样的变化，漏标错标的情况已经发生过好几次。幸好现在有了楚槐这个细心的手下，时时关注着招投标网站，即便人在工地，也仍会及时向他提供绿化招投标信息，着实为他解决了不少难题。蒋新国心里十分看重这个小伙子，并不想在展颜这个小姑娘面前驳楚槐的面子，当下便宽容地笑了笑，说："没关系，没关系，年轻人嘛，有约会也正常。那你先约会去，等下次有机会我再带你认识春光园林的林副总。你先忙，我去看看许良有没有空，林副总喜欢喝酒，酒量又好，我最怕跟他吃饭了，得拉个人保护我才行。"

听到这里，楚槐看了展颜一眼，飞快地做出了决定："不是的，蒋经理，我有空的。我本来的确是想约小展一起吃饭的，不过很可惜，她已经佳人有约了。"

"哈哈，是不是被秦风约走了？我刚才回单位的时候看到他了，我本来还想叫他一起去的，结果他说他约了人吃饭。看样子，你小子是晚了一步呀！既然你没约到佳人，那就跟我们这帮老爷们一起吧。我先下去找驾驶班的人安排出车，你也赶紧下来。"蒋新国说完之后，意味深长地看了一下展颜转身走了。

"展颜，这真是不好意思……"楚槐有些不安地看着展颜，脸上神色尴尬。

"快走吧，别让蒋经理等着急了。况且今天我已经先答应了秦风了，也不好反悔，下次等你生日那天有空了再说呗！"展颜耸了耸肩，一副不以为然的样子。

楚槐松了口气，他低声说："那我们说定了，等我生日那天，无论如何我都会想办法从工地逃回来请你吃饭，好不好？"

"快走，快走！"展颜笑眯眯地朝他挥挥手，目送着楚槐的身影消失，眼看着办公室的门轻轻关上，她脸上明媚的笑容渐渐暗淡了，心里也无端地烦躁起来，她扔掉手头的资料，整个人像泄了气的皮球一样蔫了下来。

不过，很快她又振奋了起来，秦风跑了上来催她出门，跟秦风说笑间，心头方才的那丝莫名的阴霾也就渐渐消失不见了。

第十四章

展颜跟秦风还有他们项目部的人一起过了一个愉快而闹腾的晚上。

十几个年轻人围坐一桌，开了五六瓶白酒，菜很多，但都是一些家常小菜。白酒的醇香混合着家常小菜的温香，使整个夜晚变得亢奋而生动。年轻人之间，没有那么多钩心斗角，大家七嘴八舌地说着些工作上的趣事，但往往说着说着就会跑题，所以各种话题就一直绵绵无尽地进行着，展颜听着大家一本正经地胡说八道，直笑得不行。

等到人群散尽，秦风骑着自己的小电驴准备送展颜回家。

冬日下的江南古镇依然秀丽而又妩媚，如同淡妆浓抹总相宜的江南美人儿，在冬日的夜色里安然恬静地展示着她独特的韵味。小电驴骑过一座座小桥，桥下河水潺潺，乌顶的游船悠哉悠哉地停泊在波光粼粼的水面上，小河边古木亭亭玉立，倒映在淡绿的河水里，风姿绰约、风情万种！

展颜被一众人哄着骗着喝得有点多，在小电驴上有些坐不住，秦风便把小电驴锁在路边，默默地陪着她走。

“哎……”展颜长长地吐气，“真是要命，你请客，结果，你倒是没喝多少，我却喝多了，这可真没道理。秦风，你说你们项目上的那帮家伙是不是对我有意见，全都在拼命灌我酒，分明就是想害我喝醉呀。”

“他们看你喝得这么豪爽，又来者不拒的，都以为你酒量很好，自然要多敬你几杯了。”秦风有些哭笑不得，他看着如银的月光洒在她的身上，不知怎的脸红了。

“你脸怎么这么红？怎么好像喝多的是你一样？”展颜有些纳闷。

“展颜，我想，我想跟你说……”秦风吞吞吐吐地说着，欲言又止，似乎想说什么，似乎又在担心害怕些什么。

“说什么呀？”展颜现在只觉得喉咙又干又涩，头又晕又沉，她想喝水，她想睡觉。突然她振奋了起来：“哎，我家到了，我爸在门口等我呢，再见！”

展颜飞也似的跑开了，只留下在风中呆若木鸡的秦风。

与此同时，楚槐却是激动万分，因为他正和陈然一起边散步边讨论着公司今后的发展规划。

今天蒋新国安排吃饭的地方离陈然的家不远，而楚槐现在住的单位宿舍也在这一带，所以应酬完之后，有心想跟楚槐聊一聊的陈然便邀请他一起散步走回去。楚槐心里知道，自己在蒋新国身上下的功夫没白下，前段时间工地、单位两头跑也没有白跑。

陈然从蒋新国的嘴里已经无数次听过“楚槐”这个名字，蒋新国提及这个小伙子时的那种赏识和肯定根本就不加掩饰。在今晚的饭局上，他便仔细观察了一下这个小伙子，发现楚槐虽是个新人，但在几位老总面前，却能做到不亢不卑，谈吐风趣，言之有物，行之有格。而且小伙子的酒量绝佳，嘴巴又甜，把春光园林那位好杯又好胜的林风伟哄得开开心心的，拍着他的肩膀直叫兄弟。

陈然起了惜才之心，借着两人散步的机会，想摸摸这个小伙子的底，于是他说："小楚呀，不瞒你说，公司改制之后虽然已经渐渐步入正轨，但我始终觉得心情沉重，压力巨大。李莉带着公司那几位技术人员去了新公司的时候，我真是不太想得通，这些年轻人为什么宁可跟着李莉他们去一个新公司，也不愿意留下来呢？小楚，你觉得，到底是什么造成这次的人才流失呢？是我们的工资待遇低于市场，还是股份分配上没协调好，抑或是大家根本就不看好改制后企业的发展前途？我呢，是部队转业回来的，搞市场经济这一块还真没什么经验，原先搞改制那也是赶鸭子上架，不得已而为之。而你是名牌学校出来的精英，我很想听你来谈谈对公司未来发展规划的想法。但说无妨，不要有什么顾虑和想法，只要是好的点子，我一定会采纳和接受。"

陈然亲切的话语，听得楚槐心里一阵激动，他略微平复了一下心情，组织了一下语言说道："我认为主要问题出在以下几个方面，其一，我们过于故步自封，始终只敢在我们菰浔镇这一亩三分地里打拼，就连市里的大标也很少敢投。而其他的一些园林企业早就已经把眼光放到了更远的地方，比如春光园林，他们不但走出了市，走出了省，甚至走向了全国。今年年初，他们在安徽、江西等地中了两个2000多万元的大标。自从习近平同志提出'绿水青山就是金山银山'理念之后，咱们的省委、省政府重视区域规划问题，强化主体功能定位，优化国土空间开发格局，把它作为实践'绿水青山就是金山银山'理念的战略谋划与前提条件。全省各个市、区都在演绎着绿色崛起的伟大实践，都在全面开展大规模绿化提速行动，加快推进城市绿化工程建设。可是，虽然现在绿化行业这块蛋糕很大，但我们依然不敢走出去，只敢啃自家门前的一小块，在这方面大家多少有点失望。创业也如逆水行舟，不进则退。现在的园林企业这么多，若是我们还不思进取，不去市场上拼搏一把，只怕将来会渐渐被市场淘汰。其二，我们公司虽然改制了，但旧的经济体制依然在延续。陈董事长，市里那些一、二级资质的园林公司的项目负责人，表面上工资福利等收入跟我们差不多，但人家现在实行的是项目承包责任制，由项目经理承包工程项目并上交公司相应的点数，这样一来极大地推动了技术骨干的积极性。原先李副书记之所以能这么顺利地带走那批园林工程师，就是向他们承诺，新公司所有的绿化项目都采取项目承包责任制。而我们现在依然跟改制前一样，项目仍是由公司去做，项目经理也好，整个项目部的施工人员也罢，依然只是拿死工资。他们在工地上辛辛苦苦地工作，拿到手的工资却还不如公园门口看门的大妈，这让大家觉得十分不公平。包括我们现在的业务部、预决算部也一样，大家都只是拿死工资，没有奖罚机制，那么你项目招得进招不进，预决算部做出来的标书废还是不废，又有什么区别呢？”

“不错，说得好，你继续说！”陈然听了进去，点了点头，催促楚槐继续说。

“其三，我觉得，公司现如今要发展下去，业务部是关键，可我通过在业务部这段时间的观察，我发现整个业务部的业务能力实在太过薄弱。以前，我们是事业单位，业绩好还是差都无所谓，反正工资是国家给的。而且当时，我们既是业主单位也是施工单位，一年当中，总归会有几个绿化标可中。但现在，我们已经是企业了，工资、奖金、福利所有一切的费用，都要靠我们自己去挣。我测算过，业务部每年必须得有一个亿的工程中标价才能保障公司的正常运转，这就需要业务部的人不停地对外扩展业务，像现在这样，坐等绿化施工项目从天而降，这怎么行呢？其四，没有发挥好公司技术人员的作用，没有把未来发展的框架搭起来。现在，整个江南区域的园林企业那么多，但一级资质的园林企业却只有寥寥数家，我们市里就只有春光园林一家。而我们公司现在是二级资质，根据绿化资质要求，二级资质的园林企业最多只能承揽工程造价在1200万元以下的园林绿化工程，而纵观今年绿化招投标的趋势，出现2000万元以上的绿化大标，已经不是什么稀奇的事，所以，我觉得我们现在应该想尽一切办法先把绿化资质升上去。”

说到这里，楚槐顿了顿，偷偷看了一眼陈然，发现他仍是听得十分仔细，便又继续说：“此外，我们应该充分发挥公司设计室的积极作用，把设计室独立出来，成立设计院，想办法取得相应的资质。这样，我们手上既有施工资质也有设计资质，将来在市场上，我们就会比只有绿化资质的春光园林公司更有竞争力。而且现在很多绿化项目跟市政项目是连在一起的，我们在升绿化资质、设计资质的同时，也要想办法把市政资质升上去。可以预计，以后，除了园林绿化工程师这张职称证书外，市政方面，一级、二级建造师也非常重要。因此，我觉得，公司除了继续在网上招聘相关的人才以外，还应该充分发挥咱们工程上以及设计室的那批年轻人的能力，公司除了组织大家用以考代评的方法取得园林绿化工程师职称证书外，还要组织大家去考一级、二级建造师。我们只有走在别的园林企业的前面，才能立于不败之地。”

陈然听得非常仔细，等楚槐一口气讲完，他就不停地点头，故意问：“小楚，你说得非常好。看来你非常善于发现问题、思考问题啊！那你说说，当前我们公司最重要的工作应该放在哪一块？”

楚槐想都不想脱口而出：“陈董事长，我认为当前最重要的工作当然是提升资质。我们要把园林资质升到一级，要把园林绿化设计资质升到乙级，要把市政资质升到二级。这样一来，我们将会比市里的任何一家园林公司都具有竞争优势。公司行政办公室应该从现在开始，就为这几个资质的升级做好人才引进工作。”

“非常好！”陈然停住了脚步，盯着楚槐的眼睛说，“小楚，如果我把公司资质升级以及公司落实项目承包责任制这两件事交给你去具体负责，你有没有这个信心去完成？”

“啊？交给我？”楚槐愣住了。

“怎么样？有没有信心？”陈然拍着他的肩膀问。

楚槐又是激动又是担心：“陈董事长，我有信心，可是，我怕我资历太浅，有些事……”

“这个你不用担心，你中标的那个项目应该快竣工了吧？这样，从明天开始，我把你从工地上抽调出来，提升你为业务部副经理，让你专门负责升级资质和制定公司项目承包责任制这一块。你回去之后，拿出个计划书来给我看看，如果计划书切实可行，那你要人，我给你人，要钱，我就给你钱！有哪些部门、哪些关系需要我出面去打交道的，那就由我出面去打交道。甚至需要市建委领导出面的，你也可以直说，我们是改制企业，这头几年，市局领导是会给我们相关的政策和一定力度的扶持的。小楚，公司现有的一些中层干部，都是从事业编制改制过来的，难免还带着事业编制下特有的惰性和安分守己。对他们来说，按部就班地发展是可以的，但要他们去拼去闯去从市场上虎口夺食，那实在是有一定的难度。你年轻，有冲劲，肯动脑，对这个行业以及公司发展的形势又看得这么透彻，你将来的前程将不可限量，我支持你，看好你！”陈然哈哈大笑，为自己找到了这么一个得力干将而感到十分高兴。

楚槐带着满心的喜悦和满足感回到自己的宿舍，辗转反侧之下，忍不住就拨打了个电话给展颜。

“喂？”电话那头展颜带着明显的睡意，“谁呀？”

“展颜，是我，楚槐！”楚槐飞快地说，“我刚刚和陈董事长他们吃完饭回来。”

“哦。”展颜简短地应着。

“展颜！”楚槐叫着她的名字，声音低哑而又温柔，像极了这晚带着蜡梅花香的夜风，“今天很抱歉，没能和你一起吃晚饭。你……有没有生我的气？”

电话这一端，睡眼蒙眬的展颜显然没料到这大半夜的楚槐会打电话来道歉，反应就慢了半拍，正当楚槐心微沉的时候，就听到她打着哈欠含糊不清的声音：“唉，快别逗了，这有什么可生气的呀。你大晚上打电话过来，就为了跟我说这个事呀？”

“不，不是，其实我……我有很重要的话要跟你说！”楚槐在电话那一头急切地说。

展颜睁开了眼，女性的直觉告诉她，大半夜一个男孩打电话来对她说有重要的话要讲，那讲的就应该是关于男女感情方面的事。她有些犹豫，又有些不安，一颗心不知道是因为紧张还是不知所措，骤然跳得厉害，她甩了甩因为醉酒而有些发晕的头，振作了一下，提起精神，轻声问：“什么事非要现在说？”

“我……我……我，陈董事长刚才跟我说升我为业务部副经理了，以后专门负责升级公司资质和制定项目承包责任制这一块。”楚槐想要说的话已经到了喉咙口，可不知道为什么最终却突然转换了话题。

展颜听他这么一说，不由得为自己刚刚衍生出来的误会而有些心虚和尴尬，心中也蓦地涌上一股说不出滋味的失落、羞恼和怅然，她顿了顿，提高了音调开心地说：“那恭喜你呀，哇，这么年轻就成为公司中层副职干部了。楚副经理，这下去小饭店小馆子可不行了，你非得请我和老秦两个吃顿大餐才行呀。”

楚槐呵呵笑道：“吃大餐嘛，绝对没有问题。展颜，陈董事长跟我说过之后，我第一个想到的就是要和你一起分享我的喜悦，我……”他迟疑了一下,“我有些话不知道该怎么对你说，总觉得我有些……不敢说。你是知道的，我来自江西一个贫困的小山村，家里的情况不太好，可以说简直就是家徒四壁。就连我的股本金，也是问公司借的。有些事情，有些东西，我不是不想，而是不敢。我觉得我现在还没有这个能力和资格来谈这些东西，我所能做的唯有努力向上，等我发展得再好一些，等我有了一定的资本，我想，我才有资格可以跟你说一些……一些我今天不敢讲的话，展颜，你……懂吗？”

展颜不由得有些羞恼，楚槐的这几句模棱两可的话，令她不得不多想，却又不敢胡思乱想，万一又发生刚刚那样的误会，岂非显得她自作多情？那让她今后还有什么脸面再去见他？楚槐这个人跟她和秦风最大的区别，就是说话做事从不像他俩一样干脆利落。她和秦风都是那种直来直往、有一说一的人，但楚槐说话做事却要委婉很多，他更善于旁敲侧击、声东击西，所以有时候，她还真不能确定楚槐真正想表达的是什么。她沉默了一会，努力地组织了一下语言，才说：“哦，我懂，我明白的，你是想告诉我，你现在一切以工作为主嘛。作为好朋友，我一定全力支持你！你继续努力加油！不过，如果没事的话，我挂电话了呀，我今天喝得有点多，头晕得厉害！”

“啊，那你赶紧休息吧，明天开始我就要正式到业务部去上班，也不用经常跑工地了，我们可以经常见面了，那咱们明天见！”

“明天见！”展颜挂断了电话，歪着脑袋靠在床头，想了好一会儿，最终还是没能揣摩明白楚槐打这个电话的真正意图，最终她放弃了思考，往床上一躺准备继续自己的美梦。

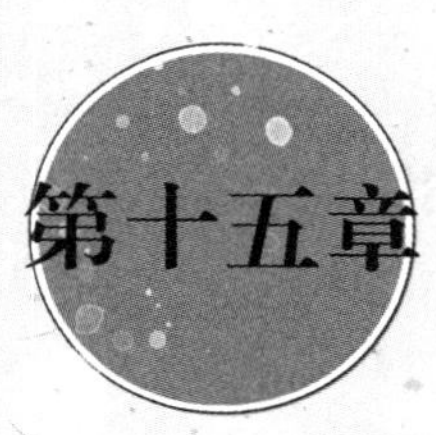

第十五章

就在展颜准备入睡的时候，电话铃再一次响起，她心中怦怦直跳，急切地拎起电话：“喂……”

“展颜，是我呀，你家的电话一直忙音，我还以为你没挂好呢。”电话那头传来秦风的声音。

“是你呀，秦风！”展颜有些泄气又有些放松。

“那个，你今天晚上喝得有点多，没事吧？回家有没有吐？”秦风关切地问道。

“嗨，这么点小酒，我能有什么事？也就是头晕点而已，你就甭担心我了，你喝得也有点多，又骑个小电驴，我倒是挺担心你的，怎么样，回去的路上有没有摔跤呀？这大半夜的，打电话找我有事？”展颜半开玩笑半认真地说。平时秦风、楚槐跟她也会经常互通电话，电话里胡吹海侃个十来分钟，也很正常，但像今天这么晚还打电话过来，两人都是第一次。

“没有。我没摔跤，我早就到宿舍了，我找你，也……没什么事。”

“那就好，很晚了，没什么事，就先这样吧，我要睡了，明天还要早起呢。”展颜说着就想要挂电话。

“哎，别别别，展颜，我……我，是这样的，展颜，我是德安县人，是家里的独子。我父母都务农，家庭条件很一般，我从来没交过女朋友……”秦风在电话那头急得结巴起来。

“喂，你到底想说什么呀？”展颜听得一头雾水，不客气地打断他的“自我介绍”，这会子她还真的有点困了，哈欠连天，上下眼皮直打架，“没事我挂电话了！”

“我想说，我喜欢你，我想追求你。”秦风低声说道，有些急促。

展颜哈欠打到一半突然顿住，她感觉自己真是活见鬼了，前面那个打电话来说有重要的话要跟她讲，害得她差点误会了，结果就只说了一通模棱两可、让她消化理解不了的话。而现在这个，说找她没什么事，却在她完全没有心理准备的情况下，居然直接开口就向她表白了。

展颜觉得这中间落差有点大，她无可奈何地倒在床上，用手压着额，头痛地说：“呃……秦风，这可太让我意外了，我一点思想准备都没有，你是知道的，我一直是把你当好朋友来看。”

“展颜！”秦风坚定且清楚地说，“我知道你一直把我当好朋友看，但我一直喜欢你，你可以不喜欢我，可我总要向你表明我的态度，跟你讲清楚我对你的感觉。从前，我、你还有楚槐，我们三个，总是被别人开玩笑似的配对，可我是真的很希望你能够接受我。展颜，我知道，其实楚槐他……他心里也是有你的，如果他也像我一样已经向你表白了，那我只希望你给我一个公平竞争的机会，好吗？”

展颜想起楚槐说有重要的事情跟她说时她所产生的误会，再次觉得有点尴尬，如鲠在喉，叹了口气说：“秦风，楚槐没有对我表白过，所以不存在什么公平竞争一说。只是，我一向把你们二位当作我的好朋友……”说到这里，她有些说不下去了。她和他们那许许多多快乐的过去时光，都向她涌过来。她记起当她手足无措地站在花田里时，是他们找到了她；她记起范根生欺负她的时候，是他们帮着她挖坑报复了回去；她被那群老太太围攻的时候，是他们救了她；她还记起每晚他们都在一起吃饭，聊天吹牛打游戏时的欢声笑语。她惆怅地想着，原来一切开始变得不一样了呢！

“展颜，展颜！”电话那头秦风在叫她。

她回过神，摇了摇头，有些艰难地说：“秦风，你这些话实在太突然了，我一点心理准备也没有。一直以来我就只是把你当好朋友的。”

“我懂，我明白的。每次，我们三个在一起聊天的时候，你和楚槐总是有说有笑，有着说不完的话题，而我呢，人笨嘴也笨，每次都插不上嘴，就只能听着你们俩说笑聊天。展颜，是不是因为我太笨了，所以你才……你才只愿意把我当好朋友？”秦风小心翼翼地问着，带着沮丧。

“不不不！当然不是！”展颜连忙说，“不是你想的那样，你和楚槐各有各的优点，我也不是因为你不善言辞、不会跟我说笑而不接受你。”

“那……你愿意给我一个机会吗？”他追问着她。

“唉，秦风，我不知道。我现在很困，只想睡觉，我的脑子里全是糨糊。”展颜半闭着眼睛叹着气，“你总得给我点时间，让我消化一下考虑一下吧？”

“那好吧，我明天就要回环湖公园的工地了，要下周周末才能回来。你不是说我没有单独请你吃饭不够诚心吗？那，下周末，下周末我……我……我回来的时候单独请你吃饭，行不行？”秦风急促地问着。隔着电话她都感受到了他那紧张急切而窘迫的心情。

“行！行行行！有得吃还不好吗？”展颜是真的又困又累，

整个人都快要睡着了。

“好的，谢谢，谢谢啊！”秦风欢天喜地地挂了电话。

“真是个傻瓜，请我吃饭居然还要谢谢我。”展颜轻声说，嘴角往上翘了翘，笑了笑，把头埋在枕头上沉沉地睡着了。

当展颜和秦风各怀心事安然入睡的时候，楚槐却依旧处于亢奋的状态中。他拿出了笔记本，开始书写升级资质和工程项目承包管理办法。

得益于原来“一套班子，两块牌子”的管理体系，原先的园林总公司就已经是二级资质，再加上老处长在位的时候就已经想方设法地要把资质升上去，所以，资质升级要求的基础设施设备都已经基本到位，现在主要缺的还是人。整个公司现在就只剩下一位总工和四位工程师，而园林一级资质要求园林绿化专业人员以及工程、管理、经济等相关专业的专职管理和技术人员不少于30人，具有中级以上职称的人员不少于18人，其中园林专业中级职称人员不少于8人，园林专业高级职称人员不少于2人，建筑、结构、水、电工程师各不少于1人。这就差得有点远了。即便开年后，工程项目部和设计室会有一批年轻人取得中级职称——园林绿化工程师证和二级建筑工程师证，那也还是远远不够的。

老老实实地等所有人员招聘齐了再升资质，那得等到猴年马月，所以，必须得打擦边球。也就是说，得向别的园林公司借人升资质。春光园林的林风伟在整个园林界十分有威望，如果能说服林副总出手相助，那么公司的绿化资质升到一级自然也就水到渠成了。

至于把设计室独立出来，成为一个子公司，并升到风景园林工程设计专项乙级资质，把市政资质升到二级，则必须等到公司升了一级资质才能进行，如此一来，就可以共享升级资质所需的技术人员。

楚槐还是把工作重心放到了制定工程项目承包“责任制”上，说实在的，别的公司具体怎么操作，他其实也并不清楚，他需要去学习、去了解，这就又需要跟春光园林打交道了。马上就要过年了，可以用拜年的借口，去拜访一下春光园林，拉拉关系，联络联络感情。当然，这件事必须陈然亲自出马才行。另外，拜年总要送送礼物什么的，这个也是重中之重，马虎不得。

第二天一早，楚槐顶着乌黑的眼圈，把自己的这些设想向陈然汇报了，并提出既然要去市里了，是不是也应该同时拜访一下市建委建管处的领导，资质提升的资料首先就是要交到建管处审核，那么打通建管处的关系，就非常有必要，而且将来企业的一些评奖也与建管处息息相关。从前公司还是园管处的时候，因为当时徐处长的身份和年龄放在那儿，再加上大家都是公家单位，有些事情还是比较好沟通的。但现在公司已经改制成企业了，那就应该有企业的觉悟，主动去跟建管处搞好关系，这对以后的发展有很大的帮助。

陈然认真看完了楚槐写的规划书，说：“小楚，你说得不错。我们现在的身份变了，想法也应该有所改变。我本来就想趁着这段时间不太忙，去市建委给黄副局长拜个年，顺便汇报一下我们企业改制到现在的一些情况。既然你有这样的设想，到时不妨让黄副局长出个面，带我们去认识一下建管处那位新上任的连处长，方便的话，最好大家一起吃个团圆饭。这样吧，这个事，我们分两天进行，第一天先去春光园林公司。”

当即陈然把蒋新国和朱英叫到了办公室，让他们两个人安排这次过年拜访事宜。

蒋新国和朱英很快就跟春光园林的林风伟还有黄炳耀的秘书卢栋联系好了。至于这次去市里的人员，除了楚槐、蒋新国和朱英之外，陈然还钦点了展颜。一则他听闻展颜的酒量还不错，跟春光园林公司的几位副总曾经打过“擂台”；二则想让她陪着朱英，两位女同志一起，有什么事方便一点，喝醉酒了也好相互照顾。从这就可看出陈然是个极其细心的人。

到了出发那一日，陈然想起秦风在市里做环湖公园这个项目，又交代蒋新国喊上秦风一起来参加晚上的饭局。

从菰浔镇到春光园林公司不过四五十分钟的车程，他们在下午二点多钟的时候就到了。春光园林的办公室主任范兴书早就在公司门口等着大家，很热情地将大家引到了会议室。他对当初朱英把他灌趴下这一事，还记忆尤深，笑着对朱英说，今天晚上无论如何都要好好地敬她几杯。

春光园林公司的董事长名叫赵忠民，中等个头，圆圆的脸，看着是一副极为喜庆的模样。为表达对陈然他们一行人的重视，赵董事长本人也早就在会议室里等着他们。见到陈然，他热情地伸出了双手，跟陈然紧紧握在一起。

一通乱哄哄的寒暄之后，陈然笑着说：“赵董事长，其实，我们这一次来，一是想给您拜个早年，二呢，主要是想寻求战略合作伙伴。您也知道，自从‘绿水青山就是金山银山’理念提出以后，咱们绿化行业就已经被认定为‘永远的朝阳产业’。从省委、省政府到市委、市政府都已经开始提高对城市绿化工作的重视程度，全社会广泛参与城市绿化的热潮开始形成，咱们这个园林绿化行业，算是进入了蓬勃发展时期。别的不说，光是我们菰浔镇未来的新城区绿化建设规划，那就是好几个亿呀。赵董事长，我们公司，虽然在菰浔镇也算得上“地头蛇”，但园林绿化这块蛋糕实在太大了，以我们现在的这个能力就只能啃个小角儿，勉强吃个半饱。如果赵董事长愿意跟我们一起携手合作的话，那这块蛋糕，咱们两家同是园管处改制过来的园林公司吃起来肯定是有滋有味的。”

“哦，陈董事长打算跟我们怎么个合作法？”赵忠民微笑着，一团和气。他虽然是这个公司的董事长，但他本人并不太管事，公司的业务全都是他妻弟林风伟在管。这次菰浔园林过来寻求合作，也是林风伟认可了的。

“我们公司现在的缺点就是缺人才，资质不够，但我们公司毕竟是从菰浔镇园管处改制过来的，从前又是业主单位，这人脉，还是有的。在菰浔镇这个一亩三分地上，有什么事情，我们也还是有能力处理好的。如果赵董事长愿意的话，我们不如私下再详细谈谈如何合作怎么样？”陈然笑着说。

赵忠民哈哈大笑：“好呀，我们两家也算是有缘了，我们是从园管处改制过来的，你们也是从园管处改制过来的，更何况从前，我们公司去菰浔镇招投标的时候，你们徐处长对我们也算是多有照顾。前几年，我们有个工程在菰浔镇村上，当时遇到了地痞村霸强行承揽土方挖运工作，这个事情，还是你们徐处长亲自出面帮我们解决的。这个情，我始终是记在心里的。我其实一直很想跟你们公司再续前缘，只不过，我听闻你们公司在改制的时候，实在太过热闹，我就没好意思再过来给你陈董事长添麻烦。既然今天你陈董事长有这个心，想要跟我们春光园林携手合作，那么就请陈董事长到我的办公室里，我们坐下来详细地谈一谈。”

说着，赵忠民交代一旁陪坐的范兴书：“范主任，相信你们跟菰浔园林这几位也都是相互认识、熟悉的，你们就替我好好招待一下他们，带他们去咱们公司转转。”又对林风伟说：“风伟，你跟陈董事长也是老朋友了，你也来一起参加。”

赵忠民、林风伟跟陈然这一谈就谈了三四个小时，直到将近晚上六点半的时候，三个人才面带笑容，从办公室走了出来。

晚上的饭局，气氛十分热烈，吃饭的地点就安排在他们入住酒店最大的包厢里，一桌可以坐二十四人。菰浔园林这边，算上从工地赶过来的秦风也只有六个人，但春光园林这边却来了十七个人。

赵忠民和陈然久经沙场，又是千杯不醉的好酒量，两位董事长自己就喝得不亦乐乎。展颜和朱英这边却遭到了以林风伟为主的这一大帮子人的“追打围堵”。林风伟对当时他们去蔬浔镇时全都被灌趴下一事，始终耿耿于怀，今天是他们的主场，他无论如何也要找回这个面子。

“小展，我可是知道你的酒量的，你今天可喝得太保守了，正所谓，人生难得几回醉，要喝一定喝到位，咱们喝个‘拎壶冲’怎么样？”林风伟算是死盯上了展颜，他自己拎了小半壶白酒，又给展颜倒了半壶，瞧那架势，不把展颜喝倒，他是誓不罢休的。

这头的朱英被范兴书带人给缠上了，已经喝了很多杯，自顾不暇，这会子已经没有能力来解救展颜了。

而此时的展颜早已喝得晕头转向，这十多个人，再加上他们的赵总，她一人一杯都已经敬了十六杯，况且每个人还回敬了她一杯，这会子，她没倒下，全靠着毅力支撑着。看到林风伟拿了半壶白酒来敬她，当下就有些慌了，急忙说：“林副总，我可真喝不下去了，这杯酒下去，我非得当场给你表演个‘现场直播’不可。”

林风伟见她软语求饶，就笑着说：“小展，这可不行呐，咱俩的感情可都在这壶酒上了。这俗话说，宁可胃上烂个洞，不叫感情裂个缝。你要是不喝，咱俩的感情可就有条缝了。”

他这话引起一片乱哄哄的笑声，春光园林的人就开始起哄，非要展颜把这壶酒给喝了不可。

展颜十分为难，楚槐靠近她，带着一身酒气，轻声说：“哎，要不然，你就喝了吧，大不了就醉了。这位林副总是赵董事长的妻弟，如今已是春光园林的总经理，是他们公司的二把手，千万不能得罪他。公司以后主要还是要跟他打交道，你就当为了公司的利益牺牲一下吧，回头我好好补偿你！”

展颜听到为了公司牺牲一下这句话，就准备硬着头皮上了，正当她拎起酒壶要往嘴里倒时，坐在她边上的秦风站了起来，抢过她的酒壶对着林风伟笑着说：“酒从眼前过，不喝是罪过，这壶酒就让我喝了吧，林副总，我干了，您随意哈。”说着一抬头，抢先把半壶酒喝了下去。

秦风也属于被春光园林公司那些人“无差别攻击”的一个，本就有些醉意，这半壶下去，直接就醉倒在了桌子上。林风伟见当场放倒了一个，当下就觉得找回了几分颜面，心中一高兴，也就放过了展颜。

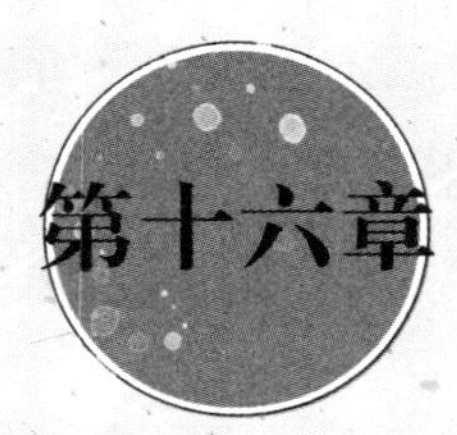

第十六章

有了秦风这一拦，这一晚展颜总算是没有当场醉倒，可怜秦风却是醉得不省人事。陈然见他醉成这样，怕他一个人回工地宿舍出事，就让朱英给他也在酒店开了个房间。

展颜回房间洗了个澡之后，酒劲慢慢挥发了，人也清醒了过来。她念着秦风因替她挡酒而“牺牲”的惨烈场面，便打电话给他想问问他的情况，不想秦风却始终没有接电话。当下她就有些担心，喊服务员去把秦风房间打开，却见他吐得一塌糊涂，身上、地上满是污秽。她跑去敲楚槐房间的门，原本想着让楚槐帮她一起照顾醉酒的秦风，可楚槐并不在房间，而是跟着蒋新国和林风伟他们去一家名叫“欢乐今宵”的夜总会唱歌去了。跟楚槐一个房间的驾驶员说蒋经理出门前交代过了，他们唱好歌还会去吃夜宵，不到两三点肯定是回不来的。

展颜没了办法，只好一个人去秦风那儿，帮他又是擦脸又是喂水又是打扫污秽的，折腾了大半宿，直到快十二点了，这才回房间休息。回到房间后，见原本睡着的朱英已经起床了，敷着个面膜正在吃方便面。朱英看到展颜就说：“晚上灌了一肚子酒，都没吃什么东西，可把我给饿坏了，你要不要吃一点？”

展颜摇摇头，她现在又累又困，完全没有胃口。

“秦风怎么样，还在吐吗？”朱英关切地问。

“我找总台弄了点蜂蜜，喂了他一些蜂蜜水，他现在总算不吐了，睡着了。”展颜捂着额头，哭笑不得，“可把我给累惨了，光打扫卫生就要了我半条命。他倒好，躺在那儿打呼噜打得山崩地裂。”

朱英笑了，说：“幸好那半壶白酒你没喝，不然累惨了的人可就轮到我了。”又说：“秦风那小酒量，还不如你呢。他半斤下去就开始摇摇晃晃的，楚槐就比他厉害多了，他们这批年轻人里，我估摸着，还没有哪个人的酒量比楚槐更厉害。晚上吃饭的时候，我安排他们两个坐你边上，原本就是为了在关键的时候替你挡挡酒的。林副总那半壶，我本以为会是酒量更好的楚槐跳出来替你喝的，哪想到却是秦风这小子，自杀式地冲出来替你挡了这半壶酒。”

展颜沉默了一会儿，说：“楚槐是要我喝了这半壶酒的。他说林副总是春光园林的二把手，不好得罪的，要我为公司牺牲一下。我本来已经抱着必醉的心态，想要硬着头皮喝下去的，幸好秦风够仗义，替我挡了下来。不然，这会子我铁定吐成狗。”

朱英吃面的动作慢了下来，皱了皱眉说：“小展，我们办公室经常会有些对外应酬，会有些饭局，这要是每次都抱着为公司牺牲的心态，拼了命地喝酒，那还不把自己的身体给整坏了？你以后出去应酬，给我记住这八个字，那就是‘量力而行，适可而止’，女孩子，真要是喝到烂醉，一是不好看，二是不安全。所以说，你得学会自己保护自己。在任何情况下，我都不赞同以牺牲自己的方式来维护公司的利益。更何况，我们跟春光园林公司同属于绿化企业，一个圈子的人抬头不见低头见，这工作归工作，喝酒归喝酒，不存在什么不喝就会得罪人的事。存心要谈的事或者业务，更不会因为你一杯酒不喝，就谈不成了，你明白了吗？”

展颜受益匪浅，点了点头。

朱英见她乖巧的样子，心软得一塌糊涂，忍不住就八卦了一下：“我老是听公司的人说你和楚槐、秦风的关系不一般。他们有的说你和楚槐是一对，有的说你和秦风是一对，就连我们陈董事长也开玩笑问我，咱们的小女兵到底看中了哪位小伙子？小展，你跟我说说心里话，你到底看中的是谁呀？”

展颜大窘，满脸通红地说：“哎呀呀，您可别听别人瞎扯，没有的事，我跟他们两个都只是好朋友而已。以前我住在乡下宿舍的时候，因为不会做饭，就厚着脸皮跟着他俩混吃混喝。我们大家都是年轻人，比较谈得拢，那些人看到我们三个人经常混在一起吃吃喝喝的，就非要给我们‘拉郎配’，配成一对儿，我也好无奈呀。”

“哦！”朱英放下了筷子，喝了口水，开玩笑似的说，“我要是选女婿，就选秦风这样的，这小伙子踏实肯干，勤勤恳恳的，以后绝对是个听话又疼人的好丈夫。至于楚槐嘛……”她顿了顿说：“这小伙子聪明能干，机智过人，长得也比秦风俊，最主要的，是他有野心，有冲劲，只要给他一点点机会，他就能抓住不放，顺杆而上。你看，他跟林副总见面也不过两次，可在今晚的饭局上，已经是一口一个林大哥这么称呼人家。我们陈董事长是非常看好他的，有心要好好培养他，还评价他前途不可限量。不过，要我说呢，这样的小伙子实在太过活络，这姑娘要是没一点手腕和手段，根本降不住他。特别是那些傻傻的小姑娘，怕是被他卖了，说不定还会替他数钱呢！”

展颜觉得朱英八成在说自己，不禁又羞又恼，脸孔蓦然发热，拉过被子盖住脑袋，说：“哎呀呀，您尽扯这些干什么呀，他们两个关我什么事，我困了，睡觉，睡觉！”

朱英看着展颜蒙着头活像只鸵鸟，不由得笑着摇了摇头。

而此时楚槐正和林风伟、蒋新国、范兴书四人在“欢乐今宵”里唱歌喝酒。

林风伟是这里的常客，几乎这里每一位陪唱的KTV“公主”他都认识，他出手阔气豪爽，很受这些“公主”的欢迎，不过他的品位有点特殊，他并不喜欢现下流行的“A4”腰身的女人，他喜欢胖胖的、摸上去手感丰富的女人。所以，这会子，他正搂着个妆容十分浓艳、身材非常丰满、穿着极其暴露的KTV“公主”忘情地对唱着。歌曲结束后，立即就赢得了一片掌声。林风伟高兴不已，拿了瓶啤酒，拍着那位陪唱“公主”的屁股，笑着说：“来来来，雪儿，你去跟我新认的小弟——楚经理去吹个鸳鸯。你可别小看我这位小老弟，人家年纪轻轻的，可已经是一家园林公司的小股东哟。你要想以后生意好，就得把我这位小老弟给伺候好喽。”

一瓶啤酒，“公主”喝一半，剩下的由客人喝，这个就叫“吹鸳鸯”。

那位叫雪儿的KTV“公主”人丰满又能喝，一直是林风伟的“心头好”，听林风伟这么一说，当下便一仰头豪气地喝了大半瓶，然后卖力地扭动着自己的腰肢，坐在楚槐身边，笑着说：“小哥哥，我来陪你吹个鸳鸯，怎么样呀？”

楚槐到底还只是个清纯的年轻小伙子，何曾经历过这些，当一股廉价的浓香袭来，眼前便出现了极为壮观的“波涛汹涌”。心慌意乱的同时，忍不住觉得有些恶心反感，他一向自视清高，如何看得上庸脂俗粉，像个奶妈一般的雪儿？当下，他便转身要向蒋新国求救，不料却发现蒋新国搂着别的“KTV”公主正在玩色子（骰子），估计输得多，赢得少，正时不时地仰着头，十分豪迈地喝着酒，喝完之后，还搂紧了怀里的KTV“公主”，在她脸上“啪叽”亲了一下，跟平时工作中与他相处时那亲切、和蔼的样子相比，简直就是判若两人。

雪儿见楚槐东张西望，一副对她视而不见的样子，心里就明白自己并不是这位楚经理喜欢的类型，当下便向林风伟撒娇：“林副总，你看看他，都不理人家。人家真的好伤心哦。”

林风伟见楚槐对雪儿胸前那堆伟岸的“丰满”唯恐避之不及的尴尬模样，忍不住拍手大笑。“哎哎，雪儿，快回来，我这小老弟怕是嫌你太胖了，你这一身的肉呀，恐怕也就我喜欢。来来来，你，你，你，你们几个……”他指着围坐在自己和蒋新国身边的几个女人说，“你们大家都去，谁要是能让我这个小老弟，心甘情愿地吹鸳鸯，今晚的服务费和出场费加倍！”

这样一来，坐在他身边，还有蒋新国、范兴书身边的几位KTV“公主”全都笑嘻嘻地拿了啤酒向楚槐围了过去，争先恐后地要和楚槐吹鸳鸯。林风伟等人见楚槐被这群莺莺燕燕包围着，满面通红、左躲右闪、狼狈不堪的模样不禁哈哈大笑起来。闹腾了一会儿，始终没人能让楚槐喝进去，林风伟的好胜心就上来了，他按了按服务铃，叫来了妈妈桑，说：“去，把你们的头牌‘大公主’梦梦小姐给请出来，我还真不信了，偌大一个欢乐今宵，这么多‘公主’，竟然没人能让我们楚经理吹鸳鸯。”

众“公主”一听梦梦要来，皆识趣地散开了，重新坐回到林风伟等人的身边，继续喝酒玩乐起来。过了一会儿，一个穿着白色轻纱洋装，脖子戴着闪亮项链，披散着一头长发的女孩子袅袅娜娜地走了进来。她的眼睛清亮而又妩媚，鼻子挺拔，嘴巴小巧，白皙的皮肤像陶瓷一般散发着光芒。她看上去跟这里的女人完全不一样，显得清纯而又高雅，美丽而又温柔，使人一见不由得眼前一亮，心中一荡。

她缓缓走到楚槐身边，举起了酒瓶，笑了笑，她的笑容甜美而又温柔，淡淡的，又带了点羞涩，她轻声软语地求道："小哥哥，给个面子行不行？哪怕装出个喝的样子也行，不然，她们都要笑我了呢。"

楚槐从没被这般美貌清纯的女孩子软语相求过，一时间有些恍惚和迷失。也不知道是不是酒劲上来了，还是被这个叫梦梦的女子，那含羞带涩的甜美笑容给迷惑了，他情不自禁地伸出了手，接过梦梦手里的酒瓶，在她那波光潋滟的眸色中和她那吴侬娇语的劝酒中，梦游般地把喝剩下的半瓶啤酒喝完了。

"哈哈哈……我就说没人能抵挡住梦梦的攻势吧。"林风伟大为得意，他看着楚槐，觉得自己跟这位新认的小弟又亲近了几分。

这一晚，他们四个人唱完歌之后，又去吃了夜宵。楚槐回到酒店房间后的好长的一段时间，都仍处于精神恍惚、神志迷茫的状态当中。

他抬头望着天，璀璨的夜空中闪烁着无数的星光，老天爷究竟有没有听到楚槐的责问，并没人知道，但，这一晚这种一掷千金的感受，却为这个来自贫苦农村的年轻人，打开了一个全新的世界。埋在他灵魂深处的潘多拉魔盒，在不经意间被他打开。某种混合着甜蜜芳香的魔鬼诱惑，在这一晚被他当成美梦印在了心底。

像往常一样，他有些忍不住想要找展颜诉说。他觉得她应该懂他，他和她之间几乎无话不说，就差捅破一层窗户纸了。但当他的手触到电话时，不知怎的，他就想到了梦梦，想到了他和梦梦吹的鸳鸯酒，想到了夜宵的时候，梦梦倚坐在他身边，为他挡酒的场面，也想到了梦梦和他互留电话时，林风伟他们起哄的喧笑声。他突然就心虚了起来，他长长地叹着气，满腹的话语想说，却又不敢说的那种落寞和苍凉，让他感到分外孤独。在说不出的惆怅、说不出的苦涩和说不出的迷惘里，他渐渐地睡去了。

第二天，陈然带着他们去了黄炳耀副局长那儿拜年。

黄炳耀在办公室里接待了他们，前年他去宣读改制政策的时候，遭到员工攻击，如果不是陈然、朱英和展颜，他说什么也会挨上几个矿泉水瓶，搞不好，还会挨一顿揍，所以他对陈然他们还是非常有好感的。一见到陈然，他便热情地握住了陈然的手，笑着说：“陈董事长，听说你们企业的改制工作已经全部完成，企业名称都已经更改好了，恭喜恭喜呀，来来来，坐坐坐！”

陈然笑着在他边上坐下，说：“如果不是市委、市政府和市建委领导对我工作的大力支持，如果不是组织对我个人的充分信任，我们企业哪有能力这么快走到这一步？所以说，我们企业能有今天，还是要多谢黄副局长您在我们改制时，对我们企业的指导和帮助呀！”

黄炳耀笑着摆了摆手，说：“你也不容易呀，部队转业回来后，服从组织分配，直接就接手了这么个烫手山芋。听说，后来你们原先那两位园管处的副处长好像不光跳了槽，还从你们那儿带走了一批技术人员，自己还弄了个园林二级资质的绿化公司，成了你们的竞争对手，是不是呀？”

陈然叹了口气，说：“是呀！公司本来想在改制完成之后，升级园林一级资质的，这样一来，我们差点连招投标的项目经理都没了，一切又都要从头开始。这次我们来，除了跟黄副局长您拜个早年，还想跟您汇报一下我们公司改制后的一些情况。另外，我想请您出面，帮我介绍认识一下建管处新来的那位连处长。把公司原先的园林二级资质升到一级，等开年后，是我们公司最重要的工作。以后公司的发展走向，就看我们能不能成功升级资质了。您也是知道的，我其实就是个外行，所以，我想向这位连处长请教一下，升级园林一级资质应该做些什么工作，有没有什么相关的优惠政策和条件可利用。我们企业现在算是刚刚起步，还是希望领导在我们企业未来发展的方向上，给予适当的扶持和帮助。”

“哈哈，这个，还请陈董事长放心。深化事业单位改革是政治、经济体制改革的重要组成部分，尤其是像你们这种单位产权制度的改革，实际上也是深化国有企业改革的延续。在这一点上，市委、市政府和我们建委都是高度重视的。对于你们这些改制单位，我们会视情况而定，会在一些政策上，给予你们适当的扶持和帮助的。这样，一会儿，我让卢秘书带你去建管处连处长那儿，我也会亲自打电话给他，跟他说一下你们企业的情况。”

第十七章

在和黄炳耀畅谈了差不多半小时后，陈然便向他告辞。一行人在卢栋卢秘书的引路下，来到了建管处连如海处长的办公室。连如海十分年轻，不过三十出头，戴着副眼镜，斯斯文文的样子。

“陈董事长，你们公司的事，黄副局长已经打电话来跟我提及过了。现阶段，无论你是改制单位还是非改制单位，园林企业升一级资质，就没有什么优惠政策和条件可言。三级园林资质的申报和审批，是由我们建管处批复核定的，二级园林资质就要报到省厅，至于一级资质是要上报到省厅后，再递交到建设部批复的。对于园林一级资质的申报，我们建管处也只不过是分管审核资料这一块。这一块工作，主要还是在周明森副处长那儿，我喊他过来，以后升资质方面的事情，你们可以直接跟他联系。”连如海显得十分忙碌，说这几句话的工夫，就连着接了好几个电话。

陈然也就不好意思再跟这位连处长多谈，跟着他喊来的周明森副处长去了建管处会议室。周明森秉着公事公办的态度，跟他们说了一些升级资质的政策要求以及升级资质时的注意事项，说了一会儿，也差不多到下班的时间了。

陈然便笑着说：“非常感谢周副处长给我们企业解惑，马上要到吃饭的点了，不知道周副处长有没有空，我想请您和连处长吃个便饭。另外，马上就要过年了，我们给你们处里的每位同志准备了一些我们菰浔镇的土特产，不值几个钱，不过代表了我们企业对上级主管部门的感谢。东西比较多又比较笨重，放在了我们的车子里。我们的车子停在外面，您看是待会晚饭过后，我们帮你们送到家里方便呢，还是等下下班的时候，大家顺便去车上拿一下方便？”

看到周明森想要拒绝，陈然忙说：“周副处长，我们主要只是想表示一下感谢，我们企业以前是园管处，也是公家单位，党建工作也一直是我们的工作重点。您放心，这违法乱纪的事，我们可不敢做。快过年了，我们也只是想跟处里的同志拜个早年、吃个团圆饭嘛。这一整年下来，你们两位处长工作繁忙，你们的手下平时工作也是十分辛苦的。偶尔聚一聚，适当地让同志们放松一下，也是为了今后更好地工作嘛。”

周明森听陈然这么一说，便露出迟疑之色，想了想说：“那我跟连处长汇报一下，看他是怎么个意思。”

周明森说着就去了连如海办公室，过了一会，便出来笑着说：“陈董事长是黄副局长介绍过来的，再加上我们处里其他的同志平日工作确实辛苦，这大过年的，那我们也就恭敬不如从命了。不过，连处长今晚已经有安排了，他就不参加了，我和我们处里其他三位工作人员参加。”

这一晚，一开始建管处的同志并没有喝酒，无论是陈然的热情相邀也好，还是朱英的好言相劝也罢，周明森等人就只是矜持地笑着摇头。聊天当中，楚槐无意间提及自己的家乡，不想却惊奇地发现周明森居然跟他是同一个县的老乡，这样一来，“老乡跟老乡，白酒红酒走一趟”。原本一直喝饮料的周明森，看在楚槐这个老乡的情面下，终于端起了酒杯。

领导这么一起头，底下的同志自然不好再端着，所有的饮料都换成了白酒，气氛也开始热闹了起来，最后倒也喝得宾主尽欢。

晚饭结束时，展颜看到楚槐悄悄给周明森塞了两个信封，当下一颗心便不由得提了起来。她是经办人，自然晓得信封里的价值。

这次他们上来跟春光园林谈合作，可谓诚意十足，准备得也十分充分。不光带了菰浔镇的土特产，还准备了好多这样的信封，主要是送给春光园林的股东和管理层人员。既然是打着拜年的旗号去主管局那边的，自然也不好空着手，陈然是个谨慎的人，根本就没有想过要给局里这些公务职人员送这个信封，送的当真就只是橘红糕、熏豆茶、大头菜这些不值什么钱的土特产。

展颜没想到楚槐为了讨好自己的这位老乡，竟敢自作主张塞信封给他，心里又急又慌，唯恐会适得其反，惹恼了周明森。好在周明森不过略略犹豫了一下，在东张西望一番确定自己这边没人看见之后，也就不客气地装在怀里。提心吊胆的展颜这才算是松了口气。

周明森收下信封后，借了点酒意，就跟楚槐勾肩搭背，一副哥俩好的模样。蒋新国提出去“欢乐今宵”醒酒，他也十分爽气地答应了。但处里的其他三位工作人员则都识相地表示不参加了，于是展颜和朱英便借口要把“土特产”送到这几位同志的家里，推辞了蒋新国的邀请。陈然五音不全，且又一向不喜欢这些东西，就装醉酒不去。蒋新国就和楚槐带着周明森去了“欢乐今宵”，楚槐在经过周明森的同意后，还顺带叫上了林风伟，这让林风伟觉得他非常识趣。

这一晚，他们几个人照例是唱完歌后吃夜宵，蒋新国和楚槐回到酒店时，都已经是凌晨两点半了，他们两个人都醉得厉害，一直睡到了第二天早上十来点钟才醒。

回程的路上，蒋新国仍是昏昏欲睡，楚槐倒是精神饱满，他对陈然说：“原先我还担心，处里在审核我们的申报资料时，会因为我们借用春光园林的人员而把我们刷下来。但现在周副处长已经明确表示，他们处里是非常支持本地绿化企业发展的，绿化企业中相关技术人员流动也是很正常的。他还说，等资料报到省里通过之后，他会尽量想办法说服连处长一起和我们去北京建设部送申报资料。局驻京办事处的章新明处长跟连处长是大学同学，要是能由连处长出面，让章处长去跟部里的相关同志打个招呼，那么申报的成功率就会提升不少。”

陈然虽然高兴，但也有些担忧：“我看那位连处长并不是很好相处的样子，而且他似乎很忙，也不知道周副处长有多少把握能够说服连处长出面。”

楚槐说：“连处长毕业于名牌大学，他的父亲是省里的领导干部，难免有些高傲。周副处长说连处长为人还不错，因为刚刚分到建管处，对相关工作还不太熟悉，所以比较看重他，工作上也比较依赖他。只要与上级领导安排的工作不太冲突，他还是很有把握说服连处长的。周副处长说，我们以后有什么事情，可以向连处长多请示多汇报，平时也要多联络感情。”

陈然若有所思地点了点头，然后才说：“我看你昨天似乎递了两个信封给周副处长，小楚，上级相关部门的这些干部同志给我们指导工作，我们的确应该感谢他们，但绝对不能害了他们。咱们还是尽量不要与这些公职人员发生经济上的来往，有机会一起吃个便饭什么的，也就可以了。”

楚槐没想到陈然会当着众人的面这么说，表情有些尴尬，不过他还是从善如流地点了点头，说：“好的，陈董事长，我知道了，下次我会注意的。其实去的前晚，我向林副总打听过建管处的这两位处长，周副处长是我老乡的事，就是他说的，所以我才会在吃饭的时候，故意提及我的家乡。我也咨询过林副总他们春光园林逢年过节的时候是怎么跟相关部门联络感情的，他就说我们送的礼有点轻，建议我把这两个信封带上。林副总还说现在的风气都这样，一些重要把控部门的领导干部平时饭局就多，逢年过节的时候，别人更是排着队要请他们吃饭，所以，要想搞好关系，光吃一顿饭是不够的，还得送礼，这礼，还不能太轻，否则，下次就再也请不动他们了。”

陈然不由得大吃一惊，说：“我是从部队转业直接分到咱们园管处的，回来后，就一直在忙着改制的事，全部精力都用到了跟李莉他们斗智斗勇上，不承想还有这种说法。中央三令五申反腐倡廉，怎么有些领导干部的胆子还这么大？”

朱英就说：“上有政策，下有对策。这些年，出事情的官员不在少数，不过，胆子大的照样胆大。小楚说的这个现象，虽然只是个别现象，但其实在政府的各个系统里的确还是存在的。当前，市场经济的趋利性逐步渗透到社会生活的方方面面，各种价值观不断冲击着人们的思想。有这么极少数的一些党员干部，就倒在了市场经济所掀起的巨大利益的浪潮下。极少数的这部分领导干部，给群众带来的影响还是比较恶劣的，有的甚至连名下管理的整个行业风气都变得十分不好。”

陈然的表情越来越严肃，他对楚槐说：“小楚，春光园林是春光园林，我们是我们。在这些方面，你以后就不要听林风伟的。我们虽然改制成企业了，但仍要把党建工作融入我们的生产经营。咱们现在的确一切都要以经济利益为主，但绝不能因为这样，就去犯一些不该犯的错误。”

可能是他自己也觉得车上的气氛过于严肃，又看到楚槐面红耳赤的样子，陈然不由得缓了缓语气，笑着说：“小楚，那个什么，我倒不是在怪你，我又不是真的‘老古董’，咱们擦边球滴小心打，犯规滴就不要！”

他后面一句话的语气说得跟“悄悄滴进村，打枪滴不要”一模一样，展颜忍不住笑了起来。被她这么一笑，车上的气氛总算缓和了。大家也不再说这些事，只是缠着陈然问年终奖的金额，陈然就装聋作哑不肯回答，最后总算在展颜和朱英的联手“逼供”下，“被迫”说了个数字，引得车上一片欢呼。

这一趟行程总体来说还是比较顺利的，不仅和春光园林达成了战略伙伴的关系，而且还搭上了周明森这条线。只不过，等楚槐跟陈然汇报这一趟的总开销时，尽管陈然有心理准备，但还是吓了一大跳。

春节过完上来，公司的主要精力便都投入到了升级资质以及实施项目承包责任制这一块上。

展颜忙得不可开交，她的主要工作是配合楚槐做好升级资质的文字资料整理以及相关人员的社保转接。朱英这边不可能一下子招聘到那么多技术人员进来，升级资质所缺少的技术人员这个口子，只能通过打擦边球，用“借”人的方式才能堵上。

虽然春光园林公司答应了借几个人过来，但还是不够，幸好在这个时候，设计室和工程部那几个年轻人的工程师证已经评出来了。最后，楚槐又通过林风伟向市里其他几家园林公司借了些人，终于把升园林一级资质所要求的全部技术人员给凑齐了。

一切都在紧锣密鼓地进行当中，这期间楚槐为了资料的事情，跟林风伟还有周明森的联系愈发密切。他每周都会抱着资料跑到市里去找这二人。应当说，在菰浔园林升级一级资质这件事上，林风伟和周明森这两个人的功劳还是挺大的，他们俩完全是不遗余力地在帮助楚槐。当初春光园林公司升一级资质就是林风伟一手操办的，而周明森在建管处多年，对于如何在政策法规许可的范围内打好擦边球，更是他驾轻就熟的本事了。很快，该如何完美地准备好升一级资质的资料就被楚槐摸了个一清二楚。

之后，楚槐就对展颜整理出来的那份文字资料提出了系统的整改意见。他对这份资料的要求很高，也很严格，展颜自己也记不清这些资料经过了多少遍修改和整理。那段时间的每个夜晚，她都和楚槐一起，一遍又一遍仔细而又认真地反复核对和修改资料。这些资料大到合同、中标通知书、竣工验收报告、竣工结算审价报告原件和复印件的对比，小到各种职称证书扫描件图片的格式和大小，全都要重新调整，只要略有不对的地方，楚槐就要求展颜继续修改，直到完美为止。

那些加班的夜晚都很静谧，夜风穿梭徘徊在她和楚槐的办公室之间，发出断断续续的低鸣。她坐在自己的办公桌前，或是认认真真地调整扫描文件图片大小，或是一遍又一遍地复印合同文件，力求字迹清楚，边框完整。等计划内核定的内容全部调整好之后，她就会送到楚槐的办公室让他审核，如果审核通不过，她就会继续修改。楚槐的办公室就在她的对面。开年之后，招投标网站上关于绿化施工项目的招标多了起来，他也就忙了起来，事情多电话也多，有时候，他会把门关上，一个电话一打就是半天。

展颜在经过很长一段时间后，才后知后觉楚槐似乎在有意无意地回避她。虽然因为工作，俩人仍会经常在一起，但他和从前仿佛已经判若两人。他不再和她无话不谈，他对她的态度变得莫名的客气而又礼貌，他会和她聊天气，聊电影，聊一些空泛而无趣的东西，却不再聊他的梦想，聊他的理念。下班的时候，他会和她礼貌地告别，却从不送她回家，她往东，他往西，两人背道而驰。那天晚上他给她打的那个模棱两可的电话，仿佛只是她的一场梦而已。

秦风又中了个绿化标，施工地点仍在市里，他回不了菰浔镇，就只能每天打电话给展颜。他跟她在电话里东拉西扯，周末只要有空就会从工地上赶回来找她，约她吃饭或是看电影。展颜推了几次，但秦风却是锲而不舍。后来，她实在有些不忍心每次让他失望而归，也就厚着脸皮答应了他的约请。她说是要跟他AA，秦风却不肯，她也就只好给他买衣服算是礼尚往来。

从前在花木培育中心的时候，展颜、秦风和楚槐他们三个人总是同进共出，现在这样的机会几乎没有。尽管展颜和秦风每次吃饭时都会喊上楚槐，但楚槐却总是婉拒，因为，他要去春光园林和他的大哥林风伟联络感情。他是外地人，他太年轻，他没什么资历，所以，他需要跟林风伟搞好关系，然后一点一点地，把林风伟手中的人脉，变成他自己的，他就像一只辛勤的工蜂拼命地工作着。不知不觉中，昔日的“三剑客”早已名存实亡。

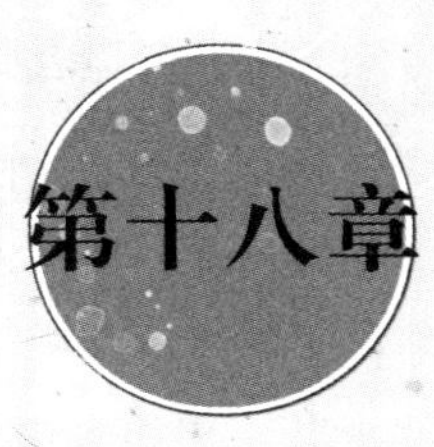

第十八章

说实在的，林风伟对楚槐这个新认的“小弟”还是很上心的，他把他带进了一个特定的圈里，带他认识了市里各级资质园林企业的老总和业务经理。林风伟极其喜欢热闹，又喜欢喝酒，所以，他们这个特定的圈子每个周末都有聚会，各家园林企业轮流请客轮流做东。林风伟就把楚槐给带上，大家一起吃吃喝喝聊聊，再去 KTV 里混混，感情自然就越来越深了。而楚槐一向是个人精，对这个圈子里的每一个人都恭恭敬敬，开口“大哥”，闭口“小弟”，这让大家都非常喜欢这个圈子里这位最年轻的“小弟”。

陈然心里非常清楚，菰浔园林要发展，就必须要走出菰浔镇这一亩三分地，要打开现如今的局促局面，拓宽业务渠道，就必须要跟各个园林企业多打交道。抱着这样的心态，他跟着楚槐参加了两次这样的聚会后，就大感头痛，连呼年纪大了吃不消像这样的“战斗”。他为人本就正直，而且并不热衷于应酬，哪里受得了像林风伟他们那样又是喝酒又是唱歌又是抱“公主”，还要吃夜宵这般连轴转的夜生活方式。

后来，再有这样的聚会，他就不太愿意参加了。但对于楚槐跟着林风伟混在这样的圈子里，过着这样的生活，他其实还是十分担心的，唯恐这个能力出众的年轻人就此迷失在灯红酒绿当中。他充分发挥自己在部队里当过政委的特长，每次楚槐应酬回来，在周一上班之时，他都必定要把楚槐叫到办公室，对他耳提面命，谆谆告诫一番。同时，出于对楚槐的关切，他特意给楚槐配了专车和专职驾驶员，又让朱英每次都帮楚槐提前安排好住宿的地方，不让楚槐再像从前那样半夜赶回来，第二天下午再赶出去。

经过三个多月的精心准备，申报一级资质的资料终于送去了省里复查，在得到了省建设主管部门的初审意见之后，蒋新国和楚槐就带着申报资料去了建设部。

连如海确实被周明森说服了，原本是要跟楚槐他们一起去建设部的，不过，因为临时有了会议，只能取消了行程。为了让事情办得更加顺利，连如海亲自给北京的章新明打了个电话，拜托他帮衬一下。陈然知道后，就让楚槐带了一些家乡的小吃还有一些小礼品过去。

章新明人在异乡，看到家乡的来客倍感亲切，陈然让带的家乡小吃又正好解了他的思乡之苦，当下就对蒋新国和楚槐十分热情，还带着他们去全聚德吃了顿烤鸭，当然，是他请客楚槐买的单。

在去北京之前，楚槐早就通过周明森，对章新明这个人摸过底，知道他是皇家马德里队的球迷之后，就做足了功课。在吃饭的时候，他投其所好，大谈卡佩罗、菲戈、齐达内、贝克汉姆、欧文等人，并对皇马的“银河战舰”时代最终落下帷幕表现出痛心疾首的状态。这果然引起了章新明的共鸣，两人觥筹交错，相谈甚欢，相见恨晚。待到交完资料，准备回来之时，章新明都已经跟楚槐约定好了一起喝啤酒看球赛的时间，他还让楚槐帮着带一些真空包装的北京烤鸭给他的几个朋友，这是已经完全不把楚槐当外人看了，几乎被章新明当成空气的蒋新国对此也表示服气。

蔬浔园林升资质的资料送上去之后，就是等待结果了，这期间，陈然经常把朱英、蒋新国还有楚槐叫到办公室，一起讨论研究实施项目承包责任制的具体办法，很快《工程项目运行管理办法》就制定了出来。

这样一来，以后公司所有的中标项目都将实施项目制。

也就是说今后，将不再以公司的名义组织班组参加绿化施工项目，而是由工程部通过竞价确定项目实施人，项目实施人则自行组织班组成立该项目的工程项目部。公司按照承担项目工程审计价一定比例收取管理费，资金筹措由项目部自己负责，项目实施期间的项目部人员由工程实施人负责管理，工资等费用由项目部承担。这个制度对工程部所有项目经理来说，风险虽然大，但得到的利益也是最大的。

十一月底，建设部的公示出来了，蔬浔园林很幸运地通过了审核，拿到了园林一级资质。如此一来，可把陈然给高兴坏了。由于李莉几个人的离职，公司从改制后到现在，整体的组织机构并不完整，副总的位置还一直空着。在年终大会上，陈然对公司的组织机构以及人事职务做出了一定的调整，正式把设计室独立出来，成立蔬浔园林设计院。原设计室的沈梦希从中层正职提升到副总经理兼任设计院院长；蒋新国不再担任业务部经理一职，从中层正职提升到公司副总经理，分管业务部和预决算部；楚槐从中层副职提升到中层正职，成为业务部经理兼任总经理助理；因为秦风先前所承建施工的环湖公园绿化工程获得省级优秀园林工程金奖，他也被提升为中层副职，担任工程项目部副经理一职。

这份文件一出来，大家都不由得发出感叹，从前还是园管处的时候，要提拔一个人得按部就班地来，现在成为企业了，只要老板认可就能得到重用。比如年轻的楚槐，谁也想不到，竟然被提拔得这么快！从普通技术人员到中层副职再到正职仅仅用了不到一年的时间，这对以前的体制而言，几乎是不可能的。这样一来，公司的年轻人眼睛都亮了，每个人都希望自己可以得到陈然的青睐，成为下一个楚槐。

直到此时，陈然方才在心里稍稍松了一口气，从他调入菰浔镇园管处开始，他的心里就如同被压了块磐石，改制时的各种风浪令他几乎气都喘不上来。他是军转干部，并非专业院校出身，对于园林绿化这个行业可谓一窍不通。从理论上，他也知道如今的园林行业是一个新兴发展的行业，但具体该如何去做，他也是摸着石头过河。楚槐是科班出身，有着一定的专业知识，不同于在体制内混日子的人，这个年轻的小伙子有心机、有野心、有冲劲，并且有着激进而又冒险的精神。他的种种提议，都给这个曾经死气沉沉的公司，注入了一股新鲜的活力。就这次的升级资质而言，如果不是楚槐本着激进而又冒险的精神去操作，那么就根本不可能升级成功。

现在总算一切都步入了正轨，公司已经成为整个浙北地区第二家具有园林绿化一级资质的企业，这就意味着在市场竞争中有了一定的优势。原先的二级资质只能承揽工程造价在1200万元以下的园林绿化工程，对于造价在1200万元以上的园林绿化工程只能望洋兴叹。从现在开始，他们就可以承揽各种规模以及类型的园林绿化工程了。而且，二级资质只能在省内进行招投标，而现在，他们就可以冲出浙江省走向全国了。

陈然有预感，只要好好培养楚槐这个有能力的年轻人，公司成为浙北地区的龙头企业就指日可待。

秦风的绿化项目已经竣工了，他重新回到了公司。快过年了，由于没有什么新的绿化项目需要动工，整个工程部的人都空了下来。于是，工程部的年轻人就经常呼上设计院的小伙伴们聚餐。每次秦风都会喊上展颜，去的次数多了，工程部和设计院的人就完全把他俩看成一对儿了，老是催着他们赶紧结婚。刚开始展颜还不知该如何面对大家玩闹性质的起哄，后来参加得多了，也就厚着脸皮权当听不懂。

这天秦风单独约了她，因为手头工作比较多，她没能准点下班，依然埋头苦干着。蓦然间，一阵敲门声响了起来，应该是秦风来找她了，她头也未抬，便说：“秦风，你等我一下……”

听到有人轻笑，展颜便抬起了头，睁大了眼睛望去，却见推门进来的，并不是秦风，而是这段时间经常神龙见首不见尾的楚槐。他穿着一件毛呢大衣，围着一条格子围巾，显得时髦而又帅气，这样的他跟从前在工程养护小组时穿着朴素的样子简直判若两人。他倚在门上，微笑着望着她，说：“我就说你怎么还没下班，原来是约了秦风吃饭呀。”

展颜点了点头，楚槐便走了进来，随手把门关上，坐在她的对面。展颜看着他，恍惚间觉得陌生，有些不知道该说什么好，而楚槐也不说话，凝视着她，似乎有些心事重重。最后还是展颜受不了这样沉闷的气氛，故意提高了声音笑着说：“哎，楚大经理最近在忙什么呀？”

“还能忙什么，不就是招投标的事。今年是绿化项目实施大年，一是北京要召开奥运会，二是市委、市政府要打造‘绿水青山’这个城市品牌。开年上来，光中心城市建设大提升项目就有16个，总投资达33.67亿元，生态环境建设大提升项目3个，总投资达1.2亿元，而绿化建设资金达10.54亿元，新增绿地面积达334万平方米。这对公司的发展来说，是很大的机遇。所以，我最近在跟市区几家园林公司联系，看看能不能一起合作共赢。”楚槐边说边从口袋里拿出了一包软中华，点着了，深吸了一口，顿时让自己深深地陷入了烟雾氤氲之中。

展颜笑着说：“看样子，开年上来后，公司是吃鲍参翅肚还是干菜泡饭就看你楚经理的本事了。”她看看楚槐的那身打扮，又看了看他手中的软中华，忍不住调侃道："哎呀，楚大经理混得真不错呀，去年抽的还只是红双喜，这会子就抽上软中华了，到底是一级园林企业的业务部经理兼总经理助理，这身份一上来，抽的烟也高级了。"

楚槐把软中华收了起来，好似无奈地说："你就笑我吧！我这也是打肿脸充胖子，在场面上跟着那批老总混，拿包红双喜出来总不像样。"他顿了顿，半似犹豫半似随意地问："我怎么好像听说，你跟秦风要结婚了？"

展颜哭笑不得，停下了手中的活，抚额问："你都从哪儿听来的这个消息，我自己怎么都不知道？"

"设计院的人，工程部的人，大家都这么说。"楚槐的眼睛一眨也不眨地停在她的脸上。

展颜抬眸回望着他，无奈地说："他们那是跟着瞎起哄，我跟秦风……"她抿了抿嘴，有些苦恼地轻吁出一口长气，"我都还没正式接受秦风，一直跟他说把他当好朋友看来着。"她从未谈过恋爱，一时半会儿还不太能接受秦风从好朋友变成她男朋友这样的角色转换。一想到当初别人把她和秦风配成一对时，她还拼命地否认，心里便觉得别扭又尴尬得很。

楚槐目光微闪，唇边浮起一个似笑非笑、古怪的表情："为什么？是不是因为那天晚上我……"

"那天晚上你什么呀？"展颜听他这样没头没脑地一说，就有些恼了，迅速打断了他的话。

楚槐深深吸了一口烟，再重重地把烟雾吐出来，整张脸都躲在了那浓厚的烟雾后面，透过烟雾，他的眼光幽幽地停在她脸上："我还一直以为，那天晚上的那个电话，你其实是懂的，你也是明白的，我以为你其实是答应了的。"

"你在说什么鬼？什么叫我其实懂的，我明白的，答应了的？”这莫名而又突如其来的指责，让展颜脸上一红，然后就生了很大的气，“你说这话是什么意思？你……你那天晚上打了那么个电话给我，又对我说那么些模棱两可的话，然后……一直到现在都没有把那通电话给解释清楚。那你让我应该怎么想？所以，你以为我应该懂什么，明白什么，我又会答应什么？”

她深吸了一口气，平复了羞恼的心情，瞪视着他：“我记得我当时好像是说，作为好朋友，我一定会全力支持你的，对不对？”

楚槐怔了怔，定定地看了她一会儿，然后，他再次点燃一支烟，开始急速地吐着烟雾。

他又何尝不想把那通电话给解释清楚、讲个明白呢？

只是……他想起了某个周末的夜晚，他看到了秦风看她的眼神，他也看到了她对秦风温柔的样子。那一晚，他如遭重击，失魂落魄之下，他喝得有点多，最终，不知道是怀着报复的心态，还是其他什么心态，他没能像往常一样经受住妖媚娇艳的梦梦的挑逗，而是放纵了自己，就在KTV那个有张小床的包厢里，他与她度过了一个激情而又羞耻的夜晚。后来，他就有些自暴自弃了，在某段时间里，只要一去市区，就会去找梦梦。在KTV的包厢，在市区各个大小宾馆，他俩疯狂而缠绵，激情而狂野。

如果说，他和梦梦之间有的仅仅是欲火焚身的“欲”，那么，他跟林晚晚之间则是欲罢不能的“欲”。林晚晚是菰城市招投标交易中心的工作人员，他是通过帮章新明送烤鸭认识她的。林晚晚的身份让他敏锐地意识到，只要想办法跟她交好，让她对他稍稍透露一些绿化施工招投标项目的小秘密，那么，无疑将会给他带来巨大的利益。所以，自从认识她之后，他就如润物无声的清风细雨一般，悄悄地融入了她的生活。每个周末，他都会给她带礼物过去；出差在外，他会在机场给她买化妆品；只要有空，他还会特意从菰浔镇赶过去，请她吃晚饭；她和同事、闺蜜一起吃饭喝茶，他就会特意跑来买单。

一来二去，林晚晚就喜欢上了这个在她面前表现得大方、温柔、细腻的年轻男孩。当她自然地以他女朋友的身份自居的时候，楚槐就有些蒙了。他的初衷当真只是从她手中套取一些招投标方面的消息而已，哪想到这姑娘竟然会爱上他。林晚晚容貌平常、娇气敏感、天真任性、依赖性极重，无论是从长相上还是性格上，都不是他喜欢的类型，可拒绝的话，他又不敢说，唯恐浪费了前期的努力付出，还会因此得罪林晚晚。

一个梦梦和一个林晚晚足以让他焦头烂额，今天，当他无意间从同事口中听到展颜和秦风可能要结婚了的消息时，不知怎的，一种混合着嫉妒、迷茫和痛苦的复杂情绪包围了他。他感觉自己就像是黑色夜幕下飘荡在茫茫大海中的一叶小舟，四面是无边无际的黑暗，唯一明亮的灯塔一直在极远之地，可现在，即便是这座在极远之地的灯塔，也即将熄灭，并且从此不再为他导航。在冲动外加不甘的情绪驱使之下，他这才冲到了展颜办公室，说出这番话来。

第十九章

曾经做过的事，已经无法挽回；曾经说过的话，他已经无法解释清楚；曾经心里的这个人，错过了，就是一辈子。楚槐紧锁着浓眉，懊悔与痛苦几乎明写在他的眉梢眼角，他有些艰难地说：“是呀，你说得对，是我自己……说不清，也拎不清了。”

他说着，便抬头与展颜对望。展颜的眼睛是诚实、真挚而又勇敢的，阳光般无邪的目光，足以让他自惭形秽。他望着她，突然就想到了一个词：挽歌朽年！

他和她之间那段爱而不得的宿命，终究只是一曲挽歌朽年罢了。

“喂喂喂，回魂了，想什么呢？”展颜在他面前挥了挥手，打破了他的沉思。

“我……没想什么，我是说，其实，秦风他……挺不错的。”他生硬地挤出个笑容，挣扎着说，目光里盛满了无奈和懊悔。跟展颜认识这么久，他非常了解她。这姑娘性格刚硬，爱憎分明，宁折不屈，如果让她知道他身边有梦梦和林晚晚的存在，她是绝不可能接受他的。

“他是还不错，可……”展颜托着腮帮子，无比苦恼地说，“我以前人前人后总否认跟你们两个人中的任何一个人会成为情侣，要是承认了跟他是一对，可不就是打我自己的脸嘛。我……”

正说着，一声门响，打断了她后面想说的话，秦风一阵风似的走了进来，嘴里说着：“展颜，你忙完了吗？今天我们去吃火锅怎么样？”

看到坐在那儿的楚槐，他微微一怔，随即笑着说：“咦，楚槐也在呀？真是好久没见了，你还没吃饭吧？不如跟我们一起去吃火锅吧，我们‘三剑客’好像很久没在一起吃过饭了呢。”

楚槐收起自己失落的心情，若无其事地站起来，笑着拍了拍秦风的肩说：“是呀，我们‘三剑客’都很久没一起吃饭了，既然遇到了，那今天晚上我们一起吧，不过，话先说好，我来请客。”

秦风觉得有些不好意思，忙要推辞，展颜却因为跟这两个人特别熟，所以毫不在意地说：“得了吧，老秦，咱就甭跟楚经理客气了，今天晚上就吃大户呗，反正楚槐这家伙也欠了我好几顿饭，轮也该轮到他请了。”

很久未曾相遇的“三剑客”，终于又聚在了一起，三个人虽然各有各的微妙情绪，但却依然像从前一样说笑着出了门。

楚槐并没有按秦风和展颜的意思去吃火锅，而是打了个电话，在一家生意极为火爆的海鲜酒店里订了个包厢。他们到的时候，菜品酒水都已经安排好了。菜很丰富，清一色的海鲜，基围虾、老鼠斑、澳洲龙虾、清蒸小鲍鱼等等摆了满满一桌。

展颜不禁有些咂舌：“哎，楚大经理，要不要这么丰富呀？天呐，这龙虾鲍鱼的，一桌得花多少钱啊？”她想了想，又说：“要不然，等下我们还是AA制吧，虽然说今天晚上我和老秦的确是有吃大户的打算，但也没想过直接把你给吃破产了呀。”

楚槐笑而不语，也没问展颜他们要喝什么，直接就开了瓶高度五粮液，拿过他俩的杯子，咕咚咕咚地倒满，说：“我成了股东没请客，欠你们一顿；当了副经理没请客，欠你们一顿；当了这业务部经理兼总经理助理之后又欠你们一顿。这三顿并一顿，原就应该请得好一些。展大侠你就别矫情了，放开肚子吃就是了。来来来，为了我们这么久才聚，为了我们的友谊，大家干杯！”

展大侠，是楚槐对展颜的专称。

展颜和秦风见他居然开了这么贵的酒，心中不免更加不安，但若是再推让不免又显得矫情了，当下也就不再多说，微笑着举起了酒杯。

三个酒杯碰在了一起，空气中弥漫着高度白酒浓郁的芳香，辛辣、浓烈。几杯酒下肚，昔日三个人相处的美好时光好似又回来了，只不过，彼时他们热闹碰杯，互相打趣，各聊各的梦想，各谈各的将来；而此时，大多数时候，都是楚槐一人在侃侃而谈，秦风和展颜则安静地当聆听者。

一瓶酒不知不觉见了底，楚槐伸手又拿了一瓶，准备继续再开，秦风忙伸出手，按在了瓶子上。

“别开了，你当这是咱们从前喝的那种红星二锅头吗？这可是五粮液，又贵又烈的，开了喝不完就浪费了。”秦风说，“再说，你又不是不知道我的酒量，再喝怕是要醉了，展颜今天晚上也是喝了不少，再喝，她也要醉了。”

两个男人的手抓住一瓶酒，两双带着不同情绪的眼睛终于在这个晚上正式碰撞在了一起。

“老秦，这你就不对了。咱们兄弟一场，用得着跟我这么见外吗？从前，咱们三个，一穷二白的，但是，只要是高兴的时候，也还会整几个精致小菜，开几瓶红星二锅头喝个痛快。现在，我好歹是个业务部经理，你是工程部副经理了，喝红星二锅头的日子，也应该过去了。这以后，别说喝五粮液了，咱们兄弟几个哪怕天天喝茅台也是喝得起的！”楚槐望着他，乌黑的眼睛里的神色令人难以捉摸，“你和展颜的酒量我心里都有数，这点酒还能把你俩给灌倒了？你俩不用替我省，你俩要是不喝，倒是有些看不起我的意思。”

秦风摇了摇头不肯放手，楚槐也是死死抓住酒瓶不放。

“楚槐，你这话就没意思了，喝个酒而已，哪有什么看得起、看不起的。”展颜有些听不下去，开口说话了，“我们几个认识这么久，这酒量谁心里会没个数？老秦那点小酒量怎么能跟你比？这瓶酒要是开了，他非得醉到桌子底下去不可。咱们自己几个喝酒，差不多就可以了，没必要非得灌醉一个吧？”

“呵，展大侠，我是想着好久没跟你们一起吃饭了，心里高兴，想要多敬你们几杯，怎么说得我好像非要灌醉你们一样。”楚槐微笑着看着她，“你们俩这夫唱妇随的，岂不是欺负我孤家寡人？我记得以前，我们三个可一向都是共同进退的呀，向来是我喝多少，老秦喝多少，你虽然是女孩子，但绝对不会喝得比我们少。怎么现在，一个两个的，都这么谦虚了呢？”

展颜正好喝了一口茶，“夫唱妇随”这个词顿时令整口茶水都呛进了她的喉咙里，她不由得大咳起来。秦风连忙替她拍了拍背，楚槐看着便微微冷下了脸，顺手硬夺过酒瓶，开了酒，再次给三个人都满上了。

“老秦，我听说你在追展颜。以前，在养护小组的时候，老师傅们爱开玩笑，总喜欢把展颜跟我俩配对。我脸皮比较厚，那时候总是嬉皮笑脸，开玩笑似的认下。你那时候却是打死也不承认，哈，没想到，到最后你俩倒是谈上了。来，兄弟，这杯酒，我敬你，恭喜你赢得咱们展大侠的芳心。”楚槐端起小酒盅一饮而尽。

秦风也跟着仰头喝了一杯，他有些好笑地看了展颜一眼说：“其实展颜到现在还憋着一口气，不肯正式答应我呢。她老说，从前人家把我们凑成一对时，我和她都曾对天发誓，死不承认。现在要真承认了，那就是‘啪啪’打脸，把脸打肿。”

楚槐又给他倒了一杯，端着酒杯，笑着说：“那可不就是‘啪啪’打脸，把脸打肿吗？不过话又说回来，兄弟，我还是挺佩服你的，有勇气，该出手时就出手，不像我，老是瞻前顾后想这想那的，来，我再敬你一杯。”说着他又干了。

展颜见秦风已略有醉态，便夺过他手中的杯子，白了他一眼说：“老秦，差不多得了，你可别再喝了，再喝就醉了。你别忘了，上次去市里，你醉得一塌糊涂，累得我给你收拾了大半夜。”

楚槐听了就笑：“哟哟哟，展大侠，没看出来呀，这江湖女侠什么时候变成管家婆了？你现在就管得这么严，将来可怎么得了？”

秦风脸上有点挂不住，想去拿展颜手上的酒杯，展颜冲他龇了龇牙，他就又缩回了手。

展颜站了起来，不客气地把酒瓶从楚槐手上夺了过来：“行了，你少在这儿煽风点火。今天晚上可以了，你俩谁都不许再喝了。桌上还有那么多菜呢，别浪费了。这酒存着，下次有机会我们再喝。”

楚槐叹了口气，从善如流地说：“好吧，大侠下了命令，谁敢不听？不喝了，不喝了，咱们吃菜！”

三个人就又热热闹闹地说了好一会儿，直到闹腾到快十点了才算结束。从包厢里走了出来，走到总台的时候，楚槐便拿着账单签了个字。

展颜看了之后微微一怔，问：“这顿，你是要挂公司账上的？”

楚槐不以为意地说：“是呀，怎么了？”

展颜有些懊恼，瞪大了眼睛说：“又不是什么公务应酬，我们自己几个朋友一起吃个饭，挂公司的账不太好吧？”

“呵，别担心，没事的，反正我经常在这家店请客户，一向都是挂账的。”楚槐边签边回答。

秦风见了，也摇头说：“这样不好吧，我们三个人私下吃饭，怎么好挂公司的账？万一被别人知道，影响多不好。我看，我们还是跟以前一样AA好了。”说着就要拿皮夹掏钱。

楚槐笑不出来了，他一把按住秦风的手，淡淡地说：“兄弟，你要这么做，岂不是把我的面子连同里子都一起削掉了吗？得，你们要是怕影响不好，那就不挂公司的账，不过是一顿饭而已，我还是请得起的。”

说着，他从随身携带的包里，拿出张银行卡，开始刷卡结账。展颜看他面色略沉，颇为不快的样子，心里有些发堵，勉强挤出个笑容：“那就谢谢楚大经理了，我们也不跟你客气了，你慢慢结账，我先回家了。”说完转身便走。“我去送她。”秦风匆匆说了句就跟在她后面走了出来。

展颜的家离酒店并不远，俩人在月光下，一路往回走。

“秦风，今天这顿饭，我其实吃得并不舒服。我是真的没想到，今天就我们三个人吃饭，他竟也请在这么贵的地方，还开这么贵的酒，后来又打算挂公司的账。早知道这样，我说什么也不会跟他来吃这顿饭的。”展颜微微蹙眉，用有些不太确定的语气问，“你有没有觉得楚槐他……好像变了很多？”

秦风静默片刻，说：“我倒觉得他现在变得很成熟，待人接物什么的都很老练。还有就是，可能因为他现在见多识广，他是越来越健谈了。”说到这里他笑了，“从前我们三个在一起聊天的时候，我就经常插不上话，现在是更加了，你俩又该笑话我笨嘴笨舌了。”

“得了吧，我倒宁愿你一直这样笨嘴笨舌。”展颜叹了口气，转头望着身边的秦风，突然扬起了嘴角，笑了笑，“其实，你挺不错的。算了，打脸就打脸吧，我认了。”

秦风被她笑得有些发傻，问:“啊? 这……什么意思? ”

“笨！就是那个意思呀。”她轻哼着，面颊滚烫，睫毛微微垂下，半掩住带羞的眸子。

“什么? ”秦风抓抓头，突然他睁大了眼睛，心中掀起了狂喜的浪潮，“展颜，你……你的意思，是不是……是不是答应当我女朋友了? ”

“对呀！”见他傻头傻脑的样子，展颜忍不住促狭地问，“惊不惊喜? 意不意外? ”

“惊……惊……惊的！不……不……不是惊，是喜，是喜！”秦风简直开心到语无伦次。

“你真傻，哈哈……”展颜望着傻乎乎的秦风放声大笑。银色的月光洒在流淌在他们身边的那条母亲河上，折射出美丽耀眼的光芒，映得她整张脸庞都是光彩。被突如其来的幸福一下子击中的秦风，忍不住拉住了她的手，忘情地注视着她，一时间，他觉得她的眼里有亮晶晶的东西，像是满天闪耀的星辰，又像是如银似水的月光。

和秦风正式确立关系后，展颜想着反正已经“啪啪”打脸了，就索性大大方方地承认了。春节期间，还把秦风带回去见了家长。

当初展颜住在乡下宿舍的时候，展颜的父母因放心不下她，几乎每周都会去看她，还会带菜给她。所以，他们是认识秦风、楚槐这两个年轻小伙子的。私底下，展爸展开和展妈颜雨红也问过自己的女儿，跟这两个小伙子的关系怎么样。不过，展颜在他们面前是“死鸭子嘴硬”，对于父母的旁敲侧击，一向只肯承认是“三剑客”的美好友谊。现在，她终于肯把秦风带回家了，她父母心中的一块大石，也算是落了下来。感念秦风和楚槐曾对展颜有过无私的帮助，她父母对秦风非常客气和关切，在知晓秦风住在宿舍里，自己一个人做饭吃之后，便热情地邀请他以后就到展家来吃晚饭。

春节一过，秦风就和展颜公开地成双入对，很快整个公司的人都知道了两人的关系。自此，再也没有人会把楚槐跟展颜扯在一起了。

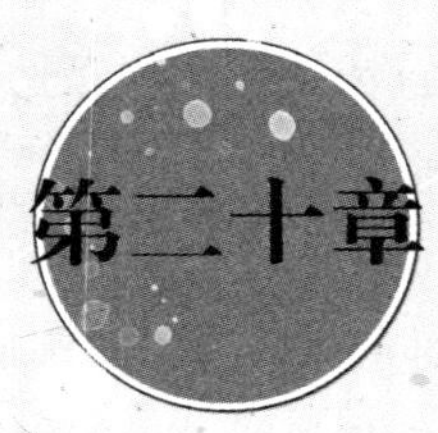

第二十章

春节过后，新一轮的拼搏和忙碌重新开始。

为了打造“绿水青山”这个城市品牌，菰城中心城市建设大提升项目也要准备开始落地实施了。总投资 1.2 亿元的生态环境建设项目和 10.54 亿元的绿化专项建设项目这几块大蛋糕，吸引了全国各地一级园林绿化企业的目光。作为菰城本土仅有的两家一级企业，春光园林绿化公司和菰浔园林绿化有限公司充分做好了打硬仗的准备，势必要把这块大蛋糕上最美味的那一块切分下来。

楚槐这个业务部经理兼总经理助理既要做好园林绿化招投标的工作，又要为设计资质、市政资质的升级做准备，因此愈加忙碌，外出应酬也越来越多，公司里基本上见不到他的影子。

六月，公司以 3500 万元、5800 万元和 2000 万元的价格分别中标以水系景观轴为主的中心老城区绿化改造工程项目、西塞漾国家城市湿地公园绿化工程项目以及菰浔大道道路绿化工程项目。

秦风由于曾经获得过省优秀园林金奖，在招标的时候分数较高排名较前，以他的绿化项目经理证中的就是西塞漾国家城市湿地公园绿化工程项目。这是一个市重点绿化工程项目，总面积达18.34万平方米，市委、市政府的领导都相当重视。陈然亲自过问，保障资金，迅速成立了以秦风这个绿化项目经理为主的项目部，挑选出公司最强的工程施工技术力量建立绿化施工班组，并以最快的速度进驻了工地。由于这个项目领导重视，工程造价高，施工日期短，所以，项目部的人连节假日都加班加点在工地上施工。秦风从一开始进驻工地到项目竣工，都无法回到蔬浔镇，他便只能靠每天定时打电话给展颜，来解自己的相思之苦。

至于展颜，按说眼下正是公司蓬勃发展的好时候，她只需做一个安分守己的普通办公室文员，也能拿到一份不错的收入。但她却又开始感到苦恼，有时候，她一个人对着电脑发呆，一种强烈的愿望不断从内心升起。现在，曾经和她一起在基层蹲过点的小伙伴——无论是秦风还是楚槐，在公司都已经可以独当一面了，他们或是在工程上或是在招投标上，都有了自己不俗的成绩和成就，唯独她还只是个可有可无的小文员，整天与文字打着交道，做一些发报纸、复印文件之类的鸡毛蒜皮事，平凡而又单调的工作令她有些窒息。

她的恋人和朋友都已经拥有了自己的事业，而她做得最多的，就是用电脑键盘敲打出那些苍白而又无力的总结、报告之类的东西，完全没有什么成绩、成就可言。这让她感到沮丧，她并不甘心自己就这样平庸地生活一辈子，当上绿化项目经理，甚至是绿化总工，是她进入这个公司之后给自己定下的奋斗目标。现在公司又已经招聘了好几位绿化工程师，她难以想象，像她这样非专业出身的人士，要在这个充满男性荷尔蒙气息的绿化行业当中大展拳脚，并取得属于自己的成就，将会遇到怎样的艰辛困难。当然，有一点她可以肯定，她若是顺从命运的安排，安分守己地待在办公室里继续她的文员工作，那她这一辈子都休想达到她自己的奋斗目标。

于是，她做了一件近乎轻率和任性的事。她找到了陈然，表达了自己想要调换部门，想去工程部从一名绿化施工员做起，奋斗成为一名绿化项目经理的意愿。

她敲门进去的那会儿，陈然正皱着眉，脸色有些难看地审查着一堆账单和发票。

那是业务部刚刚报上来的，上面有蒋新国和楚槐的签名。虽然开上来的发票都是些餐饮票据，但相对应的挂账账单却是五花八门的。有各个酒店住宿的，有洗浴城桑拿中心的，有洗脚店的，其中挂账金额最多的是一家叫“欢乐今宵”的KTV，总金额超过10万元。他一张张地翻着账单，额头上的青筋突突地跳着。

展颜的到来，让他稍稍缓了缓神，当他听到展颜开诚布公地提出想要调到项目部之后，一时有些吃惊。对于这个退伍女兵，他还是很有好感的，甚至还打算让她以后接替朱英办公室主任的位置。不承想这个年轻的姑娘却有着自己的想法，竟一心想要到工地上去干出一番事业来。他看了看满面认真的展颜，又瞅了瞅手头的那堆账单发票，心中突然微微一动，闪过一个念头。不过，他并没有直接答复她，只神色严肃地表示自己需要考虑一下，让展颜第二天再去他办公室。

隔天，展颜怀着忐忑的心情再次走进了他的办公室，此时，陈然心中早已打定了主意。见到展颜颇有些拘谨不安的模样，便开玩笑似的问她：“小展，办公室干得好好的，怎么就想着要去工地了呢？是不是因为男朋友秦风现在去了菰城市里的绿化工地上，不太见得到面，所以想要跟他同甘共苦呀？”

展颜顿时窘得面红耳赤，待要向他解释，陈然却渐渐严肃起来：“小展，这些年，你在公司的努力我是看在眼里的。你在公园管理中心卖过门票，在行政办公室当过文员，还在花木培育中心担过水施过肥，无论在哪个岗位上，你都表现得很不错。2004年，你刚进单位的时候，是一个连花草树木品种都分不清的新人，但现如今，你的业务知识已经很扎实，你自己本身经过考评结合，也已经取得了中级园林绿化工程师证。去工地上学习施工管理，一直是你的目标。可是小展，我现在有更重要的任务，想要交给你。我想先把你调入业务部，去当楚槐的工作助理。一则，园林资质升级的资料，是你帮着楚槐一起准备的，你有经验和技术，设计资质和市政资质这两个资质的升级，还离不开你的帮助。二则，公司现在的业绩也算是蒸蒸日上，业务部的工作就更加繁忙紧张了。不光经常要加班出差，还要跑到外面去跟人应酬打交道。现在，他们业务部基本只靠着楚槐一个人在那儿忙进忙出，我看他实在有些辛苦。而业务部的其他几位员工，要么是身体不好，要么是有家室，再加上这几个老员工都是从事业编制转过来的，工作上有点墨守成规，思想上有些安于现状，至今还融不到竞争激烈的市场环境当中。你呢，跟他们不一样，你年轻，接受能力强，有冲劲，肯吃苦。在行政办公室待过之后，待人接物也有自己的一套方法。楚槐有你当工作助理，相对会轻松许多。三则，楚槐升得太快了，这就导致业务部个别老员工心生不满，对他很有看法，不太愿意配合他的工作。而你跟他是好朋友，又曾经一起在基层工作过一段时间，彼此之间性格也好，脾气也好，都应该非常了解。你当他的工作助理，可以更好地配合和支持他的工作，不至于让他有时候出现孤掌难鸣的情况。”

“可是，我想……”展颜有些着急，她并不想去业务部。

陈然挥了挥手打断了她的话：“小展，你先别急，先听我讲完，我也是经过深思熟虑才做出了这个决定。楚槐他头脑灵活，工作能力强，有眼光，有冲劲。自从他到了业务部以后，凭着自己的韧劲和冲劲，把新公司的园林资质升到了一级，今年又一举拿下了好几个大标，为公司创造了很大的利润。说他为新公司立下了汗马功劳，也并不为过。但是，他毕竟还年轻，有些事情，经验不足，有的时候，又有些急功近利。比如，对外应酬的时候，有些度，他就把控得不是很好。而小展你呢，你是女兵出身，为人正直，细致认真，责任心强，敢说敢做，在某些方面，正好跟楚槐形成了互补。这其实是我想把你调到他身边，当他工作助理的一个重要原因。”

展颜猛地就想到了那次他们三个人一起在海鲜酒店吃饭，结果楚槐根本就不打算自己买单，而是准备挂到公司账上的事。同时又想到了昨天陈然皱着眉看那堆发票，心头便隐约升起了一些想法，她有些惊愕又有些担忧地望向陈然。

陈然似乎已揣度出她眼神的含意，便做出了他的回答：“财务上对楚槐近段时间开出来的一些发票颇有疑义。诚然，业务部对外应酬招待，花费一些总是难免的，不过，有些花费不是很有必要。公司现在还在起步阶段，该省的地方还是要省的。这个事情，我跟楚槐已经谈过了。他是我一手提拔上来的，升得快，起点高，要知道木秀于林，风必摧之。所以，我也是再三提醒过他，要注意工作的方式方法，要考虑到各方面影响，年轻人只有不断地从各方面完善自己，将来才能挑起更重的担子。而你，在他的生活中，是他的好朋友，在工作上，又将会是他的助理，我想，有你在他的身边经常帮着提点提点，敲打敲打，相信他会少走弯路。”说到这里，他叹了一口气，压低了语调，带着一丝复杂情绪，接着说：“小展，你我都是当兵出身的，咱们是战友，是同志，所以，我非常信任你。我把你安排到楚槐身边去，其实还有另外一个目的。我希望你能够快速地融入春光园林林总的园林圈子，并且了解和吃透这个圈子里那些……内幕也好，手段也好，在这当中无论发现什么问题，希望你能及时向我汇报。”

展颜大吃一惊，望向陈然的眸子里满是疑惑。陈然并不肯说透，他微笑着端起了茶杯，表示谈话结束。

展颜回去的时候，便开始觉得心里有些沉重感，这倒大大冲淡了她因为不能调到工程部而产生的失落感，整颗心也处在对陈然那番话似懂非懂的纷乱之中。她不断地想起自己在花木培育中心跟着楚槐和秦风看书、认树、学看设计图纸，又同吃同喝、谈天说地的那段日子，心中不由得升起一腔难言的滋味。

楚槐在得知展颜成了自己的工作助理后，发了好一会呆。自从那次他冲动地对着展颜说了那番话之后，出于某种晦暗的心态，他总是有意无意地回避着她。但如今她要到他手底下来工作了，以后每天都将处于抬头不见低头见的状况，一时间，他的心中就有了一种奇怪的虚幻感。好在展颜天性洒脱，并没有因此而流露出任何可能带给他难堪的情绪。她依然大方、坦率而又真诚，两人相处的方式平淡而又温和，这让他的心得到了抚慰的同时又有些怅然。

在展颜成为楚槐工作助理的很长一段时间内，出于某种奇特的心态，楚槐并不想让她直接接触到他所在的圈子，只让她全心全意准备市政、设计资质的资料。奈何展颜的酒量曾给林风伟留下深刻的印象，当林风伟知道她成了楚槐的工作助理后，便要求楚槐带上展颜一起参加饭局。在酒桌上跟展颜斗智斗勇兼斗酒，倒成了林风伟最近的新乐趣。

喝的酒多了，认识的人自然也多了起来，展颜渐渐认识了以林风伟为首的那个所谓“十强园林”圈子里的老总和业务经理们。

如今菰城的园林绿化企业，都是唯春光园林公司这家老牌园林企业马首是瞻的。为了稳稳占领菰城园林绿化施工项目的招投标市场，林风伟联系另外九家实力较强的园林企业，形成了一个固定的圈子，外界称之为“十强园林”。在这个圈子里，除了春光园林和菰浔园林绿化公司是具有一级资质的园林企业外，其他的园林公司大部分都是二级资质，只有一家名叫景胜园林的公司是三级资质。这家三级资质园林公司的老总名叫潘景胜，跟林风伟有些沾亲带故，为了提携景胜园林，林风伟就把他们公司也拉到了“十强园林”里来。

值得一提的是，胡兵所在的二级园林企业大宇园林公司跟李莉所在的二级园林企业港飞园林公司也在这个圈子内。

展颜第一次在这个圈子的饭局上见到胡兵和李莉的时候，有些吃惊。但楚槐却显得跟他们很熟悉，双方都热情地打着招呼，酒也喝了不少。展颜原以为这两位定会为难自己，不承想胡兵和李莉却对她颇为客气，也会跟她相互敬酒，有些一笑泯恩仇的味道在。

虽然认识的人多了，跟那些企业的老总和业务经理也熟悉了，但如何跟这些老总、业务经理谈工程项目这一块，展颜仍是一窍不通。仗着自己跟楚槐是“好朋友”的关系，她便提出要跟着他一起去谈业务。楚槐自知他们这个圈子谈工程项目时的氛围不是很适合展颜在，他有些踌躇，却又不好直接拒绝展颜的提议，犹豫了半天才勉强答应带她去谈一次试试。

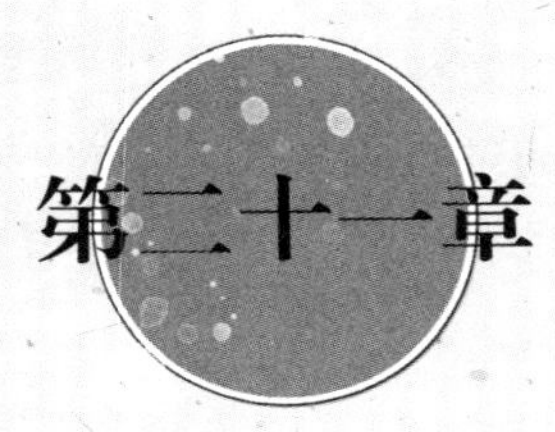

第二十一章

楚槐带展颜去谈的是一个 800 多万元的房产绿化项目，总共有五家园林公司参与，两家一级园林企业，分别是春光园林和蔬浔园林，三家二级企业，分别是大宇园林、港飞园林和项山园林。大宇园林来的是胡兵，港飞园林来的则是陆建华，项山园林来的是一位叫胡松林的副总。

展颜原以为所谓谈项目，是大家围坐在会议室里，以一种极其严谨认真的方式来谈。没想到却又被拉到了酒店，胡吃海喝了一通。楚槐悄悄告诉她，林风伟既喜欢喝酒又喜欢唱歌，所以每次谈项目，总要先大吃大喝一番，酒足饭饱之后再去“欢乐今宵”夜总会唱一会歌，然后才会慢慢谈事，展颜对此表示无语。

这一晚，在楚槐的带领下，展颜第一次来到了“欢乐今宵”夜总会。她惊奇地发现，这里面所有浓妆艳抹、穿着暴露的所谓“公主”，跟林风伟、楚槐他们都很熟悉。这群莺莺燕燕带着各自不同品牌的香水味涌进了包厢，害得展颜连打了好几个喷嚏。

“公主”们娇笑着分别扑到了自己的熟人身上，林风伟笑着搂住了白胖而又丰满的雪儿，和她一起对唱情歌。另外几位老总对此见怪不怪，各自搂着各自的“公主”划拳喝酒玩色子，玩得不亦乐乎。展颜见这些男人当着她的面毫不避讳，跟这些“公主”搂搂抱抱、亲来吻去的，不禁尴尬万分，拉着楚槐缩到了一旁的角落里，恨不得自己能隐身。

楚槐笑着在她耳边说：“你看，不是我不想带你出来谈事，是他们每次谈事都是这个样子的。我是早就习惯了，你一个女孩子看到了，难免会尴尬的。”

展颜见并没有“公主”往楚槐身上扑，就不由得夸了他一句：“果然只有你洁身自好。”

楚槐微微一怔，唇边浮起一个自嘲的笑容。

展颜并不知道，来“欢乐今宵”之前，楚槐给梦梦发了一条短信，他说今晚有他公司的同事在，为避免造成不良影响，让她不要出面了。他还让她跟其他姐妹也说一下，千万要有数些，这么一来，这些在欢场上打滚的“公主”，哪还会不知趣地凑到他的跟前去?

包厢里的气氛愈加热烈火辣，展颜简直无法直视，楚槐又似乎特别忙，不停地跑到包厢外面去接打电话，无聊之下，她只好猫在角落给秦风发短信聊天。

秦风已经许久没见她了，知道她今晚因为谈业务会住在市区，便跟她约好，等工地晚上施工结束，就去宾馆跟她会合，到时候他就跟楚槐住一个房间，等明天早上一大早再赶回工地。展颜跟楚槐说了一声，楚槐心不在焉地“嗯”了一声，然后低头不停地发送着短信。

总算熬到林风伟的“个人演唱会”结束了，雪儿就招呼其他“公主”离场，把包厢留给他们谈事，看样子是非常熟悉林风伟等人的办事风格。

“好了，歌也唱过了，酒也喝好了，现在我们来谈谈正事吧。”林风伟半倚在沙发上，似醉非醉地说，“这个房产绿化项目的招标限制条件，我已经跟业主谈好了。你们周一直接去代理公司那里买招标文件就可以了。”

说着，他拿起桌上的啤酒，仰头喝了一口，然后很随意地一指，说：“这次的这个绿化项目，就由——蒰浔园林中标，其他园林公司陪标。”他看了一眼楚槐，继续说：“小楚，你现在新官上任，需要一定的业绩来奠定你在你们公司的地位，所以，这个项目还是由你们公司来中标，但是实际工程你们是要分包给景胜园林的老潘做的。”

竟然是这样的一种操作？展颜简直不敢相信，吃惊之下就朝楚槐望去。却见他已然站了起来，双手拿着瓶啤酒走到林风伟身边，然后弯着腰，以极低的姿态跟林风伟手中的啤酒瓶一碰，说：“多谢大哥对我的关照，这个工程项目您说给谁做就给谁做，绝对没问题。来，我敬您一杯，我喝光，您随意。”说完一抬头，把手中一瓶啤酒全部喝光了。又对一旁目瞪口呆的展颜招了招手说：“展颜，愣什么呢？快过来敬敬我大哥！”

展颜没办法，也只好拿了瓶啤酒过去敬酒，她见楚槐方才是把整瓶啤酒都喝完的，自知是逃不掉的，跟林风伟手中的啤酒瓶碰了碰后，也很爽快地把整瓶啤酒喝完了。林风伟对他俩这种知情识趣的表现极为满意，呵呵地笑着，举着瓶子喝了好几口。

大宇园林胡兵的脸色有些不好看了：“林副总，这不好吧？今年上半年，我们大宇园林已经陪标很多次了，可你既没让我们大宇中标，也没让出点工程量给我们做，你这样，我不好跟我们倪总交代呀！要不然，你看这样好不好，这个项目仍是让他们蒰浔园林中标，但工程就由我们大宇来做，怎么样？”

“呵呵，胡兵，我看你是喝多了吧？”林风伟听了之后，把脸一沉，“咚”的一声，重重地把啤酒瓶放在了面前的玻璃桌上，他冷笑着说，“你要是真的怕不好交代，就让你们倪德民倪总亲自来找我。在这个圈子里，我们春光园林想让哪家公司中标，哪家公司才能中标，想让哪家公司做工程，哪家公司才能做工程。什么时候轮到你一个二级园林企业的副总来跟我讨价还价？”

胡兵顿时大怒，一张脸憋得通红。

正如当初徐老处长所说的那样，胡兵的脾气实在算不上太好，从前在园管处的时候，因为身份地位放在那儿，所以颇受人尊重。他被人高捧惯了，从来都是说一不二的，对自己部门的手下也是想说就说，想骂就骂，没什么顾忌。但自从跳槽到了大宇园林之后，一切就由不得他了。大宇园林原先只是一家小小的三级园林企业，是他跳槽过去后，帮助老板倪德民把资质升到二级的。可倪总仍觉得，既然开了那么高的工资给他，当然就得把他身上的所有价值榨出来。把他一个人当成两个人这么使唤不说，还经常因为没能中标而甩脸色给他看。整个公司，从财务科到办公室又全都是倪总的七大姑和八大姨们，他要是敢对她们发脾气，她们就敢喷他一脸口水，还要把手指戳到他脸上去。原先跟着他跳槽的四个小伙子，有三个忍受不了这样的工作环境，先后辞职离开了大宇园林。现在的他，在这家公司当真是孤掌难鸣。这还不算什么，由于大宇园林相对于其他几家二级资质园林公司来说，资历较浅，这就决定了他出来谈业务，得忍气吞声，得靠着其他几家园林企业手指缝里漏出来的工程才能过活。类似于今天这种情形，他已经遇到过很多次，他不准备再忍了。

“林风伟，你可别太过分了。”胡兵“啪”的一声拍了一下桌子，站了起来，“我到菰浔镇园管处从事园林绿化行业的时候，你小子都还没毕业呢。再怎么说，你们春光园林从前到菰浔镇做绿化项目的时候，我也是帮过不少忙的。你可别忘了，当初你林风伟到我们园管处来备案的时候，那可是左一个胡处长右一个胡处长这么称呼我的。你当时因为态度蛮横，惹怒了村上的土方恶霸，被人围困在项目部的时候，那可是我把你从他们手中解救出来的。你现在得意了，也就不把我放在眼里了是不是？”

林风伟脸色铁青，极为吓人：“实话告诉你，我林风伟不让你们大宇中标，也不给你做分包，就是看你胡兵不顺眼。当初我们春光园林在你们蔬浔镇做项目的时候，我可没少受你胡兵的气，也没少挨你胡兵的骂。要说我们春光园林跟你们蔬浔镇园管处的关系一直就不错，从徐老处长到现在港飞园林的李总和陆副总，全都对我客客气气的。偏你一个小小的科级干部，整天板着个死人脸，做出一副领导的架势，开口训话、闭口骂人的。风水轮流转，你现在求到我手里了，我不骂你就已经是看在你们老倪的面子上了。你现在居然还有脸来跟我摆谱？你算个什么东西？”

胡兵气得浑身发抖，展颜是见识过他发脾气时暴怒的样子的，吓得赶紧拿了个沙发垫子挡在自己的面前，唯恐一会儿胡兵发飙的时候，会横扫包厢，把玻璃砸得满天乱飞。

但她想象当中暴风骤雨式的狂乱并没有出现，陆建华和胡松林已是一左一右地站在他的身边好言相劝，而胡兵身上那点怒火就好像是羸弱的烛光，经风一吹，立即就熄灭了。只是他熄了怒火，林风伟却见不得他再留下，又冷言讥讽了他几句，胡兵就实在坐不住了，他低头垂目、步履蹒跚地走了出去，原本挺直的背脊弓了起来，好似承受不住来自生活的恶意压力一般。

展颜望着他略显苍凉的背影，想起了徐处长当时对他说的话——“……所谓世态炎凉，你已经不再是业主单位的人员，也不再是官方有职务职位的人员，人家对你的态度是会发生很大变化的……”心中不由得感慨万分。

被胡兵这么一闹，气氛多少有点尴尬，林风伟没了继续去吃夜宵的心情，大家也就各自散了。

展颜在和楚槐一起打的回宾馆的路上，就忍不住问他：

“林总好生强势呀，难不成，园林行业招投标这块全都是由他把控的？”

楚槐回答说：“林总能量巨大，听说跟市里、市建委好些领导的关系都相当不错。所以，在制定绿化招标文件时，他可以做到通过设定门槛巧妙地为投标企业‘量身定制’。比如，本着以保护本地企业为名，要求来参加招投标的绿化园林公司必须在当地交纳的税额达到多少量，仅此一条就将大部分外地园林公司排除在外。又比如，在绿化招投标前夕，对外地驻菰办事处进行突击检查，并在现场一一对照外地驻菰办事处的备案人员名单，备案人员不到位的，就取消招投标资格等等。如果把我们菰城城市园林绿化项目比作蛋糕，那么林总就可以通过左右上级相关部门领导的手来分，蛋糕怎么分、分多少，几乎所有的园林绿化企业都得通过他。”

展颜几乎不敢置信：“怎么会这样？这样做岂不是明摆着就是违法的吗？难道就没人管？”

“我说展大侠，你可真是天真又可爱。”楚槐笑出了声，“又没人举报，谁会去管？所谓只有永恒的利益，没有永恒的敌人。谁会跟利益过不去？你别看林风伟对胡兵那样嚣张，实际上，他极其会做人，这蛋糕分配得也还算均匀，整个园林圈子对他还是服气的。更何况现在在绿化招投标领域，客观上也的确有体制机制不健全的因素存在，难免就会被有心人利用，滋生出一条‘黑色利益链’。”

展颜听了之后，正色说道：“楚槐，你可千万别跟这条‘黑色利益链’挂钩啊，我看像今天这种情况，以后还是不要参与为好。咱们公司现在已经是一级资质了，设计和市政也弄得差不多了，以后完全可以靠正规手段，光明正大地去参与市场的竞标。林副总他们这样简直就是乱来，我看迟早会出事的。”

“展大侠，你倒是说得轻松。你也不想一想，咱们公司这三个资质是怎么升上去的。再有，我可以很负责任地告诉你，如果我敢不听林副总的话，光明正大地去竞标，那今年下半年，咱们公司就一个标都甭想中。”楚槐低垂下眼睑，在眼圈上投下一片青色的阴影，“你放心吧，我心里有数的。陈董事长不是说过，咱们擦边球滴小心打，犯规滴就不要嘛。”

既然他都这么说了，展颜也不好再多说什么，很快两人就到了准备住宿的宾馆前。展颜一看时间，已经十一点半了，就有些着急，催促着慢吞吞付打的费的楚槐：“你快点，老秦早就在大厅等我们了。”

楚槐故意问：“你确定，今天晚上真不用跟他一个房间？小别胜新婚呐，你俩这可是有很长时间没见面了，你也不怕憋坏了老秦。”

“我呸！你这个满脑子混账思想的臭流氓。”展颜面红耳赤，啐了他一口。

“楚槐，她是谁？你为什么会跟她一起到宾馆里来？”

这时，宾馆旋转大门的阴影处突然走出一个长发女孩，她容貌普通，但五官端正，身材纤细，倒也是颇为耐看。她停在展颜面前，眼光直勾勾地盯着她看，整张脸毫无血色，眼睛、鼻子却是通红一片，一副狠狠哭过的样子。

楚槐见到她之后，大吃一惊，紧接着，浑身都僵硬了起来，他似乎有些不可置信地瞪着她，重重地呼吸着，完全收起了跟展颜嬉笑玩闹的神情。

展颜一看这两人的神色都不对，连忙抢先说：“你好，这位美女，你千万不要误会。我是楚槐业务部的同事，我叫展颜，我……我有男朋友的。”

女孩用舌头润着嘴唇，带着哭过后浓重的鼻音，硬邦邦地说：

“你有男朋友还跟他一起来宾馆开房？”

展颜生平第一次见有人吃醋吃成这个样子，又好气又好笑，正要解释，秦风跑出来接她了，这傻小子手中还捧着一把玫瑰。她长舒了一口气，摸了一把虚汗，一把挽住秦风，笑眯眯地对那女孩说：“介绍一下，这是我男朋友秦风。”

展颜又对脸色铁青、胸膛急促起伏，已然被气得不轻的楚槐说：“哎，楚大经理，赶紧介绍一下这位美女呀。”

楚槐咬了咬牙，僵硬地挤出一个笑容，压抑的声音从他喉咙里迸了出来：“她叫林晚晚，她是我……是我朋友！”

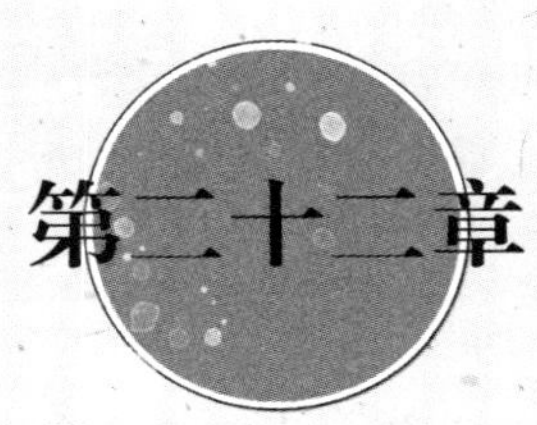

第二十二章

展颜和秦风并没有意识到，楚槐这话里，其实没有说她是他的“女朋友”。两人见姑娘这副样子，就都想当然地以为，她必定就是他女朋友了。于是，秦风就笑着说：“阿槐，你小子也太不够意思了，有了女朋友都不跟我们说一声。早知道我今晚就不跟你一个房间了。”

这位叫林晚晚的姑娘这时已经知道自己这是闹大笑话了，既羞愧又后悔，面红耳赤地对着展颜连声道歉：“对不起，对不起，是我误会了。”她小心翼翼地看了一眼脸色铁青的楚槐，急切地解释说：“我知道他今天在市里，我整晚都在问他在哪里，可他就是不肯说。只是一直告诉我在忙，在谈业务，我打他电话，他……后来就干脆关了机。我就想，这大周末的，有什么可忙的，又有什么业务要谈这么久？我……我以为他是在骗我……”

“我可以做证，我们楚大经理今天晚上真的是在忙，也是真的跟人谈业务谈了这么久。”展颜忙帮着解释，“林晚晚是吧？唉，我叫你晚晚好不好？你都不知道，跟我们谈业务的那帮人非要等喝完酒唱完歌才肯跟我们谈。这谈的又是个 800 多万元的绿化工程项目，我们哪敢先走。只好耐着性子，舍命陪君子。晚晚，楚槐可真的没骗你呢。”

秦风也说：“我也可以做证，展颜她一个晚上都在发短信跟我抱怨来着，楚槐也发我短信说会谈得很晚，让我先拿房卡去房间休息。不信，你看。”他说着，拿出了手机，给林晚晚看楚槐给他发的短信。

楚槐给秦风的短信里写着：“林副总还在唱歌，我们还在苦逼地煎熬当中。你先去总台拿房卡去房间休息。话说，你俩午夜约会，为啥你要跟我睡？你就不能出息点，去找你家展颜睡呀？”

秦风回的是：“有贼心，没贼胆。”

楚槐又回他：“哥给你壮胆，回头把她的房卡偷给你。”

秦风就回了一句：“行，你偷卡，我偷人！”

展颜在一边也看到了，咬了咬牙，边伸手掐秦风，边对楚槐冷笑：“呵呵，楚经理，挺讲哥们义气的呀！你可给我等着。”

“别呀，展大侠，我这也是为了兄弟才两肋插刀的呀。”楚槐举手做投降状，看了林晚晚一眼，似无奈又似生气地问，“你现在信了？”说着，他挺着背脊，扬着下巴，越过她直接往宾馆里走去。

“对不起，对不起！”林晚晚又窘又急，眼泪都快掉下来了，她乱七八糟地冲展颜鞠了个躬，然后咬着唇向楚槐追去，“楚槐，对不起，你……你别生气！”

当晚，林晚晚并没有回家，硬是留在了宾馆里，要和展颜住一个房间，弄得原本指望跟展颜来个“午夜约会”的秦风郁闷无比。

可林晚晚管不了这么多了，这段时间，她对自己和楚槐之间的关系越来越感到担忧和惶恐。认识楚槐已经有很长一段时间了，这么久以来，她所有的闺蜜和朋友都已经熟知了他，可他还从未带她去见过他的朋友。虽然他对她是有求必应，随叫随到，简直体贴到令她的同事都嫉妒，可他却从没对她做过任何亲密的举动，哪怕是一个拥抱也未曾有过。

她是真的很爱这个帅气、温柔、体贴而又出色的男孩，所以，在知道他没有女朋友后，她立即以“女朋友”自居，对此，他虽未像她想象当中一样会跟她表白，可也并没有反对。没有反对，那应该就是默认了，但是……相处时间越久，她就越感到不安。就在今天，当她得知他在市里，却以谈业务为由，称不方便跟她相见的时候，她不知怎的就突然心慌了。

他会不会是和别的女孩子在一起？他会不会是喜欢上了别人？她心烦意乱地想着。于是，便逐渐控制不住自己，给他发了无数条短信，说想他了，要见他。可是，每一次，他都拒绝了她，一直推说自己在忙。这种情况在他们之间还是第一次发生。

她更加惶恐，忍不住就给他打电话。电话那一端，她清清楚楚地听到了歌声，还有女人嬉笑的声音，问他在干吗，他却说在谈业务。女人的嬉笑声，让她从内心深处发冷，一直冷到背脊上。在经过一番挣扎之后，她着魔般不停地拨打他的电话，而他对她的来电越来越不耐烦，到了最后干脆关机，不肯再接了。

那一刻，她觉得自己的世界崩塌了，一颗心仿佛被人生生撕裂了，痛得一塌糊涂。是她，一厢情愿地爱上了他，可他根本就不爱她，或许他现在已经爱上别人了。她浑浑噩噩地想着，迷迷糊糊地从家里走了出来，梦游般地走上了街头，等她清醒过来的时候，她发现自己竟然来到了他常住的宾馆。于是，这一整晚，她就站在那儿等着他。

当她看到他跟一个漂亮的女孩子有说有笑地一起下了出租车时，她感到全身的血液似乎一下子就被抽光了，那种绝望的感觉，让她觉得自己快要窒息而死了。

幸好……这只是个误会，所以，她又活了过来。

“这么说，你们‘三剑客’同甘共苦了很长一段时间呀，那……

你当初怎么就选了秦风？怎么就……没选楚槐呢？秦风他看上去好像年纪很大的样子，楚槐要比他帅气很多呀。”虽然才在展颜面前丢了脸，但女孩子只要在一起聊聊衣服、化妆品啥的，不超过半小时，就准保会成为无话不谈的好朋友。就好像现在，林晚晚已经完全把展颜当成自己的知己看了。在缠着展颜讲清了楚槐是如何跟她和秦风成为朋友之后，林晚晚说话就更加随意了。

两人天南地北、衣服化妆品啥的瞎扯了一通后，展颜就已经发现，这姑娘不吃醋的时候，其实还是挺天真可爱的，也没啥心计，单纯得一塌糊涂，问她几句，她就把自己的事透了个底朝天。

对于她的这个问题，展颜很是不以为意。楚槐是因为要经常在外应酬，所以才会讲究穿着打扮。而秦风这两年来，中的标比较多，一直忙碌在施工工地上。他天天在工地上日晒雨淋的，常常弄得一身汗一身泥，穿着就以舒服方便为主。再加上近段时间他比较忙，没什么时间收拾自己，整个人胡子拉碴的，看上去的确比实际年龄大了很多。

“老秦他去了工地之后，整个人看上去的确长得比较着急。至于我为什么要选秦风嘛……”她吸了口气，眯着眼睛看了林晚晚一眼，想着这姑娘一开始对自己和楚槐的误会，就半开玩笑地说，“感情是双方面的，他俩又不是商场里摆着的物品，哪里说是我想选就能选的。只能说，我和老秦是王八看绿豆，对上了眼呗。所以，即便你家楚槐再帅，我也不动心呀。”

林晚晚听到她说“你家楚槐”就忍不住扬起了嘴角，平凡的脸孔因为这羞涩之意显得有些可爱。可她接下去的问话，就让展颜觉得她不可爱了：“你说，当初是秦风先向你表白的，那……那楚槐他……他有没有……有没有对你……动过心？毕竟你还是挺漂亮可爱的。”

展颜对楚槐有这么一位喜欢打破砂锅问到底的女朋友掬了一

把同情的泪，但嘴上却不敢有半点犹豫，说：“没有，完全没有。也只有你觉得我漂亮可爱，你是没见过我当初的样子，我那时候，常常是穿着一身工作服，戴着草帽挑着粪桶，力气大得跟个汉子似的。老秦和楚愧都觉得我有些雌雄莫辨，以至于到现在，楚愧还一直对我的性别有所误会，老觉得我就是条纯汉子。他到现在还一直叫我展大侠来着，是展大侠，不是展女侠哦。他呀，估计就喜欢像你这么柔情似水、小鸟依人的女孩子呢。”

林晚晚笑了起来，她极喜欢展颜，觉得她磊落大方、坦率真诚，是个很值得交往一辈子的朋友，当下就跟展颜互留了电话和QQ，还把今后“看管”楚愧的任务，慎重地交给了展颜，两人一直到聊到凌晨两三点，才各自睡去。

相对于女孩子这边开诚布公的友好气氛，秦风觉得有些心有余悸，“兄弟，今天幸好我来了，不然我家展颜就被误会惨了，说不定会被你这个从天上掉下来的女朋友给按在地上摩擦一通。”

楚愧白了他一眼，“就咱们展大侠那功力，你确定是林晚晚把她按在地上摩擦，而不是她把林晚晚给按地上摩擦？再说了，林晚晚又……又不是我女朋友。”

“啥？”秦风傻眼了，“这都上门来抓人了，怎么就不是你女朋友呢？”

“你懂什么！”楚愧苦恼极了，也没瞒着秦风，把自己跟林晚晚交往的意图说了出来。

秦风一听，不厚道地笑了：“哈哈……这么说，你是使美男计，结果一不小心，居然把自己给折进去了。”

“你还有没有人性？”楚愧表示气愤，“你以为我愿意呀？我图个啥？我这还不是为了公司，还不是为了今后在招投标的时候更有主动权吗？我想着，跟她搞好关系，别的不说，就说这以后，一旦有大型的绿化项目公开招投标，我就能通过她提早拿到参与投标单位的名单，这知己知彼才能打好市场竞争的战役呀。”

“哎！快打住。你这么想是不对的，你这是……这是在色诱她，她这是违纪违法、滥用职权呀，这么做可是会扰乱招投标市场秩序的。”秦风并不赞同，反而有些担忧地说，“万一被人举报，她是要吃官司的。”

楚槐连声冷笑：“呵呵，你跟展大侠还真是——不是一家人不进一家门呀。好好好，你俩就是纯洁又伟大的正义使者，我呢，我就是贯彻爱与真实的邪恶，可爱又迷人的反派角色，行了吧？”

秦风明知他这算是恼羞成怒了，但作为朋友，有些话他还是说出了口：“你要是不喜欢人家，就趁早跟人家说清楚。我看林晚晚今天晚上那架势，已经是深陷其中，无法自拔了。要是再拖下去，我怕她将来会承受不住。阿槐，咱们既是同学又是同事，已经认识很多年了，所以，我很清楚你对自己的未来怀有多大的期许、希望和梦想。当年上大学的时候，你父亲得了重病，导致家里的光景差点崩溃，你毅然挑起了家庭生活的重担。别人上大学的时候，可以轻轻松松地谈个恋爱，看个电影什么的，可你却连吃饭都只是一日两餐，大学期间所有的节假日也都在打工赚钱，你在学生时期有多努力，现在在工作上就有多努力。别人只看到你升职就像坐火箭一般快，只看到你经常在外面吃吃喝喝，只看到你结识了好几个大哥，可谓风光无限。可只有我知道，你在那些所谓大哥面前，尊严全无，他们对你呼来喝去，要你随叫随到，叫你站着，你不敢坐着，叫你喝一斤，你就不敢喝八两。很多次，你都是吐得倒在了卫生间起不来。去年一年，光我从工地上跑出来，陪着喝酒喝到断片的你进医院挂水就有三次，这些事，你还不让我跟别人说。”

楚槐不满又不耐烦地打断他：“你尽扯这些没用的干什么？”

“我是想说，你这么辛苦、这么努力才走到了今天，可千万不要走错路了。所谓，荣辱之大分，安危利害之常体。先义而后利者荣，先利而后义者辱……”

“行了，行了，行了，我累了一天了，上半夜已经被展大侠教训过了，这下半夜，我可真的没精力再听你秦老夫子讲大道理。”楚槐感到脊背像针刺着一般，心里不痛快极了。怕秦风再啰唆，就又说：“放心吧，林晚晚的事，我会处理好的。是兄弟，你就暂时帮我保密，千万不要告诉展大侠，她现在是我的工作助理，我可不想整天被她盯在屁股后头唠叨。”

说着，他拉起了被子，闷头就睡。

说实在的，这会子他已经烦恼极了。没人知道，当他看到林晚晚从宾馆的阴影处走出来时，他如同被一道闪电狠狠地劈在头上，直劈得他头晕目眩，天旋地转！天晓得，这个地方他也曾带梦梦来过。今天幸好被林晚晚逮到的是展颜和秦风，这要是让她逮到了他跟梦梦在一起可怎么办?

当时林晚晚以为他是被她气到了，见他一直不肯说话，就连进了房间，整个人都还是僵硬而冰冷的，手也一直在抖，她吓得不知道该怎么办才好，其实他只是在后怕和担忧而已。

林晚晚这个样子，让他不得不重视起他俩的关系来。尽管直到现在，在他内心深处，都还不肯承认她是他的女朋友，可今晚她的表现，再加上被展颜和秦风两人给撞上了，他就没办法也没勇气再去否认他俩的关系了。但他将来是要把家里的父母、爷爷奶奶、姐姐妹妹都接到城里来跟他一起住的，林晚晚是家里的独生女，家庭条件还算不错，虽然她母亲已经在前几年过世了，可她仍然娇气十足，十指不沾阳春水，将来，怎么可能和他这一大家子人一起生活呢? 要是展颜……他在心里低低地叹了口气，不由得感到一阵酸楚，要是展颜肯当他女朋友该多好。差不多的家庭条件，可展颜这姑娘却很能吃苦，很勤劳，又很尊敬长辈，一定可以跟自己这一大家子人和平共处的。

边上的秦风早就睡着了，并且呼噜打得震天响，可楚槐却仍然翻来覆去、思来想去睡不着。

等设计和市政资质升上来之后，蓅浔园林公司的整体实力就会远远超过春光园林。认识林晚晚以来，他已经通过她认识了很多家工程招标代理公司。下半年又有好几个绿化大标要开，以他现在在林晚晚心中的分量，他完全可以做到让她去跟招标代理公司打个招呼，让代理公司根据他们蓅浔园林公司的实际情况在招标文件审查上提供便利条件，并在项目方面给予顺利审批。这样一来，他以后就可以不必再看林风伟的脸色行事了，春光园林龙头老大的位置，也必将被他们蓅浔园林公司所取代。

算了，就这样吧，就当为了公司的利益牺牲自己吧！

楚槐在黑暗中发出一声叹息，双手却紧紧握成拳头。他想，就凭林晚晚的这个性子，从今以后，他就得在心中切断自己对展颜那份不切实际的、怯弱的、单纯而又隐秘的念想。

感到一切都已经理顺了，并且对林晚晚的这份爱有了正确态度的楚槐，觉得自己应该睡得着了。可是……一种痛苦、烦恼和迷茫，仍在他的内心像洪水一般泛滥着，一种莫名的委屈让他在这个寂静的夜晚里忍不住泪水盈眶。他想，如果当初，他给她打那个电话的时候，他可以勇敢地说出他想说的话，而不是想着等到发展得再好一点才说，一切是不是就会有所不同？烫热的眼泪流到了那床质量上乘的棉被上，很快就被吸收了，他抬起眼眸，在黑暗当中，透过模糊的泪眼惆怅地望着睡得十分香甜的秦风，突然就十分羡慕和嫉妒他这位没心没肺的兄弟。

这时，床头的手机突然跳出一条短信，是梦梦发给他的，她问他今晚过得怎么样，顷刻间，他心中那莫名的痛苦、烦恼和迷茫都云消雾散。他几乎立即为自己刚刚产生那种负面情绪而感到后悔。惆怅什么呢？陈董事长可是在私下跟他说过的，将来，是要让他进董事会，让他成为董事的。他怎么能为了儿女情长在这儿胡思乱想呢？不，这不是他的风格，他完全驾驭得了这样的生活，他会笑着举杯，在觥筹交错中，不动声色地拿下一个又一个绿化项目。终有一天，他这个曾经一无所有的穷小子，会坐上陈然的这个位置，成为人们众口相传的风云人物。

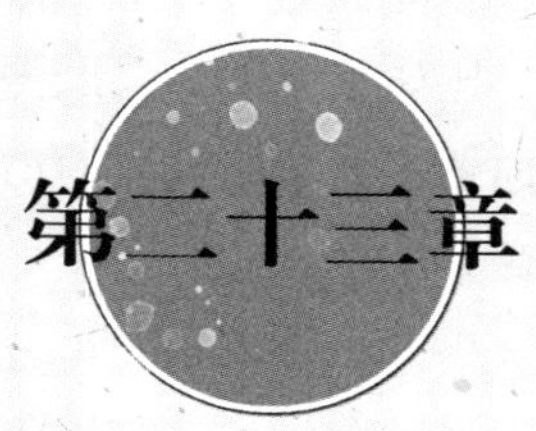

第二十三章

这一年的上半年，菰浔园林公司取得了累累硕果，下半年的时候，市委、市政府对菰浔镇的发展提出了“在充分尊重和保护古镇历史遗存的基础上，以整体风貌管控为核心，结合城镇休闲文化发展需求，提升古镇整体环境质量，优化新老区域的空间布局、基础设施以及交通组织，使城镇建设规划适应现代化的社会经济水平和未来发展的建设方向”。

市里如此大力度地治理环境，大手笔地打造风景，大视野地发展美丽经济，好比给全市所有的园林绿化企业都打了一剂强心针。与此同时，由于绿化行业发展前景巨大，以及绿化项目的可观利润，各种三级园林绿化企业如雨后春笋般蓬勃发展起来。原先整个菰城市包括区、县在内，一共也只有不到四十家园林企业，短短几个月，在建管处周明森手中就批出去了将近二十家三级资质园林企业。

如此一来，整个菰城市的园林绿化行业就形成了三个梯队的竞争主体，第一梯队就是春光园林和菰浔园林这两家具有城市园林绿化一级资质的企业，这两家企业能开展大型项目且能跨区域经营，综合实力远超其他园林公司。春光园林虽然是老牌的园林公司，但随着菰浔园林设计、市政资质的提升，已渐渐有取代春光园林成为行业内龙头企业的趋势。第二梯队是一些有城市园林绿化二级资质的企业，比如大宇园林、港飞园林这几家企业。而第三梯队则是一些有园林绿化三级资质的小型企业，其中还包括一些“拎包”的绿化施工老板。

绿化项目的招投标越多，楚槐就越忙，此时的他明显觉察到自己和展颜的理念有了很大的出入，在谈业务的时候，就会下意识地避开展颜。两人之间逐渐有了隔阂，平时见面反倒愈发客气，再也没了先前那种朋友之间亲切、自然的感觉。

陈然也觉察出来，便找了展颜，问她作为楚槐的工作助理在业务部工作的情况，展颜就把自己看到的都说了，她说：“林风伟他们这个圈子以春光园林为核心，以所谓哥们兄弟为纽带，形成了各种关系网和利益链。我们菰城市所有园林企业，想要中标，想要做绿化项目，都得由林风伟点头。我们菰城市的市委、市政府一直在坚定不移地照着‘绿水青山就是金山银山’的理念走下去，为全面推进全市生态文明建设的发展，在绿化项目上的投资动辄就是上百万元、上千万元，利益面前，就滋生了腐败。如果我们还继续跟春光园林他们搅在一起，我怕将来会对公司造成严重的不良后果。”

她又说了一下楚槐报上来的那些发票，“我原先也以为不过唱个歌，用不了这么多钱，后来我才知道，他们在‘欢乐今宵’叫的每一个所谓KTV‘公主’都是要付出场费的，最便宜的也要600元，听说他们有个头牌叫作梦梦，一次出场费就要2000元。这还不算，如果他们要把‘公主’们带出去吃夜宵，那么，还要另外付钱，他们把这叫作‘买钟’。林风伟每次吃饭就必然喝酒，喝酒就必然要去‘欢乐今宵’，去了‘欢乐今宵’除了继续喝酒之外，还一定会叫那边的‘公主’作陪。然后他还要把她们带出去吃夜宵，这么算下来，一个晚上动辄上万元的消费，还真不算什么。现在在林风伟的带领下，整个行业的风气如此，楚槐跟他们在一起的时候，也不能免俗。另外，还有一些老总喜欢泡个澡洗个脚什么的，这中间又牵扯到一些不太好的服务内容。所以这钱呐，还真的是不经用。”

陈然心情有些沉重，当下找了楚槐深入交谈了一番，也不知道跟楚槐私下说了些什么，但至此之后，楚槐就不再每周往市里跑了。陈然和展颜原本以为，这样一来，公司多少会遭受来自林风伟的报复和打击，在招投标上多少会受到些影响。不承想，林风伟虽然放出话来，说他们蓅浔园林公司不仗义，但公司的中标率依然很高，许多本地二级园林企业的老总，包括一些外地一级园林企业的老总，全都亲自造访了蓅浔园林，并点名要和楚槐洽谈业务。陈然对楚槐的能力大为赞赏，已经在内部的董事会上正式提出，要把楚槐提升为公司副总，并且还提出把他吸纳为公司董事会成员。他的提议遭到了一众董事的反对，是他据理力争，费了极大的力气才说服了各位董事。

日子过得飞快，转眼春节将至，这期间，林晚晚无论是与楚槐的爱情，还是跟展颜的友谊都突飞猛进。楚槐虽然因为她的工作特殊，没有对外公开他俩的关系，但至少不再像以前那样，对她这个女朋友的身份采取既不承认也不否认的态度，他甚至还把她带到了公司，介绍给了陈然认识。只是，也许是因为林晚晚太紧张楚槐了，也许是因为楚槐觉得林晚晚已经是他的人了，反正，这两人的相处模式跟从前相比有了翻天覆地的变化。从前是楚槐为了跟林晚晚搞好关系，处处讨好她，而现在是林晚晚为了留住楚槐的心，愿意事事顺从他。

这一日，林晚晚在QQ上开着两个窗口，同时跟展颜和楚槐聊天。快过年了，楚槐因为已经有几年没有回家过年了，所以今年准备请假提早回去。他想要带林晚晚回去见见家长，林晚晚非常紧张，一直在QQ上问展颜该准备些什么礼物。她这边跟展颜聊天，那边还在帮楚槐办事，稀里糊涂之下，就把一份文件错传给了展颜。

展颜打开一看，正是下个星期那个古镇绿化提升工程项目的投标企业名单，以及评标专家名单和电话，最为重要的是，林晚晚还在文件中给出了那个绿化工程项目的标底价。

展颜一下子就明白了楚槐在绿化招投标市场上会有如此高的中标率的原因，内心顿时掀起了惊涛骇浪。她怎么也没有想到，林晚晚胆子这么大，不光敢给楚槐泄露竞标企业名单，还敢把项目的标底价透露给他，林晚晚这是在给自己招惹极为严重的灾祸呀！这件事一旦被人发现举报，她的一生就彻底毁了！

展颜心急火燎地拿起了手机跑到外面一个僻静的角落打给林晚晚，冬日刺骨的寒风吹拂着她因极度担忧而变得烫热的脸颊。作为朋友，她有义务提醒和告诫林晚晚，她必须要在林晚晚坠入深渊之前拉住她、挽救她。

“嘿，展大侠，有什么事不能在QQ上说吗？”电话那头，林晚晚的声音里蕴含着笑意，她跟楚槐一样叫她展大侠。

“晚晚，你老实告诉我，你是不是一直在给楚槐透露绿化项目的标底和竞标企业的名单？你知不知道，你这样做是滥用职权、贪污腐败、违法违规呀，你为什么这么傻？你告诉我，是不是楚槐逼你这么做的？”展颜压低了声音，她气急败坏，说得极为严重。

“呃……哎呀，原来我错传文件给你了。”与她相反，林晚晚却一副满不在乎的样子，“跟楚槐没关系，他从来没有逼迫过我帮他做事。是我觉得他在林风伟面前跟个孙子一样，实在太辛苦太可怜了，所以才想要帮他。你别这么紧张，没事的，我又没有收他一分钱，哪里算得上是滥用职权、贪污腐败、违法违规嘛。”

“晚晚呐，你醒一醒吧！”展颜恨不能自己现在立即就站在林晚晚面前，抓住她的双肩将她摇醒，“你是公职人员，你这样做的后果是非常严重的，万一被人发现举报，你这一生就完了！”

“哎呀，不会被人发现的啦，只要你展大侠不去举报我，楚槐不去举报我，又有谁知道呢？安心吧，我会更加小心一点的，不会有事的啦。”林晚晚根本就毫不在意。

凄厉的北风吹向展颜，像针一般扎得她脸上、心上皆刺疼，她耐着性子，尽量把后果说得严重点，试图唤醒沉沦在爱情中的林晚晚。可事实上，你是永远叫不醒一个装睡的人的。那姑娘完全被自己为了爱情所做的行为感动了，根本就听不进展颜苦口婆心的劝说。

展颜最后只好放弃，她本着解铃还需系铃人的想法，给楚槐打了个电话：“喂，楚槐，你在哪里？”

“我在水岸咖啡，在跟港飞园林的李总谈事。你也知道的，她跟咱们董事长有些过节，不太方便在公司里露面。”

“那你谈完了吗？”

楚槐抬起手腕，看了一眼手上那块不怎么起眼但价格不菲的百达翡丽手表，说：“快了，差不多还要半小时吧。”

“那好，半小时后，我过来找你。”展颜甚至没等楚槐回复，就直接挂了电话。

楚槐一头雾水地摇了摇头，收起了电话。

李莉望着他笑：“怎么样，楚总，这块手表，你还喜欢吗？”

“呵呵，李总还是叫我小楚吧，我现在还不是副总呢。你也太客气了，送这么名贵的手表给我当节日礼物，这怎么好意思呢？”楚槐微微而笑。

“哎！你这么年轻又这么能干，不要说是副总，陈然把你提升为总经理也是迟早的事。将来，不要说这蒞浔园林公司，就是整个蔬城市的园林绿化界也都会是你的天下，楚总又何必谦虚呢！”李莉低头轻抿了一口咖啡后，便笑着说，“楚总，那你看下星期那个1100多万元的古镇绿化提升项目……”

“李总请放心，这件事，我已经跟其他五家企业协商好了。”楚槐慢悠悠地搅拌着咖啡，“这个项目，我可以让你们港飞园林中标。作为回报，你们公司要付其他几家单位每家10万元的辛苦费，至于我们公司这笔辛苦费，李总就以向我们公司购买苗木的方式支付。你也是知道的，现在对于串标围标这件事，风声比较紧。我呢，也不敢像林副总那样肆无忌惮，所以凡事还是谨慎一点为好。李总，跟我合作，就要照我的规矩来，所有一切往来开支，我都不会直接跟你们公司产生关系的。至于投标价，我会在开标前晚一一给到你们每家公司。这个项目的标底现在只有我知道，只要按照我给出的价格作为投标价，就绝对可以确保你们公司中标。还有，专家那边，我也会请人去帮你打招呼，技术标绝对会给出你想要的分数。当然，专家费你得另付，同样道理，专家费不经过我们公司账户，我会给你另外的账号，你直接打过去就行了。”

他充满自信的话仿佛给了李莉一颗定心丸，她又抿了一口咖啡，目光微闪，说：“楚总办事我放心，只是，这每家10万元的辛苦费是不是有点贵呀，按照以前的规矩……”

“哈哈……”楚槐笑了起来，“你李总也是林风伟‘十强’圈子里的人。这些年跟林风伟合作下来，你应该知道，我这个收费，算是相当良心了。不错，从前即便是像这样大的工程，林副总给每家公司的辛苦费也就3万元。可是，你别忘了，除了给每家合作企业这笔辛苦费外，你们还必须付给他一笔所谓的劳务费的。林副总的劳务费，可不是每家企业都承受得起的，起步价就是整个工程总造价的一个点。就这还是看情分而言，这要是碰上让他看不顺眼的，比如像大宇园林的胡总，他能狮子大开口，直接要到三个点。以这个1100多万元的项目来说，除了要给帮你围标的公司18万元辛苦费以外，你至少还得额外给他110万元的劳务费。虽然我更改了规矩，提高了给每家单位的辛苦费，可那也是为了让大家今后合作得更加愉快，对不对？更何况，我自己根本没有收你们任何费用，这么算下来，我可是给你李总至少省了70万元呀。”

“楚总真是高风亮节！难怪现在每家园林公司都愿意找你合作。”李莉夸了他一句，用特别诚恳的态度说，“楚总你人虽然年轻，可是能量却真是不小，不仅跟建管处两位领导称兄道弟的，就连在招投标中心也说得上话。这半年以来，你更是异军突起，打了林风伟一个措手不及呀。其实，我们这些园林公司也已经受够了林风伟的气，现在大家可都是争先恐后地想要跟你楚总合作，特别是在知道了林风伟曾有过几次想遏制你们公司发展，却全都被你巧妙地化解之后，大家心里对你就只有‘佩服’两个字，这可真是长江后浪推前浪呀！”

说着，她身体微微向前探，压低了语调，略带神秘地说：“我们公司给一家房产公司做了一个绿化项目，结果房产公司老板因为一下子资金周转不过来，只能以房抵款。那房子我去看过，无论是质量还是地段，都挺不错的，最重要的还是市重点小学和重点初中的学区。市里好几个领导都给我们老板打了招呼，让给留几套。就算是咱们建管处你那两位领导兄弟，也都让我们给留了房。不知道，楚总有没有兴趣？房子不多，机会难得。”

楚槐心中不由得一动，他跟林晚晚现在算是正式交往了，接下去，应该马上要谈婚论嫁了。他早就规划过，要在市区买学区房的。可是市区的房价，特别是学区房的房价，实在是太高了，他现在还是有些吃不消。李莉的这个提议正合他意，他一向是个极善于抓住机遇的人，当下就说："好呀，那这件事，恐怕就要麻烦李总了，只是，房款方面，我怕是一下子……"

"哎！楚总这就太见外了。我们也算是老同事、老朋友了，跟林风伟他们一起的时候，你又一直叫我阿姐。既然是这样，再谈钱，那就太伤感情了。"李莉故作不满地打断他的话，"房子的事，你就交给我吧，我一定会帮你挑个朝向最好的单元，让你跟你局里那两位兄弟比邻而居，包你满意！"

楚槐投桃报李："我收到消息，市委、市政府对菰浔镇明年的规划已经出来了。明年，市里会以'清水、显山、活漾、靓镇'为建设目标，投入1.8亿元对我们菰浔古镇镇区进行全域环境综合整治。整个项目是以'修、整、补、改、拆、建'为主要手段，着重加快推进道路提升、立面改造、景观绿化、主题休闲公园建造、管网改造等公共设施建设，目的是把菰浔镇打造成'宜居、宜业、宜游'的生态旅游小镇。不知道你们港飞有没有兴趣，开年上来到菰浔镇来弄个办事处？"

李莉大喜，"一定，一定，到时候，可就要你楚总对我们港飞多多关照了。我会把你的好意，带给我们董老板的。其实，今天我来，除了跟你谈下周这个项目外，还另外带了任务，我们董老板非常感谢你们菰浔园林公司这大半年来对我们的关照，想邀请你一起吃个年夜饭。董老板知道，你贵人事忙，所以特地叮嘱，人员时间全部由你安排，你看怎么样？"

"不好意思呀，李总。下周开完标后，我就要回老家了，这年夜饭就不吃了。"楚槐摇头拒绝。

李莉也就没有再强求，她从自己的包里拿出一个厚厚的红包塞到楚槐手里，说："年夜饭不吃，可这过年的红包可不能不收，红包代表着喜庆，代表着日子会越来越红火，不收的话，可是不吉利的。楚总千万不要嫌弃，也没别的意思，就是我们董老板想意思意思而已。”

中国的文字博大精深，文字游戏尤其好玩。楚槐扑哧一下笑了出来，也没跟李莉客气，谢过之后，很自然地收下了红包，放在了自己的包里。

两人略略再聊了一会，李莉眼看着半小时快到了，就起身跟他辞别了。

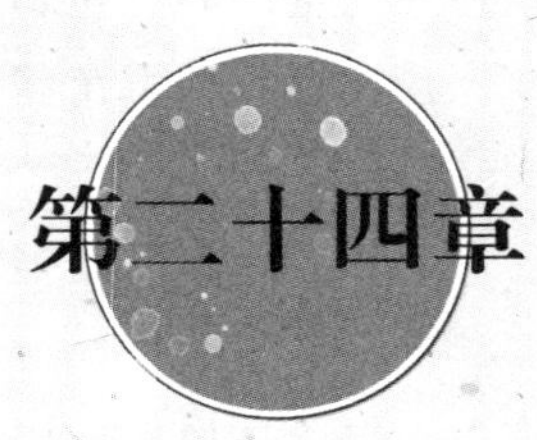

第二十四章

李莉刚走没多久，展颜就冲了进来，楚槐被她风风火火闯进来的样子吓了一跳，差点把一杯咖啡都打翻在了身上。此时的展颜脸色微红，已经留长了的头发因为奔跑而披泻下来，胡乱地遮住了半边脸。她紧蹙着眉端，急促地喘息着，一双亮得惊人的眼睛，直直地盯着楚槐，既像是能烧毁一切的火焰，又像是两口深不见底的井。这一半是火，一半是水，水火同源的感觉，让楚槐那颗早就有些麻木的心再次微微悸动起来。

“哎，展颜，你怎么了？干吗这么看着我？是跟老秦吵架了，想要拉着我去帮你把他打一顿吗？”楚槐费力地控制住帮她把脸上的头发别于耳后的冲动，故作轻松地问。

“林晚晚错把下星期开标的那个绿化工程项目投标企业的名单、评标专家的名字和电话，还有工程造价的标底发给了我。你是不是一直在利用她对你的感情，让她帮你做这些违法违规的事？”展颜站在他面前，脱口而出。不管怎么样，他们曾经是真正的朋友，她信奉真正的朋友就应该说真话，不管这真话有多么的尖锐。可她忘了在人性中，很多人对这种尖锐的真话是相当忌讳的，她忘了人跟人之间是不一样的，不是每个人都能直面自己灵魂深处的丑恶。

楚槐整个人顿时僵住了，他的脸色也瞬间变得苍白，原本温柔的眼光倏然冷漠下来，原本微扬的嘴角猛然垂了下去，唇边露出两条严厉的纹路。

“你在说什么呢，展颜？我怎么听不懂？”他开了口，声音冷硬如铁。

“你不用否认，你为了摆脱林风伟在招投标上的控制，所以一直在利用林晚晚，让她借她的职务之便，为你提供招投标上的优势。难怪有这么多园林企业的老总、业务经理会跑到我们公司来找你谈业务。原来，你一早就已经知道了每一个工程的标底、专家和投标企业名单。你根本就是利用这些东西，来跟他们谈条件，然后再串标、围标！你这么做跟林风伟有什么区别？你这样会害死林晚晚的！”展颜瞪大了眼睛，气急败坏地说。

“呵呵……”楚槐冷笑了起来，慢悠悠地从口袋里取了支烟点燃，神态极其冷漠、傲慢，他漫不经心地问，“所以呢？你打算怎么做？于公来说，我是为了公司的利益，是为了每一位董事、每一位股东、每一位留下来与新公司同进共退的员工；于私来说，晚晚跟你是一见如故的好朋友，我跟你还有秦风的关系就更加不用说了。况且，你也是知道的，董事长已经几次提出，让我不要再跟林风伟合作，我不想方设法利用一切可以利用的人脉，你觉得以我的资历，有可能为公司弄进这么多业务来吗？所以我就真的很好奇，一向自诩正直、公正的展大侠，在面对这种情况的时候，会怎么选择？莫非，展大侠已经想好了要大义灭亲，准备去举报我们了？”

“你……”展颜如同挨了一棍，她咬着牙，气恼地说，“你明知道我不会去举报你们，我只是不想你们再错下去而已！你们……”

“所以，正直、公正的展大侠也是有徇私枉法的时候的吧？”楚槐提高声音打断了她的话，他尖锐而又刻薄地说，“我原以为，这个世上，别人不懂，你展颜应该是最懂我的那个。作为认识我多年的好朋友，我以为你最明白我的难处、了解我的梦想、理解我的做法。作为一直在我身边的工作助理，我以为你最看得到我的辛苦、我的付出，看得到我是怎么样像一条狗一样地去讨好林风伟，讨好周明森，讨好每一个我必须要去讨好的人！可是，我没想到，你也只是跟其他人一样，你完全就不懂我，甚至根本就见不得我好！怎么，我马上就要变成公司的董事了，这阻碍了你和你们家秦风的发展，所以你们就羡慕嫉妒恨我了吗？”

“你……你怎么会这么说？你怎么会变成这样？”展颜气得声音都颤抖了起来，心中对他简直失望透顶，伤心的眼泪在她眼眶里直打转，“楚槐，你这是在侮辱我和秦风的人格，是在侮辱我们对你的感情，也是在侮辱我们‘三剑客’曾经的友谊。正因为我看到了你的辛苦，你的付出，你不得不刻意地去讨好别人时的那种屈辱，我才不想你走错路，不想你以后失去你拼尽所有才得来的一切呀！如果我没有把你和晚晚当成真正的朋友，你以为我会跑来多管闲事吗？”

她擦了擦眼泪，深深地看了他一眼，带着悲哀、伤心和失望头也不回地转身就走。她伤心的泪水滴落下来的时候，楚槐后悔而又内疚，他不由自主地跟了出去，想要拉住她，想要拭去她的泪水，可是，他不敢也不能。

这时，菰浔镇迎来了这个冬日的第一场雪，纷纷扬扬的雪花像无数只白蝴蝶在天地间飞舞着，不一会，这座小桥流水、轻舟画舫、梦里温柔的千年古镇就已变成晶莹洁白的一片。风雪中，楚槐跟在展颜身后，他低垂着头，下意识地踩着展颜走过的足印，沉默地走着，脸上的冷漠、尖锐和刻薄已不知何时消失了，整个人看上去分外地茫然、萧索和孤寂。

“展颜！”不知走了多久，他喊住了她，眼底带着疲倦、哀愁和痛苦，“我很抱歉刚才的口不择言，我知道，你是为了我好。只是……我有我的想法。你……就当我是个赌徒吧！已经付出的所有一切，那些辛苦、那些努力、那些屈辱，还有那份感情……我都已经放在了赌桌上，不把它们赢回来，我是不会罢休的。要是你觉得……你觉得已经跟我这个朋友无话可说了，那么，过完年，你……就辞去工作助理这一职吧。”

“工作归工作，私交归私交！”展颜没有回头，却回答得干脆利落。

“那好吧。不过，展颜，还请你相信我，在我心里，你和老秦永远都是我的好朋友。”他凝视着她倔强的背影，柔声说，“我的车还停在水岸咖啡那儿，雪下得越来越大了，我开车送你回家吧？”

去年，他就已经取得了驾照，随后就跟陈然提出，他要自己开车，不用再为他配备专职驾驶员，陈然答应了，并考虑到他出去谈业务，代表的是公司的门面，就新买了一辆奥迪车给他开。这件事引起了董事会其他成员的不满，陈然力排众议，坚持自己的这个做法，最后还是朱英出面，先是勉强说通了蒋新国，才最终说服了董事会的其他成员。

因为这件事，蒋新国心里就非常不舒服，他想到自己当初做业务经理那么久，别说是专车了，就连专职驾驶员都没给他配过，即便他现在是副总了，可公司仍是没给他配专车，嫉恨之下，难免就对楚槐有了看法。楚槐拿账单给他过目的时候，也不再像从前那样，看都不看，直接签字，而是仔细核查，能拖就拖。好在楚槐极会做人，新车到手之后，只要人在单位，就会专程去他家接送他上下班，节假日蒋新国的家人想出去玩一趟，楚槐也会义不容辞地当一天司机。蒋新国被他哄得服服帖帖，觉得这小伙子一如既往地可人贴心，所以在这次董事会的年终会议上，他直接表态，支持陈然把楚槐提升为副总并纳入董事会成员。

“不用了，我还要回办公室。”展颜机械般地回答。

“你浑身都已经湿透了，怎么回办公室？都快过年了，可别一不小心感冒了。”这时的楚槐一如既往地体贴。

“不用了楚槐，你和我住的方向是不一样的，我们的方向——始终是相反的。”展颜仍然背对着他，语气疲倦。

“那……好吧，那么再见了，展颜！”楚槐没有坚持，轻声地说。

“再见了，楚槐！”她也轻声地回答他。

楚槐慢慢转身，与展颜背对着背，两人都微微停顿了一下，仿佛想要留住些什么。然而，他和她的骨子里，都是执拗的。热烈的时候，它会显得亲昵温暖，而冷清的时候，它则变得格外残酷。所以，她和他都没有回头，短暂停留之后，他们就毫不犹豫地迈开了步子。风雪中，他和她背道而驰，洁白的雪地上，两行相反的足迹远远地、远远地延伸开去……

人生若只如初见，又何来遗憾和哀伤？

当然，在现实生活中，特别是同一个单位、同一个部门的人，即便转身说“再见”，但浮生萦云，第二天该见面的时候，还是得见面。

楚槐现在有一个单独的办公室，而展颜的办公桌就在他办公室的外面，两个人今天是同时进公司的，在彼此打了个照面的情况下，却没像平时一样打招呼。

楚槐进了自己的办公室后就紧紧地把门关上了，而展颜则窝在自己半包围形的办公桌前一动也不动，没跟平时一样去他的办公室帮他洗杯子、烧开水。

到了中午的时候，她也没问楚槐要不要帮着买盒饭，而是约上了半师半友的朱英跑到外面去吃了顿火锅，她知道这些天秦风也忙得很，没空陪她吃饭。秦风陪着陈然一起去了市里，向市局领导讨要工程款。

现在的绿化标是一个一个在开，项目也是一个一个在做，可是，工程款的支付情况却仍是不太乐观。中央政府对工程款欠付一事向来十分重视，早在2003年就出台过《国务院办公厅关于切实解决建设领域拖欠工程款问题的通知》(国办发〔2003〕94号)，要从源头上解决建设领域拖欠工程款以及拖欠农民工工资问题。可地方上实施起来，因为实际情况的不同，拖欠工程款的情况，多多少少还是存在的。为了拿到款项，每年年底的时候，公司都要派专人去市建委财务处蹲守，排队领款。

下午回到公司时，展颜就发现QQ上有楚槐给她的留言。

“下午我出去一趟，林风伟晚上会过来找我谈事，他还特意点了你的名，要你一起参加晚上的饭局。晚上定在海鲜城888包厢，就是上次我们三人一起去吃过的地方，下班后，你直接过去。”

下班后，展颜磨磨蹭蹭了好一会，才不情不愿地往海鲜城走去。

到了包厢的时候，就只有楚槐在，她就挑了个离他颇远的位置坐下。

两人一时相对无言，气氛也不算融洽，展颜拿着手机低头专心给秦风发短信，楚槐则拿出了烟，不停地抽了起来，烟雾满屋都是。

过了一会，包厢的门突然“咚”的一声，被人大力推开，林风伟带着一身寒气，大步走了进来。

“大哥，您来了，快请上座。”楚槐伸出手，想跟他握手，林风伟却只当没有看见，坐在了主位之后，看了一眼展颜，眉开眼笑地说：“哎呀，小展，半年没见，又漂亮了。”

展颜笑嘻嘻地说：“半年没见，林副总又帅气了呢。”

虽然林风伟这人人品不怎么样，在“欢乐今宵”的时候，还会跟那个雪儿做出一些不可描述的事情，可凭良心说，对展颜还算不错的。除了喜欢找她拼酒之外，基本上还是挺关照她的，有时她去市里办事，不太顺利的时候，他也肯出面帮她解决。还有一次他们圈子里有位业务经理喝多了，对她有些动手动脚，在楚槐还没翻脸之前，林风伟就先发作甩了脸色，后来还直接把那位业务经理踢出了这个圈子。展颜对林风伟这个人的评价很复杂，他对她的帮助，她是记在心里的，可他做的那些事情，她又是不敢苟同的。

林风伟哈哈大笑，楚槐便开了酒，给三人倒上后，笑着说：“欢迎大哥到我们蔬浔镇来。”

举杯之后，楚槐和展颜按照规矩，一口干了，林风伟却是连杯子都没有拿起来。他取了一支烟点燃，抽了一口后，似笑非笑地看了楚槐一眼，说：“楚大经理，今时不同往日呀。从前，那可都是你往我这边跑，现在你厉害了，连我要见你一面，都不得不亲自跑到你们这个小破镇来呀。”

楚槐放下杯子，亲自替林风伟夹了块龙虾，叹着气说：“大哥，你就别埋汰我了。我能有今时今日，离不开大哥的鼎力相助。大哥你要是真想见我，还不是一个电话的事？别说我在蔬浔镇，就算我在天边，那我插上翅膀也得飞回来呀。”

“哦，这么说，你还一直当我是你的大哥？”林风伟吐了一口烟雾，玩味地看着楚槐问。

“那当然，你永远是我的大哥。”楚槐回答得斩钉截铁，毫不含糊。

“那好，我要你把你手中操作的那个古镇绿化提升工程项目让给我，怎么样？”林风伟紧盯着楚槐的眼睛逼问着。

楚槐微微弓着身子，恭谨地站在那儿，神色忧虑，“不知道大哥从哪里听来的这个消息，我们蓅浔园林能量小、胆子小，哪敢去操作什么项目，一向就只是自己老老实实招投标而已。如果大哥实在不放心，那……”他犹豫了一下，仿佛下了很大的决心，“这个项目，我们公司就故意做个废标好了。”

“呵呵……”林风伟笑了起来，狠狠地将烟蒂揿灭在烟灰缸里后，叹息着说，“楚槐呀楚槐，你可真是个人物，我林风伟还真是小瞧了你。废标？呵呵，为了让港飞园林中标，你们公司对这个项目不是本来就打算做成废标的吗？呵，你居然还好意思拿来给我做人情？”

说着，他也不去看楚槐有些青红的脸色，端起了酒杯，对展颜说：“来，小展，我敬你一杯。你这姑娘什么都好，就是眼光不好。”

展颜举起杯子，跟林风伟碰了一下之后，爽气地喝完杯中酒，她有心排解越来越尴尬和紧张的气氛，故意笑问：“林总，我怎么就眼光不好了？我觉得我自己的眼光一向很好呀。”

林风伟哈哈大笑，指着楚槐说：“你要是眼光好，怎么就挑了这么一个东西当自己的男朋友？”

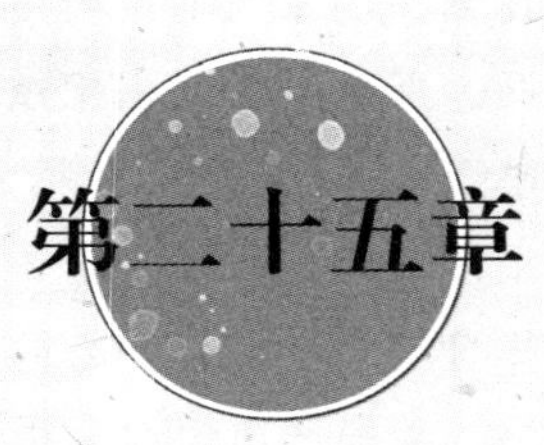

第二十五章

展颜大窘，简直不敢去看楚槐的脸色，摇头抚额笑道："林副总，你弄错了吧，我跟楚经理只是上下级的关系，我可不是他女朋友。"

"唉，小展，你就不要瞒我了。"林风伟冷笑着说，一缕细细的烟雾从他嘴中吐出来，慢腾腾、若有若无地向展颜的脸上飘去，"我是过来人，这一双眼睛可不是摆设。我们的楚大经理呀，喝了酒之后，那看你的眼神呀——那可是掩都掩不住的火辣！再说，我看你每次跟着他在一起的时候，说说笑笑，态度也是很亲密的嘛。还有，我听说你们每次过来，可都同住的呀！怎么，就这样还要骗我说你不是他女朋友？你是不敢承认，还是不好意思承认？"

展颜顿时又羞又恼，一张俏脸涨得通红，再也无法维持脸上的笑容。楚槐则是神色大变，林风伟的话，触及了他内心某个隐秘的角落，他收起了那副恭敬的样子，冷硬地说："林副总还没喝酒呢，怎么就醉了？你既然是来找我谈公事的，那就不要扯到别的事情上去。林副总是想谈下周那个项目是吗？那就谈呗！"

"哎哟，叫我林副总了，呵呵，这是准备要跟我翻脸了吗？"

林风伟摊开双手，轻哼着，“楚槐，我觉得这个项目就没什么好谈的，如果你不想我在你女朋友面前说出更难听的话，或者是给她看一些不能看的东西，那么，你就识相点，直接把下周开标的那个绿化项目让出来吧。”

“你们二位老总慢慢谈吧，我还有事，先走了！”展颜隐隐觉得事态朝着某个诡异且又不太友好的方向发展，恼怒之下，也就不再客气，“林副总，我很严肃也很负责任地告诉您，我跟楚经理，真的就只是上下级关系。您信也好不信也罢，我今天就把话撂这儿，我，展颜不是他楚槐的女朋友！还有，我们每次过来，的确住的是同一家宾馆，可我们都是各住各的房间，楚经理每次都是跟驾驶员一个房间的，您要是不相信，我可以让我们陈董事长把驾驶员叫来做证。”

“哎呀呀，小展，火气不要这么大嘛！”林风伟直视着她，不以为意，拍着她的肩，“来来来，坐下，坐下。好了好了，那就当我是误会了，哎，这更好，有些事，就算你知道也不打紧了。”

“林副总，你到底想怎么样？”楚槐忍无可忍。

“咦，我不是说得很清楚了吗？我要你让出下星期开标的那个项目！”林风伟瞪着他一字一顿地说。

“这不可能！这个项目跟我无关，不是我在操作！还请林副总讲讲道理才好。”楚槐深吸了一口气，耐着性子缓缓地说。

“讲道理？讲道理？”林风伟骤然大笑，他拍着桌子，指着楚槐简直笑得上气不接下气，“喂，我人都到你这儿来了，你还敢不承认这个项目是你在操作？哈哈……讲道理是吧，讲道理好，我喜欢讲道理！”

说着，他转身面向展颜，唇边浮起一个古怪的表情，说：“小展，你不知道吧？你的这位男朋友，哦，不不不，你别急，呵呵，是上司，上司好了吧？你的这位上司，看着老实，实际上可是个风流人物。‘欢乐今宵’的头牌梦梦你听说过吧？哎呀，这梦梦可就是你这位男朋友，哦，不，是你男上司的红颜知己呀，我这儿，就有好些个别人偷拍他俩的亲密照片。你要不要看？还有，最近，这梦梦居然生了病请了假，你猜怎么着？她呀，她居然跑到医院去打胎喽！小展，你这么聪明，不如猜一猜这孩子的父亲是谁？”

“啪”！楚槐狠狠地一拍桌子，铁青着脸说，“你说够了没有？”

“怎么，恼羞成怒了？”林风伟施施然地举起了杯子，喝了一口，突然“啪”的一声，把杯子摔在了地上，指着楚槐大骂道，“老子诚心诚意，大老远地从市里亲自跑来跟你谈事。可你倒好，你在干什么？你在给老子装疯卖傻！简直他妈的给脸不要脸。楚槐，你给我听好了，我能把你给捧起来，也就能让你摔下去。真要是惹怒老子了，老子明天就把你跟梦梦的那些艳照给整个菰城市的园林企业发一遍，让我们这个行业的人都来看看你光溜溜的样子。呵呵，到时候，你就身败名裂、声名狼藉了，我看你还有什么脸面，再来组织什么项目操作。”

说着，他从包里拿出一沓相片，“啪”的一声扔在了桌上。

展颜伸手拿过来一看，顿时神色大变。这些照片，大部分都模糊不清，但依稀可以看出，主角都是楚槐跟一个漂亮的女孩子。有的照片上，他们在拥抱，有的在亲吻，有几张尺度大的，女方已经完全露点，两人姿态各异正做着不可描述的事情。

展颜完全呆住了，她眼睛一眨不眨地看着这些照片，再次抬头看向楚槐时，目光中充满了彻底的失望和悲哀。

楚槐难以置信地看着桌上的照片，整个心脏都紧缩成了一团，闭了闭眼，深深吸了好几口气，他才有勇气僵硬地伸出手将照片收起来。此时，他身上那一开始装出来的客套、谦逊再也不见了踪影，他直视着林风伟，因为羞怒就连眼睛都变成了红色，可整个人的脸色却又像死人一样煞白:“林副总，我已经说过，古镇绿化提升这个项目不是我操作的，你可千万不要听风就是雨。如果你真的有证据，或者说有单位愿意当面出来指证我，那，随便你怎么做都可以。不过，真的很可惜，没有就是没有，你就算是拿着这些照片去整个园林企业里发一遍，那也是没有！”

林风伟在诈他！

这一点楚槐心里很清楚。这次跟他合作的这几家公司，是不可能出卖他的，而林风伟之所以跑来找他麻烦，无非就是想跟那几家公司合作，却都被拒绝了。这个项目在菰浔镇，他们菰浔园林又是当地园林企业的龙头老大，以林风伟的嗅觉当然就能推算出这个项目是他在操作。不过可惜，他为了防着林风伟，做事十分谨慎，林风伟是不可能拿出真凭实据的。

“好，好，好，你有种！有种得很！”林风伟一时之间没了办法，他手头的确没有确凿的证据来证明这个项目是楚槐在操作，只是因为连着联系了好几家公司，全都以各种理由不肯听他安排，他才后知后觉，这个项目应该已经有人在弄了，他头一个怀疑的就是项目所在地的菰浔园林。所以今天他是带着一肚子气来的，他理所当然地认为，他都来了，再发个脾气，那么，楚槐这个昔日像个狗腿子一样跟着他的“小弟”就会立即向他服软的。当然，如果因为利益关系，这个“小弟”不肯爽爽快快地把项目让出来，那他也是有办法的。他会威胁楚槐，把他跟梦梦的关系告诉他的女朋友展颜，这也是他为什么让楚槐一定要叫上展颜的原因。他相信，以楚槐的聪明劲儿，只要他阴郁地说上那么一两句，楚槐就会因为害怕在女朋友面前暴露自己跟梦梦的关系，而向他屈服。可谁想到，这个展颜居然不是他的女朋友！而楚槐也居然拒不承认！那他就只好明明白白、清清楚楚地把这件事放在明面上说了出来，他就是要让楚槐知道，他手中握有他的把柄。若是这个时候这小子知趣点，把这事给认下，他也不至于气急败坏地把这些照片扔出来。现在事态有些不妙，他毫不留情地撕破了跟楚槐的关系，可关键问题是，他想办的事，还是没办成，这该如何收场才好？林风伟心里苦恼地想着。

展颜抬目定定地看了楚槐几秒钟，眼神古怪而冷漠，然后她笑了起来："林副总，您不是在开玩笑吧？我们楚经理跟梦梦男未婚女未嫁的，年轻人谈个恋爱，做些亲密的事，怎么到了您这儿就变成身败名裂、声名狼藉了呢？"

"你说什么？他？他跟梦梦谈恋爱？"林风伟怀疑自己听错了，嗤笑着说，"小展，你不是在跟我开玩笑吧？这梦梦可是'欢乐今宵'的头牌，她是'小姐'，是只'鸡'呀！"

"林副总，这就是您的不是了。有谁规定，当'小姐'的就不能谈恋爱了呢？更何况，我们楚经理那会儿可并不知道她的这种身份，只当她是在'欢乐今宵'工作而已。现在嘛……"她再次抬眸看了楚槐一眼，面色凝重，神态严肃，用一种沉静的、冷硬的、清晰的声音，一字一顿地说，"我可以证明，楚经理在知道了梦梦的身份后，已经跟她分手了。至于梦梦肚子里的孩子，您也说她是只'鸡'，那谁知道这孩子是谁的呢？您又有什么证据证明这孩子就是我们楚经理的？"

"呵，这可真是……这真是，这……这什么都是你们说了算了？"林风伟吃惊之下，猛抽了一口烟，由于吸得太猛，以至于一下子呛得大咳了起来。

而楚槐则是彻底地惊呆了，他怔怔地望着她，她挺直着背，沉着地站在那儿，嘴角含笑，目光坚定，神态自若……简直就像个战无不胜的女战士。

"您看，事情就是这么简单。您要是明天把这些照片往园林企业里这么一发，大家取笑的，可不是我们楚经理，而是您呀，林副总。”她继续说，“而且，您用我们楚经理在恋爱当中跟女朋友亲热的照片，威胁他跟您串标，这可是一种违法行为。”

“怎么着？你们还想威胁我？你们有本事就去告我呀。”林风伟手中的香烟几乎烧到了手指，一烫之下，他慌忙熄灭了烟蒂。

“瞧您说的，您林副总可是我们菰浔园林公司的大恩人，没有您的帮助，我们的这几个资质，哪能这么快升上来？您的这番情义，别说是我们董事长了，就连我小展也一直记在心里。”展颜笑嘻嘻地给林风伟倒了杯酒，举起了杯子，“今天这事儿，其实不就是一个误会嘛！林副总，您就别生气了！您大老远来我们菰浔镇，总得容我们好好招待一番吧？来，我敬您一杯！”

展颜给了他台阶下，林风伟略略思索了一下，就举起了杯，跟展颜碰了一下，叹息着说：“唉，可不就是个误会嘛！”

最后，这顿晚饭总算是和平地吃完了。林风伟也没像从前那样，提出要去唱歌什么的，而是急匆匆地赶了回去，包厢里就只剩下了展颜和楚槐。

展颜木然地站了起来，拿起了包，准备回去，楚槐走过来，一把拉住了她。

“对不起，我很抱歉让你看到这个。”他低哑着声音说，“我也……很感激你今晚的挺身而出！”

展颜仰了仰下巴，带着凛然，冷冷地说：“你不应该向我说对不起，你应该向晚晚说对不起。你也不用感激我今晚的挺身而出，我不是为了你。楚槐，我希望你能尽快处理好你跟那位梦梦小姐，甚至还有其他什么小姐的关系。不要再有下一次，不要让我发现你跟别的女人有这种胡七八糟的关系。”

“再没有其他什么小姐了！”楚槐急促地呼吸着，直直地看着她，眼神复杂，“展颜，你不问问我，为什么会跟梦梦搅在一起吗？”

“跟我无关！”她冰冷而清晰地回答他，“你不用向我解释。”

“跟你有关！”楚槐紧紧地拉着她的手，带着阴鸷而凶猛的表情粗暴地说，“你记不记得那天晚上，我给你打的那个电话？我跟你说过，要等我发展得再好一些，要等我有了一定的资本，我才有资格跟你说一些我不敢讲的话。你说你懂，你说你明白的，你说你支持我的。可是结果呢？结果一转头，你就跟秦风好上了，你为什么要背叛我？为什么要这么做？你有没有想过我的感受？”

“你不要再说那个电话了，你给我放手！”展颜拼命挣扎，想要挣脱他的手臂，急怒之下口不择言地说，“楚槐，你是不是男人？明明就是你自私、懦弱、下贱、自甘堕落，才会精虫上脑，跟那种女人搅在一起！”

“对，对，对！我是自私，我是懦弱，我是下贱、自甘堕落！我要是不自私、不懦弱，那天晚上，我就会把我想讲的话，都明明白白地说出来！可我不是精虫上脑，如果不是我以为你懂的，我以为你答应了，那我又怎么会因为觉得你背叛了我，才下贱、自甘堕落到跟那种女人搅在一起？”在酒精的刺激之下，楚槐全身的血液都往脑子里冲去，他猛然把她拉到了怀里，不顾一切地把嘴唇狠狠地压在她的唇上。

展颜惊跳起来，又怒又气又恨，她从来没想到他居然敢来碰她，她想也没想，伸手就给了他一拳。

握紧的拳头重重地打在楚槐的脸上，他吃痛之下，有些发愣，手上一松，便放开了她。展颜接连往后退了好几步，直到退到他够不着的地方，这才伸出手拿起桌上的湿巾用力地擦了擦自己的嘴唇。楚槐呆呆地望着她，被她这重重的一拳给打醒了。呵呵，他怎么就忘记了，她可是展颜展大侠呀，是当初那个一怒之下拿起铁棍就要打人的展颜呀！

“你……你让我恶心极了！”展颜气得胸口剧烈地起伏着，她涨红了脸，厉声喊道，“我现在就跟你说清楚，当初的那个电话里，你什么都没有说！而我也什么都没答应你！我请你以后不要再提及这个电话！我和你之间，从来都没有发生过什么，更不存在什么背叛！你不要连犯错都犯得这么理直气壮，不要连嫖娼，都往那个电话，往我身上推！你这个混蛋，你这个渣男！”

展颜说的这番话，每一个字都像是一把冷冰而又锋利的刀子，在楚槐身上割着，让他觉得自己的每块肌肉、每根神经都在发痛，她目光中的鄙视、疏远以及警惕更让他觉得无地自容、无所遁形，他几乎是狼狈不堪、踉踉跄跄地逃出了包厢，逃离了那个对他怒目而视的女“金刚”。

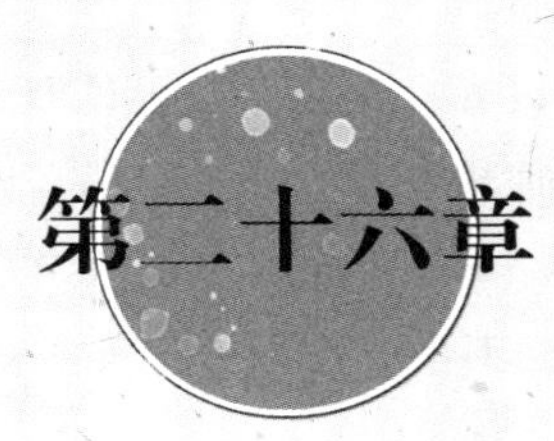

第二十六章

展颜怀着复杂的心情回到家门口，她伸手拿钥匙开门，胖墩墩、乐呵呵、长得像个弥勒佛一样的展开一直竖着耳朵等她回来，听到有钥匙开门的声音，立即跑去客厅把她的拖鞋从鞋柜里拿了出来，颜雨红则赶紧从厨房里泡了一杯蜂蜜水拿出来。家人们温馨的举动，让她精神一振，仿佛刚从幽冥黑暗的地底逃出来，她迫不及待地想要迎接属于自己的光明。

“笑笑，怎么才回来呀？秦风已经等你好久了。”展开叫着她的乳名，接过颜雨红手中的蜂蜜水，轻轻吹了吹，这才递给她，父母这些平常的举动总会让她觉得温馨而又感动。

展颜这才看见了正襟危坐在沙发上的秦风。“哎，老秦，你来了？”她有些心不在焉地跟他打了个招呼。

“你这孩子，秦风这才多大，你怎么就叫人家老秦？过来，我摸摸，是不是又喝多了？”颜雨红抓过她，在她脸上摸了摸，又在她身上闻了闻，露出一脸嫌弃的样子。颜雨红是那种典型的江南美女，虽然已是不惑之年，但仍然皮肤白皙，细长浓烈的睫毛，衬托出了她高高的额头，据说，这是智慧的象征。教师辛苦的工作，使她那两鬓的头发已微微呈现灰白色，一副黑色的眼镜，头发剪得短短的，不但时尚端庄，而且使人一看就会把她跟教师这个职业联系起来。望着眼睛疲倦、神情萧索的女儿，颜雨红黑色的眸子透出心疼又无奈的目光，她望着自己的女儿，作为语文老师，她的声线一向是平静而温和的："笑笑，你一个女孩子，经常在外面喝成这样子可不行。妈妈知道你这是工作需要，可你总得掂量着点，万一你喝多了，不小心被别人占了便宜，怎么办？"

可不就是被人占便宜了。

展颜心里气得直哼哼，可又不敢表现出异样来，一边拖着秦风往自己房间里跑，一边说："妈，我知道了，您可别再啰唆了，小心把你未来女婿给吓跑了，我就嫁不出去了。"

"哎，你这厚脸皮的姑娘！"颜雨红又是笑又是摇头。

到了房间之后，她的脸就迅速垮了下来，显得既委屈又可怜。

"笑笑，你怎么了？"现在秦风也跟着她的父母唤她的乳名，见她突然撇着嘴，要哭不哭的样子，就有些担心，"是不是林副总又灌你酒了？阿槐也真是的，就不知道帮你挡着点。快别难过了，回头咱们去虐林晚晚报仇。"

"老秦，我不想再待在业务部了。"展颜犹豫了一下，还是把今天晚上发生的事告诉了秦风，只是考虑到秦风的感受，她隐去了她跟楚槐之间的事。

秦风听后，简直惊讶得说不出话来，半晌，才结结巴巴地说："这……这大概……也许……可能阿槐跟那个梦梦是真的有感情的吧。"

看他忠厚得有趣，展颜忍不住笑了笑，但一想到他为楚槐开脱，心中顿时又不满，顺手在他腰上拧了一把，痛得秦风倒吸了几口冷气。

"老秦，你觉得我该不该把这件事告诉晚晚？"虐待了一把秦风后，她把头埋在他的怀里，瓮声瓮气地说。

“我觉得……”秦风抱着她心里很是矛盾，半晌，才小心翼翼地说，“其实，这毕竟是阿槐的私事。他跟那个梦梦到底是怎么回事，咱们也不知道，不能光听林风伟这么一说，就跑到林晚晚面前去告阿槐的状。那个……即便犯个死罪判刑的时候，还都有个死缓呢，咱不能一下子就把这事捅到林晚晚那儿，把阿槐给判死刑了，对不对？总得给他个上诉的机会呀。”

“老秦呀，你说反了。要是把这事捅到晚晚那儿，那是判了晚晚的死刑，不是判了你那个该死的兄弟的死刑。我就是害怕晚晚承受不住，才不敢说的。可是……可是我不说又觉得良心不安。”展颜面有不豫之色。

“要不，我跟阿槐去谈谈？”秦风摸了摸她的长发，“笑笑，阿槐跟你一样，都是那种性子特别倔的人，你俩骨子里都很执拗，所以，有些事，咱们就只能顺着毛去捋他，不能倒着来。万一由于我们的胡乱插手，他跟晚晚好好的一对散了，咱们岂不是良心更加不安？”

展颜大怒，从他怀里抬起头，气冲冲地说：“谁跟他一样了？他是毛驴吗？为什么非得顺着毛去捋他？我呸！你的意思是说，我也是毛驴？”说着就拿头拱他。

秦风大笑，这样的展颜精力旺盛，活力四射，简直太可爱了。看着怀里脸庞红扑扑的姑娘，他福至心灵地说：“笑笑，咱们结婚吧！”

有那么一瞬，展颜惊得呆在了那里，过了好一会，她才摊开白里透红的掌心，仿佛不可置信地问：“鲜花呢？钻戒呢？你……你骂了我一句我像毛驴，就算是向我求婚了？”

秦风嘿嘿地笑着，从皮夹里取出两张卡放在她的掌心：“没有鲜花，也没有钻戒。不过，有两张卡。一张是我的工资卡，一张是我作为股东和项目经理，用来存放分红和做工程的钱的卡。

这两张卡里是我的全部家当，以后都交给你保管，你可以随便用。至于我嘛，你每个月给我点零花钱就好了。”

展颜盯着手上的两张卡顿了几秒钟，小声地问：“这两张卡里总共有多少钱？”

秦风的眼睛闪亮：“买房子是肯定不够的，但是够你去买你想要的衣服、包包和化妆品了。”

“好几千？”展颜眨巴着眼睛问。

秦风笑着摇了摇头。

“好几万？”

秦风又摇头。

“妈耶，不会是好几十万吧？”展颜惊讶地睁大了眼睛。

“不到20万的样子，下个星期年终大会开过之后，发了年终奖、分红和工程利润，那应该就超20万了。”

“哈哈，我的天呐，那我岂不是发达了？我妈每个月才给我500元的零用钱哎。”展颜开心地在床上打了个滚，然后就跑了出去大叫，“爸，妈，快出来呀。”

展开和颜雨红在自己的房间里看电视，听到女儿大呼小叫的声音，连忙跑了出来。

“怎么了，笑笑？跟秦风吵架了？”展开看了一眼跟在展颜身后的秦风，神色有些不善。丈母娘看女婿才是越看越欢喜，展开很多时候看到黑不溜秋的秦风，就好像看到了一头正在拱他菜园里那棵大白菜的野猪。

“不是呀，爸，是我想跟秦风结婚了，你再也不用担心我嫁不出去了，怎么样，惊不惊喜？”展颜笑嘻嘻地说。

“等等，等等，闺女呐，容你爸歇口气……为什么爸爸只感觉到惊，没有感觉到喜呀？”展开也不知道想到了什么，倒抽了口冷气，瞪大了眼睛看着秦风。

“笑笑，这么突然，呃，你是不是……是不是……”颜雨红的眼光就直往展颜肚子上看，一副欲语还休、喜怒相交的表情。

“哎呀，爸，妈，你们在想什么呢？”展颜反应过来之后，又羞又恼，跺着脚把手中的两张银行卡给他们看，“看，秦风把他的工资卡和福利卡都交给了我。那我要是不跟他结婚的话，怎么好意思拿呢？”

“卡里多少钱呀？”展开问，顿时觉得“野猪”，哦不，秦风顺眼了一些，毕竟他的工资卡也是上交给老婆大人的嘛。

展颜重复秦风的话：“不到20万的样子，下个星期年终大会开过之后，发了年终奖、分红和工程利润，那应该就超20万了。”

“所以，为了体面地拿这20万，你就决定结婚啦？”颜雨红淡淡地问。

“是呀！”展颜调皮地吐了吐舌头。

颜雨红忧愁得不得了，过来扯展颜的耳朵：“笑笑，才半小时不见，你这脸皮又厚了几分了！你这是多缺钱？好意思就这么拿人家的卡？还不快还给秦风。”

展颜当然是不肯就范，跳起来躲在展开身后，展开伸手想要推开颜雨红的“魔爪”，被她瞪了一眼之后，立即尿了，展颜就被她妈扯着耳朵按在了沙发上。

“给我坐下，别跟个猴儿一样上蹿下跳，小心秦风不要你！既然你俩有结婚的打算了，那咱们就坐下来好好谈谈吧。”颜雨红说。

于是，在正月里，两家大人就正式见面了。秦父秦母都是老实巴交的农民，对展颜这个未来儿媳满意得不得了，直接说自己什么都不懂，一切以女方的意愿为主。展开和颜雨红也不是那种势利眼，反而觉得自己的未来亲家老实厚道，女儿嫁过去，不会吃亏。所以，无论是在房子还是在婚期上，两家人都谈得相当顺利、相当愉快。

虽然秦风捧了二十万元给展颜，但即便再加上他父母的存款，他们家目前也还是没有能力购买新房的。正好展家楼下有户人家准备搬走，房子挂在中介要卖，颜雨红的意思是让两个年轻人用公积金贷款的方式，把楼下那套两室一厅、七十多平方米的二手房买下来重新装修一下。这样一来，跟他们楼上楼下的，小夫妻俩以后也就不用自己做饭了，方便他们照顾，也好让小夫妻俩能省一点是一点，毕竟秦风的事业刚刚起步，做工程前期也还是需要投入资金的。另外，秦风经常在工地上一待就是几个月，展颜跟他们楼上楼下的，也不至于一个人待在家里会害怕。至于婚期，则打算安排在国庆期间。

对此，秦父秦母举双手表示赞同，他们因为自家的经济能力差，不能为儿子创造更好的条件而感到羞愧。展开就安慰他们，说秦风现在成了公司的股东，又在不停地做项目，以后一定会越过越好的。颜雨红就想得比较全面，隐晦地问及秦父秦母以后会不会跟小夫妻俩住一起。秦父秦母相当开明，表示不会打扰小夫妻俩的二人世界，他们想趁自己还干得动，在乡下再多干几年。等展颜有了孩子，他们才会出于照顾媳妇的目的，再来考虑这个问题。颜雨红顿时感到心满意足，当即把从展颜手里抢来的两张卡还给了秦风，她觉得两人现在还未正式办手续，自家女儿就拿了男方的工资卡，未免名不正、言不顺，至于两个人婚后在“账务”方面怎么分配则是小两口的事了。不想秦风拿到手还不到一秒，又立即交给了展颜，直言自己平时在工地上非常忙，结婚的一些琐事，就都要麻烦展颜，把卡交给她买东西什么的也方便一点。展颜冲自己的老母亲扬了扬卡，露出得意的样子。

总之，经过这次和谐、和平、友好的会面，展颜就正儿八经地算作秦风的媳妇了。

只是，颜雨红每每想起自己的女儿直接被两张银行卡搞定的行为，不免有些痛心疾首，怕秦风会因此多想，就对他越发的好，完全把他当自己的半个儿子来看待。

展颜真的是因为那两张银行卡才决定跟秦风结婚的吗？

其实不是！

一直以来，她是相信男女友谊的存在的。她想，她和楚槐之间的友谊应该就是最干净、最纯粹和最珍贵的。她从没想过，他对她会有那样的想法。

并不是矫情，曾经，她也不是没想过这段友谊会发生质变。只是，在她以为他会对她说些什么的时候，他没有说出口，所以，她以为自己是误会了他，所以，她和他之间便永远只有干净、纯粹、珍贵的友谊。

原来，这世间有些美好的东西，的确是非常短暂的，所谓刹那芳华，大抵便是如此，比如昙花一现，比如绽放的青春，又比如她和他之间的友谊。

当秦风向她求婚的时候，她感觉自己的灵魂好像瞬间飞出了体外，变成一缕幽魂，穿梭在时间和空间当中，她看到了过往的“三剑客”，她看到了宾馆里对她语重心长的朱英，她看到了灯红酒绿下左拥右抱的楚槐，她又看到了工地上挥汗如雨的秦风，回过魂之后，她就看到了眼前那双深情的眼睛。

那就，一起携手吧！她想。

开年上来，展颜在向陈然传达了这个喜讯的同时，再次提出了调换部门。

“怎么了？这一年下来，你跟楚槐合作得相当不错呀。楚槐在前面冲锋陷阵，你就在后方给他把关，你俩不是号称最佳拍档吗？”望着神色倔强，一脸不达目的誓不罢休神情的展颜，陈然有些纳闷，又有些哭笑不得。

展颜沉默了一下，勉强挤出一个笑容，说："我马上就要结婚了，楚经理现在也有了女朋友，我们再像从前那样，两个人同进同出的，难免会让人误会，说出些风言风语来。瓜田李下的，我想着还是避讳些好。"

陈然心中一怔，顿时就知道展颜并没有说出实情，因为他非常了解像展颜这样的人，是绝对不会被几句风言风语打败的，现在既然她这么坚持要调换部门，那么，这中间必定有什么不能说的隐情，当下不由得就有些懊悔。楚槐是他的得力干将，但展颜和秦风也同样是他的得力干将。

沉默了一下，陈然爽快地说："行，既然这样，我就索性成全你，你不是一直想着要去工地吗？接下来，如果秦风的项目经理证中了标的话，你就跟着他一起去工地吧。"

展颜大喜，笑嘻嘻地说了一箩筐吉利话，被陈然笑骂着赶出了办公室。

没几天，楚槐也从老家回来了，陈然就把这个决定告诉了他，楚槐仿佛早就有了心理准备，陈然一提，他就说知道了，连着展颜手头的一些工作，他也早就安排给科室里其他的同事。

如此一来，陈然心里愈发有些不安，他细细观察了这三人的表现，秦风是一如既往地傻乐，楚槐和展颜之间却再也没有从前随意说笑的样子，非要用几个形容词来形容这两人的关系，那就是"冷若冰霜""熟视无睹""视而不见"。他暗中捏了把冷汗，以后再安排人事工作的时候，他会尽量避开孤男寡女这样的工作搭配。

四月份，整个园林绿化行业界爆出了一条特大新闻，春光园林的林风伟在古镇绿化提升这个项目的招投标上，因涉嫌利用经济诱惑、武力胁迫的非法手段，与他人串通投标报价而被公安机关依法立案。

这件事一爆出来，陈然吓了老大一跳，连忙把楚槐叫过去盘问自家公司有没有牵扯在内。楚槐拍着胸脯向他保证，自从不再跟着林风伟后，公司就一直都是合法投标，这次春光园林的事件跟公司、跟他没有任何关系。陈然听后，这才放下了心中的一块大石。

然而，这件事真的跟楚槐没一点关系吗?

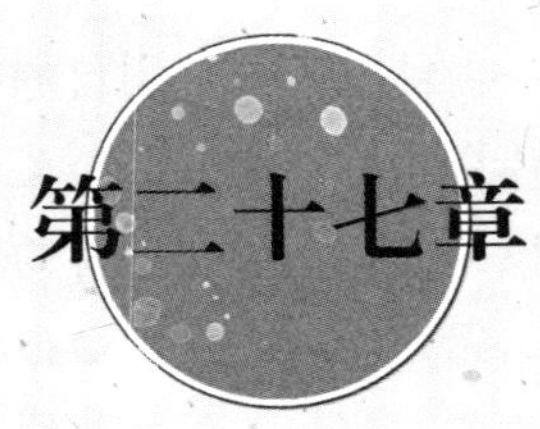

第二十七章

时光倒流回到楚槐跟展颜决裂的那个晚上。

失魂落魄的楚槐跑出了包厢之后，在凛冽的寒风里站了很久。雪后初霁，新月慢慢升了上来，挥洒着银光照耀着白衣素裹的水乡古镇，今晚很美，对楚槐来说，今晚却是一场灾难，更是命运对他的捉弄。这一晚过后，那个曾经和他一路走过芬芳，有着无比青春活力的姑娘，这一生，都会站于道德的制高点，居高临下，用冰冷而又鄙视的目光俯瞰着他。

这一刻，他的心里充满了怨恨，对这世界充满了恶意，于是，他拿出手机打了一个电话。

“喂，俞侃吗？”

“是呀，你是哪位？”电话另一端，一个年轻的男性声音充满疑惑地问。

“菰浔园林楚槐！”

“啊，是楚总，楚总你好，你好。”接到楚槐电话的俞侃惊喜交加。所谓虾有虾路，蟹有蟹路，泥鳅黄鳝独走一路，虽然他只是春光园林预决算部的一个普通预决算员，但他也已经听说这位楚总能力非凡，在现在园林绿化的招投标市场上，这位楚总手持着园林、市政、设计三个资质，硬生生从他们林副总手中抢走了半壁江山。

“小俞，下周那个古镇绿化提升项目的标书，是不是全都是你在做？”作为林风伟身边曾经的红人，他很清楚林风伟操作项目的手法。为了控制投标单位，所有单位的标书全都由林风伟一手把控操作，直到第二天开标前，他才会把标书拿给各家单位，让各单位当着他的面盖章、封包。而这些标书，基本上就是交给他们春光园林预决算部去做，其中俞侃负责做各家的技术标。

“是呀，楚总手上是不是也有几家单位想做？这样，我对外接活，都是统一报价2000，给您楚总做，就打个折，1800怎么样？”

俞侃算了算，这笔账自己不亏的，他自有消息知道楚槐也是跟他们林副总一样在操作下个星期的那个标，楚槐手头最起码有四五家公司，一家1800元，再加上林副总这边这几家，这个月总算是大丰收了。

“呵呵，1800呀，小俞，你这么收费可不行呀。太便宜了，我这儿，有批大生意，起步价六位数，你想不想做？”楚槐靠在昏暗的路灯下，一口接一口地抽着烟。

“六……六位数？”电话那头的俞侃明显咽了一下口水，“楚总，那……那得做多少人家呀？我怕我来不及做呀。”

“放心，你绝对来得及。”楚槐把烟头狠狠地扔在了地上，“我现在开车过来，一个小时后，我们‘欢乐今宵’见。”

挂掉了俞侃的电话后，楚槐的眼神愈发阴郁，他从包里取出了那些照片细细地看了起来。随后，他再次拨打了一个电话：“喂，强哥吗？我是菰浔园林的楚槐呀。”

强哥，全名苏安强，他是一名土方老板。说是说土方老板，实际上此人有黑社会背景。现阶段所有做绿化工程项目的公司，因为涉及种植苗木时土方的开挖和回填，务必得跟土方老板打交道。这位强哥是菰浔镇本地人，这些年来，不论是原菰浔镇园管处还是改制后成立的菰浔园林公司，只要是在菰浔镇本地的绿化项目土方工程，基本上都由这位强哥操控。作为回报，当遇到村霸或者其他土方恶霸的时候，强哥就必须出头为他们公司解决问题。当初，林风伟得罪的那个村上的土方恶霸，明面上是由他们园管处出头解决的，暗中是由这位强哥出头才解决好的。可以说，强哥跟他们菰浔园林的关系算是相当不错的，强哥每年除了会亲自到陈然家去拜年，还会去退休的徐处长那儿拜年。

“哟，楚总呀，怎么说楚总？有什么事要关照？我可是先跟你说好，下周那个古镇绿化提升项目的土方工程我是一定要做的，你可不要告诉我，你是来帮郑永可来当说客的。”郑永可是另外一位土方老板，跟他有着竞争关系。

“那个项目，就算你强哥不说，我也一定会给你做的。”楚槐掏出了打火机，开始慢慢地烧那些照片，“我今天联系你强哥，是想出钱，请你今晚去‘欢乐今宵’唱一场戏。”

电话那头的强哥微微沉默了一下，问：“那楚总觉得我带多少兄弟过去合适？”

“这个，强哥可以随意。只要强哥帮我招呼好‘欢乐今宵’那位雪儿小姐，就可以了。”望着手中燃烧的照片，楚槐的脸色显得格外冷酷，“以后，我不想再在‘欢乐今宵’见到她。”

“咳，我还以为多大的事呢，一个小小的KTV‘公主’而已，哪要你楚总自掏腰包？这件事，包在我身上，放心吧！”

随后，楚槐就在路灯下，拨打了今晚的最后一个电话。

“喂，李莉李总……”

一个小时后，楚槐到了“欢乐今宵”，俞侃早就在包厢里等他，一看到他，热情地伸出手跟他相握。楚槐笑着跟他握了握手，随后打发走了想要进包厢做生意的各位“公主”，开始正式跟俞侃谈了起来。

“楚总，是想让我帮几家公司做标书呀？”俞侃简直有些迫不及待，六位数的外快呀，天晓得他得做多少标书才能赚到。

“呵呵，这个不急。”楚槐喷出一口烟来，微微一笑，“不如，你先告诉我，你手头在做哪几家公司的标书。”

“一共是五家，除了我们自己公司外，有大宇、项山、野园这三家二级企业，其他还有借来的一家外地的叫作绿荷园林的一级园林企业。”在六位数的诱惑下，俞侃想都不想就出卖了自己的公司。

楚槐点了点头。

林风伟原来圈子里其他几家园林公司都已经在向楚槐靠拢了，可林风伟不愧为林风伟，在被圈子里那么多家园林公司拒绝后，还可以迅速重新成立一个圈子，的确还是有几分能耐的。

“俞侃，你有没有想过换一家公司做？”他开了瓶啤酒，给俞侃倒了一杯，然后慢条斯理地问。

“啊……换……换公司？换到哪里？我……我……我为什么要换公司？”俞侃惊呆了，显然没想到楚槐是来挖墙脚的，脸上就有些不好看了。

“因为，你马上就会犯一个大错呀。你会在做这五家公司技术标的时候，全部不小心把‘古镇绿化提升项目’打成‘古镇绿提化升项目’。”楚槐边说，边从随身携带的大包里，拿出一沓又一沓的人民币，慢吞吞、慢吞吞地叠加了上去。

俞侃艰难地咽着口水，看着一万一沓的人民币在桌上，一沓又一沓地叠加上去，他的大脑几乎已经无法运转：“楚……楚总，这……这……这要是被查到了，这五家公司就……就……”

“根据《招标投标法实施条例》第四十条第四项规定：不同

投标人的投标文件异常一致或者投标报价呈规律性差异，视为投标人相互串通投标。”楚槐含笑喝了一口啤酒，甚至还跟俞侃碰了一下。

“可……可……”俞侃是真的被吓到了，“可即便是这样，也最多只是废标而已。我们林副总跟上面关系挺铁的，这要是让他知道我是故意这么做的，我……我……”

“你怕什么？这个世界不怕神一样的对手，就怕猪一样的队友。”楚槐笑着把俞侃的手按到那叠得高高的人民币上，“放心拿吧，你们林副总的队伍里，可是有位对他恨之入骨的猪队友。只要有人去这位猪队友面前挑拨几句，到时候，再有那么一两封因为不肯跟他合作而被他打压的企业的匿名检举信，你觉得，你们林副总还会有机会来找你的麻烦吗？”

“可……可我犯了这么大的错，是一定会被公司开除的！”俞侃其实已经心动了。

“开除了又有什么关系？除了我们菰城园林公司，你想进哪家园林公司，只要你开口，我就办得到。而且，我还可以向你保证，今后，只要我手中有操作的项目，所有的技术标，一定首先让你做。至于价格，按市场价每单5000元起步。”楚槐吞吐着烟雾笑了，举着手中的杯子，“来吧，俞侃，为了你今后财源滚滚，收入不断高涨，好运一飞冲天，咱们干了这杯酒。”

“干……干杯！”俞侃做梦般地举起了酒杯，碰杯喝完之后，立即用飞快的速度去拿桌上的钱。可他没有带包，这么多钱，一下子不好拿，他就想把衣服脱下来把钱包住。

楚槐好笑地望着他，然后把原先放钱的那个大包扔给了他，说：“原本就是为你准备的，拿着吧。”

“谢谢楚总，谢谢楚总！”俞侃对楚槐简直感恩戴德。

正在这时，包厢外突然传来一阵女人凄厉的哭叫声，“冤枉呀强哥、龙哥，不是我偷的，真的不是我偷的！”

那女人叫得那么惨，吓得俞侃浑身一哆嗦，楚槐就拍了拍他的肩说：“别怕，不过是一个不识时务的贱人罢了。”

说着，他拉开了包厢的门。

包厢外，雪儿被一个强壮、黑瘦、胳膊上文着一条青龙的男人扯着头发在地上拖行着，她的脸上、身上全都是血。脸上应该不知道已经挨了多少下了，眼睛、鼻子、嘴巴全都肿了起来。她哭得不成样子，脸上的妆全都花了，和鲜血混合在了一起，让人连五官都分不出来。她身上那件原本就暴露的廉价衣服，在被拖行一段路之后，彻底解体，散落在了地上，雪儿那丰满、雪白的身子顿时就赤裸裸地暴露在了众目睽睽之下。

“救命，救命！”雪儿哭叫着，所有包厢的人全都跑了出来看热闹，可就是没有一个人出手相救。

那个胳膊上文着一条青龙的男人把雪儿正好拖到楚槐他们这个包厢门口的时候，就放开了手，对着赶过来的“妈妈”和保安说：“你们‘欢乐今宵’是贼窝吗？这个女人，趁我们大哥洗手的时候，把我们大哥手上的钻戒给偷了。”他转过身向看热闹的人群说：“哪位朋友帮着报个警，他妈的，掉贼窝里了，我劝你们也要看好自己的财物。”

“不要报警，不要报警！误会，这是误会！”“妈妈”飞扑过来，按住其中一个准备打电话报警的客人的手，边鞠躬边说，“对不起各位，对不起，这事是个误会，我们会解决好的。今天晚上，在这里的每一个包厢，我们‘欢乐今宵’都打七折，哦，不，打五折，打五折。只是请大家，大事化小，小事化了，千万不要报警！”

开玩笑，“欢乐今宵”是做什么生意的，大家全都心知肚明，真要是报警了，这警察一来，万一查出点什么来，“欢乐今宵”的这块牌子也就毁了。

“‘妈妈’，我是冤枉的！”雪儿躺在地上大嚎。

“你给我住嘴！”“妈妈”上前扯住她的头发就给了她两个耳光，气急败坏地说，“你一出事，梦梦就马上给我打电话了，她是亲眼看到你把人家的钻戒放进自己的胸口的，你居然还敢骗我！雪儿，你是不是想死呀！”

这句话一说，边上原本看热闹看出几分侠义心肠的人也全都散了，各自关上了包厢的门，继续自己的娱乐活动去了，再也没有人对这个又胖又笨又丑还手脚不干净的女人有半点同情心。

“我没有，我没有！”雪儿号哭着。

“没有？那就报警！”把她打成这样的男人愈发嚣张起来。

“大哥，大哥，不要报警，千万不要报警！”“妈妈”的脸都白了，“今天晚上大哥所有的费用都算我的，算我的。雪儿我会好好教育她的，您大人有大量，千万不要因为这样下贱的女人而生气了。”

“秋妈妈，你们这儿不行呀，你这儿的‘公主’现在都什么素质呀？”终于，强哥走了出来，而伴在他身边的正是纤细美丽的梦梦。

“梦梦姐，梦梦姐，你跟强哥说说，我没有偷他的钻戒，呜……我没有！我真的不知道这个钻戒是怎么跑到我衣服里的。你看到的时候，我真的只是把它拿出来，我正想要问这钻戒是谁的呀！”雪儿挣脱秋妈妈的手，哭喊着向着梦梦爬了过去，爬行的路上，都是血迹。

梦梦脸上露出不忍和为难之色，犹豫着说：“强哥，说不定她说的是真的，说不定，只是我看错了。”

雪儿连连点头，仰着一张血迹斑斑的脸哭着说：“强哥，真的，真的，你看梦梦都说了，是她看错了，是她看错了！”

“你的意思是，我那钻戒自己长脚跑到了你的胸口？”强哥似笑非笑地说。

“不是，也许……也许是你刚才摸我的时候，不小心掉进去的。”虽然雪儿蠢出了新高度，实际上她却不小心说出了真相。

“秋妈妈，梦梦，不是我不给你们面子，你们看她到现在还死活不肯承认，居然还敢冤枉到我的头上来。看样子，这件事，是不能私了了。哎呀，秋妈妈，你们这儿该不会做的是强盗生意吧？你们这样，下次我哪还敢再来？这次我丢了钻戒，从她身上搜出来，是因为我的错，下次我再丢了手机、钱包、车钥匙，即便从她身上搜出来，那也还是我的错呀。报警，报警！”强哥笑了。

“别……别……别！”秋妈妈都快给强哥跪下了，她咬着牙对着身后的几个保安叫道，“你们都是死人吗？还不把她给我拖走扔出去！”

强哥用很微妙的眼神看了一眼似乎一直在看热闹的楚槐，见他微微点了点头，这才笑着说：“算了，算了，看在你秋妈妈和梦梦的面子上，这件事就算了。只是以后，不要再让我见到这个贱人，不然，见一次打一次！”

秋妈妈马上举着手发誓说：“我保证，绝对，绝对，绝对没有下一次。以后在这‘欢乐今宵’，你绝对，绝对不会再看到这个贱人。”

百口莫辩的雪儿号哭着，被保安当成一件东西、一件物品那样，毫不怜惜地拖走了。强哥和梦梦也转身离开，梦梦在转过身的一瞬间，脸上的不忍和为难就已消逝得无影无踪，她看了正准备关包厢门的楚槐一眼，脸上露出了一个彼此都心领神会的微笑。

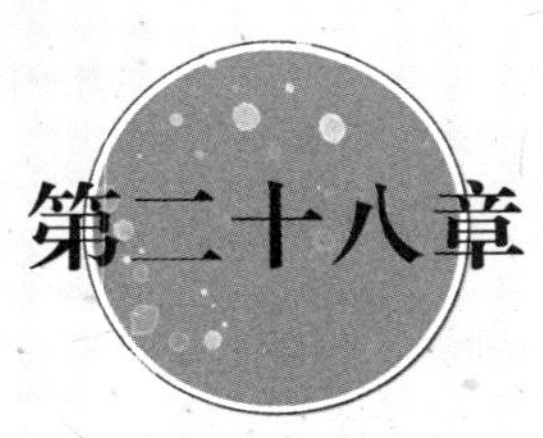

第二十八章

过完春节，以“清水、显山、活漾、靓镇”为建设目标的古镇镇区全域环境综合整治开始了。道路提升项目、立面改造项目、景观绿化项目、主题休闲公园项目、管网改造等公共设施建设项目一个接着一个地对外公开招投标。菰城市几乎所有的园林企业在大喜之后，却很快就又捶胸顿足，痛不欲生。因为这些项目对投标人的资格要求基本上都是一样的：1. 具有一级园林资质的施工企业；2. 具备市政公用工程施工总承包三级及以上资质（省外企业须提供有效的《省外企业进菰承接业务备案证明》）。

纵观菰城所有的园林企业，也就只有菰浔园林具备这个资格，其他的即便是有几家手中有增项市政三级资质，可却偏偏卡在一级园林资质这个要求上。根据《城市园林绿化企业资质标准》，二级园林资质只能承揽工程造价在1200万元以下的园林绿化工程，包括综合公园、社区公园、专类公园、带状公园等各类生产绿地、防护绿地、附属绿地等各类绿地。而如今，市里如此大力度地治理环境，大手笔地打造风景，大视野地发展美丽经济，对各个项目的投资基本都在2000万元以上，二级园林资质就不够了。

眼看着天上下着钞票雨，可自己的公司却连投标的资格也没有，所有园林企业的老总简直懊悔得想去撞墙，曾经摆在他们面前提升质资的机会不是没有过，但他们却因为舍不得下本钱去投资而痛失了这样的机会。现在，他们才对菰浔园林的高瞻远瞩，快一步走在市场的前端表示十分服气。陈然愈发看重当初大胆提议、小心操作、以破釜沉舟之势拼命把公司的园林、市政还有设计资质升上去的楚槐。说句遭人嫉恨的话，他们公司现在简直就是不愁没标可投，只愁来不及投标。

这样一来，菰城市所有的园林企业，包括只有市政资质的企业，对各项资质的提升也就愈发重视起来，想学菰浔园林那样打个擦边球，跑来公司借人的，也大有人在。

陈然抱着同舟共济、共同发展的理念，对所有前来取经、求教和求助的企业，都伸出了热情之手，并把这些事项交给了楚槐去全权处理，楚槐手中的权势可以说是一日更盛一日。尤其是现在林风伟被控诉，春光园林大乱的情况下，楚槐手中的权势简直是如日中天。在公司内部，蒋新国的权力早就在不知不觉中被楚槐架空，现在楚槐被提升为公司副总跟蒋新国平级，又跻身公司董事会成为董事，渐渐地反而是蒋新国要看他的脸色行事。至于去接蒋新国上下班一事，即使楚槐去接，蒋新国现在难道还好意思厚着脸皮再坐吗?

而秦风因为正式取得了高级园林工程证的职称，再加上他先前几个项目拿过省优秀园林金奖，被公司作为业绩最好的项目经理，参加一些重大绿化项目的招投标。

古镇镇区全域环境综合整治只是针对菰浔镇，而当年两会后，菰城市委、市政府就提出了菰城中心城市发展总目标：建设成为南太湖地区最宜人居住和创业的山水园林城市与生态旅游城市。并对菰城整个生态绿地控制区的范围有了详细描述。秦风的项目经理证再次中了个大标——市重点建设工程“菰城滨湖公园建设一期工程”。这个项目位于生态绿地控制区中心，北依菰城市国际商城，南临菰城母亲河，规划总面积达31.58万平方米，主要建设内容包括滨河景观带、中央公园以及滨河大道等三大块，营造出一种山水“联”城、生态“临”城、景观“靓”城、江水“面”城的意境，总投资高达一个多亿元。

陈然大喜过望，设下庆功宴，专程宴请楚槐和秦风。他为了显得亲切，也为了和这两个年轻人拉近距离，这次的宴请并没有叫上其他人，而是以家庭聚会的方式，让两人分别带上了自己的女朋友林晚晚和展颜。而他自己的夫人和孩子却因为还在老家没有回来，所以并没有参加，整个晚宴一共就只有他们五人。

这是展颜新年上来后，第一次见到林晚晚。她的气色似乎不是很好，整个人看上去更不起眼。她原本就紧张楚槐，此时对楚槐的态度更带了几分小心地讨好之意。展颜就知道她这一次跟着楚槐回老家，怕是不太顺利。

酒过三巡，陈然的兴志就上来了，开始跟自己的这两个得力干将就公司的发展聊了起来。展颜差点被这三人的三杆烟枪熏坏了，就拉着林晚晚跑到外面找了个地方坐下，边喝茶边讲起了悄悄话。

“晚晚，你看上去脸色不太好，怎么了？这次跟着楚槐回老家在路上很累吗？”展颜关切地问林晚晚。

“唉，我惹楚槐生了好大的气，我们两个吵了一架。”林晚晚望着展颜那双明亮的眼睛，眼中掠过一丝黯然。

“为什么？”展颜吃了一惊，一颗心提了起来，心想莫非是晚晚知道了楚槐的事？可是不对呀，如果晚晚知道了楚槐的事，不是应该她生楚槐的气吗，怎么变成她惹楚槐生气？

“楚槐的家庭情况，你知道吧？”林晚晚低着头，咬着唇说，

"他……家庭情况不是很好，没有空调，屋子破旧，吃得也不怎么对胃口，这些我都能忍，就是……就是……就是上厕所这件事，我……我实在是适应不了。我第一次见到那样的……我……"

展颜立马就懂了，林晚晚说的那种厕所，她其实在去秦风家的时候就已经体验过了。的确不是每个城市的女孩子，都会像神经大条的她那样适应那种厕所的。说是厕所，其实就是在地下挖个坑，埋个大瓷水瓮，上面再架两块木板，又臭又脏，让人一见就恶心欲吐。

"为这事，你俩就吵架了？"展颜有些生气。

"也不全是为了这事，还有就是他的父母一直在让他快点买房，因为他的爷爷奶奶，他的父母，还有一个妹妹，以后要跟他住一块。我听了之后，当时不知怎的脑子一抽，就说了句，这么多人怎么住。他妈妈可能觉得我这个城里媳妇是在嫌弃他们，在看不起他们，就……就难过得掉了眼泪，然后就……"林晚晚抽泣起来，一滴又一滴的眼泪滴落在她的手背上，"我不是看不起他们，我只是……我只是……"

"嘘，嘘，嘘！我懂的，我明白的。"展颜抱住了她，轻声安慰，"没事的，晚晚，现在楚槐大小也是个副总，更是公司的董事，他的股份也已经增加了不少。我理解你的想法，这事不是不能解决，大不了你们以后买两套房子，靠得近一点，跟他那一大家子人分开住就是了。"

林晚晚擦了擦鼻子，瓮声瓮气地说："不行的，他妈妈说过，死也要跟儿子住一起的，他们家就只有楚槐这么一个儿子，几代单传！不跟儿子住，让她跟谁住？楚槐上面还有两个姐姐，为了他，很早就辍学在他们县里打工，现在两个姐姐虽然都已经成家了，但过得都不是很好。他妈妈的意思是，两个姐姐以后也是要跟着楚槐到菰城来的。"

她顿了顿，苦笑着说："其实，也难怪他会生气。去之前，他已经告诉过我，他对家乡千辛万苦供自己上学的爷爷奶奶、父亲母亲、两位姐姐包括现在还在读大学的妹妹，都存在着沉重的负疚感和强烈的责任感，改善家人的生活将是他和他未来妻子义不容辞的责任。他问我能不能够接受这样的现状，我说我能的！但当他妈妈说要跟我们住一块的时候，我当时还是下意识地说了这一句。这大过年的，他又好久没回家过年了，我一去就伤了他妈妈的心，也难怪他要生我的气。"

"你也别太自责了，这事，不需要上纲上线的，只不过是大家观念不同而已。对了，他家里人的这种想法，你爸爸知不知道？你俩回来后，你有没有跟你爸爸提及过，他怎么说？"展颜问道。林晚晚的母亲因病已经过世了，她爸爸林晓军是一位在"清水衙门"工作的公务员。

"我爸爸跟你说得差不多，他的意思是这么大一家子人住在一起肯定是不现实的，但两家人可以把房子买在同一个小区。我爸就说，楚槐要孝敬他的家人是天经地义的，虽然楚槐现在的工作、收入都还算不错，但如果买两套房的话，肯定一下子还是做不到的。我爸的意思是，我和楚槐的婚房就由我们家来提供，到时候房产证上只写我的名字。楚槐可以用他自己的钱给他的家人买房，反正他的手足，不是姐姐就是妹妹，以后房子也还是我俩的。"林晚晚喝了口热茶，脸色好看了一点，还微微有了些羞涩，"我也不小了，我爸想让我们今年年底把婚给结了。反正婚房是现成的，只要装修一下就行了，楚槐已经答应了，我们的婚期定在今年的12月18日。"

"呀！恭喜恭喜，你也算是守得云开见月明了。晚晚，你们家条件好，楚槐家条件差，以后他那一大家子人住过来，你们肯定还会有矛盾的，你要做好心理准备。"展颜是真心为林晚晚着想。

她心里很清楚，楚槐和林晚晚存在着天然的出身差异，这种差异已经深入双方的骨子里，这就导致了他俩观念不同、性格不同以及生活习惯不同。即便林晚晚以后不跟楚槐那一大家子人住在一起，由观念造成的冲突和家庭矛盾也还是避免不了的。关键是，在这两人的相处状态中，明显是林晚晚更爱楚槐，这会让她在以后的生活中越来越迁就他，自己也会越来越感到委屈。

“嗯，我知道了，好了，好了，不说我们了，你和秦风怎么样？楚槐说你们准备十月份结婚？我不管，我一定要当你的伴娘！”林晚晚明显是不想再继续这个话题了。

提起这件事，展颜就恨不得拿脑袋去撞桌子。秦风中的这个大标，施工工地是在市中心区域，也就意味着以后他们都会住在市里，可关键问题是，这个项目的工期是三百五十天呐！她这边的二手房还只是刚刚过好户，连装修的风格、装修的工程队都没想好没找好，可她下星期就要跟着秦风住到市里的项目部去了，这一去差不多就是一年。夫妻两个都走了，这房子的装修、婚礼的筹办怎么弄？都还在天上飞呢！颜雨红差点就翻了脸，非要她重新申请调回办公室不可。可调到项目部，是她千辛万苦、千方百计说服陈然才换来的最终结果，她又怎么可能放弃跟着秦风到工地上去学习的机会呢？

“唉，别提了，我妈现在特别想掐死我。我都不敢在她面前露脸，就怕一不小心酿成人间悲剧！”展颜哀号着。

林晚晚扑哧一下笑了，拿手指捅了捅她的腰说：“要不然，我帮你吧。反正我们年底也要结婚了，我准备开始挑婚庆公司了，我挑好之后，就让婚庆公司把你们的婚礼也‘承包’了。至于装修嘛，我爸认识好几家装修公司，回头我给你挑家好的，一起给你办了就是了。你爸妈反正就住你家楼上，到时候，让他们有空的时候下去看一眼，我也会经常帮你去监工的。”

“恩人呐！”展颜感动得简直是眼泪汪汪！心里却觉得对林晚晚愈加愧疚，梦梦的事，她实在没有勇气直接跟林晚晚说，只能间接地暗示一下林晚晚，可不知道是这姑娘太相信楚槐了，还是被楚槐洗脑洗得太厉害了，她愣是没从展颜含蓄的暗示中听出真正的意思来，展颜也唯有放弃不敢再提。

两个人开始关于结婚一事展开了话题，也没个正经，各种歪楼，到了最后开始歪到明星的八卦上去了。

回家的时候，展颜特别沉默，秦风以为自己哪里惹到她了，不免有些惴惴不安，展颜就把林晚晚的事说了，最后垂着头说：“老秦，我觉得特别特别对不起她，良心特别特别不安。怎么办？我要不要直接把那件事告诉她？”

秦风吓了老大一跳，结结巴巴地说：“你……你可别乱来，我已经跟阿槐谈过了，他也向我保证过了，绝对不会再犯错，也不会再跟那女的联系。所谓，知错能改，善莫大焉，笑笑，阿槐他知道错了。再说，他们这都快要结婚了，你要是跟晚晚这么一说透，这婚结不成了可怎么办？”

展颜沉默了一下，很认真地回答：“算了，我暗示了这么多遍，她愣是啥都听不出来，我还是把这事烂在肚子里得了。老秦，我告诉你，我决定不直接跟晚晚讲穿，不是因为相信你的阿槐知错就改，也不是因为怕他俩这婚结不成，而是因为林晚晚不是楚槐的对手。”

“啊？几个意思？这……林晚晚也跟你一样，喜欢对男朋友动用暴力？那……你俩谁厉害？”秦风喝了酒之后，脑子就有些不好使了。

展颜站定，歪着头，咬着牙看着眼前这个傻子：“我怎么就看上了你这么个傻子？”

“哎，笑笑，你别生气呀。”秦风不知道自己错在哪里，抓耳挠腮看着她的模样憨厚得很。

“我是说……”展颜叹了口气，“我是觉得，晚晚她太爱楚槐了。即便我把这事告诉了她，只要楚槐在她面前一服软，一道歉，再做点什么浪漫的事来挽回，晚晚就仍然会被他迷得神魂颠倒。晚晚她为人单纯，耳根子又软，我就是说穿了说透了，对她的现状也不会有任何改变和帮助。有时候当个什么都不知道的人也不坏啊！即使未来她有可能知道，但对于不具备面对和解决能力的人来说，还是能晚一日是一日吧。”

“所以古语才有云‘疏不间亲’呀。”秦风笑着伸出手，将她搂在了怀里。

“呀，这会子居然不傻了！”展颜望着秦风那张含笑的、平静的脸庞，心头骤然浮现出“大智若愚”这四个字。

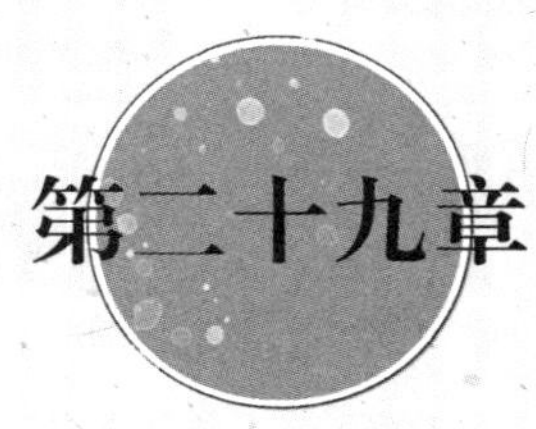

第二十九章

展颜终于圆了自己的梦想，跟着秦风去了施工工地。

想要成为一名绿化工程的项目经理并不是那么简单的。他们这个项目从组织班组成立项目部开始，到入住项目部宿舍，总共用了不到一个星期的时间。

在这个星期内，秦风会每天组织全体技术人员对滨湖公园的设计文件和有关的技术资料做分析，一个星期后，设计单位、监理单位进场，几家单位又必须进行设计交底，了解设计意图，熟悉设计内容，掌握设计要求。之后，再根据设计方案制订出工作计划和工作标准。再接着开始配备各类人员，比如材料采购人员、材料管理人员和资料设备管理人员等，还要按照监理工程师的要求，建立施工技术档案，并派专人负责。

展颜在第一个星期里简直忙得焦头烂额，别看秦风私下对她小心翼翼的，但在工作中，是相当严厉的。事情没有办好，那就要挨批评、扣奖金。班组人员不到位，或者是到位之后设备配备不齐，那就是出单子，准备以后扣工程款的。好在展颜虽然什么都不懂，但她是军人出身，“服从命令，听从指挥”这八个字，早就铭刻在她的骨子里。只要秦风对她提出要求，她总是一丝不苟地去完成，她生性泼辣，敢闯敢拼，有好些事情做得甚至比已经做过好几个工程的施工人员还要认真、还要漂亮。就连陈然也不得不由衷地称赞一句:“小展，天生就是个干工程的料。”

开工之后所做的事情，就有技术含量了。首先就是要做好定位测量，埋好永久定位桩，对施工控制网进行加密，并设置测量站，以确保工程位置准确。别看展颜个子小小的，却有一把好力气。她也不怕脏，不在乎被那些泥水弄得满身脏兮兮的，硬生生地扛着测量仪器，厚着脸皮跟着技术人员跑来跑去学测量。弄得几个测量技术人员见了她就是抱拳，称她为“好汉”！

反倒是看上去一脸公正无私的秦风有些心疼了，有心把她撤下来，让她做资料，谁知展颜却不肯，满不在乎地说:“这算什么？这点泥水还能跟我当初挑的那些东西比？”秦风就无言以对了。

其实，有把好力气不是展颜最厉害的，她最厉害的一点，就是对材料质量的把控。到了后期，绿化开始进场的时候，秦风就很放心地把把控苗木质量的任务交给了她。展颜也非常尽职，只要设计上说的大树胸径是多少，她就按多少收，少一厘米也不行（树木胸径差一厘米，价格就会有差异）。为此，后期那些苗木老板没少想法子去公关她。可是她一女的，烟不抽，酒不喝，你要是胆敢直接给她送钱，她就敢当着大家的面把钱砸你脸上。她这女性性别放在那儿，就连“色诱”那也没地儿下手呀！有心把她骂一顿吧，这姑娘伶牙俐齿、能言善辩、分风劈流、下阪走丸，能反骂到你怀疑人生。气急了，想吓吓她，说打她一顿吧，呵呵，别天真了，你以为她是那种被人一吓就会哭着回家找妈妈的娇小姐吗？人家那是军人出身，铮铮铁骨，浑身是胆，无所畏惧，气势汹汹地往你跟前这么一站，就能让你心神俱裂不战而败。不敢打，骂不过，公关又攻不下，最后弄得那些苗木老板完全没了脾气，恨不能直接皈依佛门了事。当然，这些都是后话，现在的展颜，还只是个有把好力气的“好汉”而已。

就在秦风和展颜两个忙碌在工地上的时候，林风伟的案子也有了新的进展。

原本林风伟以为这件案子最多罚点钱，他们公司上个黑名单，也就可以很轻松地了结了。不想却杀出了几封匿名举报信，“猪队友”胡兵又不听他的警告，实力举证说他“利用经济诱惑的手段，并用武力手段胁迫他人同意”，被“猪队友”这么一坑，这案子就朝着他不可控的方向发展。当然，这对他来说，并不是致命的，真正致命的，是五月时，和他有着非同关系的菰城市生态绿地控制区党委书记、市委常委、常务副市长、市政协主席卫祥青的双规。得知这个消息时，林风伟就直接瘫倒在了看守所的地板上。

要知道，他之所以能在园林界叱咤风云，就是因为和卫祥青打好了关系。他每次向企业卡要施工项目的点数，都先后以合作投资、挂名领薪、代付款项等形式给了卫祥青，折合人民币起码300万元。

果然，虽然卫祥青在刚开始的时候，选择了全面对抗并制造种种假象与他人大量串供，但事实证明他这是“自以为是、自作聪明、盲目自信、盲目自大”，在大量的事实和证据面前，卫祥青很快就崩溃了，一五一十地把自己所犯下的罪行交代了出来，这其中就牵扯到了林风伟。

其后，菰城发生“官场大地震”，众多官员开始频频落马，包括市对外贸易经济发展局副局长纪冬寒、国土资源局副局长吴风志、市建委副局长王东翔、市开发区主任窦昱白等近十位官员因受贿案落马。

卫祥青的案件审了差不多有五个月，最后，卫祥青以受贿罪被判处无期徒刑。有报道称，案发时在卫祥青家中搜出了5000万元现金，发现其有六十多套房产。而林风伟则由于“利用经济诱惑、武力胁迫的非法手段，与他人串通投标报价，损害国家的合法利益，情节严重，严重扰乱了正常的社会主义市场经济秩序，依法构成串通投标罪的共同犯罪”。此外，林风伟还以谋取不正当利益，向国家工职人员行贿300万元构成行贿罪，两罪并罚，被判处有期徒刑20年。

至此，林风伟算是彻底完蛋了。春光园林的董事长虽然是赵忠民，但他一向信任自己的妻弟林风伟，基本上公司所有的事务都交给林风伟在处理。林风伟出事之后，整个公司就乱了套，再加上他的妻子和岳母因为林风伟的入狱直接病倒，他既要忙公司的事，又要忙家里的事，顿时忙得焦头烂额，原本胖乎乎、肉滚滚的身材也消瘦了不少，整个人看上去老了十岁不止。而且更糟糕的是，春光园林受到了极为严厉的处罚，他们公司因为串标一事不仅上了园林绿化黑名单，还被禁止在两年内参与任何工程的招投标活动。这对春光园林来说，无疑是雪上加霜。

以前林风伟实在太过嚣张，其他园林企业想要拿项目、做工程，必须要经他点头，所有园林公司对他怨念已久。现在他出事了，所有的恶果，就让春光园林给承担了。以至于春光园林在大半年中都无分包项目可实施，即便是赵忠民亲自出马低声下气地去跟其他公司谈，其他公司的老总为出一口气，也都不肯再跟他们合作。

陈然知道后就带着楚槐亲自去了一趟春光园林看望赵忠民，并主动提出，他们蔬浔园林会尽力帮着春光园林渡过这个难关的。这个时候，陈然的这种行为，对赵忠民来说无疑是雪中送炭，赵忠民对陈然感谢至极。但陈然万万没想到，他的这个举动，进一步壮大了楚槐心中潜伏着的巨大野心。

楚槐他现在很缺钱，非常缺钱，特别特别缺钱。

林晓军手中的那套房子，面积不算特别大，八九十平方米的样子，原本是打算给他们小两口住的，楚槐却用三寸不烂之舌，说服了林晓军把这套房子给他即将来菰城的家人们住。原因是李莉那边的那套房子，跟建管局的两位处长是上下楼。

这样一来，虽然李莉那套房子的钱可以暂时先欠着，慢慢还，但房证过户的税总要缴吧？林晓军已经给了他们一套房子了，装修总不好再叫女方出钱，所以两套房子的装修总得要他出钱吧？他的两个姐姐到时也会跟着他父母一起过来，他得帮着两个姐姐先租两套房子，这租金、定金啥的也得付吧？姐姐、姐夫们过来之后，一时半会儿的，工作肯定找不到，这生活费，总还得他暂时垫付吧？自己的几个小侄女、小侄子到了这边之后，读幼儿园的读幼儿园，读小学的读小学，读初中的读初中，这托关系托人进学校，也得花一笔钱吧？还有，婚纱照的钱、结婚酒席的钱、婚庆公司的钱、婚后旅游的钱等等，这林林总总加起来，简直就是个天文数字。

虽然他现在手中权力很大，但他做事一向小心谨慎，万万不敢像林风伟那样借着工程项目疯狂敛财，即便人家要送钱给他，但长贫难顾，也不是他收个一次两次能解决问题的。

所以，他明面上答应了陈然会帮助赵忠民，实际上，当赵忠民请他出面调解或者想拿些分包项目的时候，却还是以各种理由，推三阻四，他的手段很高明，让赵忠民能看到眼前的胡萝卜，却又不让他吃到。

“不知道赵董事长，对春光园林以后的打算是什么？”楚槐端起咖啡杯，浅浅地抿了一口，动了动喉咙问。今天赵忠民再次约了他谈事，他照例开车亲自来到了市里。他知道如果让赵忠民一趟又一趟地往菰浔镇跑，陈然难免就会觉得他不知轻重、不知感恩、不懂尊重，所以但凡赵忠民说要谈事，他总是很听话、很积极地往春光园林跑，态度相当好，至于谈得成谈不成……呵呵！

“唉，楚总呀，不瞒你说，无论是作为风伟的上级还是姐夫，我是真的觉得自己很失职呀。我是在他出了这么大的事之后，才知道这小子捅了那么大的娄子，得罪了那么多的企业。我们春光园林的名声，算是被他毁得差不多了。我这心里呀，也真是觉得累得很。”赵忠民叹息着，神色黯淡，“以后的事，以后再说，总得，先把眼前这一关过好。公司真要是因为被禁两年招投标而没有工程可做，我想春光园林一定会倒闭的。现在，我都不晓得该怎么跟股东们交代了！”

林风伟出事之后，两年被禁招投标一事，给春光园林的股东带来了极大恐慌，很多股东都吵着要退股，给了赵忠民极大的压力，这也是他最近这么频繁联系楚槐的原因。对他来说，现在菰浔园林已经成了他们公司唯一的救命稻草。可是，楚槐看上去态度不错，但实际行事莫测，他也不是没有感觉出来，他想只怕又是自家的妻弟过于嚣张惹的祸。

楚槐就笑："赵董事长，您看，我这来来回回的，往您这儿也是跑了很多趟了，我们公司中标的项目，因为早就已经排好了，没法儿让出来给你们公司做。而其他公司，又因为被你们林总太过得罪，摆明了对你们是见死不救。我是费尽口舌，说尽好话，也不管用呀！大家都说，除非……"

“除非什么？”赵忠民看了楚槐一眼，心里透亮，知道人家这是要跟他谈条件了。

“呵呵，算了算了，我还是不说了。赵董事长也是知道的，我们陈董事长对你们公司是非常关心的，要是被他知道了，我怕是要挨骂，到时候，弄得我里外不是人了呀！”楚槐正了正身子，微微一笑。

楚槐越是说得这么冠冕堂皇，赵忠民心里就越是不安，他微微皱了一下眉，但很快就又笑着说："楚总放心，有什么你尽管说，你也是为了我们春光园林，我又怎么会为此而心生不满，搬弄到你们陈董事长面前去呢？”

楚槐又端起了咖啡杯抿了一口，似笑非笑地说：“哦，其实也没什么。人家只是说，又不是我的公司，要我这么积极干什么，除非这公司跟我楚槐有了什么瓜葛，他们才会看在我的面子上，帮你们春光园林一把。”说着，他笑了起来，“赵董事长，你看看，这帮人尽替我瞎操心。”

赵忠民既没笑也没觉得奇怪，楚槐会向他索要好处，他认为这也是情理之中的事。他默默计算了一下，直截了当地说：“那这样吧，楚总，你每介绍成功一个工程，我就给你千分之二的提成。不成功的话，我会给你每次2000元的辛苦费，跟项目经理出场费一样，你看怎么样？”

这是在打发叫花子呢？

楚槐心里嗤笑了一下，摇了摇头，“哎呀，赵董事长，你可别吓我，这钱，我哪敢拿？不该伸手拿的钱，我可从来不会伸手。”

赵忠民这才惊讶起来，点了支烟问：“楚总有话不妨直说，我是个直来直去的人，那你就说说，到底要怎么才行。”

“我要你手上春光园林5%的股份，并且我还要有权力参与你们公司的工程项目承包。当然，我现在没那么多钱，不过，我会挑最好的工程项目给你们公司做。至于项目承包这一块，我只占20%的份额。”楚槐慢条斯理地说，“赵董事长如果觉得可行的话，那么，我手头有一个2000多万和4000多万的项目就可以开始谈了。”

赵忠民把脸一沉，他万万没想到这个楚槐不仅胃口奇大无比，而且居然还想着从他这儿空手套白狼，这跟趁火打劫又有什么区别？楚槐又说：“赵董事长先别急着生气。其实这么做，对你们公司来说并不亏的。还请赵董事长仔细想一想，你们公司只有单项绿化资质，如果你们真的在两年内都拿不到项目做，那么你们的损失得有多大？就算你赵董事长求爷爷告奶奶让别的企业勉强分包给你们一两个项目，您认为，人家会把好的、利润高的项目拿出来给你们做吗？可是……如果让我参与到你们公司来，那么，即便是为了我自己，我也一定会把利润最好的项目留给你们的。虽然，您和您的股东们可能少赚了那么一丁点儿，但至少企业是盘活了呀！赵董事长，您说对不对？”

赵忠民紧皱着眉头，一口接一口地抽着烟，许久他才吐了个大大的烟圈，开口问：“我不明白，楚总你为什么要这么做？据我所知，你们陈董事长对你相当看好，未来你们公司的总经理怕是非你莫属。可你这样，等于背叛了你们陈董事长，背叛了你们菰浔园林，你就不怕你们陈董事长找你算账吗？”

“我缺钱，非常缺钱，可我又不敢卡拿工程项目的点数。”楚槐回答得相当坦率，“在我们菰浔园林，因为我是管业务的，所以没有办法参与施工，只能靠工资、分红还有完成业务的奖励过活。我眼睁睁地看着绿化项目经理过得相当滋润，难免有些眼红。我出此下策也是没有办法。卡拿工程项目点数，是要坐牢的，可我入股你们公司，参与项目投资，那就是正常的商业行为。被我们陈董事长发现，大不了让我退股份。当然，如果这件事您不说，我不说，我们陈董事长又怎么会知道呢？”

赵忠民急促地抽着烟喷吐着烟雾，他的心情十分矛盾，既有着柳暗花明后的惊喜，又有着被人拿捏住的恼怒。

这个楚槐野心勃勃，再加上步步为营，小心谋划，已经形成气候，以后恐怕他和陈然都没法驾驭他，既然如此，那就只能火烧眉毛，且顾眼下，先把这上了黑名单不能招投标的艰难两年熬过去再说。

赵忠民心意已决，也就顾不得对陈然的那份愧疚和心中的那份恼怒了，当即跟楚槐商谈起细节来。

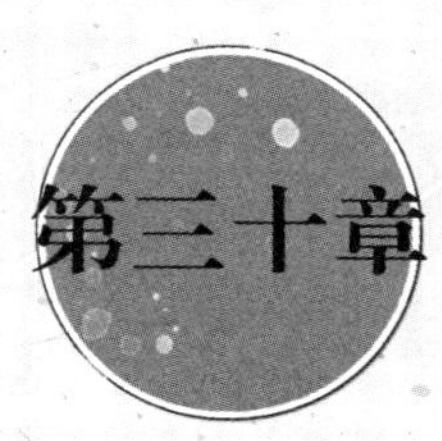

第三十章

人心，有时候就是这么凉薄。

此时的陈然还全然不知楚槐跟赵忠民两人已经联手把他给卖了，他还在为自己的得力手下能够如此积极地帮助春光园林而感到高兴。他是个重情重义的人，当初刚刚改制完成的时候，是春光园林对他伸出了援助之手。林风伟就算千不好万不好，但在帮他们公司提升资质这一点上，当真是全心全意的。所以，当林风伟正式被判刑之后，陈然准备去监狱探望他，展颜知道后，联系了陈然，趁着工地上略略空一点，跟着他一起去探监了。

林风伟显然没想到除了自己的亲人之外，最先来看他的居然会是陈然和展颜，吃惊之下倒也生出几分感动来。他对自己目前的处境已然全部接受，还自嘲是自作自受。只是，在临别之时，他犹豫了一下，还是对陈然说了一句：“陈董事长，我姐夫跟我说过，整个园林行业都在对我们春光园林落井下石，唯有您肯对我们公司伸出援手。您为人热心、仗义，是个非常值得交的朋友，我很敬佩您，所以，我得提醒您一下，当心你那个披着羊皮的手下！”

即便真的是工作人员出错，导致五家公司的标书错误一致，才被发现他们五家公司串标，但后来胡兵的出卖以及那几封匿名信的出现，让林风伟几乎已经确定，这一次翻车的背后必定有楚槐的影子。这小子必然是因为记恨他上次拿着照片去威胁他，所以才会出手对付他。而原本这件案子，他最多也就判十个月，出来之后，又是好汉一条，到时候他跟楚槐会继续有冤报冤、有仇报仇的。但他的运气也委实太差了点，被卫青祥的案件牵连，结果一下子给判了二十年。成王败寇嘛，他认了。但当后来，他姐夫赵忠民来跟他说，楚槐要入股春光园林一事的时候，他直接跳了起来，非常激烈地发表着反对意见，并且对楚槐的人品用了相当差来评价。赵忠民就问他，现在公司因他被禁两年的招投标，全菰城的园林公司因他都在孤立他们公司，那么，他到底该怎么做才能保住公司？林风伟当时就如同被点中了穴位一样，浑身僵硬得一动也动不了。最终，他懊恼地用脑袋撞了一阵铁栏杆后，对赵忠民千叮咛万嘱咐，要他一定要小心防备着楚槐。赵忠民表示，只要度过了这两年的难熬时间，就会把这事告诉陈然，到时候，他再想办法把楚槐手中那5%的股份重新收购回来。

陈然和展颜的探访，让林风伟心生愧意，但为了春光园林，他又不敢把事情说得太明白，只能含含糊糊这么一说，也算是给陈然提过醒了。可陈然却并不以为然，只当他是因为楚槐没来看他而心生不满，心里琢磨着回去之后，要叫楚槐也来看他一趟。他对楚槐这个“小弟”也算是挺不错的，在公司的起步阶段，很多绿化标都是他刻意让给楚槐的。现在他出了事，于情于理楚槐都应该来探望他一次。

展颜却不是这么想的，她总觉得林风伟串标被抓一事，应该与楚槐有莫大的关联。秦风曾经说过，楚槐跟她一样，骨子里是执拗的。实际上，楚槐的执拗跟她不一样。他的执拗里还带着睚眦必报、有仇必还的狠心。楚槐跟了林风伟这么久，对林风伟如何操作串标围标那一套可以说是非常清楚的，林风伟拍了他的亲热照来威胁他，他反过来去举报林风伟，也是很有可能的。展颜觉得，很有可能林风伟自己心里也已经有点数了。

而且林风伟最后那句话，“当心你那个披着羊皮的手下”，是在提醒陈然，他绝对不是因为楚槐不来看他或者是因为楚槐出卖了他才说这句话的，他会不会是知道了楚槐有做一些对不起陈然的事情才这么说?

展颜心里压着这件事，回来把自己的想法跟秦风一说，秦风沉默了很久。

作为楚槐的好朋友，他其实并不愿意怀着恶意去揣测自己的兄弟。但展颜说楚槐报复林风伟，还是有一定道理的。楚槐是个什么性子的人，作为曾经的同学、室友，他比展颜心里更有数。当初，报复范根生让他掉进粪池、拍他裸照逼他签认罪书，就是楚槐一手策划的。楚槐如果想要报复一个人，是不会顾忌那么多的，秦风有时候甚至觉得他会有些没有底线。只是，楚槐的报复心虽重，可对公司一向忠诚，对陈然又一向敬重，秦风有些想不明白，展颜是怎么想到楚槐会在背地里做了对不起陈然的事? 似乎她对楚槐的成见越来越大，几乎已经大到看楚槐极不顺眼的地步了，一边是爱人，一边是好友，一面是爱情，一面是友情，他觉得这件事让他很纠结很为难。无奈之下，只能多劝着展颜别把人想得这么坏。

展颜为此也有些恼怒，但她却不能把楚槐曾经强吻她的事说出口，郁闷之下，当下就没给秦风好脸色看。她翻脸的日子没过几天，就翻不下去了，因为展开和颜雨红突然杀至工地，把她跟秦风抓到了照相馆去拍婚纱照。

颜雨红是真的恼了，十月份就要结婚的两个人，把新房装修全扔给他们两口子，至今都没回来看过一眼不说，两个人居然连婚纱照都还没拍，要不是女儿每天会准时打个电话过来，她简直就要怀疑这对未婚夫妇人间蒸发了。

这是颜雨红在阔别数月后第一次见到小两口，这一看，差点就晕了过去。此时，小两口已经在工地上经历了一整个夏天，秦风已经黑得就快融入黑夜里了，就不要去说他了，自己家姑娘那张小脸哦，被晒得简直就是，黑里透着红，红里透着黑，黑不溜秋，紫不啦叽，就像那个白鸡蛋愣是做成了茶叶蛋！当年从花木培育中心调回行政办公室后，好不容易养回来的白皙肌肤全毁了，那模样简直比在花木培育中心那会儿还黑上了几分呀！关键这俩孩子不光都黑得不像样，还瘦得不像样，黑瘦黑瘦的，往那儿一站，简直就俩非洲难民呀！

颜雨红傻眼了，自己女儿变成这样，下个月还怎么当她心目当中最美的新娘？展开就觉得，拱他“白菜”的那头“野猪”愈加像“野猪”了，瘦肉型的那种。至于自己的女儿，呵呵，“珠”倒也是“珠”，不过，是“黑珍珠”！反正，笑笑黑也好，白也好，胖也好，瘦也好，他都觉得好，觉得美，觉得“黑野猪”配不上她！

婚纱照拍好之后，颜雨红硬是请了一个月病假，在工地项目部边上租了个房子住下了，照顾他们两个人的生活。每天汤汤水水的不说，展颜这儿更是什么乱七八糟的美容美白方子在一个接一个地用，面膜是不用说了，展颜要是敢不敷，颜雨红就敢拿着面膜追她追到工地上去。这就造成了展颜同志贴了个面膜跑工地的奇景。这姑娘还喜欢穿黑色衣服，好几次大晚上的，工地上的施工人员见黑暗中有一张惨白的脸飘然而来，差点没被吓死，跑近一看，哎呀，可不就是咱们的展颜展工吗！

在颜雨红的强势干预下，展颜和秦风身上的肉以肉眼可见的速度迅速长了回来。到了十月结婚的时候，勉勉强强能够见人了。

十月，两人的婚礼如期进行。陈然被邀请做为主宾致结婚贺词，颜雨红全程都是一副兴高采烈的模样，一滴泪都没掉，她同事问她有没有舍不得，她就高深莫测地说，楼上楼下住着的，有什么好舍不得的？反观展开，一米八几的大高个儿，两百来斤重的汉子，在把女儿的手交给秦风的时候，忍不住就泪洒当场。司仪在让双方家长发言的时候，秦父秦母言语朴实，赢得大家一片掌声。颜雨红和展开就越发有些失常了，颜雨红也就不过是充分发挥了老师的特长，差点给大家上了堂四十五分钟的语文课而已。展开则是哽咽到完全说不出一句完整的话来，引得台上台下的姑娘们都哭成了一片，场面一度失控。见父母如此，展颜这个小没良心的就开始怀疑自己可能是结了个假婚，其实并不是跟自己的父母住在楼上楼下，而是被嫁到了千山万水之外的某个国度去了。

婚后，两人因为手上这个项目的重要性，都决定暂时不出去度蜜月，只是在家休养几天。不承想，婚后第三天就遇上了特大洪涝灾害。滨湖公园这个项目本身就在湖的边上，一连几天骤降暴雨，使得湖水水位迅速上涨，这影响了他们这个工程范围内的泄洪能力，在周围引发了极大的危险。两人从下暴雨的第一天开始，心就拎了起来，到了第三天，眼见雨势仍不减，也不等上级领导通知，立即结束休假，赶往了工地。

此时，工地上的情况非常不乐观，洪水已经到达警戒水位。由市建委领导黄炳耀带班的防洪领导小组人员也已经入驻工地的抗洪总指挥部进行了防汛动员，并调动防洪抢险人员 24 小时待命。工地上所有濒水施工和电力供应已经全部停止，机械设备也全部撤至高地。秦风和展颜到达工地的抢险总指挥部时，正是全员调动、兵荒马乱的时候。

黄炳耀是认识他们俩人的，也知道这俩人正在婚假当中，见他们来，也不意外，点头跟他们打了个招呼。气象台那边给出的消息依然严峻，十几台抽水泵日夜不停地在抽水，可水位仍然居高不下。

“小秦，雨要是还是这么下的话，最多不超过后天，咱们的人员都要往外撤了。财物上损失就只能损失了，但绝对不能出现人员伤亡的事件。”黄炳耀红着眼睛说，他差不多已经有两天两夜没合眼了。

“黄局请放心，我们工程的防台防汛预案一早已经上交到局里，我们会按照预案里的程序操作的。”秦风沉着地说。

“唉，我实在是不放心呐。这个项目，投资太大，又是好几个部门交叉施工的，现在整体情况都有些乱。那么多部门各行其是，我这两天可真是吼得喉咙都哑了。”黄炳耀疲惫地摇了摇头，“你们绿化这块的工程内容主要有什么？”

“我们主要是铺装工程、绿化工程、给排水工程、电气工程、园林小品围墙工程、古建筑工程，还有一些附属设施。”展颜如数家珍地说。

秦风推了推眼镜，十分严肃地说：“另外，我们的观测监控分队、物资筹备分队、设备保障分队、劳力投入分队、医疗救治分队已经全部到位，也已经准备了足够的编织袋装土。一旦堤坝、便道等处出现小型溃口、泄漏、管涌等情况，我们的人员会立即进行封堵。情况如果继续败坏下去，到了必须要对筑岛进行开挖破提泄洪的地步，特殊的防汛设备、物资、人员也都全部到位了。我们夫妻会24小时待在工地，即便要撤退，我保证，我们夫妻也会是最后撤退的人。”

“好，好，好！”黄炳耀一连说了几个好字，“有你这几句话，我这一颗心算是放回到肚里了。”

正说着，朱英拿了几件救生衣进来了，她是医疗救治分队的队长，接到启动应急预案通知后，她马上就和医疗救护部门取得联系，安排好了现场医疗救护工作，一旦出现人员落水淹溺或受伤等情况，他们分队的医护人员就会立即展开紧急救护，情况严重的会在最短的时间内送到最近的医院抢救。

“小展，小秦，快把救生衣穿上。”根据预案，所有的突击抢险队员一定要穿好救生衣才能到现场开展突击抢险工作。展颜和秦风两人一来就直接到了指挥部，还没来得及穿救生衣。

黄炳耀见了朱英就连忙问：“刚才市政那边报有人员受伤，你们绿化这边怎么样？”

“黄局请放心，我们这边没有发生人员受伤事件。”朱英回答。

这时，陈然穿着救生衣浑身湿漉漉地跑了进来，看见秦风夫妻，微微一怔，随即笑着说：“我还正在犹豫要不要去打扰你们小两口度蜜月，没想到，你们倒是主动来了。”他是绿化指挥部这边的现场总指挥。

“这对小夫妻蛮好的，不错！”黄炳耀称赞了几句，就开始不停地接打电话。

“陈董事长、小展、小秦，快点来喝姜茶！你们身上都湿了，万一感冒了接下去的工作就做不了了。”朱英带着办公室新来的文员小张给大家倒上了姜茶，并送上了干毛巾。

秦风和展颜这时也不客气，俩人喝过姜茶就立即穿上了救生衣去现场查看。一圈看下来之后，两人的脸色都不太好，现场的情况真的有些糟糕。他们绿化区域这边倒还暂时挺得住，河岸市政那边就非常吃力了，水深的地方已经到了展颜的腰部。

“笑笑，如果真的开始大撤退，你就跟着朱主任他们先走。”秦风去看现场的时候，为了怕戴着眼镜不方便，已经换上了隐形眼镜，但他还是习惯性地去抬了抬镜框，不想抬了个空。

“咦，你刚刚不是还拍着胸脯说，就算是要撤退，咱们夫妻也是最后两个人，现在怎么又说让我跟着朱主任先走？”展颜咬着嘴唇，满脸倔强，“想都别想了，我是不会走的，我会一直跟着你，你在前，我就在前，你要撤，我才会撤。”

“笑笑，你别任性。现在市政那边的情况已经是千钧一发了，园林市政一向不分家，一旦决堤，我们这儿抢险分队的人肯定是要冲过去帮着他们堵决堤口的，到时候，我们这边所有的人包括陈董事长也都会冲上去。这是我们男人的事，你一个女孩子冲在前线太危险了，我绝不允许你这么做。”秦风一把抓住了她，焦急地说，“你听话，万一有事，跟着朱主任他们先撤！”

“秦风，于公，我是共产党员，是退伍军人，是工地的施工管理人员，也是抗洪预案里抢险小分队的队员之一，所以，我不能先撤！于私，你是我老公，夫妻两人难道不应该共同进退吗？秦风，你记住了，我是不可能在大难临头的时候，扔下你，独自飞走的。”展颜正色道，如果他不同意，她就要跟他大吵一架，她想着。

秦风心中一暖，低头望着大雨中她的眼睛，那双眼睛深沉、黝黑、执拗而又坚定。他忍不住用力抱住了她，用一个热吻吻住了她那张仍想要说服他的喋喋不休的小嘴。这是一个心疼而又怜惜的吻，他心疼她的倔强和坚持，怜惜她身为女子却要承担辛苦。

展颜的心霎时被这令人窒息的雨中亲吻给征服了，但她马上又怒了，因为这个傻子深情而悲壮地对她说：“笑笑，既然这样，那就让我们一起面对，我们死一起就是了！”

“我去！你是不是傻？神经病呀！我说秦风，你这是咒谁呢？谁要跟你死在一起呀？我还没活够呢！你给我站住！”大雨中，一个逃，一个追，就连密急的雨声都仿佛变得欢快起来。

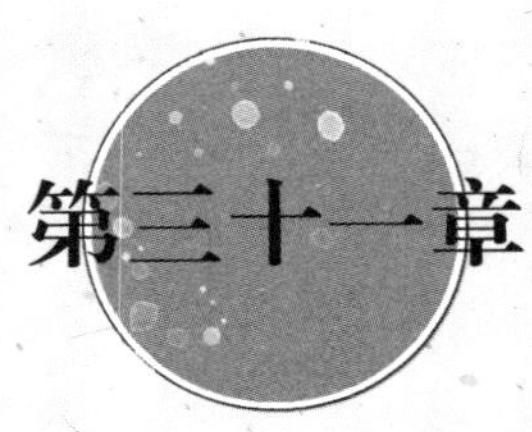

第三十一章

正当秦风夫妻俩冒着狂风骤雨冲在抗洪抢险最前线的时候，楚槐却在环境舒服的咖啡厅里，听着轻柔如低叹的蓝调音乐，品尝着一杯据说是非常正宗的蓝山咖啡。作为公司副总，他也是上报的“防台防汛预案”中的一员，只是当他跟陈然说有几家公司约了他谈升资质的事时，陈然就把大手一挥说：“抗洪前线多你一个不多，少你一个不少，但那几家公司升资质却离不开你的帮助。我是过来人，非常理解一家企业迫切想要提升资质的心情，你去忙吧，工地上的事就不用你管了！”所以现在，他才会很悠闲地坐在这里。

“楚总，你开价吧，只要能帮我们公司把园林、市政资质升上去，无论多少钱我们都可以接受。”李莉一边用勺子搅拌着咖啡一边说。

此时，坐在楚槐面前的一共有三家园林企业的老总以及主要负责人，分别是以前“十强圈子”里大宇园林的老板倪德民和胡兵、港飞园林的老板董建和李莉，还有一家是野园园林的老板乔明源和他的业务经理孙永。值得一提的是，这个孙永当初因为调戏展颜而被林风伟踢出了圈子，后来就去了工地施工。但是林风伟出事之后，他的老板乔明源重新启用了他，让他继续对外承接业务。

“是呀，楚总，我们大宇和野园因为当初和春光园林串标而被禁招投标半年，我们真的已经是耽误不起了，现在，只有想办法把资质升上去，才有我们的一条活路呀。还请楚总帮帮忙，帮帮忙！”大宇的倪德民对着楚槐做了个双手合十的谦逊姿势。

现在，几乎所有园林绿化企业的老总都知道菰浔园林的楚槐能量巨大，春光园林的必死之局正是这位楚副总给盘活的。

这时，有服务员过来为大家续杯，同时，送了精致的西点和蛋糕进来，那些西点和蛋糕花样别致，香味扑鼻，让人一见，就食指大动。这些人当中，除了楚槐和李莉之外，其他人喝的都是茶，可是咖啡这么一倒，整个包厢的空气里就只有咖啡的香味在弥漫，楚槐享受般深深吸了吸鼻子，忽然说：“你们找过代办资质的中介公司了吧，他们给出的市场价是多少？”

乔明源看了一眼董建，见他微微点头，这才说：“20万到30万元。但是技术人员的缺口要我们自己解决，如果要他们解决这个人员缺口，价格还得按人头另算。”

楚槐扬了扬眉说：“根据《城市园林绿化企业资质标准》，二级资质园林绿化企业必须具备的绿化专业人员以及工程、管理、经济等相关专业的专职管理和技术人员不少于20人。具有中级以上职称的人员不少于12人，其中，园林专业高级职称人员不少于1人，园林专业中级职称人员不少于5人，建筑、给排水、电气工程师各不少于1人。我就算你们的数据库里，现在这些人员是满额的，那你们还缺10个专职管理和技术人员，8个中级以上职称人员，1个园林专业高级职称人员和5个园林专业中级职称人员。”

说着，他微微一笑，指着面前的糕点说：“来来，我们不要只顾着讲公事，各位老板尝一尝这家咖啡馆的著名西点。这里的栗子蛋糕、巧克力派、闪电泡芙、核桃枣泥糕都非常有名，大家尝尝味道。”说着亲自用刀叉把每块西点一切为二，分到每个人面前的餐盘里。

“哎呀呀，不敢当，不敢当，楚总你太客气了，你自己也尝尝，别光给我们！”倪建民和乔明源表现出受宠若惊的样子，董建倒仍是神态自若。

楚槐从流如善，吃了一块蛋糕后，拿起餐巾优雅地擦拭了一下嘴角：“一口价，每个资质 50 万元。”

“什么？50 万元，这太多了吧！园林、市政加上去那就是 100 万元了！”胡兵惊叫了起来。

“我先不说你们找的中介可不可靠，就说他们收你们 20 万到 30 万元却还要你们自己解决人员缺口，我可以确定你们办不成这事。建管处可不是吃素的，所有园林、市政公司的人全都在他们的数据库里。你们要升资质，就要向别的公司借人，请问，你们有把握通过建管处审核这第一关吗？好，就算你们其中有人跟处里的两位处长关系不错，但你们有把握通过省厅的审核吗？即便你们真的通过了省厅的审核，那么，我可以百分之百确定，你们通不过部里的审核。”楚槐抬眼环视了一下众人，那目光深沉难测，“50 万元，人员缺口我想办法给你们解决，市局、省厅审核我让你们包过。并且，我亲自给你们的资质资料把关，还会亲自陪你们去部里交资料。此外，我可以很坦率地告诉你们，这 50 万元至少有一半是用来铺路进别人口袋的。50 万元，买不了吃亏，买不了上当，你们要真觉得贵，那就作罢，我反正无所谓。”

“成交，这笔生意我们港飞做了！”一直沉默的董建抬起头来直望着楚槐，“不知楚总需要我们什么时候把钱打进来，打到哪里，以什么样的方式打给你比较合适？”

“做生意，是要讲诚信的，先付 20% 的定金，资料过初审之后，再付20%，事成之后，你们再付另外的60%。”生意做成了，楚槐忍不住笑了出来，英俊的脸上充满了阳光，跟外面那狂风暴雨的天气形成了鲜明的对比，“今天雨下得这么大，不如……我们玩一会儿梭哈？”

这话一说，大家就都心里有数了。

倪德民和乔明源相互看了一眼，说实在的，受到林风伟那件事的影响，现在要他们一下子拿出100万元，的确有些吃力，他们就此打了退堂鼓，不过先付20%的定金嘛……再想一想，如果真的能把园林一级资质和市政二级资质升上去，这100万元付得还是值得的。两人交换了一下眼神，多年的合作，让他们瞬间明白了对方的意图，当下就表示：“这笔生意，我们两家也做了！”

“那就祝我们合作愉快！”楚槐笑着举起了咖啡杯。

“合作愉快！”大家也都拿起了杯子，咖啡杯和各式茶杯碰撞在一起，发出不怎么和谐的声音，但很快被男人们的笑声掩盖住了。

而此时，滨湖公园施工工地现场每一个人的脸上都表情严肃。雨太大了，市政这边已经节节败退，转眼已经退到了他们绿化这边的工地上来了。

“绿化这边沙袋准备，给我堵！”声音沙哑的黄炳耀再次发出了命令。

一声令下，绿化这边所有的人，包括陈然都扛起了沙袋，疯了似的冲向溃堤口。鲜艳的党旗飘扬在工地的中心区域，从事业单位改成企业的菰浔园林，从有编制到无编制的菰浔园林人，在这一刻，放下了埋藏在内心最深处对身份转变的怨念，模糊了公家单位与私人企业的界线，在没有提出任何要求、国家没有给出报偿的前提下，没有丝毫犹豫地冲向了洪水溃堤之处，与洪魔展开了殊死较量。

沙袋一个又一个地叠了上去，一个个浑身沾满泥巴的园林人团结在一起，变成了一条钢铁筑成的大堤。作为大堤最坚硬的一块基石，展颜已经浑身湿透了，她披散着头发，像个男子汉一样扛着沙袋，蹚着没过脚的泥水，坚定地冲在最前面。她脚上的两只鞋子因为陷进了泥地早就不知去向，鲜血从她磨破的脚跟、脚趾流到了地上，融进了泥水里。

“小展，你跟朱主任去后面！”陈然发现了她的异样，一把扯住了她。

“陈董事长，我跟您一样，是退伍军人，是党员！”展颜平静地说，如果她只是一个普通人，也许在这个时候，她会选择退缩，可她是退伍军人，是党员，军人的身份不容玷污，共产党员的身份不容玷污！

陈然眼中有了泪水，他狠狠地抿着唇说：“跟上！”然后再次冲向了前方。

……

“梭哈！”楚槐说。

桌上他的牌面是一对3、7和8，董建是一对A、K和J，倪建民是10、J、Q、K，乔明源则在上把就输完了他那20万元的份额。

董建和倪建民全都掩牌放弃了，至此，60万元已经到了楚槐的账上。

“楚总，今天我们玩得很尽兴，不过，时间差不多了，我们得回去了。”董建见完成了任务，当下就站了起来。

“好的，那下次我们有机会再继续玩牌。”楚槐十分礼貌地跟他们一一握手告别。

出了咖啡厅大门之后，李莉颇有些不解地问自己的老板：“老板，我不明白，您为什么不跟楚槐讨价还价一下？还有，照理说，他欠了我们那么多钱，我们这 20 万元其实是可以不付的呀。”

董建是做运输出身的，他的目光非常长远，对市场的嗅觉也是相当灵敏，他跨行买下一个二级园林企业的资质就是在习近平同志提出了“绿水青山就是金山银山”理念之后。他对绿化的理解从最初的“种花种树”转变成为是改善城市环境质量、美化城市景观、保持整个城市的生态平衡、实现城市可持续发展战略的重要生态措施。随着国家把生态文明建设和生态环境保护提升到前所未有的战略高度，他对手中这个园林资质的重视程度也提升到了一个新的高度，投资力度越来越大，商业重心已经从运输行业慢慢转向绿化行业。

“李总，你知不知道楚总的未婚妻是哪个单位的？”董建没有直接回答李莉的话，而是反问了她一句。

李莉一怔，对于楚槐那个从来没有在他们圈子里露过面的未婚妻，她不是不好奇，旁敲侧击地问过楚槐几次，可他每次都扯开了话题。

“楚总似乎对他未婚妻保护得非常好，我们圈子里的人，全都问不出他未婚妻是何方神圣。”

董建点了支雪茄抽了一口，望着窗外的瓢泼大雨说：“楚槐这人，实在不容小觑，就连闷声不响找的未婚妻都是招投标中心的工作人员。”

李莉大吃一惊，随即恍然大悟，难怪现在楚槐几乎知道每一个绿化标的标底和招标单位，要知道她打招投标中心工作人员的主意不是一天两天的事了，招投标中心工作人员实在不是那么好攻下的，没想到楚槐居然有本事娶了其中的工作人员。

“所以我才决定不和他讨价还价，为的就是以后。”董建淡淡地说，“钱，没了，还可再挣。关系要是被别人给抢走了，再去重新找就千难万难了。楚槐有个在招投标中心工作的未婚妻，还有至少三个主管部门的官员跟他称兄道弟。今天，别说他只跟我们开口要 50 万元一个资质的辛苦费，就是要 100 万元，我也会给他的。李总，他房子的那个钱，你不要去催讨，他要是想给，我们就收，他要是不想给，我们就当是花了钱买路。国家这么重视环境的发展，以后绿化行业只会越来越吃香。由于这个行业的门槛实在太低了，绿化公司只会越来越多。如果我们不在这个时候迎浪而上，那迟早会被后浪拍死在沙滩上的。”

正说着，他的手机突然发出“嘀”的一声，他打开一看，沉默了几秒后，便感慨地说：“我还是小瞧了这个楚槐。李总，你看！”

说着，董建把自己的手机递给了李莉。李莉一看，正是楚槐发来的，上面写着：“董老板，您那 20 万元刚才是不得不收，现在却是不能不退。钱已退至您的卡上，请您查收。”

董建叹了口气：“现在跟我们算得这么清楚，以后，自然也会跟我们算得这么清楚，我倒真是宁愿他收下了。”

账算得很清楚的楚槐正在给驻京办事处的章新明打电话：“章处，什么时候回北京呀？我们约个时间看球赛吧。”

“小楚呀，我下个月才回北京。唉，最近也没什么球赛好看的，雨又下得这么大，我都不想出门，还是算了吧。”章新明回答。

“哥，别呀，不看球赛，那你出来，咱俩晚上一起喝个小酒呗！”

“就我们哥儿俩呀？算了吧，这么大的雨，跑出来跟你一个抠脚大汉喝酒，我没这个激情！”电话那头章新明懒懒地回答。

楚槐仰面躺在咖啡厅的沙发上说：“光我俩喝有什么意思？我介绍美女给你认识，主要是这样，这美女吧，酒量太好了，兄弟我喝不过她，被欺负惨了，这不是向大哥你求救来了吗！章处，章大哥，你可无论如何要把这面子给兄弟我找回来呀。”

“真的假的？我记得兄弟你那酒量挺不错的呀，还有被美女欺负惨的一天？”

“真的，珍珠都没这么真！实话说吧，就章大哥你一个人来，我这心里都还没底呢，本来是想把周处和你那老同学连处也约过来给我壮个胆，可惜他们两个都在抗洪抢险的第一线上，来不了。”

“哈哈哈……不是吧，兄弟，我倒要看看到底是什么酒量的美女能让你害怕到要把我们仨约上给你壮胆的。行，只要那个美女来，今天不要说是下暴雨，就算下刀子，我也一定过去给你壮胆！”章新明被激起了兴趣。

“行，那就说定了！我订好包厢一会儿发你。”挂上了电话后，楚槐从沙发上坐了起来，在烟盒里取出一支烟，点着了，深深地吸了一口，又重重地吐出了烟雾。他似乎在纠结，似乎在犹豫，好半天，才重新拿起了手机，拨打了一个电话：“梦梦，是我！”

“唉！”电话那头，梦梦叹着气，轻声问，“我已经等这个电话，等了好久了，你终于不生气了吗？”

楚槐没有立即回答，眼底闪动着两小簇复杂而又阴郁的光芒。

梦梦说：“槐，对不起，我真的知道错了。我不该怀了孩子不跟你说就去打掉了，可我当时以为你会跟别的男人一样，不可能要我们这样的人生下的孩子的。我完全没想到，你知道后会生那么大的气，还有雪儿的事，我不知道……”

楚槐打断了她的话：“好了，这件事就不要再说了，我不想再提也不想再想起。你晚上有没有空？我要请一位会对我有很大帮助的领导吃饭，他的酒量很好，我陪不好他。”

“有空，有空，放心，我会陪他喝好的。要不要我再叫上几个姐妹？”梦梦小心翼翼地问。

“你那些姐妹就算了吧，我看着就恶心。你怎么好像不知道一样，我就从来没跟那些女人说过一句话！订好包厢，我会发短信给你的，不许穿得太露！”楚槐的语气有些冲，可梦梦听了却觉得心里有些甜。

这一头，陈然、秦风、展颜、朱英这些菰浔园林人仍然搏斗在洪峰浪尖上；而那一头，灯红酒绿、纸醉金迷的夜生活即将开始。

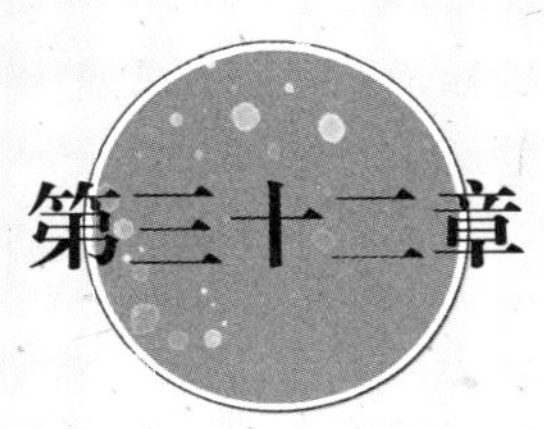

第三十二章

章新明第一眼见到梦梦的时候，立即就被惊艳到了，他怎么也想象不到，楚槐口中那个用酒量把他蹂躏得非常惨烈的美女竟然长这样。今天梦梦穿了件白色的连衣裙，长期不晒太阳的她皮肤白皙而又细腻，下巴尖尖的，脸庞瘦削而又动人。整张脸上，她除了淡淡地涂了点口红之外，几乎就没怎么化妆，显得干净而又清纯。她往那儿一坐，冲章新明微微一笑的时候，章新明觉得她简直就像个不食人间烟火的仙子！

作为“欢乐今宵”的头牌，像章新明这样看见她就露出那种惊艳的眼光，梦梦见多了。即便是楚槐，当初第一眼见到她时，也被她的美貌所俘获。只是后来，越跟楚槐相处，她就越是不服气，除了最初见到她时那一瞬间的失神之后，他对她简直就跟对雪儿她们没什么两样。这让从来就是被男人众星捧月的她感觉惊奇而又新鲜，也许一开始只是不甘心吧，不甘心自己在他眼中也跟那些庸脂俗粉一样，所以，她就特别关注他，只要他一来“欢乐今宵”，她就一定会出现在他的面前。然后呢？然后不知道怎么回事，她动心了，对这个看似对谁都亲切，实则对谁都无情的男人动心了。

她对他费了很大力气，用了很多心思，她对他低声下气而又一片痴情，可他对她，却依然是那种满不在乎的伪善。直到有一天，不知道为什么，他突然失态了，然后，顺理成章，她和他发生了本不该发生的一切。她知道自己身份卑微，也从未想过会跟他走多远，反正，过一天是一天，花开堪折直须折吧。只是，她万万没想到自己会有了身孕，也没想到雪儿会偷拍她和他亲热的照片，更没想到他对她大发雷霆，不是因为她怀孕了、他被偷拍了，而是因为她擅自打掉了他的孩子。那一刻，她觉得自己不仅仅是动心了，简直就是深深陷进去了，她不可救药地爱上了这个有着深邃而冰冷双眸、冷漠与倨傲性情的男孩，不，是男人！

“章领导，来，我敬你一杯！”梦梦对着章新明举杯，拿起杯子微微放低和章新明的杯子轻碰了一下，她浅浅地微笑着，爽快地一抬头，喝光了杯中的白酒，她身上那件白色连身裙的袖口直直滑到了肘际，露出一截白皙的胳臂。

章新明觉得自己着魔了，他一杯又一杯地喝酒，只要是梦梦对他一举杯，他就完全拒绝不了。然后他就醉了，眼前不知怎的浮现出好多张梦梦的脸，有含嗔带怨的，有娇媚入骨的，有含情脉脉的，到了后来，这些面孔像水里的倒影，摇摇晃晃地叠映在了一起，他完全不记得自己答应了梦梦和楚槐什么，只记得他一个劲地邀请梦梦去北京玩，后来，他的意识终于完全模糊了，终于什么都不知道了。

楚槐开车把章新明送回家后，再送梦梦到她家的那个公寓楼下。

“阿槐，你不上去坐坐吗？”梦梦柔声问，温柔如水的目光久久地停驻在楚槐的脸上。

“你知道的，我马上就要结婚了。”楚槐回避她的目光。

“是啊，我知道的。”梦梦轻声地说，声音低得几乎听不见，她的身子瑟瑟地往椅背靠了靠，眼里突然就蒙上了一层淡淡的水雾。

楚槐故意忽略掉她眼角沁出的那两滴泪珠，淡淡地说：“快回去吧，很晚了！今晚你的出场费，我明天再转给你。”

“我不要你的钱！”梦梦慌忙说，说得又快又急，“就算，就算我们不再是那种关系了，可我希望你还能把我当朋友看……”她忽然停了口，怔怔地望着他，晶莹的泪珠挂在她那浓密的睫毛上，“是不是现在，我连当你朋友的资格都没有了？”

楚槐似乎无奈极了，瞪了她一眼，粗声说：“你能不能别说这种傻话了？你帮我对付雪儿后，就一直在休养身体，你不去‘欢乐今宵’，就没什么收入了。我打给你的那笔钱，你又不肯收，我是怕你再这么下去，会把自己给饿死！”

梦梦含泪长长地吐出一口气来，随即微微咬唇：“那笔钱，我不能收，我知道你也挺不容易的。”

“再不容易，也不能让我的女人饿死！”楚槐没好气地说。他马上就发现自己说错了话，皱着眉头说：“我是说不能让我的朋友饿死了，你到底要不要下车？”

“要的，要的！”梦梦立刻满面笑容，好似楚槐的这句话给她打了一剂还魂针一样。临下车前，她犹豫了一下，像是下定了决心似的转过头，在楚槐唇上狠狠地亲了一下，然后转身飞也似的跑开了。

望着梦梦离去的背影，楚槐面无表情地从车子的后面拿了几张纸巾，用力地擦拭了一下嘴巴，然后打开车窗，毫不留情地扔了出去。留有梦梦唇印的纸巾很快被水打湿，变成了一坨黏糊而又令人恶心的垃圾。

经过一天一夜的严防死守，绿化区域的溃堤口终于被死死地堵住了。此时，雨势已经转弱，到了十二点时就完全停止了，疲惫不堪的众人这才回到了他们绿化指挥部，一到指挥部几乎每个人都瘫倒在了地上。

朱英带领着医疗小分队的人员开始对受伤的人进行包扎治疗，办公室文员张瑶和设计院的几个女孩子忙着给大家倒姜茶、递毛巾、泡方便面。

展颜脚上的口子已经被水泡得发白，两边的肉全翻了出来，医生给她清洗缝合的时候，她痛得哇哇大叫，眼泪狂飙。

“好了，好了，乖，一会儿就好，马上就不痛了。”秦风把她的头抱在怀里，边拍着她的背，边柔声安慰。

“喂，喂，喂，你俩过分了啊！考虑一下这种恩爱的场面对我这个单身汉的冲击呀！”满身是汗的安全员张思易嘴里含着泡面大叫。

“作为项目经理，秦经理，你得一视同仁，你不能只抱展颜，不抱张思易呀！赶紧过去抱一个！”施工员韩立边笑边说。

“这不科学呀，展颜，你可是条汉子！作为一条好汉，你怎么可以露出如此娇羞的一面？”这是测绘的小伙子们在起哄。

“好了，够了，不带这么欺负我们家展颜的！”朱英笑着发话了。

“吁……朱主任你太偏心了！”张思易故作不满。

“张瑶，你不要把那个榨菜和火腿肠给你本家，这人连吃都堵不上嘴！”朱英马上命令张瑶做出报复性行为。

“别，别，别，朱主任，我错了，泡面没了榨菜和火腿肠就失去灵魂了，请求你一定要把泡面的灵魂还给我。”张思易马上就㞞了。

众人大笑，却发现许久没有听到展颜的声音，再一看，她已经在秦风怀里昏昏沉沉地睡过去了。

“她发高烧了，得马上去医院挂点滴。”负责给展颜缝合伤口的医生说。

“那还等什么，秦风、朱主任，你俩赶紧陪展颜去医院挂水，李瑶，你去小展的宿舍给她拿些换洗的衣服。”陈然急忙放下了手中的泡面，过来看到展颜面色潮红的样子就急得不得了。

大家也不敢再开玩笑了。陈然又让医疗队的人给所有人测了体温，当场就测出有四五个人已经发了低烧。

“所有发烧的人员全都跟车去医院检查，该挂水的挂水，该住院的住院！设计院的女同志负责跟车陪护，有什么情况立即打电话通知我。沈院长，让物资筹备分队后勤保障小队的同志，赶紧把准备好的干T恤、一次性内裤和全新的工作服拿过来。所有的人，先把身上的湿衣服给换了。现在大家全身上下都是湿的，这么湿答答地穿在身上可不行，没病也得整出病来。”陈然沉着冷静地下达了一系列命令，想了一下，马上又说：“让他们全部拿过来吧，问一下总指挥部的人员和市政的人员，看他们有没有需要。”

设计院的沈梦希是物资筹备分队的队长，这些东西是她提出要为大家备好的。这次几乎整个菰浔园林公司的人全都来到了市里的这个工地抗洪，大家的家都在菰浔镇，是不可能回家换衣服的，所以心细的沈院长就提出让后勤保障小队把众人换洗的干净衣服准备好。事实证明，她的这个决定是非常英明的。

展颜的脑子里，还全都是暴雨的声音——“哗哗哗”，还有就是各种扯着嗓子的嘶吼声——“堵上，一定要堵上”“共产党员跟我上”“菰浔园林的兄弟们，给我冲”，所有的声音都还在她脑海里，像是唱片一般循环播放着。可是，她的思维已经开始逐渐清晰，她慢慢地睁开眼睛，只觉得灯光炫目，头痛欲裂。她动了动，却感觉有人按住了她的手，然后就听到秦风发出惊喜的声音，说：“爸，妈，她醒了！”

展颜勉强地睁开眼睛，就看见了展开和颜雨红，两人的脸好似水里的倒影，曲曲折折、晃晃悠悠的。

“爸，妈，我这是怎么了？这是什么地方？”她虚弱地问，却立即感觉到喉咙痛得厉害。

“这是医院。”是颜雨红的声音，她的脸上写满了担忧与难过，她低声说，“笑笑，你在抗洪的时候，因为伤口感染加上扁桃体严重发炎，发了高烧晕倒了，你呀你，快把我跟你爸给吓死了。”

“我居然晕倒了！我有这么差劲吗？”展颜想坐起来，结果头晕得感觉眼前金星乱迸，整个房子都在摇晃。

“笑笑，你不差劲，你非常勇敢，非常厉害！”秦风连忙按住了她的身子，“快躺着别动，高烧才刚刚退。”

“老秦，你怎么也在这儿？那工地上……”展颜一看到秦风就急了。

展开连忙一把拉开了她身边的窗帘，窗外，阳光明媚，是个极为晴朗的好天气。他安慰展颜说：“笑笑你别急，雨已经停了，你们的工地已经保住了。你们局里的黄副局长和你们的董事长都来看过你了，是他俩命令秦风留下来陪你的。”

“哦，那太好了！”展颜闭上了眼睛，哑着嗓子轻声说，“正好让老秦也好好休息一下。”

颜雨红看着脸色苍白、有气无力的宝贝女儿，眼泪都差点掉下来了，生硬地挤出个笑容说：“放心吧，你的老秦已经被我按到病床上好好睡过几觉了。”

展开就鼻子不是鼻子地说：“我辛辛苦苦给你熬的鸡汤，你都没喝几口，你妈就让他给喝光了。”

“嘿，我说姓展的，是不是这几天的雨全都灌到你脑子里了？女婿是半子，这鸡汤让你女婿喝了又怎么了？至于摆出这副小气的模样向女儿告状吗？”颜雨红瞪着展开，模样有点凶狠。

“我不是小气，我这不是心疼笑笑没喝上嘛。”展开一如既往地凤，倒引得秦风和展颜全都笑了。

这时，有人敲了敲门，展开夫妇让开身子，展颜转过头去一看，原来是楚槐和林晚晚来了。楚槐手上拎着水果篮和一些补品，林晚晚手上捧了束鲜花，手中也拎着个袋子。

“哎呀，是晚晚和小楚呀，你们来看笑笑呀，来就来了，这么客气干什么呀！”颜雨红接过两人手中的东西客套地说。他们夫妻跟楚槐和林晚晚也算是非常熟悉了，展颜的那个婚房装修，林晚晚跑进跑出出了不少力，展颜结婚的场所、司仪什么的，也全都是林晚晚一手操办的，颜雨红真的非常感激和喜欢这个女孩子。

“叔叔、阿姨好！”林晚晚和楚槐礼貌地跟他们打招呼。

“阿姨，我这个袋子里装的是燕窝和虫草，您回头就炖上，给展颜好好补补。”林晚晚说着，坐在展颜的床边摸了摸她的额头，“哎，还烫着呢！”

“哎呀，晚晚，这太贵重了，我们不能收！”颜雨红一听那个袋子里装的是燕窝和虫草，连忙要塞回给她。

“阿姨，收下吧。这是我跟晚晚的一片心意。您要是觉得实在过意不去，我们年底结婚的时候，让展大侠和秦老夫子把红包包厚点就是了。”楚槐笑着重新把袋子塞回她的手中。

颜雨红听他这么说了，也就不再矫情地推来推去，笑着说：“那必须的，就冲着你家晚晚帮我家笑笑那么多忙的分上，这个红包就必须比别人丰厚！”

“妈，你不能这样！我是个穷人！”展颜有气无力地哀号。

“哎呀，你这个小气女儿，你跟秦风两个到了工地之后就万事不管，你也不想想，你那婚房，你那婚礼，你那婚车，是谁给你弄的？”颜雨红伸出食指点展颜的额头。

展颜就做举手投降状：“我给……我给还不行吗？必须得厚，

肯定比砖还厚！”

大家全都笑了起来。林晚晚万分羡慕展颜跟她妈妈的相处方式，忍不住抱着颜雨红的胳膊说：“还是阿姨疼我，展颜就是个小没良心的。”

展颜就指着她，可惜因为喉咙痛，一下子说不出话来，只能干瞪眼，引得众人又是大笑。

秦风见展颜始终没有跟楚槐打招呼，也不看他一眼，怕她使性子甩脸色给楚槐看，当下就以烟瘾犯了为借口，拉着楚槐跑到外面去抽烟了。展开和颜雨红识趣地以去宿舍给展颜弄吃的为借口，把地方让给了年轻人们。病房里只剩下林晚晚陪着展颜，她现在变得甚是贤惠，在问过病情知晓展颜喉咙痛之后，洗手剥了个柚子细心地喂展颜吃。

展颜吃了几口之后，就忍不住眯着眼睛叹息：“我可太享受这种被美人伺候的感觉了！晚晚，我要吃石榴，你一粒一粒剥好了，一把喂我吃哈！”

林晚晚扑哧一声笑了出来，伸出双手捏着展颜的脸说：“那你也太会享受了啊，这一粒一粒剥石榴的好事，你怎么就不留着用来使唤你家老秦呢？”

“唉，这不是舍不得嘛！”

“舍不得使唤老秦就舍得使唤我是吧？你这个没良心的！”林晚晚说着去挠她的痒痒，展颜立即笑得喘不上气来。

两姐妹嘻嘻哈哈地闹了一阵，一直到离开医院，林晚晚也始终没有发觉，展颜自始至终没有看楚槐一眼，也没跟他说一句话。

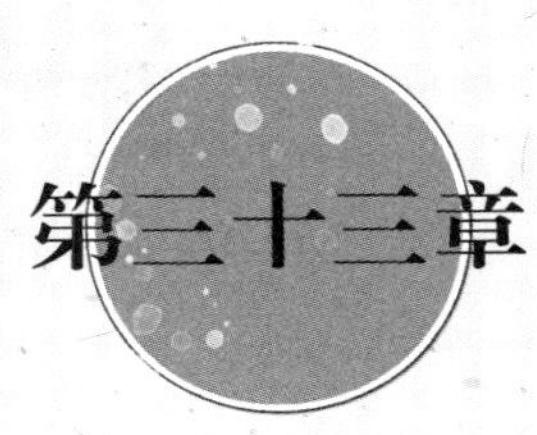

第三十三章

展颜在医院住了一个多星期，出院后又是一条活蹦乱跳、冲锋陷阵的好汉。回到工地，小夫妻俩见洪水过后，工地上一片狼藉，大家也全都忙得人仰马翻，也不好意思度什么蜜月了，重新投入到了工作中。

不久，市里隆重举行了全市抗洪抢险总结表彰大会，全市有13个模范集体和模范个人、218个先进集体和先进个人受到了表彰。菰浔园林公司作为先进集体、展颜作为先进个人受到了市里的表彰。

展颜在接到通知后，一下子就蒙了，她觉得自己其实并没有做出什么特殊贡献，怎么就受市里表彰了呢？不承想，在表彰大会上，她的事迹竟被作为典型的个人英雄事迹得以广泛宣传。

当她听到主持大会的副市长袁思清在主席台上声情并茂地说她这个结婚才三天的新娘子，扛着沙包跟自己的丈夫一起奋战在抗洪抢险的第一线，被大家亲切地称为“好汉新娘”的时候，展颜忍不住噘了噘嘴，愤愤地想，她才不是什么“好汉新娘”好不好？既然是称赞她，好歹也该亲切地称她为“最美新娘”或者“最可爱新娘”才对嘛，“好汉新娘”是个什么鬼？这是谁写的颁奖词？

快点出来，展大侠保证不打死你！

当她上台去领奖状的时候，摄像机给了她一个特写，袁副市长握着她的手，开玩笑地说：“哎呀，你就是那位传说中的‘好汉新娘’，退伍女兵展颜同志吧！没想到你个子这么小！作为一位女同志，你跟男同志一样，扛着沙包冲在抢险救灾的第一线，真的是太不容易了，不愧是部队里锻炼过的，巾帼不让须眉，不愧为你们工地上人人称颂的‘好汉’！”

这段对话被拍了下来，剪进了《菰城新闻》，就连《菰城日报》《菰城晚报》用的报道照片，也是袁副市长握着她的手的画面。后来市宣传部组织了一些模范个人、先进个人在全市范围内进行“抗洪励志演讲”，当展颜拿到局办给她的那篇《“好汉新娘”个人英雄事迹》的时候，真恨不得一把扔出去。别的女性先进个人都是“最美女警”“最美护士”“最美女司机”，为什么到了她这儿就成了“好汉新娘”了？就不能给她一个“最美新娘”的称号吗？

带着这种怨念，她不光和抗洪模范、先进个人一起在全市进行了十几场演讲，还在宣传部、妇联的组织下跟所有的“最美”一起参加了几场妇女专场演讲。哎呀，听着人家都是“最美”什么什么的，她心中的这个怨、那个恨哦……

林晚晚知道了她的怨念后，就算心情再差，也忍不住被她逗笑了，阴了好多天的脸终于有了些许笑容。在展颜忙着四处演讲的时候，林晚晚也非常忙，眼看着婚期越来越近，她手上的事也越来越多。作为沉浸在爱情中的女人，她一直觉得她爱的是楚槐这个人，这跟他的家境完全没有关系，哪怕他家徒四壁，哪怕跟着他要吃糠咽菜，只要她爱他，她都愿意接受，她以为爱情是可以战胜一切的。

然而，事实似乎并非如此。

楚槐的亲人在这个月已经一个不落地来到了菰城，尽管在此之前，她和楚槐两人已经做好了极为充分的准备，但仍是矛盾不断。先是长辈们在得知自己竟然不是跟几代单传的男丁住在一起后集体翻脸，再是两个姐姐因为租的房子大小不一样、新旧不一样、小区环境不一样、房租费用不一样而开始争吵。再后来，一家人在饭店吃饭的时候，因为她把一块自己咬了一口不想再吃的肉夹到了楚槐碗里，奶奶气得摔了勺子，爷爷气得摔了筷子。最后，因为她阻止几个侄子侄女在她新房的席梦思床上跳来跳去，婆婆气哭了，姐姐们都吵着还是回老家去算了。隐忍了一天的楚槐终于忍不下去了，冲着她发了好大的火，她几乎是哭着冲出了新房。

第二天，等她再回到新房的时候，她傻眼了。客房被爷爷奶奶占了，宝宝房被公公占了，书房则被他们预留给了还在外地读书的小姑。婆婆倒是没占领她的主卧，不过却占领了客厅的沙发，做出了一副准备长期与沙发共存的架势。

四位长辈的衣服和生活用品放得到处都是，原先的欧式优雅装修风，瞬间变成了原野返璞归真风。

她没敢多说什么，只能落荒而逃。

楚槐大概也觉得有些理亏，买了鲜花和礼物来跟她赔礼道歉，她含着泪问他："不是说好了让爷爷奶奶公公婆婆他们住到我爸给我的那套房子里的吗？现在这个样子，算什么？这让我们这婚可怎么结？"

楚槐沉默了很久，才轻声回答她说："对不起，我真的没想到他们会这么做。爷爷奶奶和我爸妈都这么大岁数了，我还能把他们怎么样？他们没文化，就觉得养儿防老，觉得不跟我们住在一起等同于被抛弃，还会被村里人笑话！"然后，他握着她的手，把她的手贴在他的脸上，温柔地、低沉地，甚至是低声下气地对她说："晚晚，你忍一忍，给我两年，不，给我一年半的时间，我哪怕是借也好，卖血也罢，无论如何，我一定会想办法买套大别墅让你住得舒舒服服的。只是现在，我真的很抱歉，他们住都住进来了，总不可能再把他们赶出吧？你忍一忍，好不好？要不然这样，咱们周一至周四就跟他们一起住，周末和节假日咱们就躲去你爸给你的房子过我们的二人世界怎么样？”

林晚晚想了一想，一周也就忍四天，就看在他们含辛茹苦供养楚槐成才的分上，忍一下吧！不然还能怎么样？

林晚晚没想到婆婆却提出把她的那套房子给大姐一家住，原因是大姐家有三个娃，租的房子不够住。好在这一次楚槐扛住了压力，沉着脸说：“那套房子，是晚晚爸爸的，我可没脸让自家的姐姐住到岳父的房子里去。大姐要是觉得现在租的房子太小了，我就再给她租一套大的，反正现在房租又不用大姐出。”

之后问题又来了，她跟楚槐两个人闹着玩的时候，她无意间拍了拍他的头，不料就被奶奶看到了，奶奶当下就沉下了脸发了火，“你一个娘们儿怎么能拍爷们儿的头呢？这么没规没矩的，要是在我们村里被人看到，你早就被唾沫星子给淹死了。”转头又说楚槐，“还不快去洗脸洗头去晦气？”

她长这么大，从没被人骂过“没规没矩”，当下就气得眼泪在眼眶中直打转，可看着楚槐苦恼、为难的样子，她又心软了，算了，忍了。

忍着忍着，也就有些习惯了吧，她想。可她的心里到底还是不快乐的。

好在楚槐自上次冲她发过火后，这些日子以来，不但没再冲她发过火，反而对她更好了，她也就这么隐忍着过了下去。

年底的时候，楚槐和林晚晚举办了盛大的婚礼。秦风跟展颜结婚那会儿，因为两个人都忙，所以一切从简，宾客只邀请了最亲近的亲戚和小两口自己最要好的朋友，单位里，除去楚槐算是秦风的好友不算，就只邀请了陈然、朱英和沈梦希，一共只摆了八桌酒席。

楚槐和林晚晚结婚却摆了56桌酒席。光男方的亲戚朋友就来了二十来桌，因为楚槐说不回村里摆酒席了，所以，他家所有的亲戚朋友都在婚礼的前一天坐专车到宾馆住了下来，当然包车的费用、宾馆的住宿费用全都由楚槐承担。这让楚槐的爷爷奶奶、父亲母亲在所有的亲戚面前和村里的乡亲面前倍有面子，连带着对林晚晚的态度都好上了几分。女方这边，因为林晚晚的母亲早几年过世了，来的亲戚朋友基本是她爸爸这边的，人并不多，也就十来桌的样子。林晚晚这边，她的同事、姐妹有两三桌。剩下那么多桌，则全都是楚槐的“朋友们”。而跟秦风和展颜的婚礼最不一样的，则是楚槐邀请前来做婚礼致辞的主宾竟然是连如海。

陈然虽然略感吃惊，但为楚槐能让连如海另眼相看而感到高兴。楚槐的婚礼在市里最豪华的五星级酒店举行。陈然和朱英一起从蔬浔镇过来喝喜酒。至于秦风和展颜，一个去陪新郎了，一个去陪新娘了。到酒店的时候，陈然正好看到了周明森，便让朱英替他去宾客签到处签到随份子，自己则跑过去和周明森打了个招呼，聊了几句。

坐到席位上的时候，陈然发现朱英的脸色似乎有些不太对，一副坐立不安的样子，便开玩笑似的问她：“朱主任这是怎么了？难不成，是因为随的份子太少了，不好意思坐下了？”

“董事长……”朱英看着陈然欲言又止，沉默了一会儿，吐了口气说，“还真被你猜中了，我的确是因为随的份子太少了，不太好意思坐下了。”

陈然以为她开玩笑，就笑了起来。他是知道朱英随了多少份子的，展颜结婚那会儿，她随的是2800元。楚槐这边，她随的是1800元。一般来说菰城参加婚礼的礼金在800元左右，根据宾客跟新人关系的远近，这个金额也各不相同，作为同事，朱英送的这个礼金已经不算少了。当然，他送的礼金要比朱英厚重很多，一则是因为他是董事长，二则是因为秦风和楚槐都是他最为得力的手下，所以他给他们二人的礼金都是5800元。

“董事长，我喜酒喝到现在，从来没看到过这么多人都随这么重的份子，全都是万字打头的。”朱英顿了顿，“我说几个你认识的，赵忠民2万、董建2万、李莉2万、胡松林2万、苏安强2.8万、郑永可2.8万、陈启康2.8万、江军晓2.8万。反正前面后面还有一溜的2万、2.8万，哦，还有个8.8万没写名字。这么说吧，反正，我认识的二级园林企业的老总基本都是1.8万，我认识的包工头随的全都是2.8万。”

陈然的脸色由诧异变为严肃，苏安强、郑永可是土方老板，陈启康和江军晓是包工头，这几个人他都知道。

“怎么会这样？我去看看！”陈然微微皱眉，站了起来，就要往签到台走去。

朱英一把拉住了他，对他摇了摇头：“董事长，你别去了！我刚才是随份子签字的时候瞄到的，你现在过去看就太刻意了。今天是小楚的大喜日子，咱们是作为同事来喝他的喜酒的。要是让小楚知道了，你特意去看他婚礼随份子的登记本，只怕他心里会有想法，别人也会觉得你过于霸道。”

正说着，沈梦希、蒋新国以及董事会另一名成员——预决算部的何欢走过来坐下。他们这一桌全是菰浔园林公司的人，楚槐除了请了董事会全体人员之外，还请了办公室的张瑶、许良以及其他几名平常跟他关系还不错的中层。

“我的天呐，菰城人民的生活水平什么时候这么高了，怎么随份子都是以万字打头的呀？我差点没好意思把我那800块的份子钱送出去。”小姑娘张瑶坐下之后瞪大了眼睛，露出惊异的表情。

“别说是你了，连我都差点没好意思拿出手。心里想着要不再添点吧？可我们设计院的年轻人太多，要是都这么随份子，那我还不得破产呀！”沈梦希摇了摇头，心有余悸地说，转过头又问朱英，“阿英，你随了多少呀？我可只随了1800，你别告诉我，你随了个8800或者是1.8万。”

沈梦希跟朱英是好朋友，跟展颜的关系也非常好，她们三个人在单位经常组团吃喝。

朱英苦笑：“你当我疯了，我也是1800！”

蒋新国就说：“我随了2800，原本觉得差不多了，谁知道连人家的零头都没有。”

正说着，其他几个中层也到了，提及随份子的事，大家都是一脸受了惊吓的表情，陈然的脸色也就越来越难看。

“陈董事长，原来您坐在这边，那待会儿，我可一定要过来敬您一杯！”强哥老远看到了陈然，跑过来跟他打招呼。

“苏老板最近怕是发大财了吧，出手十分阔绰呀，回头我得看看我有什么喜事可办，好给你苏老板发个请帖，让你也给我包个2.8万的大红包呀！”陈然跟强哥十分熟，说话也就毫不客气。

“哎哟，我的陈董事长呀，您就别损我了，您是不知道呀！”强哥摸了摸自己的光头，一脸无奈，“我也是没办法呀。也不知道市里那几家二级园林公司的老总是不是疯了，一下子，把这份子钱给抬这么高！这道上的规矩一向是我们这些土方老板得拍你们这些正规公司老板的马屁，所以这份子钱必定要比他们高的。他们起步这么高，我没办法，只能跟上去。我包了2万，您猜怎么着？到了现场一看，我去，那个郑永可包了2.8万。哎，我跟他可是竞争关系，他包了2.8万，我能比他低？这不是逼上梁山了吗？我这还是临时从我的手下那凑了这8000！”

说着，强哥取了支烟递给陈然，又十分狗腿地替陈然点烟。

陈然就着他递过来的火，把烟点燃，吸了几口才说：“市里那几家二级园林公司的老总为什么包这么大的红包，你总不可能不知道吧？”

强哥东张西望了一番，然后压低语调，用只有陈然听得见的声音悄悄说：“我听说，是为了让你们楚总给他们升资质。道上有传言，说你们这个楚总开价 50 万元，资质保过！”

陈然简直不敢相信自己的耳朵：“不可能吧！小楚胆子会这么大？我不相信！”

“哎，那您就当我给您开玩笑，我呀，嘴贱，就喜欢胡说八道！”强哥嘻嘻哈哈地说。

这时，赵忠民、董建等几位市里园林企业的老总携伴而来，看到陈然纷纷过来打招呼。陈然微笑着和大家寒暄，又东拉西扯了一番后，独独把赵忠民留住了。

“赵董事长，听说你给我们家小楚包了个 1.8 万的大红包，这也太让你破费了吧。”陈然边笑边递了支烟给赵忠民。

赵忠民接过烟道：“陈董事长，大家都这么出，我这个受你们蔬浔园林帮助最大的人，怎么能比大家包得少呢？”

正说着，灯光一暗，婚礼进行曲响了起来，司仪上台开始主持婚礼。

赵忠民趁机说：“哎，开始了，陈董事长，我们一会儿再聊，我先去找我的位置，一会儿过来敬你几杯！”

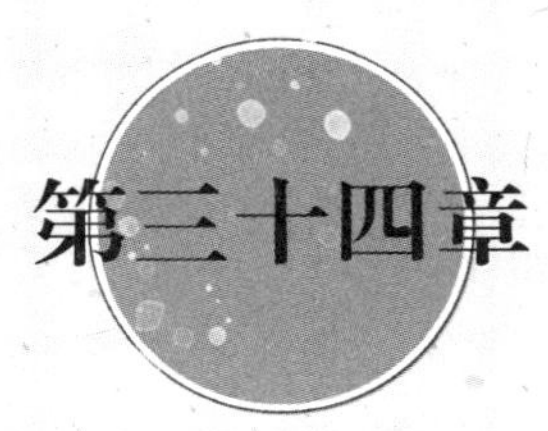

第三十四章

陈然和朱英喝完楚槐的喜酒回菰浔镇的时候，原本阴沉的天气变得愈加不好了，先是下起了蒙蒙细雨，过了一会儿，小雨中便夹着雪花，纷纷扬扬地向大地洒去。

陈然坐在车上，沉默地望着外面的雨夹雪，一股无名的怒火在他的胸膛里燃烧着。

楚槐向那些企业开口收每个资质50万元的事情很有可能是真的!

一刹那，陈然的思绪有些散乱而飘忽，他突然意识到自己犯了个大错，他给楚槐的资源和权力实在太大了，因此诱惑力也就大了。曾经有人这么说："一个饿了三天三夜的人，你让他去看守一家馒头店，而且是肉馒头，就他一个人，还是在夜里，你说说会有什么结果？他要是不去偷吃，那得要多么大、多么高尚、多么变态的意志？！"

出于对楚槐的信任，他让他掌握了很多的资源，而且让他拥有不受制约的权力。也许是出于人性的本能吧，楚槐果然就利用了手中的权力，把掌握的资源转换成为自己的私利。

"朱主任，我是不是做错了？我是不是不应该让他升得这么快？我是不是太过于信任他了？我是不是不应该给他那么大的权力？”陈然闷着声音，连着问朱英。

“董事长，其实……”朱英欲言又止。

“其实什么？”

“其实我一直觉得小楚这人野心太大了，不是那种踏踏实实做大做强企业的人。”朱英说得还是比较委婉的。

“我以为年轻人野心大是好事，我知道，他想要一个大的发展空间和平台，我是愿意给他这个空间和平台的。我真的非常欣赏他的办事能力以及跟人相处的水平。朱主任，说句实话，我不如他。他能在非常短的时间内跟林风伟、连如海、周森明等人打成一片，称兄道弟的，我自认为我是办不到的。我自己，部队转业出来，到了咱们公司之后，要说专业，我不懂，要说搞市场，我也不太会。他是在我最需要的时候，以一种非常闪亮的方式出现在了我的面前，所以我很看好他，我完全是把他当成我的接班人在培养他的！”内心的愤怒平息之后，涌起的就是惆怅和失望了。

朱英听后，思索了一下，说：“他的确很有能力，这点我不否认，可你看看他在林风伟这件事上的表现，就可以看出，他不是你想象当中那样随和的人。林风伟我也认识很多年了，这个人吧，说好打交道，就很好打交道，只要他看你顺眼了，就会对你讲哥们义气；说不好打交道，也是很不好打交道的，要是看你不顺眼，说不给面子，就绝对不给面子。这些年，林风伟过于嚣张，可以说是把整个园林界的公司老总都狠狠得罪过，可对小楚，凭良心说，那是真的不错。可你看，自从林风伟进去之后，就连你和小展都去探望过他了，可小楚呢，他有没有去过？”

陈然沉默了好一会才说：“也许他实在太忙了，他既要忙招投标，又要忙结婚的事，可能疏忽了。”

朱英摇了摇头，觉得陈然这会儿像是个装睡的人，她决定要把他叫醒："其实，我以前也觉得这个小伙子挺不错的，但是接触下来，我总觉得他功利心实在太强。"接着她就把当年去春光园林拜访的时候，林风伟强迫已经喝多了的展颜喝半壶白酒，楚槐在边上不仅不帮展颜解围，还劝展颜以公司利益为重把酒喝了。

"说起来，他跟小展也是好朋友，可你看他做的这件事。他明知道小展这半壶酒喝下去铁定会当场出丑，可他却不拦着，也不肯替小展喝。为什么？因为他怕他帮了展颜之后，会让林风伟不开心！这件事，让我觉得他太过于凉薄了。退一万步来说，小展即便不是他的好朋友，那也是他的同事，又是个女孩子，咱们一块儿出去应酬，于情于理，都应该相互帮助的。可他却不愿意，可能在他心目当中，必要的时候是可以牺牲一下小展的。虽然当时只是牺牲一下酒量，大不了醉了，可当他面对更大的利益，需要他身边的同事、朋友牺牲更多的时候呢？我总觉得，他也会毫不犹豫地牺牲别人以换取利益的。所以，当天晚上，我就告诉小展，楚槐不适合他。"

"我不知道还有这种事发生。"陈然喃喃地说。他自己本身就是个重情重义的人，军人出身又注定了他非常具有责任心，每次出去应酬，他都会尽可能保护好女下属，所以，对楚槐的这种做法，他是反感的。

"等他婚假结束回来，我得找他好好谈一谈了。"陈然叹了口气。

等楚槐的婚假结束，已经是元旦过后了，此时离春节还有一个多月的时间，虽然陈然把主要精力都用在了催讨工程款上，但他还是在楚槐回来上班的第一时间，就找他谈话了。

"小楚，在巴厘岛玩得怎么样？"秦风和展颜在婚后的第三天直接上了抗洪抢险救灾的前线，而楚槐和林晚晚在婚后的第三天则飞去了巴厘岛度蜜月。

“挺开心的，晚晚玩疯了，都不想回来了。”楚槐边笑边从一个大口袋里拿出了礼品，“董事长，我给您带了几条国外的烟，给您夫人带了些化妆品。化妆品是晚晚挑的，我可不太懂。给您孩子带了些水果干，都是些土特产。”

陈然看着他往自己的办公桌上堆东西，笑了笑说：“谢谢，你有心了。先别忙着拿出来，坐下吧，我有事要跟你谈。”说着便剧烈地咳嗽起来，天气不太好，他的支气管炎发作了，咳嗽得厉害。

“快喝口水，您这么咳，烟可得少抽点！”楚槐关切地把水杯拿给他。

陈然神态复杂地接过楚槐手中的水杯喝了一口，直截了当地问：“我听说你在外面明码标价代办资质，50万元一张，是不是真的？”

“当然不是真的。”楚槐不但没有露出丝毫紧张、担忧的神情，反而非常坦率地望着他，“董事长如果不信，可以让人去银行拉我个人的账户明细。您是打哪儿听来这些谣言的？”

陈然被噎了一下，又猛烈地咳嗽了起来，好半天才缓过气来，说：“怎么可能不是真的？跟我说的人可说得有凭有据。”

“这不可能，那人说我怎么收他钱了吗？”楚槐装作好奇地问。他是个心思相当深沉的人，每家公司的付款方式都不同，跟大宇、野园、港飞这几家合作是以打牌的方式收20%的现金。对后面跟上来的项山园林，他用的是赌球的方式收20%，因为跟项山园林的合作不是很多，他就把在网上赌球的手续、方法全都做了记录，赌球的票据也都留着。因此，只要问出是打牌还是赌球，他就知道是谁出卖了他。

“这……”向他证实楚槐在外面明码标价代办资质的人是赵忠民，可是赵忠民并没有对他说楚槐具体是怎么操作的，只是很隐晦地说了个“听说”，他也曾经追问过苏安强，得出的答案也是说“听说”。

“楚槐，人家跟我说得很清楚，就是因为你拍胸脯保证只要50万元就能把园林二级资质升到一级，把市政三级资质升到二级，所以，那些跟你平时不太打交道的园林公司老总才会在你结婚的时候，随了很多的份子，目的就是想要你出手帮忙。结果后面的土方老板、包工头都不得不跟着随更多。”陈然语气沉重地问，“小楚，你告诉我，你是不是很缺钱？”

楚槐笑了。

他就知道问题出在大宇、港飞、野园这几家“猪队友”身上！呵呵，居然想得出趁他结婚的时候，把现阶段该付的20%以随份子的方式给了他，而且还一个公司来了十个人。这是什么意思？这是想把他架在火上烤呢，还是想省下一个份子钱？圈子里的人有个不成文的规矩，一般同个圈子里的人办事，大家都会商量好金额。这次三家突然随得这么高，别的公司自然要问原因，也不知道他们三家中的谁透露了口风，结果这事弄得人人皆知。然后，其他那些想着要升园林一级资质和市政二级资质的园林公司，为了让他帮忙，就跟在他们后面随了个大份子。这导致那些土方老板、包工头也不得不硬着头皮跟着他们提高了标准。其实，当他看到这些人随的份子金额时，也是吓了老大一跳，不过，他立即就想出了应对的方法，今天他也算是有备而来的。

“您说这事呀，我还正想跟您说，我给您看看记录。”说着，楚槐从包里拿出了一张账单明细表，上面清清楚楚地记录着，他退给某某公司礼金多少。然后，他又拿出了结婚时的签到登记本给陈然对比。

“董事长，我看到这些金额的时候，差点没被吓死。也不知道这是谁弄出来的幺蛾子，要这么整我。我去巴厘岛的前两天啥事也没干，光顾着给这些人退钱了。”楚槐摇着头一副又恼又烦的样子。

陈然略略扫了一眼，朱英说的那几个人都在上面，就连苏安强他们那几个土方老板和包工头的2.8万也在上面。

似乎是怕他不信，楚槐自说自话地拿起了办公桌上的电话，拨打了强哥的手机，然后把话筒递给他，示意请他听。

“喂，陈董事长呀，有什么事吗？我在市里呢。”强哥在电话那一端说。

“呃……苏老板呀……是……是这么回事。”望着一脸真诚的楚槐，陈然有些尴尬了，他万万没想到楚槐竟会这么做，犹豫了一下，见楚槐大方地冲他点点头，也就问出了口，“听说，我们楚经理把份子钱退给你了？”

“哎呀，是呀，陈董事长呀，说起这个事呀，真的是太不好意思了。你们楚总，第二天就把这钱退给了我，这太让我难堪了，这样一来，不是变成我去吃白食了嘛！我苏安强在江湖上以后还怎么混呀？陈董事长，这事，还得麻烦您，等那个楚总从国外回来后，您跟我说一声，我必须要把这份子钱给补上呀，怎么能白喝这场喜酒呢，是不是？”

后面的话陈然就没怎么听进去，跟强哥随便扯了几句后就挂了电话。

“董事长，我也跟您再解释一下，那50万元的流言是怎么传出来的。”楚槐神色郑重，他结婚时随份子的事，闹得实在太大，他算准了陈然会向他兴师问罪，所以来之前他已经做好了充分的准备且准备好了说辞，“其实是这样，他们问我，我们公司当时升资质的时候花费了多少。我呢，就算了算，算上我们新招进来一些技术人员的工资、社保以及外借人员的社保，加上跑来跑去的费用、升资质时固定资产的添加，怎么样也得50万元。所以，我就跟他们说，50万元基本上可以办好升资质的事。只是，我也没想到，怎么外头传着传着，变成我收50万元就能帮他们升资质了。”

再看楚槐那双眼睛时，陈然就觉得自己的耳根都有些发烫了：“哎呀，小楚呀，看样子，是我误会你了。我向你检讨！你把不该收的钱全都退给了人家，在这件事上，你做得很好。你别怪我多管闲事，我呢，真的是十分看好你，不想你在经济上犯什么错误。”

“董事长，您放心吧，我是不会犯这种低级错误的。”楚槐立刻表态，“这事要怪，就得怪我平时可能得罪的人多了点。您也是知道的，现在就我们公司是一级园林资质带二级市政和设计资质，好多项目，整个市只有我们公司才有资格去投标。一些三级资质的小企业现在已经开始觉得吃力了，投不了标，就想着做些分包项目，可能我对做分包项目的公司要求比较严格吧，拒绝的公司多了，被人家编排几句，也是正常的。”

陈然点了点头，越发觉得有些惭愧，其实，他一向是那种用人不疑、疑人不用的人。他从部队转业到了蒗浔镇园管处，业务和市场都是他不懂也不熟悉的，他所能做的就是用那些懂和熟悉的人。当时，整个公司风雨飘摇，如果不是楚槐和秦风的那两张证，他真不知道自己能不能熬过艰苦的创业前期。这几年的董事长当下来，虽然他也渐渐地摸熟了这个行业，可谈业务的能力到底还是不能跟楚槐这样的年轻人相比的。所以在很早的时候，他就把楚槐当成了自己的接班人，可想而知，当他知道楚槐在外面乱来的时候，是怎么样的一种失望。现在好了，楚槐用实际行动向他证实了，一切原来都只是误会！可能这个年轻人的确有些凉薄，为了利益也许会做出一些过激的举动，可是，就冲着他面对巨款毫不动心，主动退回给人家的这个举动，他觉得自己还是应该相信眼前这个年轻人的！

楚槐目光澄澈地望着面带羞愧之色的陈然。

跟陈然其实不了解他这样的人相反，他其实很了解像陈然、展颜这类退伍军人。经过部队的大熔炉锤炼之后，这类人对世界永远充满了善意。他们热血沸腾，为了朋友、为了道义可以两肋插刀，他们善恶分明，眼中通常就只有黑白二色。他们如果信任你，哪怕全世界都背叛了你，他们也会坚定地站在你的身后；他们如果唾弃你，那么就算你把世间所有的金钱、鲜花，一切一切美好的东西全都堆在他们的面前，他们照样不为所动。为了所谓真理，他们甚至可以壮烈、义无反顾地牺牲自己。唔，就是这样的性格，他喜欢，因为，这样的人，是最容易落进他编织的恶意谎言中的。

楚槐其实并没有得意多久。

在这一年的董事会上，陈然突然提出把秦风直接提升为副总并纳入董事会成员，把展颜提升为中层副职担任工程项目部副经理的建议。楚槐出乎意料，董事会所有成员居然连一点意见都没有，直接举手表示通过。要知道，当初陈然提议把他提上来的时候，那可几乎是全票反对的。是陈然力排众议，费了九牛二虎之力才说服了众董事。他完全没有想到，人经常不在公司的秦风竟然会如此深得人心。即便朱英、沈梦希看在展颜的面子上，肯定会投赞同票，那蒋新国呢？蒋新国为什么也会投赞成票？当时，他还是蒋新国的手下，但是当陈然提拔他的时候，蒋新国一开始投的却是弃权票，为什么这一次蒋新国不但没弃权反而投了赞成票？而最最让他想不到的是，当初最反对他入董事会的何欢居然连意见都不提一下，爽快地举手表示通过。秦风什么时候跟董事会成员的关系这么好了？楚槐的脸阴沉了下来，心里渐渐升起了一丝危机感。

其实，如果他和那些董事会成员一样，亲眼看到秦风和展颜这对新婚夫妻在抗洪抢险的最前线是如何沉着应战，又是如何拼命的，那么，他也就会明白这些董事会成员为什么连意见都不提一下，就直接举手表示通过了。撸起袖子干的这对新婚夫妻，在那一刻就是他们这个企业的脊梁，更是千千万万个在园林绿化岗位上辛勤耕耘的园林人的缩影。

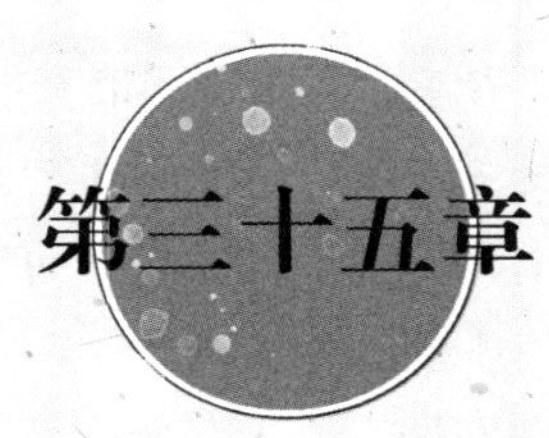

第三十五章

要问滨湖公园项目绿化班组所有的人员最怕谁，那肯定不是秦风，也不是业主单位负责人，更不是常常来工地视察的市领导、建委领导，而是号称“好汉新娘”的“好汉”展颜！

这么说吧，只要你按合同要求办事，“好汉”展颜给你的微笑就会像春天般温暖，对你的态度就像夏天一样火热，她对你那是革命友谊天长地久。但你要是胆敢偷工减料、以次充好，那么，她对你就会变得像秋风扫落叶般无情，扣起钱来的样子更像严冬一样冰冷残酷，她对你那是阶级敌人斗争到底！

现在，她正在跟人打电话，似夏天一样火热的样子，可惜的是，她说出来的话和她的语调突显了她的“热力”未免温度高了些：“周副处长，鉴于您朋友的苗，没有苗木检疫证、苗木出圃合格证，这些苗我们工地是不会收的！而且，他拉来的好些苗都有病虫害现象，我们作为市重点工程是更加不能收的！”

“小展，张老板的苗是从乡下一些农民那儿收过来的，可能有些手续没办齐，但是，他也是在为农民办实事嘛。至于病虫害嘛，哪有树木不长虫的，打打药水不就好了？”电话那头的周明森显得非常不耐烦，“好了，好了，你只管在单子上签字，这件事，你们公司的楚槐副总都已经点头了，你一个小小的施工员算什么？”说着，他“啪”的一声挂了电话。

展颜不可置信地看着手中的电话，恨不得直接扔出去。

“哟，展工，周处怎么说？”张财生问。他跟周明森、楚槐都是同乡，这些年靠着两位老乡的关系，可以说他给不少绿化项目拉过苗，至于苗木的质量，自然是有目共睹的。

张财生长得比较圆润矮小，坐在展颜面前时，看上去活像一颗圆滚滚的胖球。此时，他正壮起被两个老乡喂大的肥胆，打算用他那三寸不烂之舌说服眼前这个看上去娇小的女人：“我知道，我知道这事是我不好。不过，你看，人家周副处长都亲自打电话给你了，这个面子你总要给人家领导的吧？再说了，我跟你们楚总也是好朋友，你不看僧面也得看佛面吧。展工，做人嘛，总要变通一点，对不对？所以，那几棵苗你就让它们进场吧。你看这样好不好，如果你肯帮我把这个单子签了，我……可以给你点辛苦费，表示我对你工作的支持嘛！”说着，他做了个手势，感觉要“出血”了，张老板不禁有些心疼，表情也开始不自然，一副出气多吸气少的抽风模样。

展颜笑了起来，但凡熟悉她的人都知道，她这样皮笑肉不笑，其实是怒极爆发前的征兆，就好像是暴风雨来临之前的宁静一样：“看来，倒是我错了，敢情我要是不签，就是不懂得变通了。”

听她的口气似乎有些软了下来，这位仿佛就要抽风去见上帝的胖子立即变得活络起来，他赔笑道：“哎呀，不是这个意思，我知道，你这也是履行职责，那是应该的。只不过，这领导的面子，咱们多少得给，是不是？这样好不好，快到中午了，咱们找个饭店，坐下来喝点小酒再慢慢谈。你看，这个辛苦费，我是给你现金好呢，还是充油卡呢？”胖子身上的肉抖得更厉害了，也不知道是因为觉得自己“说服”了这位传说中的“好汉新娘”而得意，还是因为花钱而感到肉痛。

张财生的话音刚落，展颜便拿起手中的茶杯，把茶水劈头盖脸地朝他泼去，怒吼道：“滚——”

“你……”张财生被她泼了一头一脸的茶水，几片茶叶还颇为滑稽地挂在了他的头上，他也怒了，“你……你……你简直就是给脸不要脸！你给我等着！我……我让你们楚总开除你！”说着狠狠瞪了她一眼，掉头就走。冷不防在门口跟林晚晚撞了个满怀，气急败坏的张老板此时也没心思道歉，反而瞪了林晚晚一眼，气冲冲地走了。虽然他跟楚槐是老乡，可他并没见过林晚晚，楚槐从不把林晚晚带出去见人。

“我的天呐，你这儿都是些什么人？撞了别人都不会说声对不起的，就这么走了，简直就跟被狗撵了一样。”林晚晚满脸愠色地走了进来，她今天约了展颜一起去工地附近的国际商城吃中饭。

展颜大怒：“林晚晚，你会不会说人话，你别以为送了我一点国外带来的小礼物我就不会恼你？什么叫被狗撵了一样？这屋里就我跟他两个人，他被狗撵了，那我得成什么了？”

“我错了，我错了，你别生气！中午我请客还不行吗？”林晚晚笑得不行，连声道歉。

俩人说说笑笑间就到了工地附近国际商城那家新开的火锅店。

“晚晚，最近你跟他的爷爷奶奶爸爸妈妈大姐二姐和妹妹相处得怎么样？”展颜边吃边一口气地问了出来。林晚晚是个肚子里藏不住话的人，经常会打电话向她吐槽楚家那一大堆亲人的奇葩事。

“唉，完全没办法相处，他们跟我根本就不是同一个世界的人，我最近都躲在我爸给我的房子里，眼不见为净。”林晚晚慢吞吞地说。笑了笑又问:“你们项目什么时候结束呀?这都快过年了，很多地方都已经放假了，怎么你们工地上还这么热火朝天的呢?你老妈都已经打电话向我投诉了，说不想要你这个不孝女了，哄我去你家当女儿呢。”

展颜冲林晚晚龇了龇牙:“哎哎哎，姐妹归姐妹呀，老妈可不能抢!你以为我愿意这个时候还待在工地上呀，这可是投资巨大的市重点工程呀，三天两头就有领导过来检查!这古话不是说了，‘忠孝不能两全’，我能怎么办啊?不过，我们家老秦说了，再过三四天，我们也要撤了，只要保持手机畅通就可以了。喂，你到时别再打电话过来骚扰我，我要跟老秦补过蜜月，好好地没羞没臊过几天。”

林晚晚忍不住抿嘴而笑，她就喜欢展颜厚着脸皮胡说八道的样子:“那我可真替你家秦老夫子担忧，也不知道他这么斯斯文文的一个人，经不经得起你这个暴力狂的蹂躏。你可别不承认你是暴力狂，我方才在一里之外，就听到了你的怒吼声。”

展颜老脸一红，连声替自己辩解:“我这个暴力狂，也是看人的好不好?我俩认识这么久，你什么时候见我吼过我家老秦?什么时候吼过你?我对我们家老秦还有对你都是很温柔的好不好?林晚晚，你居然说这么温柔的我是个暴力狂，你的良心会不会痛呀?”

“是是是，你最温柔!哈哈，我看你是最不要脸!”林晚晚又被她逗弄得笑出了声。

展颜跟着她一起笑，笑了一会之后，脸上突然露出惊讶之色，然后她神色复杂地用筷子挑了一会儿火锅中乱七八糟的菜，才好似下定决心般，用惊异的语气说:“我好像看到你家楚槐了。”

“哪儿?”林晚晚转过头去，正好看到了自家的老公和一个身材窈窕、身着一袭红裙的美女坐在那里，俩人有说有笑，看起来十分熟悉的样子。

“哦……原来是何氏建设集团的小何总呀。”她恍然大悟，“她是何氏建设集团绿化分公司的老总，她那公司也是园林二级资质，我跟她还挺熟的。小何总为了升资质已经找了楚槐很多次了，小何总的酒量好得不得了，楚槐遇到她次次败退，前天还醉倒在酒店，弄到凌晨两点才回家。楚槐算是见她怕了，答应今天早上跟她具体谈升资质的事，估计两人才谈完吧。我过去打个招呼！”

何氏建设集团总公司，在菰城市也算是赫赫有名的。这是一家以建筑建材为主产业链，集房产、投资、工业、商贸等板块于一体的综合性企业。集团公司下面有许多子公司，每个子公司又有着不同的资质，其中建筑方面就包括建筑一级、市政一级、园林二级、设计丙级。这位小何总，是集团董事长何总的女儿何嘉文，今年三十四岁，离异单身，主要分管绿化公司。林风伟当时的“十强圈子”里，也有小何总的绿化分公司一席之地，只不过，小何总家做的生意比较全面比较大，相对而言，绿化这一块对他们集团来说并不是很重要，所以也不是十分看重，小何总来参加聚会的次数也是屈指可数的。

“晚晚，等一下……”其实展颜刚才亲眼看到这两个人是手挽着手走进来的，可惜，林晚晚根本就没听展颜的，已经一溜烟跑了过去，展颜无奈，怕好友吃亏只好跟了过去。

“你不收我们公司钱，难道算是给我的补偿吗？”何嘉文望着楚槐，微微一笑，“我发现你还挺可爱的，我不是告诉过你，公归公，私归私，50万该你拿的，你就拿着呗。”

楚槐叹了口气，苦笑着说：“我倒是很想拿，可我总觉得拿了之后，这明明是我帮你们公司升资质的辛苦费，却变成了前晚我伺候你的那笔辛苦费了。其实，我不是很明白，前天晚上，你为什么要那么做？要知道，像你这样的美女做出那种事来，任何一个正常的男人都是抵挡不了的。”

何嘉文咯咯娇笑，看了看自己鲜红的指甲，慢悠悠地说：“哦，那只是个成年人的游戏而已。要知道，一个人住久了，心里难免会有些空虚寂寞的。前天晚上我喝得有点多，偏巧喝过酒的你看上去比平时顺眼很多。”

“呵，原来仅仅是因为我比平时看着顺眼呀。”楚槐叹息着说，正准备再说些什么，突然肩被人轻轻拍了一下，扭头一看，竟是自己的老婆满脸笑容地站在身后，顿时心里咯噔一下，也不知道刚才的话有没有被林晚晚听到，他有些害怕林晚晚会当场闹起来。

幸好，林晚晚笑嘻嘻地跟何嘉文打了个招呼，问：“小何总，你好。你们公司升资质的事谈得怎么样了？哈，一定是谈成功了，所以一起出来吃饭庆祝了是不是？”

楚槐勉强挤出一个笑容，何嘉文却扑哧一笑，优雅地站了起来：“原来楚夫人也在这儿呀，唉，我怎么好意思当电灯泡呢，你们夫妻俩慢慢吃，我就不打扰你们了。哦，楚总，回头记得把卡号给我。”说着冲楚槐暧昧地一笑，拎起她那个红色的LV包包，踩着高跟鞋咯噔咯噔地走了。

“咦，小何总就这么走了？你们全都谈妥了？”林晚晚有些奇怪地问。

“楚槐！”这时展颜赶到，喊了他一声，语气并不是很好，眼神也很严厉，楚槐顿时心虚，觉得自己刚才和何嘉文手挽手进来的样子，可能被她看到了。

“展大侠，来来，正好何总走了，那我们就两桌拼一桌，我去把那边的菜端过来。”林晚晚说着就又呼啦呼啦跑回自己那桌，当真去拿菜了。

“我刚才看到了你们两个是手挽手进来的。林晚晚是个好女孩，明明是你走到那边去吃方便，她却跑去把那边的菜端过来，说明她看到你开心，说明她重视你多过重视她自己，说明她很在乎你。姓楚的，你最好不要伤害她，否则，我和老秦都不会放过你的。”展颜压低声音，一字一顿地说。

“手挽着手能代表什么？你觉得我会跟一个中年妇女发生些什么？”楚槐也压低了声音，似乎十分恼怒地问。

“有什么你自己心里有数！你别逼我把梦梦的事也告诉晚晚。”展颜怒极，脸上却不敢露出半丝异样，然后，她转头去追林晚晚。

“喂，你是不是傻，搬来搬去多麻烦，你不会叫你老公过来吃吗？”她追上了林晚晚，没好气地说。

“哎，瞧我这脑子！”林晚晚拍了一下自己的额头，吐了吐舌头，一副恍然大悟的样子，回头笑着向楚槐招招手，“老公，还是你过来吃吧！”

楚槐沉默地走了过去，他才坐下，林晚晚已经帮他把碗筷都用开水烫洗干净，然后递给他。楚槐跟展颜一样，无辣不欢，而且爱吃羊肉，林晚晚又细心地在鸳鸯锅辣的那一边把羊肉烫好，蘸了酱，放在他的碗里。

楚槐看了她一眼，如同嚼蜡般把林晚晚替他烫好的羊肉吃了下去，刚吃完，就又有几片羊肉夹到了他碗里。林晚晚的动作认真而熟练，脸上还带着满足的笑容，仿佛口中在吃美味的人是她而不是他。

展颜默默地看着，突然说：“楚总，你真是好福气，晚晚对你好得真是没得说的，你要珍惜才是。”

楚槐抬了抬眉，答非所问地说：“展工，你是不是得罪人了？刚才，周副处长打电话给我，说你连他的面子都不肯给，周处让我好好劝劝你。”

林晚晚抬起头，狐疑地看了楚槐一眼：“你什么时候变得这么奇怪了，怎么叫展颜展工呀，你不是一向叫她展大侠的吗？”

“她现在喜欢我叫她展工。”楚槐敷衍道。

林晚晚“哦”了一声，又准备给楚槐烫肉了。

“你快放着，我来，别累着了。”楚槐接过林晚晚手中的公筷，开始替林晚晚烫菜，烫好了，也照样蘸了酱，放在林晚晚的碗里，他甚至做得更加贴心，还十分细心地用餐巾纸替林晚晚擦了擦嘴。

林晚晚十分高兴，吃得连眼睛都眯了起来。

楚槐做完这一切后，这才歪着头看了展颜一眼，嘴角微微上扬。展颜气得脸色都变了，她知道，他这是在告诉她，林晚晚为他做的一切根本就算不了什么，他也可以做到。

展颜强压着怒气说道：“你的那个老乡周副处长，真不知道收了那个姓张的苗木老板多少好处，才敢做出这种不要颜面的事来，直接打电话给我让我签收苗木。我知道，你们都是老乡，关系都铁得很，那又怎么样？反正，我只会公事公办，他周明森的面子我不会给，你楚槐楚副总的面子我照样不会给。楚总，你替我提醒一下你的那位好老乡周副处长，现在党和国家正大张旗鼓、旗帜鲜明搞反腐倡廉呢！”

“我知道了，我哪敢开口让你展工给我这个小人物面子。”楚槐面无表情地说，“不过，展颜，看在多年老朋友的分上，我还是要提醒你一句，所谓，多个朋友多条路，能不得罪人，最好不要得罪人。手中有权势的人，要想搞你就跟捏死个蚂蚁一样容易，你忘了当初你是怎么从办公室被下放到花木培育中心去的？”

展颜冷笑着说：“我做事素来不够圆滑，这在你楚总眼中原本好像是优点来着。怎么，跟局领导相处久了，这不够圆滑得罪上级，要下放到花木培育中心了吗？”

埋头吃菜的林晚晚听到两人之间的电闪雷鸣，不禁有些吃惊，小心翼翼地问：“你……你们两个这是怎么了？怎么都这么大的火气？”

楚槐这才微微回神，他不再言语，只是捧起茶杯，喝了几口，然后放下杯子，说：“我还有事，你们姐妹俩慢慢吃。”

说着转身要走，展颜喊住了他：“楚槐！”

楚槐站定了看着她，展颜想了想，终归只是长叹一声，一字一顿地说：“我吃好了，你陪晚晚回家吧。”

楚槐沉默了一会儿，看了一眼一头雾水的林晚晚：“家，肯定是要回的，只是我现在还有很多事情要做。”说着头也不回地走了。

“你……”展颜气得满脸通红。

“展颜，你怎么了？你又不是不知道楚槐他一向很忙的嘛，他没空陪就没空陪嘛，你干吗要生这么大的气？”林晚晚一脸疑惑地看着她。

展颜看着好脾气的林晚晚，只觉得十分心酸，她慢慢地坐下，悲哀地望着她，简直不知道该怎么办才好。

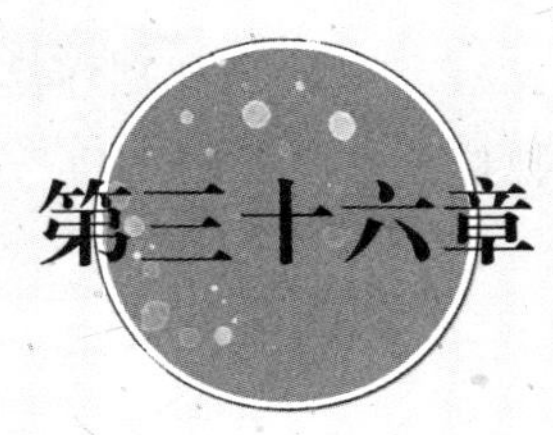

第三十六章

这个春节展颜过得热闹非凡。

先是跟着秦风回德安吃年夜饭，然后马不停蹄地往秦风这边所有的亲戚朋友家跑一遍。菰城有个风俗，新婚的第一年，新娘新郎要到亲戚朋友家吃蹄髈拿红包，寓意婚后两人吉祥如意、红红火火。秦风这边的亲友比较多，展颜是吃蹄髈吃到胃疼、拿红包拿到手软。

在德安一直待到年初四，她和秦风才回到菰浔镇。由于他俩在新婚第三天就直接回了工地，她这边所有的亲戚朋友都没去拜访过，回来之后，就继续吃蹄髈拿红包。等到快上班的时候，展颜一称体重，好家伙，一个春节，她足足被人用蹄髈喂重了十斤！

因为工地上有很多外地农民工，一直要到正月十五过后才回来，小夫妻俩就托农民工兄弟的福，过了一个超长的假期，两人睡在家里，吃在楼上。展开只要每天能看到女儿，就乐得眉开眼笑。颜雨红因为担心展颜去了工地又会变得像个非洲难民一样，就趁着这段时间拼命给她补身体。展颜眼看着自己肚子上的肉越堆越厚，觉得这可真是一种甜蜜的负担。

正月十四，秦风因为被提升为副总，被陈然叫去公司布置工作了，展颜就一个人窝在沙发上抱着袋薯片看电视。正看得起劲，突然门铃响了，打开一看，却是楚槐一个人上门了。

“怎么，不欢迎我？”楚槐站在门口问。

展颜倒也做不出把他关在门外的举动，请他进了屋，倒了杯茶给他，淡淡地问他：“怎么，就你一个人来？晚晚呢？”

“晚晚有些不舒服，在家里休息，我来，是想找老秦谈点事。”楚槐说。

展颜蹙起了眉头：“他在公司呀，你没碰到他？”

“碰到了，不过，有些话在公司说不方便，所以，我到你们家里来等他。”楚槐说着就想点烟。

展颜就很不客气地说：“不好意思，我们家有规矩，在家不允许抽烟，你要是真想抽，就去阳台吧。”

楚槐也不觉得尴尬，平静地把烟收了起来，拿起茶杯喝了一口，然后就沉默地望了一会儿茶杯上的氤氲热气，突然说：“我跟那个小何总其实……也没什么，我只是……只是出于礼貌才跟她挽手的。”

“哦！”展颜说着，直直地站了起来。

楚槐反而有些震惊了，他完全没料到，今天展颜居然这么好说话。正纳闷，却见她已经走进了厨房，挑挑拣拣地拿起一把锋利的水果刀，跟着，她打开冰箱，从里面拎出一袋苹果。

他还没回过神来，展颜已经左手一把水果刀、右手一袋苹果，极其彪悍地走了过来。

她慢慢地坐下来，一边用锋利的水果刀削着苹果，一边问：“楚槐，你刚才说什么了？我没听清楚，麻烦你再说一遍。”语气居然出奇地温和。

眼看着大块大块的苹果肉被她削了下来，楚槐突然有种感同身受的感觉，脑海中全都是她拿着水果刀正在削自己的皮肉，自已哀号着求饶的恐怖画面。眼看着展颜眯着眼看着他，左一刀右一刀地在削下的苹果肉上剁着，楚槐顿时想起了“大卸八块”“剁成肉酱”“支离破碎”之类的词语。

他苦笑了一下：“你好像很恨我！”

“恨你？不，我只是讨厌你！”展颜站了起来，诡异地冷笑着，突然把苹果和水果刀伸到楚槐的面前，定格在那儿，慢吞吞地、一字一顿地说：“你要不要吃苹果？你是想我削皮剁成粒呢，还是快刀剁成泥？”

楚槐注视着她，然后，对她缓缓地摇了摇头：“展颜，别那么幼稚，你这样可吓不倒我的。”

“我其实也没什么，我只是出于礼貌请你吃苹果而已。”展颜面无表情地回复他刚才说过的话。

楚槐一时无语，室内再次安静了下来，这时，门外响起钥匙开门声，他们两人这才同时惊觉过来。秦风打开自家的大门，看到的是展颜一手拿刀一手拿苹果的诡异场面。

“笑笑，你在干吗？”他惊奇地问。

“请楚槐吃苹果呀，还能干吗？”展颜回答得面不改色。

“哦，来来，把刀给我。你呀，削苹果就削苹果，别把刀对着阿槐呀，你毛手毛脚的，伤到他就糟了。”秦风走过来顺手拿走了展颜手中的水果刀。楚槐跟小何总手挽手亲密地去吃火锅这件事，他已经知道了。看到展颜的这个样子，他感觉头皮有些发麻。

“阿槐，你来找我是不是为了董事长对我们俩分管工作做出调整的事？”秦风边削苹果边问，刚才陈然在召开中层工作分配会议的时候，他已经看见了楚槐脸色大变的模样。

“是呀，我没想到董事长会对我的工作做出这么大的调整，不过，既然这么分配了，我也一定会遵从公司安排的。我来，只是问问你，对手头分管的这一块有没有什么需要我帮忙的地方。

你知道的，我管这一块很多年了，有许多经验可以教你。”楚槐接过了秦风递给他的苹果。

展颜只知道秦风被升为副总了，却并不知道他的工作内容也有调整，便好奇地问秦风：“老秦，董事长让你分管啥了？”

“其实也就是工作上的调整吧。”秦风给展颜也削了个苹果，斟酌着用词说道，“主要是董事长觉得阿槐能力比较强，想让他试着去分管一下绿化养护科。只是这么一来，董事长又觉得阿槐的精力可能不太够用。所以，让阿槐以后只负责招投标业务，后期的一些项目分配管理工作就让我接手。当然，这个工作是在我把滨湖公园项目完成之后，现在我的主要精力还是把滨湖公园的绿化做好，创精品项目，做优质工程，才是我这个项目经理该做的嘛。”

展颜顿时就明白了陈然这波操作的目的。

楚槐结婚的时候，那些园林企业、土方老板和包工头随了很大的份子，这事几乎全园林界都知道。虽然楚槐后来的所作所为不可谓不漂亮，陈然也还是选择相信他，但陈然有了戒备之心，做了防患未然的准备，把楚槐手中的权力分散给了秦风。以前楚槐在项目中标之后，会先测算成本，确定利润空间，他是有权力选择哪个项目给公司项目部做，哪个项目转包给其他公司做的。当然，类似于秦风现在做的那个重点工程除外。

这里就需要介绍一下工程转包分包的情况，在园林绿化项目施工中，施工单位会根据企业自身实力、项目规模、施工难易等情况，对一些项目运作采用分包模式，主要是完全分包模式（包工包料——含主材、辅材）、大部分分包模式（包工包料——含部分材料、含辅材）、小部分分包模式（包工包料——不含主材、含辅材）、包清工分包模式（包工不包料）。

以他们蓅浔园林为例，楚槐的业务部参加招投标中标后，接到建设项目任务，首先会根据工程大小测算出成本，在确定出这个项目的利润空间后，他会拿到自己公司的工程项目部，通过竞价来确定项目实施人。一般这种情况，运用于一些重点工程和大型项目。如果工程项目部无人接手或者手中已经有了工程项目，他就会联系相关有能力、有信誉的单位、企业和班组来实行分包。

完全分包模式，就是把建设项目任务以包工包料的形式完全分包给专业施工企业，他们公司只需在关键岗位安排少量人员进行大管理即可，比如中标的项目经理必须在场管理，其他的事一律不管，全部由分包单位安排。在这种模式下，大部分的利润都进了分包单位，他们公司只收取一定的管理费。楚槐手中的很多项目就是这么操作给春光园林的。其实这种模式，弊端很大，他们公司万事不管，很容易造成以包代管的现象，除了整体项目的质量不可控之外，还很容易影响他们公司的声誉。好在，春光园林也是一家老牌的园林企业，又是从园管处改制过来的，工程质量这一块还是抓得比较紧的。

而大部分分包模式，就是指把项目施工任务分包给一家专业施工企业，分包单位提供项目所需的部分主材及机械设备、周转材料、施工辅助材料及劳务，但主要材料的采购仍由他们公司负责。在这种模式下，公司是可以从源头控制工程质量的。小部分分包模式是指把项目施工任务分包给一家专业或劳务施工企业，他们公司提供项目所需的主要材料和主要机具设备，分包公司提供项目所需的周转材料、施工辅助材料及劳务。在这种模式下，他们公司的利润空间较大，管理资源消耗较少，有利于工程成本控制，当然分包公司的施工利润就会相对减少很多。包清工分包模式是指把项目施工的劳务任务分包给一家劳务施工企业，他们公司提供项目中所需的全部材料和机具设备，但劳务由劳务施工企业提供。

这几种分包模式怎么样分配给施工企业和劳务施工企业，分给哪些施工企业和劳务施工企业，可全都是楚槐一句话的事，所以说，当时陈然给楚槐的权力真的很大。

现在，陈然把这一块工作拿回来给了秦风，这对楚槐来说打击非常大。升资质的事，到底是一锤子买卖，而且楚槐对企业还会挑挑拣拣，唯恐一不小心就会后患无穷。但世上无不透风的墙，即使这样小心，升资质的事还是被人泄露出来了，弄得他一身臊。而跟春光园林的合作，才是他心中长久的生财之道，中标的施工工程项目，只要他略做手脚，就可以把利润最大的项目留出来完全分包给春光园林，而他，则轻轻松松地就可以拿到这个项目的点数。可现在陈然来了这么一出，这让他以后怎么跟春光园林合作?

“秦老夫子这话说得可真是漂亮。事实是怎么回事，大家都心知肚明，还不是因为我结婚的时候闹出来的事情。要不是现在招投标业务上，你一时半会儿接不上手，估计，董事长连招投标这一块都会放给你去做。”楚槐一脸阴晦，语气深沉，很是不快。

秦风一直知道楚槐其实并不是一个胸怀开阔的人，陈然的这种安排会让楚槐对他心中不满。如果可以，他不想接楚槐手中这块工作。他心里很矛盾，他和楚槐从同学到同事，算是一直在并肩战斗、携手共进的。他的家境也是不好的，大学的时候，还是楚槐帮着他介绍了一份收入不错的兼职。这个情分，他一直是记得的。只是现在的楚槐，真的如展颜所说，变了很多。曾经的理想和信仰已经全部被他打得粉碎扔进了垃圾桶，他变得现实、自私、功利，在男女关系上又不检点，简直变了一个人似的。

“阿槐，你千万不要这么说，董事长真的很看重你。他是想要重点培养你，让你多方面发展、多方面管理，你不要误解了他的意思。”楚槐的这番话使秦风一时不知该如何回答，这个老朋友的语气里充满了怨念、不满和不加掩饰的嫉妒。

楚槐冷哼一声，就又不说话了。

为了缓解尴尬的气氛，秦风就热情招呼他说："阿槐留下来吃晚饭吧，我亲自下厨去做。结婚的时候，董事长送了我两瓶好酒，我一直藏着，晚上咱们兄弟喝上几口。"

话一说出口，他就知道自己说错话了，果然楚槐的脸色又变了。

"不用了，董事长送给你的酒，我可不好意思喝，你自己留着慢慢喝吧。"楚槐淡淡地说，"其实，我来是想跟你说一下，如果以后中标的项目有领导过来打招呼，那么希望你能够通融一下，可别像你们家展大侠一样，搞得油盐不进的，弄得领导很生气，大家都尴尬。总之，到时候，哪些项目需要分给哪些公司，我会提前跟你沟通的。"

展颜忍了忍，终于还是没忍住，一下站了起来，对着楚槐说："不好意思，楚总，如果你今天是以朋友的身份来祝贺老秦当上副总的，我欢迎！如果你是为了以后要开后门而事先来跟老秦打招呼的，那真的很抱歉，我们家不欢迎你。我们这两口子，都是一个德行，就是软硬不吃、油盐不进。这才叫不是一家人不进一家门。当然，作为朋友，如果今天你只是来提个醒的，那么在今后的工作中，万一老秦真的有什么地方弄得领导生气了，大家尴尬，我希望你能够谅解，同时，我们也感激你的提醒。但如果作为同事，你今天上门是来警告的，或者是来安排工作的，那你是不是太过分了？你要弄清楚，工作的分配是董事长安排下来的，不是我们老秦自己要求的，而董事长为什么要这么安排，肯定有他的原因。所以，你告诉我，你现在有什么资格来跟他说，哪些项目需要分给哪些公司，你会提前跟他沟通？我说你是不是太膨胀了？你到现在还没弄清楚这块工作从你手里被拿走的原因吗？"

楚槐被她说得几乎是勃然不悦，他知道展颜一向不好惹，但他完全没想到火力全开的展颜说话竟然如此不客气，简直字字如刀、句句如剑。

“笑笑！”秦风喊了一声，阻止了展颜的狂轰滥炸，相对于展颜而言，秦风说话就一向是那么温和和善解人意的，“阿槐，只要是符合公司利益、符合规章制度的，都没问题。咱们这么多年的朋友，有事的确应该多沟通。你别理笑笑，估计她快到生理期了，小脾气开始暴躁起来了。我这几天，天天都没落个好的，被骂得可惨了。”

秦风的话并没有平息楚槐心中的怒火，他站在那儿，整个人冷硬得像块石头，心中屈辱、痛苦、沮丧、恼怒的情绪油然而生，尤其是看到展颜那几乎不带掩饰的厌恶目光时，他的情绪都快崩溃了。他站了起来，头也不回地向外走去。

“楚槐！”展颜冷冷地叫住了他。过年回来之前，她曾在一家私人的小饭馆遇到了当服务员的雪儿。她之所以还记得这个人，是因为这位“公主”长得太有“福气”了，当年展颜对林风伟的特殊品位十分吃惊，所以对雪儿这个人印象非常深刻。她见雪儿似乎有点认出她的样子，就点头打了个招呼，又随口问了几句。没想到，雪儿就气呼呼地把自己的遭遇都说了出来，直到现在为止，她还在为自己被冤枉而愤愤不平。可展颜一听，心里就有数了，这是梦梦联合强哥给雪儿下的一个套，那么是谁指使这两人这么做的呢？答案不言而喻！林风伟拿出的那些照片到底还是激怒了楚槐，所以，他便毫不留情地展开了报复。她不知道林风伟到底是怎么被抓进去的，但那几封匿名举报信必定跟楚槐有着莫大的关联。

“希望你不要再做对不起晚晚的事，否则，我会把你所有的事情，包括你和梦梦对雪儿、对林风伟所做的事，全都告诉董事长，你好自为之！”她睨视着他，就像看着一个完全陌生的人。

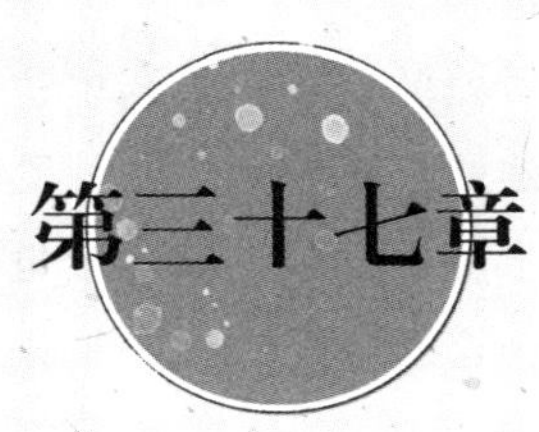

第三十七章

从秦风和展颜的家里出来后，怒火中烧的楚槐坐在车子里一支烟接一支烟地抽了起来，他连抽了好几支，才勉强把心中的怒火给压了下去。天色渐暗，美丽的古镇到了“灯火万家城四畔，星河一道水中央”的时候，他有些痴迷地望着大片大片建筑物里透露出来的光亮，嘴里不停地喷着一缕缕白烟。

每一盏灯火后的每一个家庭，都在演绎着属于自己的故事，或是喜或是悲。那么，属于他的故事应该是什么样的？楚槐自嘲地笑了笑，称不上喜，也称不上悲，但是烦，无穷无尽的烦。

今天林晚晚不是病了，而是跟他的家人又一次吵翻了，赌气搬去了她爸爸给她的房子，并扬言再也不会搬去跟他的家人同住。起因只不过是他妈妈把菜端上来的时候，她先夹了一筷子吃，而不是等爷爷、爸爸和他夹过之后再夹。他也不是不知道林晚晚的委屈，可他又能怎么办呢？那是拿出了一切供养他读书的家人呀。类似这样的大大小小的争吵实在太多了，他真的觉得心很累，林晚晚她就不能为了他而忍一忍吗？如果是展颜……呵呵，他为什么又要去想这个女人，现在，在她眼里，他就是个蹩脚的演员，她已经打心底认为，他是如此的恶毒、卑劣、无耻、阴险、好色。

算了，不想这个女人了，还是得赶紧赚钱买幢别墅才是正经事。爷爷奶奶和父亲母亲是绝对不允许他和晚晚搬出去住的，他要是敢这么做，他爷爷就敢拿着拐杖到单位来打他这个不孝的孙子。所以，唯一的办法就是买幢大别墅，以后一代人住一层，看起来住在一起，实际上层层分开，以后谁也干涉不了谁。只是，现在秦风接管了他手中这块分配工程的工作，那他以后跟春光园林的合作该怎么办?

看来，是时候寻找另外的合作伙伴了。

想着，他又抽了几支烟，然后才拿起手机，打了个电话:“喂，梦梦，你在蔬城还是在老家? 在老家? 那你暂时不要来蔬城，春节过后，我要跑一趟北京，你从你老家直接去北京，我们在那儿碰头。”

打完电话，他就开车回家了。

在红尘中打过滚，看过了繁华的他，已经不可能再过从前那种粗衣粝食、粗茶淡饭的日子了，在他第一次跟着林风伟走进“欢乐今宵”的时候，魔鬼已经把他那颗纯洁、纯真的血肉之心拿走了，换上了一颗在冰土里埋过的石头心。

正月十五过后，展颜和秦风重新回到了滨湖公园项目工地上。绿化施工历来是很艰苦的，风吹日晒，寒来暑往，加班加点更是常态。两人一回工地，就都变成了上足了发条的机器，每天从早转到晚，一刻也不停歇。两个人都还年轻，纵使有时候累过头了，只需好好睡上一觉，第二天便照样活蹦乱跳。转眼间，一个半月很快过去了，江南的四月来临，天气也渐渐转暖，小河两岸的柳枝开始萌发出星星点点惹人喜爱的绿意。

这日，展颜的办公室发生了一起很严重的破坏事件，她的办公室在夜里被人砸了个稀烂，门窗、桌椅、打印机、墙上挂着的五牌二图（五牌是指工程概况牌、管理人员名单及监督电话牌、消防保卫牌、安全生产牌、文明施工牌；二图就是施工现场平面图和管理人员结构图）全都被砸烂了。幸亏展颜是个做事细心的人，习惯每天把笔记本电脑带回宿舍，不然，电脑里那么多施工资料，要是被砸坏了，她连哭都没地儿哭去。

这事要是发生在别的女同志身上，估计早就崩溃大哭了，可展颜她不是"好汉"嘛，压根就不带怕的，气定神闲地报了警。等警察一来，她就从电脑里弄出了张表格来，上面清晰地写着某年某月某日，因为什么原因，拒收什么人的什么材料，最绝的是她在备注一栏里写着（小吵、大吵、差点干架、干架、赶出办公室等）好几个选项。前来查案的小警察一看，好家伙，居然准备了这么完整而又详细的证据，这位同志很有做警察的天分呀！

根据展颜的这份完整而又详细到令人发指的材料，再结合工地上的监控，嫌疑人很快就被请进了派出所。原来，是张财生悄悄带着人摸进了工地干的坏事。年前展颜拒绝了他那批有问题的苗木，让他损失了好大一笔钱。这事，他本就一肚子火，春节上来后，在跟两个老乡周明森、楚槐吃饭的时候，又无意间听到楚槐吐槽说自己手中的权力被展颜的老公给分走了一大半，朋友的新仇加自己的旧恨，让张财生生出了要教训教训展颜的念头，他有想过要把这个女人拖到外面去暴打一顿的念头，但被楚槐严厉制止了。他实在气不过又放不下，就只能把她的办公室乱砸一通泄愤。谁知道，头天晚上砸的，第二天中午就被请进了派出所。

根据《治安管理处罚法》，张财生因涉嫌故意损毁公私财物，被公安机关处以拘留七日并处罚款五百元。

陈然和朱英得知展颜的办公室被人砸了之后，都吓了一跳，连忙从菰浔镇赶到了工地上。见人没受伤，先松了一大口气，待看到展颜电脑中记录的那份资料后，朱英没撑住，笑了。

"哎呀，展颜，真有你的，居然连这些东西都整成了资料，以后谁还敢得罪你呀！”

陈然不是这么想的，当他从派出所那边得知张财生砸展颜办公室的原因后，他生气了，当着展颜的面，直接打给了楚槐。

“小楚，你在哪里？去飞机场的路上？哦，我忘记了，你跟我说过，你今天要飞北京的。我问你，张财生把展颜的办公室砸了，你知不知道？什么？你不知道？呵呵，张财生在派出所可是交代得很清楚，他说他本来是想打展颜一顿的，被你给制止了。你明知道你这个老乡和所谓的朋友有这个危险意图，你为什么不及时通知展颜？你不用跟我解释这么多，你应该向展颜和秦风解释，毕竟张财生他说，他主要还是为了给你这个朋友出气的！”说完，他气冲冲地挂了电话。这是他自从跟楚槐认识以来，第一次对他发这么大的火，展颜在一旁都看呆了。

看到陈然挂了电话，展颜连忙拍着手奉上了一通“彩虹马屁”：“哇，董事长厉害，董事长威武！”

“你少拍我马屁！”陈然手指着展颜，又好气又好笑。想到虽然这件事的过错方是张财生，但毕竟是展颜的工作作风过于刚硬引起的，陈然遂苦口婆心地劝她，说：“小展呐，你知不知道，什么叫‘至刚易折，上善若水’？”

看着展颜胡乱地点头，一副乖巧的模样，陈然就知道她没有仔细思考，无奈地摇了摇头，说道：“你这个退伍女兵呐，什么都好，就是性格太过刚硬。所谓宁折不屈，大概就是形容你这样的性格。我不是说做人刚直不好，但是，你要知道，有时候，适度地忍让和婉转，其实也是一种智慧，是一种豁达的胸怀，更是一种成熟的标志！学校和军营都是简单又纯粹的地方，是与非，就像是黑与白这样简单。但是在社会上是不一样的，你会遇到形形色色的人，各种各样的事，很多事情，不是简单地用是与非或者黑与白就可以区分的。做事横冲直撞，锋芒毕露，到最后不但会伤害别人，也会伤害自己。就像你记录的那些事情当中，你自己看看，什么小吵、大吵、差点干架、干架、赶出办公室的，你说，这是女孩子该干的事吗？你老公不是在工地上吗？他可是项目经理呀，有时候，你完全可以把有些东西推到他身上，实在不行，你可以推到公司里来，让公司出面去解决。”

眼看着展颜的面孔渐渐严肃起来，他的心中略感欣慰，继续说道：“小展呐，你现在的这个工地，因为是市重点工程，市领导、市建委还有一些相关单位的领导会不时地过来看一看、瞧一瞧，所以，很多你得罪过的人不敢生事。可以后，要是做其他项目呢？你要知道，咱们做工程的这批人，文化水平、道德修养可都是参差不齐的，甚至好些个还有涉黑背景。你要想继续在工地上学习，当一个成熟的项目经理，你就得学会有意识地迂回，有理智地忍耐。发脾气、吵架甚至于打架，那不是解决问题的办法。咱们说，‘上善若水，水善利万物而不争，处众人之所恶，故几于道’。当然，我不是说你坚持的原则不对，这一点上，你做得很好，值得表扬，我非常赞同。但，你可别弄得时时刻刻都要跟别人拼刺刀似的。比如张财生的事，他不是楚槐的朋友吗？你完全可以打电话给楚槐呀！对吧？他是公司副总，你就问他质量不过关的苗木能不能收！你看他怎么说！其实，我之所以能一针见血地说出这些来，那是因为咱俩性格差不多，又都是当兵退伍回来的，我这也是有感而发，我自己身上也有刚才我说的那些缺点，咱们两个都得适应这个社会，适应这个市场，咱们有则改之，无则加勉！”

展颜认真地听着，若有所思地点了点头。陈然的这番话给了她很大的触动，在这之后，她在工地上，虽然工作作风依然强硬，但终于也学会了“迂回”战术，得罪人还是有的，但不至于会被人记恨到骨子里去了。

而此时楚槐已经登上了飞机，他是以公司园林资质就位为理由飞去北京的，其实，他真正的目的是帮着他答应过的那四家公司去递交升资质资料，跟他同去北京的有李莉、倪德民、乔明源和何嘉文。

陈然的那个电话打过来的时候，大家正坐在贵宾室里候机，贵宾室比较安静，陈然又因为在气头上，声音难免大了点，所以这通电话几乎被在场的每个人都听到了。

何嘉文就皱了皱眉说："不是说，你是你们公司的顶梁柱吗？怎么你们这个陈然董事长对你这么不客气？"

李莉一向是无风不起浪，没事搅三分的人，又跟陈然有着过节，当下就叹着气说："可不是嘛，像楚总这样能干厉害的人要是在我们大宇，我们董老板绝对把他一直给供起来。这个陈然，自己毫无本事、毫无能力，董事长的架子倒是摆得十足。他也不想一想，他们菰浔园林能有今天，可全都是楚总的功劳！否则，就凭他陈然当年那副啥都不懂、啥都不知道、啥都不会的腔调，菰浔园林早就完蛋、破产了！"

何嘉文望着楚槐眼珠一转，脸上突然就露出一抹温柔而醉人的笑意："楚总，既然在公司待得不开心，不如来我们何氏建设集团总公司呀。我们公司家大业大，建筑上，我们有建筑一级，市政一级，园林二级，设计丙级，装饰、机电、钢构、消防一级等资质；商贸上，我们有星级酒店、购物广场、汽车4S店和养成文化；投资上，我们有农村商业银行、小额贷款公司、资产管理公司和金融服务中心；房产上，我们有商业地产、住宅地产、旅游地产、养老地产以及物业管理。只要你过来，你想怎么玩就怎么玩，你想玩哪行就给你玩哪行，你想要多大的平台，我就可以给你多大的平台。这么多好玩的事，可不是你们一个小小的园林公司能比拟的哟。"

楚槐苦笑了一下："小何总就不要跟我开玩笑了。我有几斤几两我自己还不知道吗？您那地方，全都是什么清华、北大、浙大、交大的高才生，我一林学院毕业的过去，算什么呀？”

“算我们绿化分公司的总经理呀。要论这方面的专业知识，清华、北大、浙大和交大的高才生可不如你。那么多分公司，我们老头子偏偏把绿化公司给我管，我真的是弄得很头痛。这绿化公司吧，早几年对我们来说跟鸡肋一样。这几年吧，由于我们这边是‘绿水青山就是金山银山’理念的发源地，城市绿化和生态文明这一块政府非常重视，绿化行业也就发展得越来越好了。可这样一来，绿化行业的竞争也激烈起来了。我是真的没有精力和时间投入到我们这个小小的绿化分公司中。要不然，也不至于到了现在，我们绿化分公司的这个资质还只是二级。我是真的非常需要一个有能力、有魄力的人来我这儿当绿化分公司的老总的。”何嘉文凝视着楚槐，眼光中带着说不出的诱惑，“怎么样楚总，只要你肯过来，条件随便你开。”

正说着，广播里开始催众人上飞机，何嘉文仪态万千、优雅万分地站了起来，笑了笑对楚槐说：“不急的，楚总，从这儿飞到北京有两个多小时的时间，你可以在飞机上慢慢考虑。实在考虑不好，可以回家之后继续考虑。我是个很有耐心的人，我会一直等你给我答复的。”

飞机在下午两点钟的样子到了北京，何嘉文早就让公司安排了一辆商务车接大家去宾馆休息，楚槐让大家下午和晚上自由活动，第二天早上再一起去部里交资料。李莉几人想当然地以为楚槐会跟他们一起吃晚饭，却被他以必须要跟北京这边的领导提前沟通为由拒绝了。但楚槐私下却给何嘉文发了条短信，约她晚上跟章新明一起吃饭。

六点钟左右，梦梦的飞机也到了，她直接打的来到了楚槐住的宾馆。

“我约你来，主要是想让你晚上陪章处一起吃个饭。”楚槐单刀直入地把让她来的原因说了出来，并递给了她一张房卡。

“不嘛，我要和你住一个房间！”梦梦向他撒娇。

楚槐摇摇头：“这次跟我来的，还有几个其他企业的人，你不方便跟我住一块儿。而且……”

正说着，房间门铃响了，楚槐打开门一看，正是打扮得明艳动人的何嘉文。

“怎么样，可以走了吗？”何嘉文微笑着问，一眼就看到了站在他身后的梦梦，当下神情便有些深沉，故作惊讶地说道：“哎，原来楚总的女朋友在呀，那我可真是不好意思，打扰到你们了。”

“快进来吧，小何总！”楚槐好似无奈地摇了摇头，然后伸开手臂做出一副绅士模样请何嘉文进房间，“这位梦梦小姐可不是我的女朋友，她是我们章处的红颜知己！你们那几个资质明天能不能顺利送进去，就要看今晚梦梦小姐的功力了。”

梦梦一愣，看了楚槐一眼，心里突然涌起一阵难言的悲哀。不过，像她这样在欢场上打滚的人，是很能够控制自己的情绪的，当下便故作轻快地说：“楚总，你这样给我的压力可就太大了，我都不敢去见章处了。”

何嘉文顿时对梦梦的身份有了了解，她仔细地打量着梦梦，咯咯娇笑着说：“梦梦小姐貌美如花，我见犹怜，相信章处一定会冲冠一怒为红颜的。”说着又问：“梦梦小姐要不要去换下衣服，打扮一下？还是直接这样就可以出发了？”

梦梦的美并不是靠脂粉雕砌出来的，她迅速把行李放到自己的房间，并没有怎么打扮，就跟着何嘉文和楚槐上车了。但即便如此，修身的白衬衣搭配磨砂破洞牛仔裤和一双黑色的中筒靴，就足以把她的青春美丽呈现在大家的面前。

在车里，她感觉到何嘉文跟楚槐之间，虽然没有明显地表露出亲密之态，但有种危险的、让人害怕的、令人紧张的暧昧在他们两人之间流动，她的心，渐渐沉了下去。

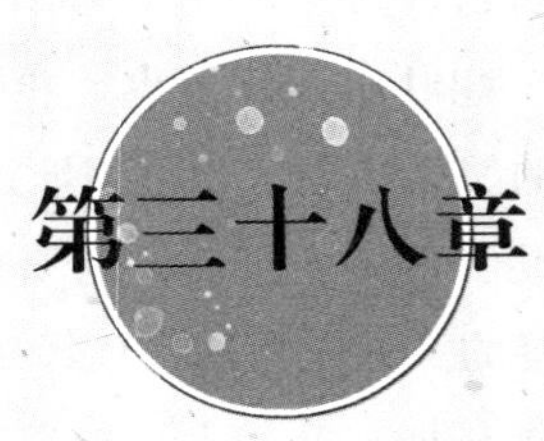

第三十八章

夜晚的北京大街，灯火辉煌。悠闲的旅人步履轻快地行走在北京的各大胡同，听着一个个趣闻掌故，感受着浓郁的文化气息，寻找着从古至今的北京人所烙下的各种社会生活印记。章新明今天安排的饭店就在一个小小的胡同院落中，门面不大，但充满了北京特有的生活气息，也就是京味。

“梦梦，你能来，哥实在是太高兴了。你放心，我跟小楚本来就是哥们，资质的事，就算你不求我，我也一定会为兄弟两肋插刀的。来来来，这杯酒，我敬你！”章新明见到梦梦来就高兴。而梦梦知道楚槐这次来北京其实是因为收了人家的钱，自然也就“火力全开”，把平时哄骗客人的功力全部使了出来，哄得章新明脑子一片混乱，所有的情绪，都似被梦梦的那头青丝缠住了一般，全部的理智也都被她那双水汪汪的眼睛给淹没了。

楚槐见章新明喝得也差不多了，就冲梦梦使了个眼色。梦梦一下子就愣住了，整个人都微微战栗了起来。楚槐的表情却越发严厉，他瞪视着她，用一种命令的、极其强硬的、绝不容许她拒绝的眼神跟她对视着。梦梦的脑子里轰然一响，好似突然有千军万马从她的心上奔踏而过，她猛地站了起来，红润的面颊上血色终退。

何嘉文发现了她的不对劲，问："梦梦小姐，你怎么了？"

"我，我喝多了，想吐！不好意思，我去下洗手间。"梦梦拼命压制住即将决堤的怒火和痛苦，狼狈地跑进了卫生间。

"看样子，梦梦是真的喝多了。"何嘉文不以为意。在她的心里，问了像梦梦这样的女人一句话，已经是很给她面子了。

卫生间里，梦梦坐在抽水马桶上，抱着自己的头，昏乱地哭泣着。她到底有多傻，才会误以为那个男人其实也是爱她的？成串的眼泪滑过她白玉般的脸颊，滴落在她胸前的衣襟上，不一会儿就洇湿了一大片。

这时门外响起了章新明的敲门声："梦梦，你怎么样？没事吧？"

"我没事！放心！"咽下了所有的悲哀与苦涩，她扬声回答，声音里甚至还带了些许笑意。

"哦，那你快点出来吧，小楚他们准备回去了。"

梦梦应了一声，走到洗手池边，打开水龙头，双手捧着，把冰凉的自来水扑在了自己的脸上。她抬脸望着镜中那个脸上不知是泪还是水的美丽女人，镜中的她显得那样的孤独、那样的悲哀而又那样的无奈，渐渐地，她的脸色变得冷漠麻木起来，她扬了扬嘴唇，鄙夷地微笑着，然后，轻声冷笑："呵呵，男人！"

镜中那个美丽的女人没有回答她，只是冷冷地看着她，眼中充满不屑的讥笑。

那一晚，章新明和她睡在了一张床上。而另一边，楚槐却拒绝了空虚寂寞的少妇何嘉文。今天陈然对他的态度，到底让他介意了，甚至有些意难平。所以何嘉文的建议，他有些心动了。既然有这样的打算，他就不愿再跟她发生些什么了，他不想万一以后自己去她公司当老总，到时候被人家说他是吃软饭的。

与梦梦一夜缠绵之后的章新明简直使出了浑身解数去帮楚槐，在他的不懈努力下，他们的资质被顺利送进了窗口。在离开北京之前，楚槐拿出了一张银行卡给他，笑着说：“大哥，我瞒着你，替你赌了一场球，没想到运气非常好，竟然就赌赢了。托哥的财运，我也顺带着发了点小财，所以，这张卡，大哥无论如何都得收下呀。”

章新明有些迟疑，梦梦就接过楚槐手中的银行卡，拉住章新明的手，硬把卡塞到了他的手里，含笑说：“呀，这可是喜事，快收下吧！你收下了，下次回菰城的时候，我才好意思借机让你请客呀。”

章新明也就顺其自然地收下了，口中笑道：“请客没问题，下次回菰城的时候，我联系你，你想吃什么，尽管说！”

梦梦抿嘴一笑，给了他一个俏皮的笑容，一时间又惹得章新明心猿意马。

章新明收下了卡之后，楚槐的心才算是安定了下来。回来之后，他发现林晚晚有了身孕，当下便以需要陪她静心安胎为由，直接跟陈然请了个长假，对部门招投标的事采取了不管不问的态度。但是私底下，他却和何嘉文、大宇这几家园林公司走得更近了，这几家公司接连中标和自家公司一个标都中不了的背后，都离不开他的操作。

明明技术标分数很好，可是偏偏连着好几个标都中不了的异状很快引起了陈然的注意。他问暂时替楚槐掌管业务部的蒋新国：“这是怎么回事，为什么这段时间，我们一个标都中不了？”

蒋新国苦笑：“唉，这几个项目，人家公司是打团队战，我们公司是孤军奋战，怎么可能干得过他们？”

陈然就好奇了：“自从不跟春光园林搅在一起之后，我们不是一直都在孤军奋战的吗？可照样都中标的呀？”

蒋新国的面色顿时不好看了:“董事长，你当我是楚槐呀，有个招投标中心的老婆！我既不知道标底，也不知道有哪几家单位入围，被人家围标后狙击中不了标，不是很正常吗？”

陈然大吃一惊，几乎不敢相信自己听到的：“不能吧？你这意思是楚槐要他老婆泄露标底给他？不会吧，难道楚槐会不知道这样做的后果？”

蒋新国听后就差翻白眼了，没好气地说:“要不然呢？”

陈然最大的优点就是知人善用、用人不疑，但最大的缺点也在这用人不疑上面。他犯了跟赵忠民一样的错误。赵忠民就是因为过于信任林风伟，把招投标这一块全权交给了林风伟，自己丝毫没有插手，自己手中没有业务，导致林风伟出事后，整个春光园林立即陷入混乱当中。陈然在这一点上，甚至更甚于赵忠民。再怎么说，鉴于赵忠民和林风伟之间的关系，一些不太合法的手段，林风伟多少还会跟赵忠民通个气，让他心里有点数。但楚槐清楚了解陈然的为人，那些不合法的手段他非但不敢告诉陈然，而且还会想方设法地隐瞒，导致陈然完全被蒙在鼓里，一直以为他们公司之所以能够中那么多标，是因为资质的原因，却没有想过，其实是因为楚槐清楚地知道标底，才会在商务标中把报价精确地定在可控范围之中。

其实，在业内知道这件事的人，并不在少数，即便大家没有证据，但只要看到他们蒁浔园林每次的报价，也就大抵心里有数了。但是那又怎么样？去报警吗？既没有确凿的证据，又对自己公司百无一利，开公司做生意，大家和气发财，尤其是还涉及林晚晚是公家单位的人，不到万不得已，他们是不会也不敢去得罪公家的人的。

至于知道一些内情的展颜，不是没想过把这件事捅到陈然这里，只是那次发现林晚晚把标底发给楚槐之后，林晚晚在楚槐的示意下亲自出面，既向她哀求也向她保证过，绝对不会再犯这样的错误，出于对林晚晚的信任和保护，她也就把这件事给隐瞒了下来。再后来，她去了工地，整天忙得晕头转向，根本就顾不上这件事了。

陈然不再言语，一层浓重的失望情绪，从他心里冒了起来。中标虽然对公司很重要，可是，绝对不能用这样的方法和手段，这会毁了他们小夫妻两个的。

“老蒋，你说的那个事，非同小可，你有没有证据？”陈然严肃地问道。

蒋新国瞪大了眼睛：“这还需要什么证据呀？就拿上次那个西部景观的百里樱花大道绿化项目来说，抽签方式开标，A 标为最低价格，B 标为次低价格，C 标为平均价，D 标为去掉最低平均价，这要不是知道标底，这四个价格怎么可能捏得这么准？当时 A 标可就在大宇手里，B 标在港飞手里，C 标是我们自己的，D 标是项山的，那三家可都是跟他说好的，也就是说，无论招投标站开出的是哪个位置，中标的就一定是这四家中的其中一家。这不是最后我们公司中标，然后转包给了港飞嘛！董事长，你可别告诉我，你一直不知道咱们公司也经常和那几家公司一起围标狙击的。”

陈然倒吸了口冷气，拎起电话就打给了楚槐，声音颇为严厉地问道：“小楚，你告诉我，你有没有做过让你夫人泄露标底给你的事情？还有，我不是让你尽量不要去跟以前那几家单位搞串标围标这种行为吗？你怎么又跟大宇、港飞他们搞到一块儿去了？”

“怎么可能？董事长，您这又是听了谁的话，他有证据吗？”

“那么，那个百里樱花大道绿化项目怎么说？”陈然压制住火气，淡淡地问。

电话那头的楚槐沉默了一下，叹了口气说："董事长，您可知道，现在绿化招投标市场的竞争有多么激烈？就拿百里樱花大道绿化项目来说吧，您可知道，一个1200万的绿化工程，有多少家单位来抢吗？52家！也就是说，如果只靠我们单打独斗，我们中标的概率只有1/52。不仅仅是这一个工程，除了那些邀请招标的项目之外，几乎所有的绿化招投标工程来参加招标的绿化企业都有这么多，项目越大，来的企业也就越多，而且还全都是一级资质的绿化企业，这些来自全国各地的绿化企业，他们的资质几乎全都带市政、带建筑、带设计、带古建、带爆破等等，他们的业绩也只会比我们好，不会比我们差，跟他们相比，我们公司简直毫无优势。您以为，我们公司是凭什么去跟实力这么强的对手竞争的？就是和别人抱团呀，董事长！还有，您以为这些外面进来的企业，他们就不会抱团跟我们竞争？很多公司也都是在私下结成攻守同盟的！"他又叹了口气说："我承认，我是和这几家公司有串标围标的行为，但是，这些事跟晚晚她可没有任何关系，她也从来没有把标底泄露给我。"

自从被展颜发现林晚晚向他泄露标底之后，他很快就想出了应对的办法。他以明示、暗示以及多次强调的方式方法跟林晚晚说，如果李莉李总请她帮忙，让她在关键的时候务必帮一下，毕竟他买房子的时候，李总给了他很大的帮助，做人嘛，要懂得投桃报李。随后，但凡有绿化工程项目出来，他都会让李莉直接去找林晚晚"帮忙"。就算跟李莉，他说的话也是非常婉转的："这个项目，如果有需要，你可以去问问晚晚。我还是那句老话，我得避嫌。"

至于林晚晚，早就被他在不知不觉中洗脑了，从最开始的犹豫，到后来只要李莉打着楚槐的名义去问她，为了投桃报李，她就会直接把标底和入围企业的名单给她。一开始林晚晚还坚决不肯收李莉的“答谢费”，完全是为了感谢李莉在楚槐最困难的时候“帮助”他。后来，因为楚槐经常在她面前露出想买她想要的别墅却无能为力的痛苦样子，再加上这李莉的游说，慢慢地她也就收了一些“答谢费”。她还怕楚槐内疚，不敢告诉楚槐，她根本就没想到，这一切，只不过是楚槐为了日后好脱身，在利用她。

陈然一边静静地听着楚槐的解释，一边一个劲儿地猛抽着香烟，此时此刻，他的心里非常矛盾。对于工程建设领域围标串标现象的屡屡发生，他并不是不知道。这其中的原因是多方面的，主要在于国家法律法规不够健全、市场信用体制不健全、企业违法成本过低、招投标行为不规范、评标方法单一、多头监管力度不足等。而且，伴随着招投标活动的日益增多和经济的快速发展，在建设项目招投标中，一些围标串标行为也发生了新的变化，产生了新的形式，为逃避法律法规的监管，围标串标行为越来越隐蔽。在这样的情况下，让他拍着胸脯说，自己公司绝对不许围标串标，即便以他这样的性子，也还真说不出口。

“小楚，春光园林的例子就摆在我们面前，就是他们公司的林风伟以行业老大的身份，长期操控绿化项目串标围标，才会导致那么严重的后果。前车之鉴，后事之师呀。我也不是顽固得什么都非得一是一、二是二这么来，我只是真的很担心你。我把你手中的部分权力分给秦风，就是怕你走错路呀小楚！”陈然的这番话可以说是推心置腹了，“我也是知道围标串标现象在我们工程建设领域内是屡屡发生的，可咱们不能因为这样，就肆无忌惮。国家也不会放任这种行为的，我肯定，招投标制度会日益完善起来，招投标市场会日益健全起来，招投标监管手段也会日益严格起来。不要到时候，市场健康了，我们公司却彻底病趴下了。”

楚槐的脸上露出一个讥笑，嘴上却非常诚恳：“董事长，您说得对，您放心，我会好好吸取教训，尽量不采取这种不正当的竞争行为的。”

陈然脸上勉强挤出一个笑容，他想继续说些什么，可是不知道为什么，却什么也说不出来了。四月的阳光已经是温暖而又和煦，冬季的寒冷已经成为过去，可是这一刻，陈然却突然感觉到了一种冷冽肃杀的寒意。挂上了电话，他久久没有说话，一种深深的无奈和懊恼让他感到身心俱疲。

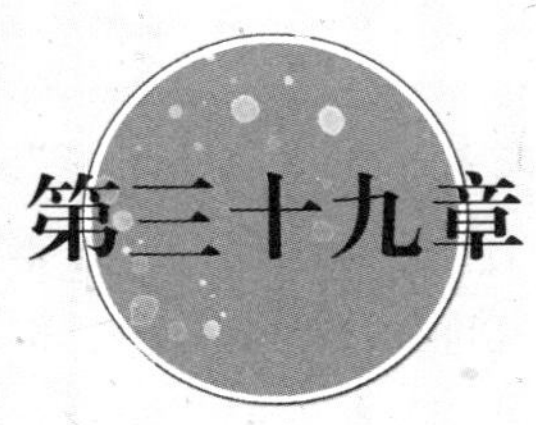

第三十九章

滨湖公园绿化工程抢在五一劳动节假期之前完工了，这个展现了江南山水园林独特意境的公园，吸引了无数游客前来，景观休憩区、文化创意街区、城市文化展示区、生态休闲区这四个街区里到处是人群。陈然带着秦风等一众施工人员陪在袁思清副市长以及市里其他部门的领导身后，混在人群里，小心地探听着人们的评论。

如此美轮美奂的山水长廊画卷自然是人人称赞，袁副市长听后十分满意，直接对市建委的几位领导提出，要拿这个项目去参加今年的“长江杯优质工程奖”，并要申报参加建筑工程鲁班奖（国家优质工程）的评比。“长江杯优质工程奖”是省建设工程质量的最高奖项，同时也是申报建筑工程鲁班奖的基础。每年申报“长江杯优质工程奖”的工程项目非常多，可评定的数额不超过50个。更别提去申报国家级的建筑工程鲁班奖了，那更是难上加难。

市建委的几位领导当即表态，一定会全力以赴、认真对待“长江杯优质工程奖”申报，袁副市长点了点头，临走前他看到了展颜，他记性那么好，居然还记得她那个“好汉新娘”的称号，还特意当着市建委几位领导的面表扬了她几句。如此一来，引得市建委那些领导对她重视起来。一起陪同的黄炳耀对展颜的情况也是有所了解，当下便把秦风和展颜都叫了过去跟局长蒋乐一介绍了一番。

蒋局长听到他们夫妻二人双双以工地为家，新婚三天就上了抗洪前线，且一直留在工地直到现在，忍不住感慨地说："作为园林绿化工作者，你们的工作是平凡的，但也是伟大的，你们是我们城市建设的美容师，没有你们，就没有如此优美的环境。尤其是展颜，作为一名女同志，跟男同志一样奋战在绿化美化我们城市的最前线，伴酷暑熬严寒。别的女同志在化妆打扮的时候，你却弄得雨天满身泥，晴天满身汗，实在是太不容易了。我代表我们建委党委，感谢你们园林人的辛苦付出和无私奉献，感谢你们把绿色带给了大家。"

说着，蒋乐一主动伸出手来，热情地和在场的每一位菰浔园林的员工握手。哪想到转身到了展颜面前的时候，该同志手没伸，人却直挺挺地一头向蒋乐一身上栽去，她晕倒了！

岂止是秦风被吓得三魂不见七魄，就连蒋乐一、黄炳耀、陈然这三个大老爷们都被她吓得不轻。好在这里离医院近，救护车很快就到了，众人七手八脚地把她抬上了车。秦风跟着救护车一起去了医院，蒋乐一就让黄炳耀和陈然开车跟在后面去看看情况。

医生检查一番后就没好气地说："孕妇营养不良导致贫血，再加上过于劳累，这才会晕倒。你们谁是家属？你们是怎么照顾孕妇的？不知道这怀孕头三个月很重要呀？"说着把病历塞给了一脸呆滞的秦风，"平时要保证她摄入充足的营养，还要让她注意休息，避免劳累。她这样子，我建议最好卧床在家休息一段时间，好了，你去交钱吧！"

秦风结结巴巴地问："她……她有了？这……这是几个月了？"

“哎，我说你这个男同志，你是她老公，她有没有你居然不知道？她都有了两个月了！我说你作为一个男同志，平常家务事也应该多做点，我看她这样子，完全是累出来的！”作为医生，最烦见到这样的丈夫。

“哎，哎，哎！”秦风点头哈腰地走了出来，跟坐在外面焦急等候的黄炳耀和陈然一讲，两人顿时都哭笑不得。

陈然摇着头说：“哎呀，秦风呀秦风，活该你被医生给骂了，这小展都有了两个月，你居然还不知道。今天还让她陪着我们走了这么多路！这幸亏是没出什么大事呀，这要是有什么事，我看你怎么跟她爸妈交代。”

黄炳耀笑眯眯地说：“好了好了，老陈，你也别骂他了，我看他那样子已经够傻的了，再骂就更傻了！既然小展没事，那就最好不过了，我这就回去跟蒋局交代一下。刚才那一下，可着实把蒋局也给吓了老大一跳呢。哈哈，不过，这是好事，是喜事，小展这一胎生下来，可得给我和蒋局送红鸡蛋才行！”

陈然把黄炳耀送到外面坐车，再回来的时候，就看见秦风跟个无头苍蝇一样到处乱窜，忍不住就抚额。逮住秦风带他去缴费处交了钱后，两人便带着一大堆药，外加一个已经醒过来且又变得生龙活虎的展颜回了菰浔镇。

路上蒋乐一打来电话，在向陈然确认了展颜的确没什么事后，他这才真正放下心来。

展颜完全没想到自己居然怀孕了，而且还是以这种吓人的方式昭告众人的，在面对陈然的时候，不免有些不好意思。半路上突然闻到了油炸臭豆腐的味道，这下可就不得了了，她一下子就馋得不行。陈然见她整个人趴在车窗上，眼放绿光盯着人家店里看的样子，差点没忍住笑出声来，让驾驶员把车停在一边，亲自下车买了份臭豆腐夹烧饼给展颜吃。

展颜有些不好意思了，陈然就笑着说：“天大地大，孕妇最大。我老婆当年怀孕的时候，那要是想吃东西，就算天上下刀子，我都得出门给她买回来。有一次，半夜三更的，突然想吃红烧鱼，哎呀，你们都不知道，可把我给折腾的。”看了一眼明显在考虑如何投喂展颜的秦风，他又说：“不过小秦，你可得记住了，孕妇会突然想吃某种食物，在影响不大的情况下，让她满足一下口腹之欲，那也没什么，但是有些东西是一定要忌口的哦，再馋也不能放纵！你呀，回头好好向你岳母取取经，可千万不能一味地宠着她，由着她的性子乱来。”

吃得一脸开心的展颜立马抬眼瞪着秦风，秦风就觉得在这件事上，自己恐怕是任重道远。

早在医院的时候，展颜就已经给颜雨红打过电话了。满心喜悦的颜雨红和展开早已经在家里炖上了老母鸡，只等着他们回来了。颜雨红见陈然亲自送展颜回来，热情地邀请他留下来吃晚饭。陈然因为展颜晕倒一事，心中还是有些内疚，也并不想打扰她休息，当下客气地婉拒了，除了交代展颜按照医嘱卧床好好休息之外，还特意给了秦风好几天假期，作为对夫妻两人未能享受婚假的补偿。

第二日，接到喜讯的秦父秦母也从德安县赶了过来。这次过来，秦母因为得知展颜需要卧床休息，做好了留下来照顾她的准备。展开和颜雨红因为还在上班，怕照顾不到展颜，正在犹豫着怎么开口跟自己亲家说这件事，没想到秦母主动提出了，自然是皆大欢喜。

没过一星期，展颜的妊娠反应突然就明显起来了，吐得那叫一个天翻地覆。问题是她这边刚刚吐完，那边马上胃口大开，什么都想吃，什么都要吃。结果是这头吃进去，那头就吐出来，吐完了再吃，吃完了又吐，可把秦风跟几位长辈给心疼坏了，鸡鸭鱼肉轮着变着花样做给展颜吃。

好在展颜乐观得很，见长辈们为自己操劳，倒是从不在他们面前叫苦。她在家里躺着无聊，就经常跟同样在家里躺着安胎的林晚晚打电话聊天。林晚晚的妊娠反应虽然比她好很多，但是压力却比她大很多。楚家从老到小口径基本一致，都是要她这一胎生个男的，否则就要继续生，直到生出男孩子来为止。

好在因为她有了身孕，被暂时认定为楚家的功臣，所以即便最难缠的爷爷奶奶也变得宽宏大量起来，不会再为她先夹菜或者摸了楚槐头发这种小事而数落她，万事以她为主，连难得回家的小姑子都要靠边站。只不过越是如此，她心里的压力就越大，她担心自己万一生不出儿子来，就会直接从功臣变成罪臣。展颜为此常常劝她要放宽心，而林晚晚却越来越忧郁了。

这一头小姐妹两个的感情倒是不错，另一头原本是同学加兄弟的那两个关系却渐渐紧张起来。

相对于展颜来说，秦风这些年基本都在施工工地上，跟楚槐的接触其实不多，偶尔大家见面，也就是喝喝酒聊聊天而已。但这一次陈然在工作上的分配，着实触及了楚槐的利益，直接就把这两个人推到了对立面。

因而，当楚槐为了春光园林找他时，秦风的感觉是震惊的。他几乎是怔忡地看着自己眼前的这位“兄弟”，第一次认识到，原来在不知不觉之中，他们之间的距离已经那么遥远。

“秦老夫子，这事算是我求你帮这个忙了，兄弟这么多年了，这可是我第一次求你帮我办事，行不行？给句话吧。”楚槐很快看出他的这个要求在自己这位最好的朋友那里引起了什么样的反应，于是打起了感情牌。

“不行呐阿槐，这事，我不能帮你。”秦风开口拒绝，“公司有规定，中标项目有8%至15%的税后利润，首先就要拿到公司里给工程部，等工程部的几个项目经理通过竞价确定项目实施人后，就会组建工程项目部。只有工程部没有能力或者没有人愿意组建项目部实施的项目，才能分包出去，联系相关有能力、有信誉的单位、班组实施。这个‘美丽乡村精品村——卡村’绿化建设项目，是‘六治’（治水、治气、治矿、治土、治脏、治乱）工程中的一个重要组成部分。这个项目的利润符合公司利益，而且这个项目跟业主是签订了协议的，必须要拿到省优秀园林金奖才可以。拿出去分包的话，万一质量跟不上，非但会面临巨额罚款，而且还会直接影响到后期全部‘六治’工程的招投标。所以，我是不可能把这个项目拿出来给春光园林做的。阿槐，我刚刚分管和接手原来你手中的这一块工作，我理解你前期为了拓展公司业务，有时候不得不对春光园林做出让步，希望你也能够理解我接手后所做出的一些改动。”

楚槐沉默地抽着烟，突然冲秦风笑了笑说：“我们两兄弟好久没有一起喝过酒了，要不，找个地方喝上几杯？”

“行！”秦风立即爽快地答应了下来，看楚槐的样子，他就知道他还没死心，那么找个地方说说清楚也好。

“你稍等一下，我给笑笑打个电话请个假。”展颜现在被孕吐折腾得欲仙欲死，他真的很不想在外面吃饭，但同时他也太了解楚槐的为人，如果不把这件事情说清楚，把他那种危险的想法扼杀在摇篮里，那么，今后楚槐就能左右他的任何决定。

虽然秦风在电话里含糊不清地说了几句，但接到电话后的展颜几乎在第一时间就知道他跟楚槐之间出现问题了，当下便叮嘱了秦风几句，让他不要跟楚槐拼酒。

兄弟两个找到了镇上他们从前常去的一个酒店，秦风让楚槐坐着，自己跑前跑后，点了六菜一汤，还拎来了几瓶红星二锅头。楚槐一看，就笑了，问：“老夫子今儿个是要跟我忆苦思甜？”

秦风耸了耸肩，先给楚槐倒满，然后自己也倒满，举起了杯子，微笑着说:“这第一杯，祝贺你荣升为公司常务副总经理。来，为你干杯！”

楚槐听到这话后，脸上露出了讥笑，无言地把他的杯子跟秦风的杯子轻轻碰了一下。两人同时仰头喝干了杯中酒，然后，他们又同时放下杯子，这样的默契让两人忍不住相视而笑，随后却又都沉默了下来。

年前，陈然就把楚槐提到了常委副总经理的位置，还把公司经营班子成员分管负责的工作更加细化了。楚槐作为常务副总经理，主要的职权是：主持总经理委托的公司生产经营管理工作和组织实施公司年度经营计划及拟订、修改公司基本管理制度。负责公司所有资质的管理、晋级和工程项目评奖工作，分管业务部和绿化养护科。而秦风是：负责公司工程部的全面工作，负责所有中标项目、外地指定的中标项目的实施和管理；负责公司技术工作和工程项目合同（外部、内部及班组的）的签订及资料的收集整理，督促监察管理工程项目，同时负责实施公司指定的工程项目，分管综合档案室和工程部。

这其中，“负责所有中标项目、外地指定的中标项目的实施和管理”这一块，就是陈然从楚槐手中划给秦风的。

这时，秦风想起了他们还是“三剑客”的时候，有时也会来这里吃饭，那时候展颜作为女生并不享有什么特权，他们三人一直实行AA制，三个人好像都挺开心的。可现在，坐在这里的，就只有他和楚槐两个人了，以展颜现在对楚槐的厌恶程度，他们三个人恐怕是再也不可能开心地坐在一起吃饭了。

很长一段时间里，他们两人都没有说话，只是你一杯、我一杯地喝着酒。

“老夫子，我也不想瞒你，这个项目我已经答应了赵忠民给他们做，我希望你能够通融。”终于楚槐开口了，他拿起酒瓶替秦风倒了一杯酒，“我也是没有办法，先前我们公司升资质、做项目实在是欠了他们公司太多的人情了，明明是公司的事，可这些人情却算到了我头上。现如今，春光园林不能参加招投标，只能做些分包项目，赵忠民这会子让我还他人情，你说，我能怎么办？”

听着楚槐的话，秦风只觉得一股冰冷的寒意从脊背爬了上来，传遍全身，他轻轻地叹了口气说：“如果你真的觉得欠他们公司太多的人情，那么，那几封揭发林风伟的举报信也就不会出现了。阿槐，对我说真话吧，不要用这样的借口。你是不是跟赵忠民有什么协议在？”

展颜已经把楚槐做过的事，包括她对他的怀疑都已经告诉秦风了。外面的人之所以猜不到那几封举报林风伟的信是出自一向视他为大哥的楚槐手中，是因为人家不知道林风伟曾经拿梦梦和他的亲热照去威胁他。跟展颜一样，在知道了整件事情的来龙去脉之后，以秦风对楚槐的了解，他很快就推测出雪儿的倒霉和举报林风伟的那几封信都是楚槐的手笔。他宁可楚槐开诚布公地告诉他，自己和春光园林有利益勾结，也不愿意看到楚槐用这副重情重义的表情在他面前装模作样地演绎着。

楚槐脸上露出了一丝忧伤的情绪。“是谁告诉你我跟赵忠民有协议的？展颜吗？”他避而不谈举报信的事，“秦风，咱们兄弟一场，你至于要用这般小人之心来看我吗？让我帮春光园林渡过难关是董事长亲自安排下来的，你若是不相信，可以自己去问董事长。我其实真的不想多管闲事，好事轮不到不说，还被人这般误会。这个项目是早在你接手之前我就已经答应赵忠民的，否则，今天我也不会向你开这个口。我说过了，只此一次下不为例。”

“我也说过，希望你能理解我接管这项工作后所做的改动。”

秦风不为所动，心中对楚槐这个样子越发感到痛心。

“你们夫妻可真是一模一样。”楚槐沉下了脸，“我理解你要新官上任放三把火的，可能不能不要把火烧到我的头上来，不然，你让我怎么跟董事长交代，怎么跟赵忠民交代？”

“我来交代！”秦风叹了口气，毫不犹豫地拿出了手机，直接拨打给了陈然，“董事长，不好意思，是这么个事。”他把“美丽乡村精品村——卡村”这个绿化项目的情况跟陈然说了，然后道：“我知道，您曾经交代过楚槐要尽量帮助春光园林渡过难关，不过，这个项目，我是真的觉得不适合拿出来给春光园林做的。”

“小秦，既然你现在分管这一块了，那么，你就有权力做出你的选择。小楚在你身边吗？我跟他说几句。”陈然在电话里说。

秦风就把手机递给了楚槐，楚槐在点着头说了“嗯”“嗯”“好的”“明白了”这几句后，就挂了，然后脸色铁青地把手机还给了他。

再次坐下的时候，两人已是相对无言，彼此都感觉再没有谈下去的必要，也就胡乱吃了几口，匆匆散场了。

第四十章

秦风的拒绝可以说既在楚槐的预料当中，又在他的预料之外，尤其是当秦风毫不犹豫地当着他的面打电话给陈然的时候，这大大改变了他对秦风“为人憨直、温正平和”的看法。他第一次发现，原来自己的这个好兄弟也是一个处事果断、雷厉风行的人，这让他心里生出了一腔难言的复杂滋味。随着秦风把几个他故意中标的利润薄弱的小项目，迅速准确而且合理合法地处理完之后，这种复杂滋味渐渐就变成了某种带有酸味的妒恨。这其中，他也多次或明示或暗示地想让秦风给春光园林打开方便之门，秦风却从来是听归听，做归做，压根就没打算给他面子。这让他对秦风越来越看不惯，对陈然的这个分权行为也是越想越恼火、越想越气愤，所有负面的情绪一下子都上来之后，他就干脆狠下心准备给公司点颜色看看。

接下来的整整一个季度，别的公司多多少少都能中一两个大标，唯有他们公司，居然一个也没中，这就未免太过反常了。因此，作为董事会成员之一的沈梦希就在四季度工作会议上提了几句。

“三季度的时候，我们设计院作为一个乙级资质景观设计院，完成的设计方案有菰城市规划展览馆绿化景观、红叶国际学校绿化景观、古镇保护利用工程——东塘路一期建设绿化景观等近五个项目，总产值达 800 多万元。从我们设计院这个角度来看，当前市里对发展绿色经济、打造生态城市、建设美丽乡村的定位是不会变的。所以我就特别想不通，为什么整个三季度，我们公司连一个标都没有中？非但没中标还出现了废标？楚副总，你是不是因为最近家里事情比较多，所以对招投标这一块有所疏忽？”沈梦希直接开口问了楚槐。

楚槐微笑着说：“运气不好啊，我也没办法！这样，我先给大家介绍一下经常活跃在江浙地区投标的一些省、直辖市所拥有的一级园林企业的数量。我们浙江省有 88 家一级园林企业，上海 27 家、江苏 64 家、广东 57 家、北京 43 家、山东 22 家、河南 23 家、福建 22 家。其他的省份多的有十几家，最少的也有 2 家。而现在所有的招投标又全都是在网上公布的，这些拥有一级园林资质的企业，只要觉得这个项目符合他们公司的利益，他们就一定会过来投。这么多家有实力的一级园林公司，即使只有一半的园林公司跑到我们这儿来投项目，那我们的中标率是多少，大家有算过吗？这还不算本地二级企业可以投的那些标。现在的情况就是如此，中标完全看运气、看人品。当然，这不包括那些串标围标的企业，他们一番神操作，我们就连看运气都不需要，直接就是去陪标的！”

“可是市里对本地的园林企业也会适当采取一些保护措施，而我们公司一直以来的中标率也是挺高的，为什么从三季度开始直到现在，会直接出现零中标甚至废标这样的情况？要知道今年三季度以来，这大大小小的绿化标可没断过呀。”朱英提出了疑义。

“在回答这个问题之前，我想我先要向全体董事会成员、股东道个歉。”楚槐站了起来，脸上带着诚心诚意的表情，向大家微微弯了个腰，“首先，可能是因为前段时间，我夫人身体不太好，我经常请假在家中陪她，所以没那么多精力处理公司的事务，这是导致三季度中标率为零的主要原因之一。另外，我想可能是我以前不太懂事，为了公司利益，经常做些不太合法的事，比如刚才我所说的串标围标，所以以前我们公司的中标率才会跟开了挂似的那么高。前段时间，经过董事长的谆谆教诲，我已经知道，这是一种不正当竞争行为，我这么做会严重扰乱招投标市场的正常秩序。痛定思痛之下，我决心痛改前非，我现在参加招投标的原则就是公平、公正、公开。我绝对不会也不敢再做出任何违法违规的行为，这样一来，中标就要看运气了，我想，这样的话三季度中标率为零也很正常了。当然，我们业务部仍然会继续努力的。至于废标的事，这个，朱主任你应该问预决算部的何副总，而不是问我。”

此言一出，所有参会人员的表情都异常惊讶，谁也没想到，陈然一手提拔起来的楚槐竟然就这样当众打他的脸。陈然的反应完全是震惊的，他怎么也没想到楚槐会在会议上说出这番话来，他看着楚槐，脸色一下子变得极为严峻。

“我不觉得董事长的建议有什么错。”关键时刻展颜站了出来，作为公司的中层副职，她也是有资格参加这个会议的，“串标围标被发现后会造成极为严重的后果，相信春光园林就是我们的前车之鉴。他们公司到现在还不能参加招投标，公司副总林风伟也被抓了起来判了刑。为了公司的长远发展，我们不应该被眼前的利益蒙蔽了双眼，去随大流加入扰乱市场的违法行为当中，而且我相信国家对招投标中的这种不正当竞争行为只会越来越重视，招投标在未来只会越来越规范。如果我们现在把串标围标当成公司发展和中标的救命稻草，那么将来，我们公司必定会无法立足于正规竞争的规范市场当中。现在，部里、省里已经在逐渐建立健全技术体系、信用体系、监管体系和担保体系，未来，招投标市场的竞争，必定会慢慢地从关系竞争往价格竞争方向调整，从价格竞争往技术竞争、信用竞争方向调整。一旦我们有了串标围标的信用污点，那么我们公司如何面对未来更有序更激烈的市场竞争呢？”

“关于招投标这方面我也想讲几句。”展颜说完坐下后，秦风作为后援站了起来，“我并不赞同刚才楚副总说中标完全看运气、看人品这句话。诚然，现在绿化招投标市场的竞争非常激烈，但提高工程中标率却并不是完全要看运气、看人品。首先，我们公司的资源就是工程中标的基础和强大的动力。套用一句行话来说，就是我们的技术标相对于菰城市所有的园林企业来说都是有一定优势的，而且相对于外地的一级企业来说，我们公司也有一定优势。刚才朱主任也提到了市里对本地的园林企业采取了一些相应的保护措施。拿省优秀园林金奖来说，只有项目所在地在我们菰城市的，它的分值才是16分。如果杭州一家一级企业来我们这儿招投标，而他手中同样拿的是省优秀园林金奖，但是这个项目的所在地是在杭州，那么，这家公司在这方面的技术分就只能拿一半，也就是8分。另外，全国金奖18分、标准化工地12分，这两个奖项的分值也都是一样，只有项目所在地在我们菰城市的，才能拿到这些分值。所以，虽然有很多外地一级企业蜂拥进来参加我市绿化项目的招投标，但我们公司从总体来说，还是占大优势的。但是，三季度的标书里，我并没有很明显地看到你们业务部和预决算部把这个优势体现出来。”

陈然没有看楚槐，而是把目光投向了分管预决算部的何欢。见何欢目光闪躲，脸上露出心虚之色，心下不由得微微一沉。

秦风继续说：“投标报价是整个招标工作的核心，合理的报价策略和方法是我们公司中标的关键。我看过其中几个标的报价，发现报价要不就是过高，要不就是过低，我觉得这样的报价不应该是预决算部的正常水平。”他顿了顿，终于还是把后面那句“这样的报价其实根本就是给别的单位去当陪衬”给咽了下去。

饶是如此，何欢也被他吓了一跳，额头上汗都冒了出来，他忍不住站了起来，说：“这个报价问题，我解释一下，说实在的，以前卡那么准，也是因为有咱们楚副总提供了相对可靠的信息。可现在楚副总不太管这事了，我们预决算部就没什么信息来源，这高一点、低一点，也正常的嘛。”

“何副总，您这么讲就不对了。”展颜不客气地说，这几年来，她真的非常努力，不光取得了园林工程师证，而且还跟办公室的张瑶一起考出了预算员证和二级建造师证，“这样的话，如果从一个刚刚学预决算的新人口中说出来是正常的，但是从您何欢何副总嘴巴里说出来，这就不正常了。您从事这个行业都有二十年了吧？这工程材料价格询价、苗木价格变化不要说你们预决算部得做好市场信息价的汇编，就连沈院长他们景观设计院也必须要跟进的。另外，劳动力配置、人工费水平统计也非常重要，报价或高或低，根本原因就是出在这些方面的。投标报价高一点、低一点是正常的，但是过高、过低那就不正常了。”

“有什么不正常的，可能在制定合理组价上略有出入吧，或者忽略了工程量清单了，总之，下次我们预决算部注意一些也就是了。”何欢好似十分无奈，沉默了一下又说：“不过，我觉得沈院长好像对楚副总和我们预决算部有些不太公平，以前，中那么多标的时候，也没见你怎么表扬和感谢业务部和我们预决算部。这次不过就是出了点小状况，一个季度没中标，你就这么上纲上线地在会议上提出来，这是不是不太合理呀？当然，我也知道沈院长的想法代表了一部分董事和股东的想法。我想想都替我们这两个部门觉得冤呀，做得好中标多的时候，你们觉得理所当然，一旦做得不好没有中标，你们就兴师问罪！在这里，我也要提一句，我们公司的中标率这么高，是跟楚副总一直以来的努力分不开的，可以说，业务部就是我们整个公司的核心部门，如果业务部的业绩不好，我们董事、股东的分红也就不会好。虽然，三季度的业绩为零，但我相信，只要楚副总多多努力，咱们公司的业绩在第四季度，一定会重新翻红的。”

沈梦希一听就有些不乐意了：“这业务部的职责本身就是负责开拓业务对外招投标，你们预决算部的职责就是负责投标项目标书编制和竣工项目决算资料编制。这中标多，你们两个部门的奖金也是整个公司里最多的，这已经是按劳分配了，怎么，莫非每中一个标还要开个班子会议表扬你们不成？再说了，中标多的时候发的奖金多，那同理，你们没中标，甚至出现废标，那扣你们的奖金提出批评也是应该的呀。作为公司董事，我怎么就不能因为三季度的业绩为零而在会议上提出来了？合着，你们这两个部门只能听表扬而不能听批评是不是？”

“我不是这个意思！”

“那你什么意思？”

“我的意思就是想告诉大家业务部的重要性！这业务部一不给力，中标率就直接为零了。”

“这就好笑了，你的意思是除了业务部其他部门都不重要了？那我们设计院也不重要了？”

“你觉得你们一个乙级资质的景观设计院会有业务部重要吗？”

“哎，我说何副总，你把话给我说清楚，乙级资质的景观设计院怎么了？你不知道整个菰城市就我们一家乙级资质的景观设计院？一级园林资质以前只有我们和春光园林两家，楚副总去了趟北京之后，还不知道会出现多少家呢！”

“沈院长，你这话说得过分了！”

沈梦希和何欢当场吵了起来。

“好了，好了，别吵了。在三季度零中标而且还有废标这件事上，预决算部和业务部都有责任，我会根据和你们两个部门签订的部门责任制，追究责任并且给予一定的罚款。”一直沉默的陈然终于开口了，“今天的会议暂时就到这儿，何副总一会来我办公室一下。”

“请等一下！”楚槐慢悠悠地开了口，“董事长，我承认三季度零中标，我们业务部有一定的责任，您扣我奖金也好，撤我职也罢，我都认了。但是，为了公司的利益，在这儿，我有个疑义想要提出来。”

陈然简短地说了一个字：“说！”

楚槐转向了秦风，问：“秦副总，现在是由你负责所有中标项目、外地指定的中标项目的实施和管理吧？”

秦风点了点头，楚槐又问：“你主要是分管综合档案室和工程项目部的吧？”

秦风再次点了点头，而陈然和展颜的心里同时咯噔了一下，果然，接下来楚槐就转身去问展颜了：“展副经理，你现在是工程项目部的副经理了吧？”

“是！”展颜也极为简短地回答。现在她这个部门的经理是许良，也就是当初改制时，留下来的两个技术人员之一。另一个叫唐文，现在是设计院副院长。

“董事长，是这样的，其实有很多人到我这里来反映了一些问题。秦风和展颜为夫妻，夫妻两人同为公司的中层管理者不说，而且两人还互为上下级关系。另外，秦副总负责项目的实施和管理，而展副经理恰恰又是工程项目部的人，所谓利益动人心，大家都担心他们夫妻两个以后会联起手来做出欺上瞒下之事。工程项目，是我们公司生存的根本，如果这个根本把握在这对夫妻手中，那么，长此以往人家就只会知道秦风和展颜，我怕这个公司到最后连到底姓谁都不知道了呢！”楚槐冷冷地看着秦风和展颜两人，就像是一只鹰隼盯上了它的猎物。

“以前是由你楚副总负责所有中标项目、外地指定的中标项目的实施和管理的吧？”盟友朱英适时援场，“我看，大家伙儿也不见得说我们蔬浔园林就姓了楚呀，我不明白楚副总到底在担心什么？”

“这不一样！”工程项目部经理许良则明显站到了楚槐这一边，“要知道，我们公司对中标项目全部实行项目制，所有项目最初都是要先拿到工程部由项目经理来竞价的。以前楚副总负责这一块的时候，至少大家还能公平竞争，心里也不会有太多想法。可是现在秦副总负责这块工作，而展副经理将成为跟我们一样参与竞价的项目经理，这怎么行呢？谁能保证他们夫妻两个在这中间不会产生猫腻？比如把明明利润很好的项目做成很差的，到时候我们其他的项目经理都退出竞争了，再由展副经理出面以极低的价格拿下项目，这样一来亏的可是公司，肥的却是他们夫妻二人。不好意思呀，秦风、展颜，我这也是对事不对人，防患未然，别人心里怎么想的我不知道，但至少我自己心里还是挺担心的。再说了，这二位，老公是我的上司，老婆是我的下属，我夹在当中，你们大家伙儿说说，这工作以后还让我怎么做呀？展颜要有个什么事，我是管好呢，还是不管好？管吧，我怕得罪我的上司，不管吧，我怕部门其他同志会有想法，我这不就成了猪八戒照镜子，里外不是人了吗？”

许良这么一说，下面就有好些人附和，会议室的议论声顿时嗡嗡响成一片。多数人对他们夫妻在同一个部门还是有些看法的，极少部分人则更因他们夫妻俩一个成为公司高层管理者、一个成为公司中层管理者而眼红。各种不太好听的言语和评论，这时候也就有意无意地在众人之间流传开去，朱英有心想要开口为小夫妻辩解几句，却也不知道该从何说起。

夫妻两人在同一个单位并且在同一个部门确实存在着弊端。很多机关、单位以及一些大型的企业都对此有着不同的规定。陈然当时把展颜调到秦风手下去的时候，并非没有考虑过这一点，只是当时他的主要目的还是想让展颜去工地学习。后来小夫妻俩从工地回来，展颜身体不适，直接在家中保胎了，他也就暂时没想过要去调整二人的岗位。原本以为，这对于私营企业来说，不过是件小事，不承想，在今天的会议上还是被有心人拿出来讲了。

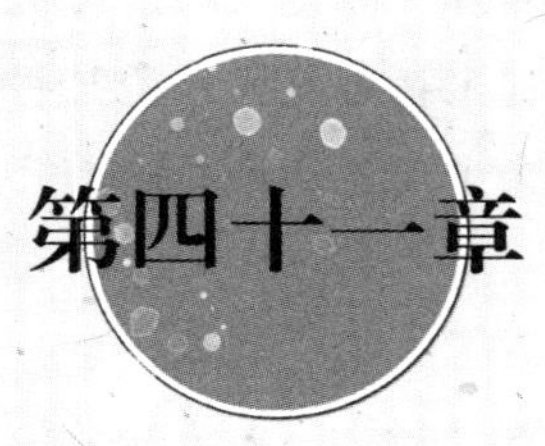

第四十一章

陈然不知道许良内心积怨已久。许良比秦风早到单位差不多有三年时间，当初李莉带走一批人的时候，他原以为怎么着也该轮到自己升职了，所以才会咬牙坚持留下来。谁承想他的运气竟然是如此不济，在公司需要工程师去投标的时候，他的项目经理证偏偏有在建工程，结果那个市重点工程项目环湖公园绿化工程二标段就落到了刚刚才拿到工程师证的秦风头上。之后，秦风更是凭这个项目拿下了省优秀园林金奖，项目经理证的含金量一下子就超越了他。后期也是因为这个，公司在排大标和重标的时候，项目经理第一人选就永远成了秦风。不得不说，秦风这人还真是命好，简直就是条人形锦鲤，业务部排一个标，他就中一个标，他每中一个标就必然会拿一个奖，这不，几年下来，秦风的业绩竟然远远把他这个老员工给甩在了后面。

这些倒也罢了，可是凭什么秦风这个比他后来的新人，居然升得比他快得多？先是当上了工程部经理，而他这个在工程部已久的老员工反倒成了他的手下。如今更是过分，竟然直接当上了副总经理，还成了董事会成员，而他在公司这么久，也不过是个工程项目部经理！所以，他比秦风早入单位三年又怎么样？还不是照样成了人家的手下，还不是连进董事会的资格都没有。

眼看着秦风步步高升，许良觉得窝火极了，这口气也已经憋了很久了，所以当楚槐来找他秘密谈论某些事情的时候，他毫不犹豫地就答应了，这会子更是不惜赤膊上阵，直接跟秦风撕破了脸皮。

秦风和展颜互相看了一眼，面有忧色，现在这个情况，明面上是在针对他们夫妻俩，实际上，两人却清楚，楚槐这是剑指陈然。虽然不知道楚槐这是哪来的底气和胆子，也不知道他这样做的目的，但在这个时候，他们夫妻俩是决不能轻举妄动的，无论是跳出来拍着胸脯证明自己的清白，还是拍着桌子理直气壮地跟许良吵上一架，都不可行。此时，他们的任何举动都有可能被人视为把柄，只会让一直对他们多有提携的陈然更加为难。

一直以来似乎都在神游天际的蒋新国这时也仿佛清醒了，他点了支烟，深吸了两口，随即也露出了他的爪牙："是呀，这个事，我也早就想提出来了。董事长，我觉得你在人事上这么安排，确实不太妥当。虽然说楚副总把事情说得严重了一点，但也不是没有道理，特别是今天，我看到他们夫妻两个在会上这么一唱一和的，我也觉得实在是太不合适。要知道，他们夫妻两个一个为公司高层管理者、一个为中层管理者，这要是有什么事需要投票的时候，人家是一票，他们俩可就直接是二票了！"

他对这小夫妻俩没什么成见，秦风踏实肯干，展颜乖巧肯吃苦，夫妻俩在抗洪的时候奋勇拼搏的样子，给他留下了很深的印象。可他又不得不这么说，他老婆瞒着他把家里所有的钱都投到了股市里，亏得一塌糊涂之后，就向"好心"前来安慰她的楚槐借了30万元再杀入股市，结果这些钱也全都赔光了。因为楚槐给他老婆的这30万元，他现在在楚槐面前连起码的尊严都没有了，只能像个傀儡一样听从他的指挥和安排。

蒋新国心虚，并不敢去看陈然的眼睛，低着头摆弄着眼前的烟盒，说：“我在园管处的时候就已经开始分管业务了，咱们当中大部分人都是老园管处改制过来的，你们应该知道，咱们当初还是园管处的时候，由于体制原因，基本上不需要参加招投标，政府有建设项目了，只要咱们的老处长出个面，走个流程就行了。这么说吧，改制前，咱们园管处所有的项目，全都要靠老处长。改制之后，我这个业务部经理真的也是慌乱得很，没了老处长的帮忙，我不知道该怎么去市场上竞争。幸好咱们的楚副总，在公司发展最紧要的关头，提出了跟春光园林携手合作提升资质，以增加竞争力的方法。这些年来，公司的资质升上来了，公司的业绩也是每年渐长，股东们年底的分红也都是漂漂亮亮的，这都跟楚副总的努力分不开。所以，当时董事长提出要把能力强、责任心重的楚副总提上来并且成为我们董事会成员的时候，我也是满心支持的。公司这些年发展得这么好，我们楚副总占了绝大部分的功劳。楚副总前段时间请了假，没怎么管业务，结果整个公司三季度中标为零，我想作为董事在这儿提一提，这个业务，可不能只靠楚副总一个人，我们每个董事、股东手头都应该有一定的业务量才行。”

蒋新国竟然暗指陈然无能！

朱英心中咯噔一下，看了一眼面色阴沉的陈然，冷着脸责问道：“蒋副总，我不太明白，你这话是什么意思？照你这么说，三季度中标为零，还要追责我们每个董事、每个股东？那要业务部干什么？”

“没，没，没，我也没有别的意思，就是觉得以前咱们还是园管处的时候，业务都是靠老处长的，现在都靠楚副经理了，这也就是一说而已。我觉得身为董事长，手头也应该有一定的业务量才对。董事长你呢，也不太喜欢对外应酬，跟行业圈子里那些老板老总，也不经常聚聚打交道，这样怎么搞业务？这样，其实……不……不……不太好吧。”蒋新国越说声音越小，到了后来，干脆埋头抽烟。

“蒋副总，麻烦你去看看公司法和公司章程，董事长的主要职责是领导公司的方向与策略，组织讨论和决定公司的发展规划、经营方针、年度计划以及日常经营工作中的重大事项，每天忙着跑业务的那是业务员！都说‘使鸡司夜，令狸执鼠’，各司其职，各部门有各部门的职责，各人也有各人的职责。还有，大家都是一个行业的，也都知道，蒋副总你说的那个行业圈子多少有点乌烟瘴气，谈个业务什么的，非得连吃带喝带玩的，这个圈子咱们公司不是有人已经在里面了吗，用的也可都是公款，就没必要我们每个董事都参与进去吧！”沈梦希站起来反击。

何欢就说：“其实我觉得从公司三季度中标为零这件事上，反映出的正是楚副总对公司的重要性。这些年来，他对公司的贡献大家都是有目共睹的。三季度中标为零，有主观原因，也有客观原因，我个人认为，现在行业的整个趋势就是这个样子，咱们公司也应该顺应大流，不要搞得跟个公家单位一样这么死板。”

陈然坐在座位上，脸上全无表情，他沉默地一支接一支抽烟，锐利的眼光迅速从蒋新国、许良和何欢三人脸上扫过。

当董事长这几年下来，他原本结实健壮的身体已经整整胖了一圈。早年在部队里晒得黝黑的皮肤却被养了回来，这些年经过油水和酒水的滋养，变得白皙红润有光泽。现在的他，看上去已经不太像一个刚硬的军人，而更像一个和气生财的老板。唯一没有改变的，是他的眼睛，他那双眼睛永远充满了活力和热情，并且永远像个士兵一样闪烁着锐利的光芒。

原本，他一直以为自己转业后会被分配到公安系统，谁承想，组织上却在当时把正在改制的菰浔镇园管处交到了他的手中。尽管他在上任前就充分意识到这份工作即将面临的困难，但一进入实际环境，便发现困难远比想象中严峻。后来，他才知道，组织上之所以把他分配到这个单位，就是因为非常清楚这个单位的内斗激烈，所以干脆就把他空降过去。菰浔镇园管处这个舞台上生旦净末丑都齐全了，就等着他去主导一场好戏的上演。也算不辜负组织的信任，他放开手脚，迅速为自己把这片江山给打了下来。随着“绿水青山就是金山银山”理念的践行，生态文明建设越来越受重视，他强烈地意识到，属于绿化行业的辉煌时期就要开始了，而转制成功的菰浔园林恰恰在这个时候经历着新生前的阵痛。这就需要他这个董事长拿出魄力，拿出耐心，拿出水平，拿出勇气，当然——尽管这一切他陈然都不缺，但他最致命的缺点就是缺少专业业务知识以及业务能力。

陈然坐在那儿一边继续抽烟，一边静静地观察着坐在下面的公司精英，心里感慨万分。正因为他缺少这两样致命的东西，他才会如同信任战友一样信任这些专业的同事，才会把专业的事情交给专业的人士去负责。但现在看来，他错了，而且错得非常离谱，他可以在战场上把自己的后背放心大胆地交给亲爱的战友们，可是他不能在商场上把自己的弱点暴露在自己的某些手下、某些同事面前。因为前者，他们有着共同的信仰，而后者却关联着不同的利益。

把香烟按灭在烟灰缸里，陈然拿起自己的茶杯，悠然地喝了一口，然后沉声说道：“行了，大家的意见，我都知道了。首先，我来谈谈许经理提出的秦风夫妻俩工作分配的事。以我个人而言，我是绝对相信秦风和展颜这两位同志的。但，许经理的话，的确也未尝没有道理，防患未然嘛。所以，为了对董事和股东们有个交代，我觉得还是有必要把对展颜同志工作内容调整的事跟大家在这儿提一下。其实呢本来这个事，我是想等展颜同志产假过后，再到董事会里来提的，毕竟她现在因为身体问题，暂时不能上班嘛。但是既然有人这么迫不及待地提了，那我就干脆把这事挑明了。”

说到这里，他把两只手撑在桌子上，眼睛并不曾向楚槐那个方向飘上一眼，而是直视着面露尴尬之色的蒋新国说：“为了整合我们绿化行业资源，规范行业行为，改善经营管理，增强市场竞争，同时也为了配合开发园艺新技术、推广苗木新品种，经由我们市建委蒋局长建议，将在今年成立菰城市园林绿化行业协会。协会除了要为行业内所有会员服务外，还要积极发挥跟上级主管部门协调、沟通的桥梁纽带作用，并为行政主管部门制定出行业管理政策、当好参谋。这个事情呢，蒋局也已经跟市里汇报过了，市领导基本上已经同意。那么既然成立了行业协会，总得有人管吧？蒋局的意思是由具有一级资质的园林企业出任第一届行业协会的会长单位。本来呢，论资历论区域，都是春光园林最合适，但由于林风伟的事，春光园林上了黑名单，这就是刚才展颜所说的有了信誉的污点，已经不足以成为整个园林行业的领头先锋和表率。所以，市里和局里提议由我们公司出任第一届行业协会的会长单位。并且，蒋局还亲自提名，建议由展颜同志担任第一届行业协会秘书长。展颜同志在工地上的时候，就因为有严明的组织纪律性和能打硬仗的战斗作风被领导看好，还因此得罪了一些苗木老板，连办公室都被人给砸了，由她担任第一届行业协会秘书长，领导和我都觉得放心和安心。”

展颜听到陈然三言两语之间，就重新把她的工作从工地调回了行政，不免有些吃惊，激动之下就顿时感到有些不舒服，一张脸变得有些苍白，她咬着唇，竭力掩饰着自己的不适，但坐在她身边的秦风还是第一时间察觉到了，他立即从桌子底下伸出手，紧紧握住她的手，轻声问：“怎么了，不舒服了吗？不舒服的话，我陪你先回去！”

秦风身上自有一股神奇而又奇特的宁静味道，展颜瞬间就觉得一颗心安静了下来，整个人也精神了许多，她摇摇头，小声回答：“我没事！”

秦风仍有些不放心，便就这样，一直抓着她的手直到会议结束。

陈然的讲话还在继续：“至于秦风秦副总的工作安排……”说到这里，他拿起水杯喝了一口茶水，随即将脸一沉。随着他的这个举动，他整个人的气势也变了，原本身上那股和气生财的商人气息瞬间消失得无影无踪，取而代之的是一股凌厉的狠意，当年那个以一夫当关的气势，只身拦住情绪失控、群情汹涌员工的陈然复现了。

他根本就不来迂回婉转、隐晦提醒这一套，而是直指楚槐点名说道：“楚槐，楚副总，我很清楚，你是因为我把你手中的这一块工作分出来给秦风而觉得非常不满，这恐怕就是三季度零中标的真正原因。不过，即便你再不满，你也得给我忍着。你要知道，我是公司的董事长、总经理，我是你的上级，是你的领导。受董事会委托，根据公司章程和公司法，我有权力安排任何一位公司高层和中层的工作。秦风同志虽然这些年来，没有像你一样做出多少亿的业绩，但他作为项目经理，所中的每一个标，所做的每一个项目，全部获得了省优秀园林金奖，可以说是为我们公司打出了品牌，打响了名气。刚刚完工的滨湖公园绿化项目经由市领导提议，也已经报到省里去参加‘长江杯’的评审了。我想说，我们公司能从一个改制的二级园林企业发展到今天——成为菰城市园林行业的龙头企业，其实，我们在座的每一位都是有功劳的。如果有人非要我按功劳大小排个名次的话，我说，我排不出来！因为这种功劳，有的是在明处，你们一眼看去，就看得到；有的是在暗处，虽然你们看不到，可确确实实也体会得到。一眼看得到的，是业务部、预决算部这些冲锋在前的部门；而看不到的，是办公室、财务部、公园管理中心、养护管理中心等等，这些保障在后的部门。每一个部门对我们公司整体来说，都是不可或缺的，不存在谁比谁更重要！在这儿，我要提醒各位一句，请你们不要忘记，你们每一个部门今天所取得的成绩，背后所依托的是我们菰浔园林绿化公司这个大平台，而非你们个人！或许在这个平台上，你的确是努力了，付出了，可是我今儿个明明白白地告诉诸位，这个平台给你们的，也绝对对得起你们的努力和付出！最后，我想说的是，地球离开了谁都照样转，我这公司离开谁，也照样开得下去！人，永远不要把自己看得太过重要。”

说着，他“砰”的一声，把水杯往桌子上重重一放，冷冷地说："散会！”他看都不看楚槐一眼，直接站了起来，扭头就走。

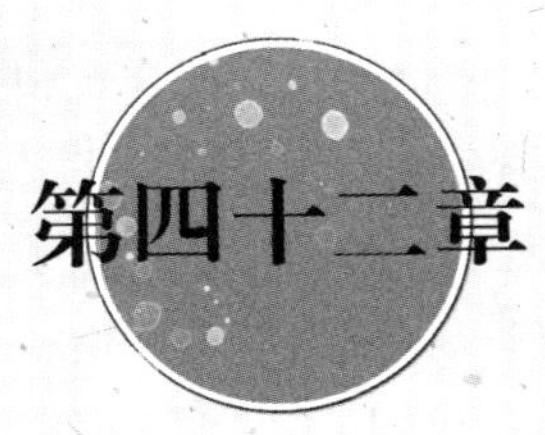

第四十二章

楚槐脸上的神色可谓精彩至极，会议散了，人都快走光了，他还呆坐在那儿，似乎有些不知所措的样子。

秦风扶着展颜小心起身，经过楚槐身边的时候，展颜站定，直直地望着他，脸上的表情严肃而又镇定，她冷声问道："楚副总，把我赶去协会，这样的结果你满意吗？"

"呵，你把你自己想得太过重要了，我的目的并不是想赶你走。"楚槐冷冷地回驳着，有些冲动恼怒的样子。

"是呀，你的目的，不过是想让董事长知道你有多重要嘛。你不满董事长把你手头的一部分权力分出来给老秦，所以，想给董事长点颜色瞧瞧嘛，最好董事长向你妥协，然后再把权力还给你嘛。不过，我瞧着你多半是脑子烧坏了，就凭你这点本事，也学着别人'逼宫'，呵呵，楚副总，你该不会是这些年人飘得太厉害了，不知道天高地厚了吧？"展颜毫不留情地讥笑他。

楚槐涨红了脸，情绪激动之下，就连五官都有些抽动。

是的，他错了，他不该发动这场看上去声势浩大其实并没有什么用的"逼宫"。这些年来，他实在是被陈然宠坏了。这么说吧，当初李莉走的时候，差不多等于直接就把菰浔园林的中坚力量给掏空了，导致整个公司处于青黄不接的状态当中。所谓，时势造就人才，楚槐和秦风就是在那种情况下受到重用的。相较于当时留在公司的仅有的两位项目经理许良和唐文，楚槐和秦风身上没有那种机关干部特有的暮气，形式主义、官僚主义都还来不及渲染到他们身上，两个年轻人都还正处于初生牛犊不怕虎、敢打敢拼的状态当中。所以，陈然非常欣赏和喜欢他们，一直就把他们当作重点培养对象。尤其是对更为聪明机灵的楚槐，陈然有感于在自己最困难的时候，楚槐为他披荆斩棘开拓出一条大路来，心里更是直接把他当成了自己的接班人在培养。

而在楚槐眼里，他其实是有点看不起陈然的，他甚至觉得即便是李莉这样的女人，也要比陈然更适合坐这个位置。他觉得陈然这个人实在过于保守、过于正直、过于胆小了，也不知道他是撞了什么大运才坐上了菰浔园林董事长这个位置的。

当然，陈然身上的那些缺点，对他来说就是机遇。陈然越不热衷于对外应酬和对上攀缘，他就越觉得自己有机会；陈然越不像个合格的商人和精明的董事长，他就越觉得自己有能力掌控全局。曾经，他一度以为他和陈然的这种极度舒适的上下级关系会一直维持下去，直到有一天陈然把手中的大权完全交到他的手中为止。

可他万万没有想到，陈然居然把秦风也提为副总，并且还吸纳到了董事会当中来。

说实话，他打心眼里看不起老实踏实的秦风，从来没想过要把秦风当成自己的竞争对手，更没想过秦风也会跟他一样会成为董事会成员，他觉得，按照秦风的能力他充其量也就在将来当个技术总监罢了。

但现实就这么重重地打了他一记耳光，秦风在他猝不及防的时候，突然就成了董事会的一员，直接就跟他平起平坐了。这突如其来的晋升让他第一次感觉到了危机，细细思量一番后，他心中的危机感越来越强烈。

在荒浔园林，他的晋升速度是最快的，这也为他招来了众人的嫉妒，导致他一直孤军奋战。当初陈然把他提上来当副总和纳入董事会的时候，是费了多大的劲，他心中也是有数的。但秦风不一样，秦风有展颜，展颜有朱英，朱英还是沈梦希的好友，所以，就算秦风什么都不做，在董事会投票的时候，就能直接拿到三票。可这样一来，他算什么？这么多年来，他在外面陪吃陪喝赔尽笑脸，好不容易在这个圈子里有了一点点优势，结果，自己的大后方差点就失守了。

朱英和沈梦希这两票他是动不了的，但，好在还有何欢和蒋新国两票。何欢的儿子在何氏建设集团总公司下属的市政分公司做财务，不小心在经济上犯了点小错，为了不让儿子坐牢，何欢到处找人托关系帮忙。于是，在和何欢谈妥了条件之后，他就找到了何嘉文出面摆平了这件事。至于蒋新国，他有那么个愚蠢的老婆，只要他愿意，随时都可以让蒋新国落入他的网中。

这样一来，就是三票对三票，关键就要看陈然这一票。要是换作从前，他是很有底气觉得陈然会站在自己这一边的，但是受到自己结婚时随份子这件事的影响，陈然对他的态度似乎有些不一样了，再加上展颜办公室被砸这件事，他觉得陈然可能对他产生了想法，所以才会想到利用秦风来遏制他。

他不是一个被动的人，不喜欢被人遏制，更不喜欢被人坐山观虎斗，他得让陈然知道他在这家公司里的重要性。

所以三季度的时候，他才故意捏住业务部不让自己公司中标，所以才会有今天会议上何欢、蒋新国和许良的那番话。他就是要让陈然知道，没有他楚槐，荒浔园林的业务就只能是零。跟他相比，秦风算什么？中不了标的话，就算秦风的施工水平再好，他也没有项目可以去做！公司的业务离开他楚槐就只能是零，可是项目经理嘛，工程项目部多的是。如果陈然觉得朱英、沈梦希会是秦风的支持者，那么，现在陈然也应该知道，他的身后也有何欢和蒋新国。

楚槐觉得作为一个聪明的商人，此时的陈然应该坐下来，和他谈谈条件，应该问问他，怎么样才愿意把四季度的业绩给提升上来。可他万万没有想到，陈然居然在会议上直接点着他的鼻子，说出了这么一番话。这就跟打仗的时候一样，明明对方应该选择对自己更有利的军队当盟军，结果对方直接扔了个炸弹，把应该是盟军的一方炸了个底朝天。

这会子，楚槐懊恼得几乎要用脑袋去撞桌子，他原以为陈然经过这些年在商场上磨炼，怎么着也应该成长为一个以利益为重的商人，谁知道这人的骨子里还是个带血性的战士，凡事根本就不从利益的角度出发，而是极其任性地随心而为，就跟这会子站在他面前对着他冷笑的这个女人简直一模一样。

展颜冷冷看了一眼有些失魂落魄的楚槐，在秦风的搀扶下，离开了会议室。小夫妻两个携手走在十月灿烂的阳光里，感受着清新芬芳的微风，适才沉郁的心情稍有缓和。

“笑笑，不如，我去跟董事长说，我以后还是和你一起做项目吧。其实就我个人而言，比起分管中标项目的实施和管理，我更喜欢到工地上去管理施工。”

展颜觉得一颗心好似被柔软的羽毛给轻轻撩拨了一下，一阵甜蜜的感觉从她的心里慢慢升起，她把头靠在秦风的肩上，轻声说：“老秦，你不用为了我而做出这样的选择。董事长让你分管中标项目，既是为了培育你，也是为了公司利益。这几年，楚槐春风得意，只怕私底下跟他们圈子里的那些人做了不少损害公司利益的事，所以他现在才会狗急跳墙。在这种情况下，你更加不能退让，董事长也不会允许你退让的。”

秦风没再说什么，低头朝她笑了笑，又轻轻摸了摸她的头发。随后，秦风将展颜扶上了小电驴，带着她平稳而轻快地行驶着，展颜靠在他的背上，看着古镇两旁郁郁葱葱的大树，惬意地眯起了眼睛。

此时，陈然与何欢的谈话不欢而散。何欢的儿子出了要吃官司这么大的事，他怎么敢说出来？尽管陈然很诚恳地问他到底发生了什么事，但他却是语焉不详，东拉西扯。陈然就知道这位同志不会再像以前一样，无条件地站在自己这一边了。他再去找蒋新国谈的时候，就有了心理准备，果然蒋新国也是这个态度。如此一来，他心里就有数了，动手的时候，就丝毫不留情面。

陈然这位同志跟展颜一样，属于温和的时候如沐春风，翻脸的时候就电闪雷鸣。

跟何欢、蒋新国谈话后的第二天，他就立即着手对公司的整个高层领导班子的分工以及公司的组织结构做了一个大调整，动作之快，反应之大，是所有人都始料未及的。

原来整个公司的框架分设为行政科、公用管理科、绿化养护科、花木培育中心、绿化设计院、预决算部和工程项目部。

现在，陈然按资质的不同直接将工程项目部拆分成两个公司——园林分公司和市政分公司。楚槐负责管理园林分公司，秦风负责管理市政分公司。两人负责的工作也再次有了调整。原本楚槐的工作，有一块是负责公司所有资质的管理、晋级，现在调整成负责园林资质的管理和晋级。陈然把市政资质管理连同市政招投标这一块全都交给了秦风负责。同时，公司所有工程项目的评奖工作也交到了秦风手中。陈然这样做是在拿市政资质这块给秦风练手，一旦再次出现像三季度中标为零这种情况，他就会直接把业务部招投标这一块工作交给秦风管理。

而原工程项目部人员根据专业和需要，分别调入这两个分公司当中。其中，许良担任园林分公司经理，一直在秦风项目部担任施工员的韩立被提升为园林分公司副经理。设计院副院长唐文兼任市政分公司经理。陈然还将秦风滨湖公园项目部中的安全员张思易提升为中层副职并调至业务部，担任楚槐的工作助理兼任业务部副主任。

蒋新国原先担任技术总工，现在则调整为负责花木培育中心、绿化养护科的管理。连沈希梦和朱英的工作也有了微调。沈希梦除了原先分管的设计院各项工作外，还将分管公用管理科。朱英除了原先负责的公司内务、党务、思想政治工作、组织日常工作考核外，还将协助两个分公司进行日常管理考核以及资质管理晋级。

虽然何欢仍然负责投标项目标书编制和竣工项目决算资料编制，但陈然给他增派了一名副手，就是原办公室文员张瑶。这位姑娘比展颜厉害一点，上半年已经取得造价师证，因此，陈然就把她从办公室调入预决算部，同时提升为预决算部副主任。

陈然在用大幅度调整人员的方式告诉各位董事、股东，身为公司的董事长、一把手，当他的领导权威面对公然的挑战时，他会做出怎样的反应！

班子成员的分工调整表面上并没有引起任何人的异议，蒋新国、何欢是因为心虚而不敢作声，而引起这场纷争的楚槐更知道自己不能再轻举妄动了，所以也很淡定地接受了这个安排。之后，陈然便抽空去了趟展颜家，和正在家里休息的展颜好好谈了一次。

三季度工作会议过后，展颜依然回家卧床休息，陈然的上门，让她有些意外。

陈然是来向她解释突如其来的工作调动的。展颜心里很清楚，身为董事长，也有身不由己的时候，更何况在当时这种情况下，陈然做出如此安排，归根结底还是为了保护他们夫妻两个。她沉默了一会儿，坦然告诉陈然，虽然她很不想去协会，但她理解陈然的身不由己。

陈然心里颇有些愧疚，他十分清楚展颜是有多喜欢自己的这份工作，为了这份工作她又有多拼。在工地上的时候，她晴天一身汗，雨天一身泥，她就像块海绵一样，拼命地吸纳着各种施工技艺和知识，吃苦精神使所有的男人都相形见绌。她这么努力地工作，不是为了别的，而仅仅是为了实现自己的梦想，实现自己的人生价值。可楚槐的这波攻击实在来得太快太猛，直接把他给打蒙了，待他反应过来的时候，已经很被动了。作为公司的董事长和总经理，他可以不畏惧流言蜚语，甚至可以任性行事，但秦风和展颜却不行，他们还年轻，还在成长当中，绝对不能就在别人的猜测、诋毁和攻击中受伤。

陈然略带着愧意看了展颜一眼，这些天来，他的心情一直非常不好，被自己悉心栽培的人在背后捅一刀的感觉，让他的心隐隐作痛，但同时，他也很庆幸自己有展颜、秦风、朱英、沈梦希这样的部下，无论在什么情况之下，这几位同志都是毫不犹豫地、坚定地站在他的身边。

想到这儿，他叹息着说："展颜，你们夫妻在同一个单位、同一个岗位，这就注定着你们要承受比别人更多的考验。在有心人的眼里，即使你们两人恪守职业道德，也很难让他们相信你们之间的清白，说难听点，在他们眼里，你们永远都是没有奸情胜似奸情的关系。所以，很多人觉得就算你们两个人都很优秀，也必须牺牲一个，不能让你们两个人都受重用。按我的个性，我可以不管别人的看法，依然把你们夫妻都安排在适合你们的岗位上，可是，以公司现在的情况，我如果这样做，不是在帮你们，而是在害你们，是在把你们推向风口浪尖，是在把你们架到火上去烤。"

展颜安慰他说："董事长，您放心吧，我和老秦都明白您的苦心的。我俩都没事，反倒是您，班子突然出现了不和谐的声音，恐怕您以后的工作会更难做。利益动人心，您要当心当年李莉的事件会在公司重演。"

"班子里现在的确出现了不太和谐的声音，那么，在小事上，我就发扬下风格，但在大事上，则一定会坚守原则，寸步不让的。放心吧，我有你们，还有沈院长、朱主任的支持，不会有什么事的。我们公司是私营有限责任制企业，我占了公司注册资本的27.8%，就算公司内部有人把蒋副总、何副总手头的9.46%、8.46%买下来，我也还有沈院长她们手中的9.46%和8.46%。至于技术人员出走这一块，现在我们人员充沛，公司又是整个行业的龙头老大，聪明的人是不会离开我们公司的，就算有些人要走，也已经不可能再对公司造成影响了。"

展颜知道陈然已经做好各种打算，当下也算是放下心来，她向陈然表示自己会努力当好第一届行业协会的秘书长。不过，现在协会还没成立，她目前最重要的还是保胎，陈然便让她安心在家好好休息，在谢别了颜雨红热情地让他留下来吃饭后，回到了公司。

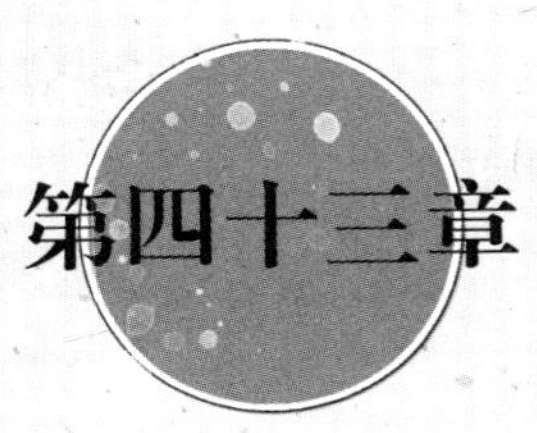

第四十三章

这一年，当江南的第一场西北风扯着狂野凄厉的哀号呼啸着席卷了菰浔古镇的时候，林晚晚也终于分娩了，她生了一个六斤多重的女孩子。楚家守在产房门外的长辈们听到这个“噩耗”的时候，集体流下了失望和气愤的眼泪。楚奶奶、楚爷爷和楚爸爸更是不顾林晓军的气愤和难堪，直接翻脸走人，顺便还带走了原本留着给产妇补身子、炖了五六个小时加了无数补药的老母鸡鸡汤。

楚妈妈虽然做得没有这么绝，但表露出来的情绪也是相当不快的，楚槐几个姐姐更是嘴上不饶人，明讽暗刺地说了一大堆难听的话。刚刚生产完的林晚晚得到的并不是长辈和家人的怜惜而是责怪和侮辱，这对她来说无疑是不能接受的。虚弱的她躺在床上，哀伤地哭泣着，情绪激动下，不仅差点崩了伤口，而且还不能产奶了。连医生、护士都看不下去了，责怪楚家不该如此重男轻女。林晚晚的这种情况彻底惹怒了她的父亲林晓军，他不能打楚家的女眷，把气全都撒在匆匆而来的楚槐身上，几拳就把他打了个鼻青脸肿。林晓军在楚家女人们的尖叫声音中，把楚槐推到了墙边，怒声责问：“当初你要娶晚晚的时候，你是怎么答应我的？

你说你会好好待晚晚的。现在呢，现在她生个女儿又怎么了？这难道不是你们楚家的孩子吗？好，你们不稀罕是不是？我稀罕！你们马上给我离婚，女儿和外孙女都由我来养！”

楚妈妈被林晓军的这个举动吓得要死，这会子，除了楚槐外，家里的男人们都走掉了，她扯着林晓军的胳膊哭天抢地地说：“亲家，你这是干什么呀？你快点放开我们家阿槐，你这是要把他给打死了！”

林晓军气得浑身直哆嗦，恶狠狠地说：“你放心，我打不死他，打死了，我给你儿子偿命！”

楚妈妈继续扯他的胳膊，几个姐姐也过来拉扯，正闹成一团的时候，挺着个大肚子的展颜、秦风还有展爸展妈进来了。一看这架势，四人都有点发蒙，林晓军便含着泪把楚家人的表现说了。

展颜看着目光呆滞的林晚晚又心痛又难过，也忍不住直接冲着楚槐发了火。

“楚槐，你算个什么男人？让自己的老婆受这么大的委屈！要说你也不再是董事长眼中的红人了呀，手中的权力也没那么大了，怎么还能忙成这样？在明知道自己老婆要进医院生产的时候，还跑去跟别人谈业务？多大的项目啊，值得你这样劳心劳力的，连自己的老婆生孩子都顾不上？知道的人，还能称赞你一声楚副总劳苦功高，不知道的人还以为你是个渣男、凤凰男、妈宝男！我看晚晚是十八辈子都没干好事才嫁给你，你这样的物种简直连丢进太阳系都嫌不够环保！”

她这一怒一骂就有些动了胎气，吓得秦风赶紧把她扶到一边坐下。

楚妈妈听到自己的儿子被一个莫名其妙跑出来的女人指着鼻子痛骂了一顿，顿时就恼了，说：“你这闺女嘴巴怎么这么缺德？这是我们的家事，要你跳出来打抱不平？”

颜雨红冷笑着说：“哟，我说老大姐，您倒也知道我家闺女这是打抱不平呀？但凡您有一丝慈爱之心，您那儿子哪会被人指着鼻子骂了个狗血喷头？您说您自己也是个女人，这生孩子的苦头也是吃过的，您这么对刚生完孩子的儿媳妇缺不缺德？”

颜雨红生气了，展颜的婚房是林晚晚一趟趟来回跑菰浔镇帮着弄好的，展颜的婚事，也基本是林晚晚帮着操办的，她打心眼里就非常喜欢林晚晚。现在，看到林晚晚目光呆滞、痛苦流泪的样子，顿时也火了。“这样，老大姐，你们家要真这么困难，家里的老爷们要跟生娃的产妇抢母鸡汤喝，那您儿媳月子里的鸡汤，我们展家就包了。我们展家虽然不是大富大贵，但给孩子喝点鸡汤还是喝得起的。”

楚妈妈有些脸红了，她当然知道自己家做得有些过分了，可作为家中一直受气包似的存在，这个媳妇的出现，本就替她分担了一部分的责难，她一时也有些不知道该说什么好。

楚槐的大姐翻了个白眼说：“生个孩子而已，哪有这么娇贵的？我生我们家老大的时候，还在地里干活呢，谁家媳妇像她这样，怀上没几个月，就直接赖在床上天天让我妈伺候的？还不是欺负我妈老实，所以说这城里女人呐，就是把自个儿看得太娇贵了，结果还不是生了个丫头片子，有什么好娇气的。”

展颜坐在林晚晚边上，正怜惜地替她擦拭着眼泪，她本就憋了一肚子气，听了楚槐大姐的这番话，不由得大怒，冷笑一声，硬顶了回去：“你生孩子的时候还在地里干活，那是你命不好，你没本事，怪得了别人吗？晚晚她娇贵，自然有她娇贵的理由，你有本事像她这样，就算在家保胎，天天躺在床上不上班，每个月照样有大几千的工资拿？你行吗？你有这个本事吗？你有这个能耐吗？我告诉你，就她的收入、她家的这个条件，随时随地都可以叫上好几个保姆来伺候，一个捏肩，一个捏腿，一个洗衣，一个做饭。城市里有本事、家庭条件好的女人就这么娇贵！你不服也得给我憋着！你自己没那个命，没那个能耐，生娃的时候还苦兮兮地在干活，你还好意思炫耀？你命贱到这种地步，我想想都替你悲哀！”

所以说，展颜这张嘴有时候说出来的话真的会气死人。

果然楚槐的大姐被气得不轻，张了嘴就要跟展颜吵架，结果被红着眼睛的楚槐给吼了回去：“你给我闭嘴，马上给我滚出去！”

接着他转过头，跪在林晓军面前说：“爸，对不起，这件事，全都是我的错。”又跪走到林晚晚身边，顽固而僵直地挺着身子说道：“晚晚，对不起，我来晚了，让你受了这么大的委屈。你别伤心，都是我的错，是我没有照顾好你。女儿好，我最喜欢女儿，你放心，我会好好地对你对女儿的。”

林晚晚缓缓地抬起眼睛，眼泪扑簌扑簌地直往下掉，由于激动，她的整个身子剧烈颤抖起来，展颜离她很近，几乎能感觉到她周身弥漫的哀伤和绝望。

“楚槐！”她叫了他一声，大哭了起来。

“对不起呀，晚晚！”楚槐挤开了展颜，抱住了林晚晚。

看着抱头痛哭的夫妻俩，怒火中烧的林晓军终于消了气，他忧愁地叹息着，望着自己的女儿，不知道是该哀其不幸还是怒其不争。

但展颜不相信楚槐，她自从怀孕之后，鼻子就特别灵敏，楚槐刚刚就在她身边，她闻到了他身上有股若有似无的香水味，味道非常高级。她又气又急，想说些什么，可在这种情形下，她又没有证据，如何能说？就算有证据，在这种情况下又如何说得出口？展颜恨恨地瞪着楚槐，偏偏一点法子也没有，只好坐在一旁生闷气，不一会儿，就感到浑身疲软，然后就觉得肚子疼得要命，她半带着哭腔说：“妈……我……我……我好像要生了！”

就这样，展颜因情绪波动过大，竟然早产了。幸好这里就是医院，她爸爸展开一嗓子，医生护士就呼啦啦全来了，直接把她推进了产房。

颜雨红简直哭笑不得，立即打电话给秦母。秦母也傻眼了，她哪想到自己的儿媳妇说是去医院看望个人，结果看着看着就直接生了呢？幸好展颜的预产期是在下个月，她早就把该准备的东西打包好了，当下直接拿了东西坐车来了菰城。

另一头，受了惊吓的秦风慌乱得不行，拎起电话先给自己在德安的爸爸打了个电话，又给陈然、朱英、沈梦希他们全都打了一遍。朱英听说展颜去医院看望别人后直接就生了，佩服得不行。秦风放下电话后想起被楚家长辈带走的那锅鸡汤，就重新拎起电话打给朱英，请她帮着炖锅鸡汤来。这边陈然知道了这件事后，沉默了一下，就让自己的媳妇也去买了两只鸡，分别给展颜和林晚晚炖上了。沈梦希是正巧家里杀了一只生蛋的母鸡，她想展颜突然就生了，肯定什么都没准备，当下也让家人装在锅子里要带给展颜。

展开和颜雨红这会子因为展颜要生了，既要去办入院手续，又要去买些必需品，一下子忙得鸡飞狗跳，没心情再骂楚家的女人了。林晓军见自己的女儿有了楚槐就万事满足的样子，气得半死，可偏偏跟展颜一样，什么办法都没有。

虽说展颜进了产房，但一时半会儿也生不下来。秦风急得不行，像个陀螺似的在那儿直打转。最后，连展开都受不了了，十分嫌弃地说：“你冷静点，笑笑从病房到产房还不到半个小时的时间，那会有这么快的？你再这么转圈，我和她妈妈都要被你弄晕了。”

秦风勉强冷静下来，坐在那儿，但整个人仍是肌肉紧绷。林晓军过来看到他这个样子，再对比楚槐，忍不住为林晚晚感到黯然神伤和难过，可谁让自己的女儿就吃楚槐那一套？

傍晚的时候，以陈然为首的“大部队”杀到了，结果来的人个个都带来了鸡汤，大家相互一看，都忍不住乐了。陈然就让朱英作为代表带着鸡汤、红包去看林晚晚，他自己则陪着六神无主，看上去智商明显退化了不少的秦风。

晚上八点多，展颜生了个八斤多重的儿子，母子平安。

所有人都替展颜感到高兴，秦风更是欢喜得一个劲地傻笑，当护士抱着小宝宝出来让他抱的时候，他紧张得手脚顺拐，抱着宝宝的样子，活像抱了颗地雷，被众人嫌弃得不行。娃儿在他手里还没抱上一分钟，就被秦母、颜雨红给抢走了。

得到消息的楚槐此时也过来了，秦风和楚槐两人相互恭喜了一番，努力维持着表面上的和气。不过颜雨红怕展颜看到楚槐就激动，便不动声色地把他拦在了病房外面。楚槐也自觉待着没进去，跟陈然他们打了个招呼，回了病房陪林晚晚。

这一晚，展颜的病房因为有陈然、朱英他们在，比较热闹。但是后面几天，林晚晚那个病房热闹非凡，来来往往的人络绎不绝，红包收了整整一抽屉，把楚妈妈乐得不行，连对林晚晚的态度也好了几分。秦风这边除了第一天来了陈然这几个人外，他谢绝了其他一切人员的拜访，红包也只收了陈然他们的以及展颜几个战友的，其他人员则一律不收。

尽管展颜和林晚晚是同一天生产，林晚晚又生得比展颜早，可直到展颜出院的那一天，林晚晚还躺在病床上。

由于情绪波动过大，来来往往的人又多，一直没有得到很好休息的林晚晚患上了极其严重的产后抑郁症，她的情绪相当不稳定，会为了一点小事而哭泣，没有食欲，无法入睡。而楚妈妈本身就因为她生了个女孩子而嫌弃她，见她这副样子，对她更是不待见，经常冷言冷语地说她，如此一来就形成了恶性循环。

林晚晚生产后的第一天没奶水，她的女儿一直用奶粉喂养，楚槐买的全都是进口奶粉，结果楚妈妈知道价格后，因为心疼钱，不肯给宝宝多喂，导致宝宝因为喂养不足出现了生理性黄疸。林晚晚知道原因后完全无法接受，差点要割腕自杀，幸好被护士发现救了下来。林晓军气急之下，待林晚晚出院之后，直接就把她和外孙女接回了自己家里，并请了月嫂照顾母女俩。

楚槐为此也和自己的母亲大吵一架，结果他妈妈大哭一场后，就给他上演了一出离家出走的戏码。他妈妈一个农村妇女在这城市里人生地不熟，再加上吵架之后，整个人失魂落魄，差点就出了车祸。楚爷爷知道后，拎了个拐杖说是要去找那个不孝不悌还给他们楚家生了个女娃儿的孙媳妇算账，幸好被赶回家的楚槐和他妹妹楚杨好说歹说劝住了。

楚槐面对这样的家人，只觉得心力交瘁，他趁着自己的妹妹在，不顾自己奶奶使出一哭二闹三上吊的手段，拎了自己的行李，直接搬去了林家。

此时的林晓军心中已经恨透了楚槐这一大家子人，连带着楚槐他都不想让他进门，可问题是自己的女儿却离不开楚槐，她只有在看到楚槐的时候，心情才会好一点，无奈的林晓军唯有再次妥协。

回到林家后，林晚晚总算是安稳地过度过了整个产假，等到她去上班的时候，她的抑郁症也已经好得差不多了。这期间，楚槐既要扮演好丈夫、好女婿的角色，又要扮演好儿子、好孙子的角色，两头讨好又两头受气，也着实过得辛苦。为了讨家人欢心，他向何嘉文借了巨款，毫不犹豫地买下了一栋独栋别墅，并开始装修。

这栋别墅价格上千万元，满足了楚槐的全部要求，别墅入口分前门和后门两个。前门入口直通一层至三层。一层有一个主卧、两间客房、一个大厨房、一个大客厅，专门留给爷爷奶奶以及今后上门做客的亲戚朋友住。二层至三层共有三个房间，给了他的父母和妹妹，三层有三个小套房，则是专门留给姐姐们过来小住的。

而后门入口则是电梯，直达四楼，整个四楼就是他们小夫妻的私密空间，有厨房、客厅、书房、专门留给林爸爸的客房、前后阳台、主人房、儿童房、保姆房等等。他们小夫妻可以自己在楼上做饭，也可以乘电梯下楼跟家人一起吃饭。电梯设置成刷卡启动，没有卡的人进不了电梯，也就去不了四楼。这样一来，看起来一大家子人住在一栋房子里，实际上，却是各层分开的。

林晚晚当然不想再跟楚家那一大家子人住在一起，但她却又见不得楚槐为此烦恼而彻夜不眠，矛盾之下，抑郁症差点又严重了。楚槐告诉她，他借了巨款买这栋别墅，是为了兑现他对她的承诺，他让她把家里其他人都当成楼下的邻居，客客气气的就好。他向她承诺，电梯卡以后只有他们夫妻和林晓军有，也就是说，楚家其他人如果没有林晚晚的允许就别想上四楼。

林晚晚最终被楚槐说服了，之后，楚槐便让她去说服林晓军。林晓军当然是竭力反对一家人再住到一起的，即便是楼上楼下的邻居关系也不妥当。可此时的林晚晚却因为楚槐兑现了为她买大别墅的承诺而感动，对着自己的爸爸装痴撒娇。林晓军无奈，想着有自己在，总不会让女儿吃大亏，如果这个样子还要吵架，那到时候自己大不了就再把女儿接回来，让她住到以前那套房子里去就是了。

可是，人生长恨水长东，林晓军在这个时候，还不知道，他能保护自己女儿的时间已经不多了。

第四十四章

江南的四月，正是细雨蒙蒙之时，菰浔古镇上那一个个犹如丁香般美丽的江南女子，手撑着纸伞，裙子上散发着杜鹃花的芬芳，行走在氤氲的古风诗韵里。因为充沛的雨水洗涤，古镇的花草树木被带出了更为旖旎的色彩，白墙灰瓦伴着绿水青山，吴侬软语和着雨水沥沥，当真是一幅斑斓多彩、活色生香的江南画卷。

展颜就在这样一个人间四月天里，由陈然亲自带着去了建管处连如海那里。协会已经成立了一段时间，前期由朱英担任代理协会秘书长。因为菰浔园林公司在古镇，而主管建设部门却在市区，无论是沟通还是工作分配上，都不太方便，分管领导黄炳耀就提出，协会作为主管部门和企业之间的桥梁纽带，办公场所还是设定在建管处比较合适，因此展颜假期一结束，就被陈然带了过来。

陈然和展颜到了连如海办公室的时候，连如海正在埋头写菰城园林城市复查汇报材料。各种报表、资料堆满了他的办公室，见到展颜的时候，正为人手短缺而发愁的连如海顿时眼睛一亮，匆匆跟陈然寒暄了几句，就立即布置了一大堆工作给展颜。

他们建管处算上正、副处长，外加两个工作人员，一共才四人，可是工作量委实不小，再加上马上要迎接菰城园林城市复查，每天各种大小会议不断，整个建管处光是应付会议就已经忙得晕头转向了。连如海堂堂一个处长，手下却没几个人手，就算复印个文件、打印份资料都得自己动手，展颜的到来，对他来说，简直就是雪中送炭，他毫不客气地直接把协会的秘书长当成了自己的秘书使用。

就这样，展颜开始了她为期三年的协会秘书长工作。

跟连如海接触了一段时间后，展颜对他先前的印象就有所改观了。她知道连如海、周明森跟楚槐之前同住一栋楼，并且三人私下还以兄弟相称。原以为连如海跟周明森一样，是被楚槐的“金诚所至”打动成为兄弟的，不承想，这位连如海实际上是被楚槐的精诚所至打动的。

可以说楚槐在连如海身上下了不少功夫，他拿出当年对待蒋新国的那一套，每天早晚都会开车接送连如海上班。即便有时候他自己没空，他也会安排好人员、车辆来接送连如海。建管处并没有专门的小车班，有时候他们处里的人要去省厅开个会出个差什么的，局里排不出车，楚槐也会主动帮连如海安排好。一些工作人员不能报销的发票，楚槐会帮助处理掉。政府部门不提倡节假日搞聚餐，但作为处长，连如海有时候还是非常想犒劳一下自己那帮手下的，楚槐就当仁不让地成了那个买单的人。包括处里的工作人员家里有什么事，结婚要借车，生病住院给红包之类的，楚槐都会想在前面，并且会以连如海的名义帮着办好，这才是真正打动了连如海的地方。

展颜到了协会工作之后，跟楚槐难免会经常碰面。以楚槐的城府，他自然不会让连如海知道自己跟展颜之间其实已经到了水火不相容的地步。同样，展颜也竭力压制她对楚槐打心眼里的厌恶，俩人见面时，往往都是过分客气而又礼貌的样子。

与连如海对展颜的倚重和重用不同，周明森是一副讨厌展颜的样子。当初展颜驳了他的面子，不肯用张财生苗木一事，到底让他心里对展颜有了隔阂。所以，他经常会当着众人的面，对展颜鼻子不是鼻子、眼睛不是眼睛的态度，不给她半点颜面。

展颜自从被陈然教训了一顿之后，在这些方面，当真进步不少。她并不会很介意周明森的态度，可也绝不甘心被欺压，该退让的时候，她会适当退让，迂回处理，但真的要是触及了她的底线，她便立即态度强硬地反抗。即便如此，连如海仍觉得十分头痛，他并不知道这两个人之间的矛盾，只觉得展颜桀骜不驯，周明森心胸狭隘，两个人各有各的错处。

不过，连如海还是十分欣赏展颜的办事能力的，可以说，在展颜刚刚开始她那协会秘书长生涯的时候，他真的给了她很大支持。

展颜是个喜欢干实事的人，刚刚成立的协会以及在建管处办公给了她大展拳脚的机会。在担任秘书长的第三个月，她便在连如海和陈然的大力支持下，在整个绿化行业内组织开展了绿化建设工程和绿地管养工程技术指导和技术培训服务，紧接着，她通过死缠烂打、软磨硬泡的方式，最终成功地让黄炳耀同意把市局关于园林工程奖项方面的各项评奖工作授权委托给了协会。这些奖项包括了园林绿化工程安全文明施工标准化工地、绿色施工工地以及莲花杯工程质量奖。随后，她又通过连如海给的号码，直接联系到了省园林学会的秘书长邹正，请他把省标准化工地以及省优秀园林工程奖项目的资格审查授权委托给协会。

如此一来，她上任短短不到半年时间，新成立的园林协会手中的权力就大了起来，在行业内有了极大的威信和影响力。一些原本积极性不高、不愿意参加协会的企业，一些原本视这个协会是鸡肋、不愿意受协会规章制约的企业，以及受“同行是冤家”

狭隘思想影响的企业，纷纷争着要加入行业协会。协会的会员从一开始的16家，发展到展颜接手半年后的52家，可以说，整个蔬城市有影响力的园林企业全都入了协会。连同建管处都沾了光，蒋局长在局办会议上还亲自点名表扬了建管处支持和关心行业协会发展，借用协会的桥梁和纽带作用引导和推动全市绿化企业的市场化进程，转变经营机制，增强市场竞争力，提高绿化工程质量，重视安全生产这一系列的举措。

值得一提的是，在这个时候，蔬城市的园林一级企业已经升到了6家。港飞园林、大宇园林、野园园林以及何氏集团园林分公司这四家单位在楚槐的操作下，去年也拿到了一级资质。这四家一级园林企业和春光园林一样，分别成了协会的副会长单位。此时，蔬城市几乎所有的园林企业都认为只要找楚槐就能取得一级园林资质，因此很多园林企业开始托人托关系来找楚槐，纷纷表示愿意出高价请他帮着升资质，有老板甚至已经把价格炒到了一个资质80万元的天价。

正当展颜和楚槐风头正劲的时候，林晚晚却遇上了她人生的第一个低谷期。她的父亲林晓军出了严重车祸，成了植物人。

事情要从林晚晚和楚槐搬到了别墅后说起。

对于作为“女儿奴”的林晓军来说，林晚晚就是他的一切。他的妻子过世已久，这些年来，不知道有多少亲朋好友替他介绍对象，他的身边也不是没出现过让他心动的女人，可他怕那些女人会亏待林晚晚，一直不肯再婚。林晚晚嫁给楚槐后所受的委屈，他一直看在眼里，对这段婚姻他是又悔又恨，可林晚晚对楚槐痴迷，他狠不下心棒打鸳鸯，就只能默默地守在女儿的身后。林晚晚搬到别墅后，邀请他到别墅小住，他想着要趁机观察女儿在新家到底会不会受委屈，也就答应了下来。

也许是楚槐当时拎了行李就走的事情，给楚爸楚妈留下了心理阴影，也许是因为有林晓军阴沉着脸看着，总之，在林晚晚搬进别墅后，老两口倒也不再为难她。别墅有块面积极大的绿地，楚爷爷楚奶奶就把草拔了，开始种菜，先前大家伙挤在一块儿的时候，两位老人家在这个人生地不熟的城市里，只能天天闷在家里看电视，脾气一天天渐长，现在有事情做了，两位老人一忙，心情就好了起来，也不再对林晚晚吹毛求疵了。

林晓军观察了几天，对楚家现在这种相处模式基本表示满意，正准备搬回家住的时候，却发现了林晚晚的异样。

这些年来，林晚晚在楚槐的精心设计下，通过出卖招投标资料赚取了一定的费用，不过，她也只是跟李莉一人来往。但是当她得知楚槐为她买这栋别墅借了1000万元的巨款之后，她在感动的同时产生了深深的忧虑，唯恐这笔借款会影响楚槐今后的发展。因此，从休完产假上班开始，她就瞒着楚槐，私底下出卖工程项目投标资料给其他行业的一些老板，想要赚取补贴帮助楚槐早日还清借款。

林晚晚在招投标站的人缘不错，还担任着一个小小的职务，这个职务能令她十分便利地窃取包括市政项目、设计项目、给排水项目、道路交通项目、建筑装潢项目等各种建设项目的招投标资料。她偷偷把各个建设项目的招投标资料截图下来，然后开始联系一些以前曾经求她“帮忙”却被她拒绝的企业和老板。

就这样，她每次都把同一个建设项目分别卖给几家有“需要”的企业，她向每家收取2000元“资料费”，怕留下痕迹，她只接收现金，不接受转账。拿到现金后，她便直接拿回家，放在一个特定的保险柜里，准备以后凑到了一定数目后交给楚槐。别看这2000元的“资料费”，说多不多，说少却也着实不算少。要知道招投标中心每天开标的项目不在少数，林晚晚最多一次一次性收进了10万元现金。

林晓军见林晚晚三天两头都会拿着一个黑色的垃圾袋回家，不禁心中一沉，他自己本身也是一个“清水衙门”的公务员，对这方面还是比较警觉的。这天中午林晚晚刚回家，就被他给堵住了，他二话不说，直接抢过林晚晚手中的黑色垃圾袋，一看果然是一沓人民币。这一刻，林晓军的心都凉了，他看着站在自己跟前不知所措的女儿，拿钱的手不禁微微发抖，他艰难地问道：“晚晚，告诉爸爸，这些钱是打哪儿来的？嗯？你不是一天两天往家里拿钱了，爸爸看到你这几天都在往家里拿钱。你……都做了些什么呀？”

林晚晚低着头不敢看自己父亲那双眼睛，眼泪却一下子涌了出来，一滴滴地滴落在别墅那高级的大理石地板上。

“爸，您别问了，我知道我自己在做什么。”林晚晚吸着鼻子低声回答。

“你知道你在做什么？你……”林晓军又气又急，恨铁不成钢地点着林晚晚，他竭力控制住自己的怒火，“你是不是拿了不该拿的钱？这事楚槐知不知道？是不是他让你这么做的？”

“不，不是的，不关楚槐的事。爸，楚槐是为了我才买这栋别墅的，为了我，他欠了很多钱，我不能眼睁睁地看着他整天为了钱而忧愁，我想帮他，我想帮这个家！所以……所以我才把一些招投标资料透露给几个熟悉的朋友，收……收一些‘资料费’。”林晚晚猛地抬起了头，泪水再一次从她的眼里涌出来，在她那张因为激素水平过高而长了蝴蝶斑的脸颊上淌着。

房间里那盏价格不菲的水晶灯闪着奇异的光芒，静静地照着父女俩的面孔，整个屋内死气沉沉。

林晓军痛苦地闭了闭眼睛，一屁股跌坐在了客厅那张华丽的真皮沙发上，睁开眼睛看到女儿害怕却又倔强的模样时，他的眼里不禁噙满泪水，他哽咽着，忧心如焚甚至万念俱灰，他根本不知道该如何把女儿从那条已经完全畸形的人生道路上给挽救回来。

“晚晚，你听爸爸说。钱，你不能再收了，以前收的，你也得给我退回去。爸爸回去后，把咱家空着的那套房子卖了，估计也会有个百来万，再加上爸爸这些年来的存款，虽然肯定不够，但至少用不着你铤而走险，用不正当的手段去赚钱。”

“不行呀，爸爸，我不能这么做！”

“不这么做还能怎么办？”一向视林晚晚如掌上明珠的林晓军终于发火了，“你知不知道你现在这个行为被人举报之后会有什么后果？你会被抓去坐牢的呀，女儿，你以为，你去坐牢之后，楚槐还会要你吗？他只会立即想办法跟你离婚，还要跟你编一万个不得已的理由，让你在痛哭流涕的同时心甘情愿地跟他签离婚协议！”

林晓军拉着林晚晚的手，让她坐在自己的身边，他拍着林晚晚的肩，痛苦地说：“晚晚呀，你怎么就这么傻？你怎么就爱楚槐爱到了这种神志不清的地步呀？你怎么会以为他是为了你才买这栋别墅？你怎么会以为他是为了你才欠了那么多钱？”

林晚晚吃惊地往后缩了缩，喃喃地说：“他……他不是为了我，还会为了谁？”

“你醒一醒吧，晚晚！为了你？什么叫为了你？你们俩现在是没房子住了吗？嗯？你们夫妻二人再加上你女儿豆豆三个人，爸爸那套一百来个平方米的房子还不够你们住吗？他是为了你吗？他是为了他那群趴在他身上吸血的亲人！他是为了他自己，为了他的爷爷奶奶爸爸妈妈姐姐妹妹，可就是没有为了你和豆豆！”林晓军的嗓子和手都颤抖着，他的鼻孔急促地翕动着，他大声吼道：“林晚晚，你不要再自欺欺人了！你今天为他所做的一切，你为他所收的每一分钱，除了在把你自己往绝路上推以外，没有任何意义！你所做的一切，除了你自己被自己感动外，他们楚家没有一个人会被你感动，没有一个人会觉得你好，没有一个人会感激你的付出！”

林晚晚摇着头，激动地站了起来：“不是的，爸爸，楚槐会理解我的！他说过，他所做的一切，都是为了我和豆豆。我不能让家庭所有的重担都压到他的肩膀上去呀，爸爸！”

林晓军倒吸了一口冷气，猛地站了起来，他伸出食指点着林晚晚，哆嗦着嘴唇半天说不出一句话来。林晚晚不敢与他对视，低着头竭力摆出镇静的姿态，故作轻松地说：“爸爸，你放心吧，跟我买资料的都是一些老熟人，不会有事的。”

“不会有事的？呵呵，不会有事的！”林晓军重复着林晚晚的话，声调伤心而又疲惫，他烦躁地在屋里走动着，最后，他站定了，拿起了自己的车钥匙说：“我这个当爸爸的没用，劝不了你，我只好去找楚槐。既然他所做的一切都是为了你，那就让他当着我的面来告诉你，什么事该做，什么事不该做。”

林晚晚大惊失色，扑上来拉林晓军的衣服：“爸爸，你别去找楚槐！”

林晓军气急，甩开了林晚晚的手，直接按了直达电梯下楼，林晚晚被摔在沙发里，等她从沙发里爬起来的时候，林晓军已经坐了电梯到楼下，林晚晚慌忙追了出去。

林晓军此时已经发动了车子，他从车子的后视镜里看到林晚晚追了出来，为了不被她追上，他一脚油门就往前冲了出去，他开得太快了，忘记了这是在小区里，等他发现前面有个孩子在跑的时候，已经来不及了，眼看着就要撞上那孩子，就在这千钧一发之际，林晓军猛然向右打了一把方向，车子似离弦之箭一般撞断石栏杆，掉进了环绕小区的那条河里。

林晚晚在后面亲眼看见了这场事故，她瞪大了眼睛，尖叫一声，便瘫软在了地上。

第四十五章

林晓军被救上来的时候，因为缺氧时间过久，造成了脑部损伤，变成了植物人。

林晚晚从她爸爸出事的那天起眼泪就没停过，她的心里满怀着内疚与痛苦，一直守在林晓军的病床前，一动不动，一只手紧紧地握住她爸爸的手。

所幸，这个时候楚父楚母还是挺靠谱的。庄稼人的确太过于注重血脉的传承，又太过于重男轻女，但在危难面前，还是保持着善良质朴的本性。亲家出了这么大的事，家里其他亲戚又都是远亲，帮不上忙，楚父楚母便义不容辞地承担起照顾亲家的责任。

楚槐很快从林晚晚口中探出了林晓军出事的真相，他也非常吃惊，想不到林晚晚的胆子会大成这样。但他并没有责怪林晚晚，反而给她拥抱和安慰。展颜也会经常去医院陪林晚晚，很多时候，她会跟楚槐撞上。有好几次都是在晚上的时候，楚槐带着一身酒气过来坐一下，然后马上就走，这个时候，展颜就会闻到他身上除了酒气之外，还有那种熟悉的若有若无却又萦绕在鼻尖的香水味道。

展颜在又一次闻到了这个香水味道之后，终于没忍住，借口要坐楚槐的车回家，告别林晚晚，跟楚槐一起走出了医院。

“你跟那梦梦还是没有断，是不是？”展颜走在楚槐身边冷声问。

楚槐一听到这个名字先是愣了愣，然后咬了咬牙，冷冷地说：“这跟你有什么关系？你少管闲事。”他突然站定，展颜看到一种近乎狰狞的笑容慢慢爬上他削薄的嘴唇，他慢声说道：“难道在这个时候，你还敢去告诉她说我在外面有女人？呵呵，她的爸爸刚刚出了事，她又患有抑郁症，你只要不怕她承受不住自杀，你就只管去告诉她好了。”

“你！”展颜怒极，可是看到他的表情，却又忍不住打了个寒战。

“少管闲事吧，展颜，连处很看好你，你要学聪明点！咱们两个现在可是连处的左膀右臂，就不要起什么内讧闹什么矛盾了。”楚槐笑了笑，礼貌而又客套地询问她，“怎么样，想要去哪？我送你！”

展颜闭了闭眼，深吸了口气，然后一把推开他，头也不回地向外走去。楚槐无所谓地耸了耸肩，摸出了手机，给何嘉文打了个电话：“嘉文，还在吗？我过来了！”

自从跟陈然闹翻了之后，他跟何嘉文的关系简直一日千里，发展到现在，他已经在何嘉文的绿化分公司里获得了一定份额的股份，同时还拥有了何嘉文那栋别墅的钥匙。

而此时的展颜虽然不知道那个香水的主人其实是何嘉文，但她却非常清楚，楚槐已经彻底背叛了林晚晚。可正如楚槐所说的那样，此时的林晚晚正处于人生最低谷的时候，她是绝对承受不住楚槐背叛了她这个事实的，展颜只能装做什么事也没发生过一样。可是，楚槐却偏偏利用了她这一点，有几次，粗线条的林晚晚无意间在楚槐身上嗅到了香水味，看到了口红印，楚槐却拉了展颜当证人，说是李莉喝酒的时候撞到了他。此时，李莉已经快五十岁了，林晚晚当然不会觉得她会跟楚槐发生点什么，再加上有她最信任的展颜当证人，这事很快也就不了了之。在这事上，展颜有多生气，楚槐就有多得意，展颜和楚槐都太了解林晚晚了，正因为如此，一个才会如此憋屈，一个才会如此肆无忌惮。

展颜跟楚槐表面的友好和平持续了很长一段时间，秘书长的工作也顺风顺水地开展了很长一段时间。在人们的感觉中，像她这种没有主管部门工作人员的身份，但却实行着主管部门工作人员职权的人，一切都是拜领导所赐，所以，一般来说总该时时小心，处处谨慎，总该毫无锋芒和棱角并且任劳任怨地为领导鞍前马后服务。但不幸的是，展颜同志丝毫没有这种认知，相反，工作中，她很有自己的想法，在涉及一些原则时，她表现得坚持而固执，甚至有些不近人情，这就让连如海渐渐不满起来了。

很快，一件让他觉得有损自己权威的事发生之后，他对展颜的态度，从一开始的倚重、信任、重用，逐渐转变成不满、恼怒，直至最后直接免去了展颜的秘书长一职。

事情的起因是春光园林那位曾经和楚槐一起摆了林风伟一道的俞侃，到展颜这里申报优胜标准化工地，他们公司这次申报的是一个改造类工程项目，根据市局出台的《菰城市园林绿化工程安全文明施工标准化工地》规定，整治、改造类项目工程造价须在800万元以上（含800万元）。但春光园林的这个项目却很小，只有500万元，展颜当然不给报，俞侃就拎起电话打给了楚槐。

过了一会，楚槐便亲自过来了，他接过俞侃手中的资料，对展颜说：“展秘书长，这个项目是小了点，不过，春光园林已经跟连处和周处都打过招呼了。鉴于春光园林近几年发展不易，处里决定给他们公司一定的照顾和扶持，所以这个项目的申报，是经两位处长同意了的，你只管盖章就是了。”

展颜心中十分反感，就问他："这个章盖不盖，咱们先不论，我想知道你楚副总是以什么身份来为春光园林当说客的？"

"你忘了，我们公司跟春光园林是友好合作关系。"楚槐不假思索地回答，随后极不耐烦地说："两位处长都点头了，你一个小小的协会秘书长有什么资格拦着不盖章？快点盖吧，协会成立的目的是为企业服务的，而不是刁难企业的，展秘书长还是多办实事，提升服务，让企业少跑路的好。"

"第一，在这件事上，两位处长并没有给我打过招呼，你楚槐只是菰浔园林的副总，并不是这建管处的工作人员，所以，你说的话，我不予认可。处长们今天都出去开会了，我等他们回来，自然会去向他们求证。第二，办实事，提升服务，让企业少跑路并不等于要乱办事，不遵守规章制度。春光园林这个项目根本就不符合《菰城市园林绿化工程安全文明施工标准化工地》规定，我不盖章，无论从职业道德还是职业操守来说，都是只对不错。另外，命令我盖章这件事，除却两位处长外，也只有我们公司的陈董事长，也就是我们协会的会长出面来跟我说比较合适。你，楚槐虽然是菰浔园林的常务副总，但只可惜你并不在我们协会担任任何职务，你无权来干涉和过问我的工作。"展颜寸步不让，说出来的话简直能气死人。

楚槐阴沉下脸，对俞侃说："你把资料留下，先回去。我需要跟展秘书长再谈谈。"

俞侃本就是个人精，见到这种情况哪还会再留下来，当下笑着跟展颜说了声再见就走了。楚槐等他关上了办公室的门，就一屁股坐在了展颜办公桌的对面，摸出了一支香烟点燃，熟练地吐了烟圈，然后说："好歹这么多些年的朋友了，有必要在人前弄得这么难看吗？"

展颜被激怒了，她昂起头来，眼睛里冒着火："啊哈，到底是谁非要在人前弄得这么难看的？”

楚槐摆摆手，表示并不想跟她吵，他压低了声音说：“好了，刚才是我态度不好，我认错，对不起。不过，我真的没有骗你，这个项目是经两位处长同意才申报上来的。展颜，咱俩认识这么多年了，在这种事上我没必要骗你吧？”

展颜的眼睛里流露出来的是游离在轻蔑和疑惑之间的神色，叫楚槐看着非常不舒服，她说：“我真的觉得非常奇怪，你怎么会对春光园林的事这么热心？为了他们公司，你跟老秦吵过，这会，又来跟我闹，楚槐，你收了人家什么好处，至于这么拼命吗？”

“没有的事，我只是忠于完成董事长交给我的任务而已。”楚槐断然否认。

展颜就笑了，楚槐多半是在跟她开玩笑，只是这玩笑开得未免太可笑了：“楚副总的脸皮可真够厚的，这种玩笑话也说得出口？我真是太佩服你了。实话跟你说吧，这个章我是不会盖的，这份资料，我也是不会收进来的。”

“展颜呐，你得搞清楚一件事情。”楚槐抽了口烟，吐出了口浓浓的烟雾，“你可别把你自己的这个位置看得太重要了。你要知道，协会毕竟只是个民间组织，现在咱们协会之所以发展得这么好，是因为主管部门下放了很多权力给你。可是一旦离开了主管部门的支持，或者说主管部门干脆就把这些权力收回去，你可就什么都不是了。你别因为人家现在来办事，一走进来就对你点头哈腰，笑嘻嘻地对着你叫秘书长，你就得意忘形，人家那是看在建管处的面子上，看在两位处长的面子上，不然，你以为，谁会理你？”

展颜冷笑一声，站起来去开窗户，想让新鲜的空气来冲淡室内的浓烟。快到下班的点了，天色已经暗下来，冬日呼啸的冷风卷起可怕的旋涡，把地上的残雪残冰都卷了起来，搅得整条道上一塌糊涂。

“我不是很明白你的话。”她站在窗前，并不畏惧窗外吹进来的寒风，“我们协会现在手中的确是有些权力的，这是因为局领导信任我，才把部分权力下放到我们协会手里。所以，我兢兢业业，循规蹈矩，唯恐会对不起这份信任，这怎么到了你嘴里就变成得意忘形了呢？”

“行，我不跟你做口舌之争。”楚槐回答，稳稳地坐在那儿，神态笃定，“连处和周副处长也快回来了，到时候，他们让你盖，我看你还有没有这个胆子说不盖。”

展颜看了他一眼，没再说什么，只是仿佛在跟什么对抗似的挺了挺背，这时的她再次呈现出让楚槐熟悉的倔强来。

过了一会，连如海和周明森两人挟着冷风推开了展颜的办公室。在建管处，连如海有个单独的办公室，因为要挂协会的牌子，所以展颜也有个单独的办公室，而周明森则和其他几位工作人员共用一个办公室。

“小展，春光园林的事我知道了，你把资料收进来吧。”连如海站在办公室门口说完就准备转身走，不想展颜却叫住了他，她说：“连处，春光园林这个项目不符合《菰城市园林绿化工程安全文明施工标准化工地》规定，我们协会既然受局里全权委托负责这个奖项的评审，那么肯定得按照规定来。”

连如海皱了皱眉，展颜的这句话，让他觉得自己处长的权威被蔑视了，心中顿时有些恼怒，他当处长这些年来，一向是说什么就是什么，什么时候轮到下属对他说“不”了？他朝展颜看去，见她静静地望着他，脸上丝毫没有惊恐不安和内疚的表情，心中不由得更加生气。

“我说可以收，就可以收。春光园林从黑名单上划掉之后就一直发展困难，作为政府主管部门，我们要为企业着想，要看到企业发展中遇到的困难。现在的春光园林急需各种奖项来打开局面，在这个时候，我们应该给予企业的是支持，而不是刻意为难。”考虑到展颜毕竟不是自己真正的手下，连如海耐着性子向她解释了一番。

“我赞同连处您所说的，在这个时候是应该给予企业适当支持，但我认为，这个支持应该保持在一定的规则范围内，而不是无原则无底线的。春光园林申报的这个项目，连最基本的规格都没有达到，我们协会的这个章要是盖下去，其他会员单位就会置疑我们公平、公正、公开的原则。还有，这个头一开，在以后的工作中，我们协会遇到同样的事情，又该怎么办？规定放在那儿就是要让人们遵守的，摈弃了规定，这是不是意味着，以后只要有单位申报任何项目，我们协会就不用再审核，直接收进来发奖就可以了？”展颜反驳，言辞犀利。

周明森一听就乐了，连如海此人是个官二代，表面上看斯文和蔼，实则由于内心根深蒂固的优越感，一向以自我为中心。在建管处这些年来，他顺风顺水，几乎没受过什么委屈和挫折，下面和建管处有业务关系的企业更是把他当佛一样敬着供着。就连局里几次岗位调整，领导都要以他的意见为主，没有把他调到其他部门，而是由着他继续在他熟悉的建管处工作。这样的人，怎么可能听得进一个小小的、没有级别、没有身份、没有地位的人的意见？展颜不知死活，以为连如海平时颇为重用她，就敢口出狂言，这下恐怕要落个不好收拾的下场了。

果然，连如海听后脸色大变，怒将他一张白净的脸烧得通红：“你什么意思？怎么，我一个处长怎么做事，还要你一个企业里的人来教？我是你们协会主管部门的领导，所有奖项的最终评审盖章和发文还是得以我们建管处的名义，我说可以就是可以。”

望着突然变得专横的连如海，展颜回答得不卑不亢：“对不起，连处，这个章，我不能盖，也不敢盖。因为我认为这个申报项目是不符合申报规定的。你如果要给他们春光园林特事特办，那么，你可以直接给他们加盖你们建管处的章，并且由你们建管处接收资料。等其他企业的项目经过材料初审、不定期的动态检查以及最终评定之后，在最后发文公布评审结果的时候，你们直接把他们公司的名单加上去就可以了。”

“你——”连如海简直不敢相信，平常看上去乖巧听话、工作认真的展颜竟然敢这么跟他说话，不由得气得浑身发抖，连眉毛都直立了起来。

办公室里弥漫着特殊的气氛，仿佛暴风雨来临之前的宁静，楚槐几乎可以嗅到暴风雨马上来临的危险气息。

连如海死死地盯着展颜看，目光冷峻而严厉。展颜平静地与他对视着，没有半点退却的意思。

“好了，好了，连处，您先别生气了，展颜她这个人吧，就这样，一根筋到底，都不知道转弯的。您得抓紧点时间了，您别忘了今晚您跟市里的几位领导有约呢，再不去可就要迟到了。”楚槐见势不妙，适时地打了圆场，他太了解展颜了，见这女人露出这副表情，就知道连如海是说服不了她的。

“很好，展颜，我现在就打电话问问你们的会长陈然，我倒要看看，这个章，你们协会到底盖不盖！”连如海恼怒地低吼着，被楚槐连劝带拉地带到了他自己的办公室。

周明森望着展颜冷笑了一声，带着颇为愉悦的表情也转身回自己的办公室了。

第四十六章

他们一走，展颜才感觉刚才连如海给她的那股强烈的、压迫的力量消失了，她跌坐在自己的座位里，用手揉着自己的额角，心里翻江倒海般地转辗着许多念头。

过了一会儿，她的手机响了，是陈然打来的，他在电话里叹息着说：“小展，你……唉，你就把章给盖了吧！”

陈然以为展颜会跟他也争上几句，不想展颜在电话那头只是瓮声瓮气地说了个“嗯”字。

这倒让他心里有些不安，顿了顿，有些为难地说：“小展，我理解你的做法，可我……却不能支持你的做法。凡事还是得以大局为重呀，小展！你要知道，咱们协会的发展是离不开主管部门的帮助和扶持的，得罪了主管部门对我们协会百害而无一利呀。”

展颜喃喃地说：“这些道理，我都懂的。”

陈然就有些奇怪：“既然你都懂的，为什么不肯盖这个章呢？”

展颜沉默了一会儿，然后微微振作了一下，这才轻声说道：“因为，只要我在，我就不能让我们的协会变成楚槐的协会呀，董事长！”她叹了口气，声音听上去非常疲倦，倒像是经过了一场剧烈斗争的样子："我在建管处这么久，也算是见识到了什么是兄弟联手，无法无天。楚槐收人家钱，帮人家升资质，这边两位领导非但没有阻止他这种行为，反而以支持企业发展、提高企业实力、增加企业投标竞争机会为由，对楚槐送上来的资料一律开绿灯。这些递交资料的企业，有很多东西都是造假的，他们处里根本就不管，也不追究，有时候，倒还会提醒他们怎么样做才能做得更加真实。董事长，我真的看不惯，可我也没办法去向纪委检举揭发。一方面，楚槐收钱给人升资质，我也是听人说的，没有什么实质性的证据，更没有证据证明两位处长和楚槐有权钱上的交易。另一方面，无论如何，我始终是菰浔园林的人，如果由我出面去检举揭发他们，而且还不是为了我们自己企业的事，结局可想而知。以后咱们菰浔园林只怕在局里会受到很大的排挤，在同行中也会受到排斥。再说了，咱们企业自己身上也不干净，逢年过节的，哪敢不给这两位领导送钱送东西呀，这要是一查查到了自己身上，那可真是吃不到羊肉惹了一身骚呀。可即便如此，那也不代表我会跟他们同流合污，现在我们协会受局里委托，有很大权力，我不能让这些权力最后全都成了楚槐生财的工具呀。今天，即便我做出这种螳臂当车的行为，但起码也让他知道了，我是会对他说不的，也是敢对他那些个当领导的兄弟说不的。那他楚槐以后想要借评奖来发财，就要仔细掂量掂量了，他那些当领导的兄弟想要给他保驾护航一路绿灯的时候，也该会有所顾忌了。"

陈然很仔细地听完了展颜的这番话，低叹了一声，用一种深沉的、无奈的、愧疚的声音说："小展，退伍这么些年，你还是没怎么变呀。反观我，倒是在这市场经济的大海里游了一通，弄湿了身子呀。我知道了，你放心大胆地去做你想做的，有什么事，连处自然会打电话给我。协会在咱们手中管着，咱们就努力做好自己的本职工作，有一天不在咱们手中管了，那他们想怎么样就怎么样吧。”

展颜忽然就觉得汗颜起来，真诚地对陈然说：“对不起董事长，我给您惹麻烦了。您放心吧，这个章我还是会盖的，标准化工地是着力营造规范有序、安全文明的施工环境，企业想要创建标准化工地也是好事。既然领导一定要让盖，那就盖吧。”

这件事之后，连如海跟展颜之前建立的和谐关系一落千丈，虽不至于刁难，但原本属于他们建管处的一些工作却不再让展颜帮忙了。

不过，也正如展颜所说的那样，受这件事影响最大的人就是楚槐。原本他想得好好的，要在这一年内，把春光园林几个工程量不大的项目评上园林绿化工程安全文明施工标准化工地、绿色施工工地以及莲花杯工程质量奖。而要说这几个项目的质量，他自己心里其实也是有数的。这几个项目参股的人比较多，他自己也参股了，在利润至上的前提下，当然不可能做出什么优质的工程。原本他还以为凭着自己和处里的关系，即便现在各种奖项的评审工程归协会分管了，想要走个后门也应该问题不大。不承想，展颜这个女人当真是一如既往“拎不清”，根本就不给连如海面子。春光园林那个标化项目虽然到最后她还是给盖章了，可到底场面非常难看，弄得连如海也颜面尽失。在这种情况下，他很清楚地知道他手头的这几个项目是不可能通过展颜这边的初审去评什么奖项的，所以，他干脆也就放弃了，连如海的人情可不能白白浪费在这些乱七八糟的小项目上。

这样一来，就引起了赵忠民对楚槐的不满，年底楚槐悄悄去赵忠民那儿拿分红的时候，赵忠民就忍不住说了些不太中听的话。楚槐也不分辩，客气地告诉赵忠民，既然如此，不如大家好聚好散，自己还是退股算了。他这招以退为进的棋子，反而让赵忠民踌躇起来。

说实话，尽管楚槐在他们春光园林上黑名单的时候，以趁火打劫的姿态入了他们公司的股份，可这两年他也确实为他们公司赚了不少钱，当然，楚槐他自己也没少赚。现在，公司刚刚才从黑名单上解禁，参加招投标仍是非常吃力，这个时候可不是跟楚槐分道扬镳的时候，而且，听小道消息说，连如海很有可能会往上升一级。想到这里，赵忠民便立即收起了自己不满的态度，岂料楚槐微微一笑，趁机提出要么退股，要么增加股份的要求。赵忠民顿时想起林风伟出事的时候，楚槐秘密来跟他谈判就是这副样子，心中又是恼怒又是无奈。楚槐就提出帮他弄到一个全国性的园林金奖，让他们公司在以后的招投标上增加优势。这个奖项的含金量很高，在招投标技术标上的加分比重也比较大，赵忠民考虑了一番后，最终还是答应了楚槐的要求。

所以说，连如海的人情，楚槐并非不敢再用，只不过他是想用在刀刃上而已。

这一年，楚槐仍是以私下帮别人升资质、帮何嘉文等人串标围标为主赚取外快，至于自己公司的业务，他以完成跟陈然签订的部门责任制指标为目标，既不像从前那样积极努力，也不像那次三季度“零”中标那样过分。总之，中规中矩，让人怎么也挑不出他的错处。此时的陈然对他已死心，在尽力培育着秦风，楚槐面上不显露，心中却是忌恨交加，私底下所做之事越发肆无忌惮，让赵忠民给他增加股份，正是他为自己留好了退路的重要一步棋。

另一方面，自从连如海因为春光园林的标化项目跟展颜争吵过后，楚槐就没再跟往常一样，帮着他熟识的园林企业胡乱申报项目，而是聪明地避免跟展颜再次正面冲突，两人勉强相安无事。而连如海虽然记恨展颜不服从他的命令，可奈何展颜深得黄炳耀和蒋乐一的信任，所以也只能勉强咽下这口气，按捺住自己脾气，没把展颜从建管处的办公室里赶出去。

但到底，矛盾的根源还是存在的。

展颜担任协会秘书长的第三年，黄炳耀调往市委担任市委副秘书长，蒋乐一调往德安县担任县委书记。市局两位了解她并且支持她的领导全都调走了。

如果说这两位领导的调走让连如海对展颜的忍耐力降为零，那么楚槐的再次行动，则是让连如海直接撤去展颜这个秘书长职务的根本原因。

楚槐曾经向赵忠民承诺，会让他们公司拿全国性的优秀园林金奖，现在这个机会来了，有个等同于建筑工程鲁班奖的全国性奖项——“金牛杯”优秀工程项目奖，开始在全国展开评选。这个奖项每三年评选一次，分建筑、市政、园林等几个方面，楚槐要为春光园林申报的就是这个奖项。

按理说，这样的全国性奖项是有基础条件的，也就是说，申报的奖项必须在获得省级或者市级的园林奖项后，才有资格参评。可这对于楚槐来说，根本就不是事儿，奖项是可以造假的，公章是可以盖到的，而且这个奖项的主要负责人正是章新明在北京的好友。他已经一早让梦梦在章新明身上下过功夫了，章新明向梦梦保证过，只要建管处的章盖得出来，他就能让这个项目评上奖。

自从那次跟连如海有了争吵之后，展颜一直很低调很隐忍，现在，当她看到一些不太能接受的事情时，已经学会了闭上眼睛，然后再次睁眼时变得淡然而冷漠。她对连如海依然尊敬，每次看到他的时候，都会主动打招呼，可如果连如海冷着脸不搭理她，她就会连眼皮都不抬一下地从他的面前走过去。

实际上，她内心的倔强一直深藏在这种低调和隐忍之下，就好像易燃的火药，静静地被收藏在盒子里，一旦有火种凑近来点燃它，那么，它就一定会燃烧并且炸开，给人留下一个烟花般璀璨的回忆。

而这个火种就是省园林学会的秘书长邹正的一个电话。他打过来是来跟展颜确认一下，他们菰城市今年申报“金牛杯”优秀工程项目奖的企业名单。这个项目的初审资料，也是在展颜这里办理的。名单一路对下来并没有什么大问题，但当最后一家企业名字被报出来的时候，展颜就愣住了。

“邹秘书长，您是说春光园林也申报了？这不可能吧，您是不是搞错了？春光园林这几年并没有拿过任何奖项呀。而且，我这边也没有他们公司从我这里申报的记录呀。”

“不会有错的，他们申报上来的资料上明明显示他们拿到了今年你们市里评审的莲花杯奖项呀，而且他们申报上来的资料虽然没有盖你们园林协会的章，可是盖的却是你们建管处的章呀。是不是连处那边忘了跟你沟通了？”

放下电话，展颜只觉得浑身的血直往头部涌来，她怔怔地在那儿坐了很久，一直到夜幕垂落，一切都隐匿于黑暗之中，她才慢慢地回过神来。

“妈的！”她走到窗口，推开窗门，对着昏暗中的树木阴影狠狠地咒骂了一句，像一个精神失常的人一样，把窗打开又关，关上又打开，不断地重复着。

她忍了忍终于还是没忍住，直接拿起电话打给了已经下班了的连如海，这个时候，她根本没想过这么做会引起什么后果，她只是觉得愤怒，非常愤怒，她不明白身为一名干部、一名看着能力还挺出众的领导，怎么可以对规章制度罔顾到这种程度！代表着权威跟权力的公章怎么就可以这么随随便便地盖在了不应该盖的地方！

“连处，你是不是把春光园林的一个项目报到省里去参加‘金牛杯’优秀工程项目奖的评审了？”展颜严肃地问道。

“怎么，你有意见？”连如海此时正和楚槐、周明森他们在一起，这几天他副局级干部的任命就快下来了，楚槐今天特意为他办了场小小的“升职宴”，本来他的心情很好，但接到展颜的这个电话，顿时就恼怒了。

“‘金牛杯’优秀工程项目奖的评审条件，其中有一条就是申报的项目必须拿过省或市级的园林奖项，可据我所知，他们春光园林在这几年内根本没拿过这方面的奖项。”展颜忍住火气，跟他讲道理。

“你说没有就没有吗？展颜，我这个处长做什么工作还需要跟你汇报吗？你算个什么东西？也配打电话来责问我？我看你在秘书长这个位置待太久了，太过膨胀了吧！明天上午，我会找你们陈会长，我要跟他谈谈，建议他给你们协会换个秘书长！你准备好收拾东西走人吧。”连如海说完直接挂断了电话，美好的心情被展颜这个女人破坏了，不过幸好还有芳香可爱的鲜花和蛋糕、忠实可靠的兄弟和朋友、美味醇香的佳肴和烈酒可以安抚他的心情。

展颜气得不行，拿起水杯喝了满满一杯凉水，也没把心里的火气给压下去。

半晌之后，又觉得有些心灰意冷的味道，算了算了，她的坚持和顽固，在这样的领导面前，终归还是螳臂当车。既然做不到睁一只眼闭一只眼，既然做不到跟他们同流合污，那么，这个协会秘书长不当也罢！

她拿起了箱子，开始整理和收拾自己的东西。收拾完之后，她毫不留恋地抱着箱子走出办公室。此时，外面正在下雨，阴冷的雨丝无孔不入地飘坠在她的头上、脸上和身上，可她却根本不在乎。

这一晚，展颜回到菰浔镇后就在秦风的陪同下去了陈然家里。

来开门的是陈然本人，看到小夫妻俩显得有些意外，接着，他就露出了由衷的喜悦及欢迎。

“所以说背后莫说人，我正跟我夫人说你们小两口的趣事，没想到你们就找上门了。”他笑着说，“赶紧进来，到里面坐，你们两位可是稀客呀。”

陈然的夫人含笑端着茶出来跟他们打了个招呼，她又去拿了些瓜子、巧克力和水果放在客厅的茶几上，在知道展颜他们有事找陈然之后，便安静地回到了自己的房间。

很快陈然知道了整件事情的经过，他从沙发里站起来，点了一支烟，来回踱了几步，站定后，表情沉重地说：“既然这样，展颜，你还是回公司吧。回到工程项目部，回到你最钟爱的工地上去吧。”

他这么一说，展颜就突然变得有些怯懦了，来时满腔的怒火和义无反顾的勇气，不知何时溶解在了手中那杯热气氤氲的新茶里，她有些不好意思地轻咳了一声，嗫嚅着说：“对不起呀，董事长，我，我是不是又给您惹祸了？”她抬起眼睛，直视着陈然，坦率地说：“其实我真的很想要去纪委举报，可我不知道这么做到底对不对，所以，我想来听听您的意见。”

陈然目光深沉地看了展颜一眼，摇着头说：“展颜，如果单凭这件事，你去纪委举报他是没什么用的。他还是可以拿出为企业服务的那一套来为自己开脱，何况，你手头也没有楚槐跟他金钱或者其他方式交易的直接证据呀。要知道打蛇不死，反受其害，我们做企业的，不到万不得已，是不敢跟政府部门的官员，尤其是主管部门的政府官员去打对台的。这事，你就放下吧。他们两个，一个贪婪成性，一个胆大妄为，这样下去，迟早是会出事的。”

展颜微微沉思，然后认真地点了点头。

陈然笑着说：“其实这样也好，你呀，不是心心念念想要回工地，想要当我们公司绿化总工吗？倒不如就趁着这个机会写个辞职报告回来。我估计非但协会秘书长这个位置，连处长，哦不，其实现在应该叫他连副局长了，他升官了呢。我估计非但协会秘书长这个位置，咱们连副局长心里有了人选，就连我这个协会会长的位置，他都应该有了人选了。”

展颜好奇地问：“他想选谁当协会会长？”

陈然连抽了几口烟，高深莫测地笑了笑，说出了一个名字：“何嘉文。”

第四十七章

第二天一早，展颜就把辞职报告放到了连如海的办公桌上。昨夜一夜的纵酒欢乐，让这位就要走马上任的副局长眼睛略略有些肿胀，他透过镜片冷冷地看了看展颜，发现这个一向有着爽朗笑容的女人，表情冷然，一双清澈的眼睛变得黑森而寂寥。不知怎么的，他突然就产生了一丝怜悯，他想，虽说这个女人的确有点“拎不清”，可这会子，若是她哭着求他的话，或许他还是可以再给她一次机会的。

可这个倔强的女人压根就没这个打算，她冲他微微点头，然后转身，毫不留恋地走出了他的办公室，徒留连如海一人在她身后生气懊恼。

展颜回到了公司后，就直接去工程项目部报到了，然后马不停蹄地跟着一位项目经理去了工地，开始了一个新的绿化项目的施工任务，再不过问协会任何事务。

而根据协会章程，协会秘书长应该经由会长聘任并通过常务理事会会议审议通过才能上任，连如海亲自给每家常务理事单位打了电话，直接通知了各单位将由何氏建设集团总公司办公室副主任任亚萍接任新一任秘书长。各单位自然不敢驳了这位新上任的副局长的面子，常务理事会会议走了个过场，任亚萍就去了建管处的协会办公室上班了。三个月后，协会提前召开换届改选会议，由何嘉文正式担任菰城市园林协会第二届会长。

至此，这个协会彻底失去了成立的初衷，在很长的一段时间内，在连如海、周明森的默许下，这个协会沦落成一个被楚槐等人牟利的工具、拉帮结派的工具和输送不当利益的工具。

这对菰浔园林来说，还是造成了一定困扰的。展颜得罪了连如海，让连如海连带着对菰浔园林公司也看不太顺眼，在协会评奖评杯的过程中，多次刻意打压，甚至在省里下来评优秀园林金奖的时候，站在政府部门的角度恶意诋毁一个由秦风作为项目经理的绿化项目。陈然知道后，也不去跟连如海辩解，只是写信向省里申述该工程的情况，结果那一年，秦风这个被诋毁的绿化项目在省里组织专家下来复评的时候，以绝对的票数获得了省优秀园林金奖。

与连如海结下梁子就结下了，可生活还得继续，公司还得经营。在新的一年开始之后，菰城开始了轰轰烈烈的“全国文明城市、全国园林城市、国家卫生城市、国家环保模范城”四城联创工作。市里对全市各乡镇提出了要有“一段一景观、一路一风情”的美丽乡村景观线的建设要求。同时，还提出了要把菰浔镇建设成为一个富有活力的休闲旅游、商贸物流、现代制造、教育科技、传统文化、美丽宜居特色小镇的要求。并以菰浔镇引领带动全市乡镇建设，形成创新业态，促进经济转型升级，推动新型城镇化和新农村建设。

这样一来，各园林企业又开始忙碌起来，大小绿化工程项目不断。由于楚槐的“热心”帮助，此时菰城市的一级园林企业已经由原来的六家变成了九家，二级企业更是多达二十家，各企业之间的竞争逐渐进入白热化。

林晚晚就是在这样的情况下出事的。

林晓军出车祸之后，出于内疚和自责，林晚晚已经不再卖资料给其他人。其他的都好说，但园林方面，哪里轮得到她做主？在李莉三寸不烂之舌的攻击下，在楚槐旁敲侧击的暗示下，她有几次还是会满足他们的要求。但是，每次她把资料卖给李莉，她心里对林晓军的愧疚就多一分，懊悔、痛苦、深切的羞愧感让她把自己的生活弄得支离破碎、一团糟。她已经完全顾不上打扮自己，也没有心情打扮自己，长期医院和家庭间的奔波，让她身心疲惫，她的脸色蜡黄苍白，满脸雀斑，抗抑郁症药物的副作用，让她身材严重走形、眼睛老花，刚刚三十岁出头的她，看上去却已经像个快四十岁的臃肿中年妇女了。

楚槐心中对她越发厌恶，基本上跟她没了夫妻生活，但表面工作仍然维持得十分到位。他仍会时不时陪她去医院看望林晓军，就连医院的医生都觉得这个女婿当真是不错。

至于展颜和林晚晚的关系，则早在去年就已降到了冰点，曾经亲如姐妹的两个好朋友，已经有一年不来往了。

两人关系急转直下，就是因为展颜无法眼睁睁地看着楚槐继续欺骗林晚晚，而委婉地向她提了提楚槐经常不回家的情况并不正常，让她千万要长个心眼。林晚晚在经历过惊悸、震动和恐慌之后，立即采取行动，她跟踪了楚槐。可她并不是个刑侦高手，而楚槐又一向机警，她的这个举动很快被他发现，他在大惊之后，索性就给她来了个釜底抽薪。

那一晚，恰巧他要主持围标，林晚晚问他晚上的安排，他故意做出语焉不详、支支吾吾的样子，引得林晚晚心中惊疑不定，害怕至极。她开着车跟了楚槐几条街，眼看着楚槐走进一个小区的单元，整个人几近崩溃，她在车上费力地和自己的软弱及眼泪斗争了一番后，终于在怒火和忌妒的燃烧中，用打劫似的态度重重地敲开了这个单元的门。

不承想，开门一看却傻了，只见整整一屋子全都是各家园林公司的人，包括董建、倪德民他们几个老总也在，大家全都用十分惊讶的眼神看着她，顿时令她有种羞愧难当的感觉。原来，这个屋子是他们几家园林公司的“秘密根据地”，每当有大型的绿化标要开，几家单位要准备围标了，那么他们就会把几家公司预决算部的人全都集中到这里来统一做标书。林晚晚发觉不对的时候，狂怒的楚槐已经冲了出来，他不顾董建等人的劝说，一把拽住战战兢兢的林晚晚，发疯似的把她拖上车，直接把她带回了家。

林晚晚在车上时就已经知道自己犯下大错了，她边哭着边不停地向他道歉，可回答她的却是楚槐那双恶狠狠的眼睛和凶暴的神情。回到家后，楚槐气急败坏地把她扔进沙发里，对着她咆哮道:“林晚晚，你跟踪我？你竟然跟踪我？你想干什么？抓奸是不是？那么你今天抓到了没有？你满意了没有？”

林晚晚吓得浑身直哆嗦，她拉着楚槐的胳膊，哭着哀求道:“对不起，对不起，你别生气，是我不好，我不该听信别人的话怀疑你。可是你经常半夜三更不回家，我真的害怕你会在外面做对不起我的事。”

“我经常半夜三更不回家还不是为了这个家？你难道不知道我们家欠了别人多少钱？我不在外面想办法赚钱，我拿什么东西去还？我在外面拼命，你倒好，你居然怀疑我，跟踪我！你还直接砸上了门！你这泼妇妒妇的模样被那么多家公司的人员看到了，你让我以后还有什么颜面去面对他们！”楚槐愤怒地对着她吼叫着，像是完全失去了理智般口不择言，“谁跟你说我在外面有女人的？是不是展颜？你竟然信她却不信我？既然这样，好，我们离婚！明天就去办离婚手续！你去跟展颜过日子吧！”

林晚晚又害怕又着急，哭得不能控制自己，几乎连站都站不起来，半跪在沙发上不停向他认错："对不起对不起，不要，我不离婚，我死也不离。呜……我错了，是我的错。楚槐你别生气，我以后再也不相信她的话，求求你原谅我。"

楚槐的咆哮声和林晚晚的哭声惊醒了已经睡着了的豆豆和保姆，豆豆也开始哭，保姆哄不住她，只好抱着她来找楚槐和林晚晚。楚槐抱过女儿，因为怕再次惊吓到女儿，便阴沉着脸不再跟林晚晚争吵。林晚晚使出了浑身的解术，又是做小伏低，又是诅咒发誓以后绝不再犯，但也没哄得楚槐跟她说一句话。第二天，楚槐就直接搬到了楼下的客房去住，无论林晚晚怎么痛哭流涕地表示忏悔，他都不肯原谅她。

俩人这一闹，僵持了很长一段时间，最后楚爷爷楚奶奶楚爸爸楚妈妈齐齐出面了。主要是年迈的楚爷爷身体逐渐不佳，未能抱上曾孙成了他最大的遗憾，他一心想让林晚晚给楚家生个男孩，否则他就算死也不瞑目，可夫妻俩这样分开睡，哪来的娃儿？所以，就来了个全家总动员，好说歹说才算是把夫妻俩给劝和了。

就因为这件事，林晚晚便不敢再跟展颜联系，她也不是记恨展颜，主要是怕楚槐会想起这件事继续生她的气。展颜知道后，心里替林晚晚难过，可她这个做朋友的，在这个时候，唯一能做的，就是选择远离林晚晚的生活。

出于对楚槐的内疚，林晚晚对楚槐几乎是有求必应。这次有个"市民公园"的绿化标要开，原本李莉请她帮忙把这次工程项目投标企业名单提供给她的时候，林晚晚是拒绝的，楚槐知道后就对她说："李总说她想要请你帮个忙。具体什么事也没说，我也不是很想知道。只是我们上次欠她的钱还没还清，这次买房子的时候，又向她借了不少，她给了我不少帮助，你如果方便的话，就替我报答她一下。"

"放心吧，我知道了。"这个迷失心智的女人这样回答他。

不承想，就在林晚晚用U盘盗取资料的时候，被一位工作人员看到了，她一把抢过U盘直接跑向管理中心的主任办公室，举报了林晚晚。

林晚晚眼见大事不妙，利用上厕所的机会，打电话给楚槐："楚槐，出事了，我盗取资料的时候，被人发现了，U盘已经被拿走了。现在怎么办？"

楚槐接到这个电话，顿时心一沉，冷汗直冒，他半是安慰半是威胁地说道："晚晚，你千万别乱说话。万一被人误会跟我有关，把我也给抓起来了，你躺在医院里的爸爸怎么办？咱们的女儿豆豆怎么办？你一定要想清楚，什么该说什么不该说。U盘里有哪些资料？"

林晚晚的眼泪流了下来，她哭着说："我知道了。U盘里就只有这次的项目，还有李总上次来找我要的那两个项目的资料。"

"那你就咬死这几个项目，其他的千万不要说。"

刚刚说到这里，主任已经带着保安等人过来了，林晚晚不得不马上挂断电话，很快她就被公安机关带走了。但实际情况对林晚晚非常不利，她的这个U盘里保存的不仅仅是这次"市民公园"这个标以及跟李莉前两次交易过的两个绿化标的资料，之前她卖给其他行业人员的资料还保留在里面没有删除。

就这样，林晚晚因涉嫌利用职务之便，违法窃取有关工程项目投标企业名单提供给他人，并收受、索取贿赂，造成串通投标犯罪事实，严重扰乱招投标市场秩序，被公安机关立案调查。

这边楚槐、李莉、胡松林、董建等人紧急聚到了一起商量该如何处理这件事。因为一直跟林晚晚接触并且有现金交易的人是李莉，胡松林、董建等人的意思是让李莉一个人把事情扛下来。李莉就算不愿意也没有办法，如果林晚晚指认她的话，一个串标通标罪，是无论如何都逃脱不了的，把所有人牵扯进去，除了给她自己拉仇恨之外，没有任何好处，所以，她现在能做的就是怎么跟几位老板讨价还价拿到最多的“补偿”。

尽管林晚晚矢口否认自己出卖资料跟楚槐有关，说自己是背着丈夫跟园林公司的人做交易的，但第一个被公安机关带走问话的人还是楚槐，因为他是林晚晚的丈夫，又是绿化公司管业务的，所以他仍是最大的嫌疑人。菰浔园林公司也同时被查，公司确实没有参与到串标围标当中去，当然不可能查出什么来，不过，楚槐在春光园林和何氏集团园林分公司持有股份这些事，也在此次的审查中曝光了。

很快李莉也被带走了，由于林晚晚的那通电话给了她充分的准备时间，她就一口咬定只和林晚晚有过两次交易。而这两次交易并不涉及菰浔园林、春光园林、何氏集团园林分公司，所以楚槐的嫌疑被暂时洗脱了。可林晚晚跟其他行业人员有交易一事却是怎么也瞒不过去了，公安人员很快在他们家的保险箱里搜出了之前的那笔钱。

林晚晚的这起案件是在五月份开始立案审查的，十一月份，法院公开审理林晚晚涉嫌滥用职权、受贿罪一案。为深化警示教育，充分发挥查处一案、教育一片、治理一线的效果，纪委监委组织林晚晚单位的全体人员参加庭审旁听，同时还组织了工作职能相近、业务联系密切的建委、交通局、重点工程管理处分管领导、负责招投标工作人员五十余人参与庭审旁听，展颜夫妻和展开夫妇也都去了。经过控辩双方的举证、质证等环节，林晚晚表示认罪悔罪，法院依法判处林晚晚有期徒刑三年，并处罚金人民币 20 万元。

林晚晚从法庭上下来的时候，几乎连走路都走不稳了，若非全程由女狱警搀扶着，她早就瘫软到地上去了。展颜看到她戴着眼镜、头发花白、目光呆滞、浑身哆嗦的样子忍不住大哭起来，颜雨红也抱着展颜直掉泪。楚家的长辈们一个都没来，对他们来说，林晚晚做出这种对不起国家的事情来是不可原谅的，这个楚家的媳妇，他们已经不打算再认了。

楚槐的眼中布满了红丝，开庭的时候，他就坐在庭外，不停地抽着烟，也不知道在想什么，自始至终他都没再跟林晚晚有过任何眼神上的交流。

也不知是因为亲人间的相互感应，还是因为楚母在去医院看望林晓军时自言自语地说起林晚晚的事，被林晓军听进去了，就在法庭宣判的同时，林晓军在医院里溘然长逝。

林晚晚入狱后一个月，原本萎靡不振，谢绝一切安慰和应酬的楚槐似乎重新活了过来。没了林晚晚的监管和束缚，他变得非常放纵，常常夜不归宿，他同时保持着跟梦梦还有何嘉文的不正当关系。而梦梦则又在私底下和已经从驻京办事处回来的章新明藕断丝连，有着不清不楚的关系。总之，这几个人的私生活非常混乱不堪。

在楚槐连着近一个月跟梦梦保持不正当关系的情况下，梦梦怀孕了。这一次，她再不敢私自去打胎，她把这个消息告诉了楚槐。楚槐正被自己爷爷吵着要重孙弄得头痛，知道这件事之后，都没有考虑一下，直接告诉梦梦，让她把孩子生下来。

第四十八章

楚槐的这个决定，让梦梦产生了误解。她一直就知道楚槐压根就不爱林晚晚，甚至很多次想要跟林晚晚离婚，可正是因为林晚晚的这份工作，他才下不了决心离开她。现在，林晚晚被抓了，那么，这个愚蠢、丑陋的女人凭什么继续霸占着楚家儿媳妇这个位置？

梦梦的心，活络了起来，她感觉也许告别现在的“职业生涯”，跟这个有点坏却又充满魅力的男人过一生，不会再是一个虚无缥缈的奢望。只要她的肚子争气，很有可能变成一个事实，当然，在这当中，注定有人是不幸的，否则，她又怎么能够实现自己的奢望呢？这么想着，她立刻生出了一种不可抑制的想法，自私和欲望怂恿着她依从了这个冲动而又错误的决定。

她偷偷去监狱见了林晚晚。

这一晚，林晚晚几乎是迈着踉跄的、蹒跚的步子，东倒西歪地走进了关押自己的牢房。一整天，她不知道自己是怎样度过的，她一直在机械麻木地做着该做的事，好像是钉扣子、拆信封之类的，她盲目地排着队，不知道是吃饭还是干什么，她竟然都记不起来了。

整整一天，她脑子里，只是不断地回响着梦梦对她说过的话：“……你别傻了，楚槐他从来就没有爱过你。他跟你在一起，只不过是因为你的工作能够给他带来利益而已。你看你自己这长相，你配得上他吗？”

“我跟他在一起已经很久了，早在你们结婚前就在一起了。你还是主动提出跟他离婚吧！我已经有了他的孩子，日超做出来，是个男孩子。楚家的长辈们全都已经知道了，他们十分开心。”

“像你这样的人，活着有什么用？除了害人之外，你还能干什么？你别忘了，你那个一向最疼爱你的爸爸可都是因为你而死的。”

“……楚家是不会再认一个坐过牢的媳妇的……丢人……你难道不知羞耻吗？”

林晚晚觉得自己全身上下的每一寸肌肤都在被凌迟着、被宰割着。当她静静地躺在自己的床上时，她脑子里就如万马奔腾般掠过许多片段、许多回忆，原本就脆弱和有着抑郁症的她，被梦梦的这些话彻底击垮了。她静静地把眼镜镜片取了下来，决绝而凶狠地划向了自己纤弱的脉搏。

林晚晚死了。

在得知她的死讯之时，楚槐正在公司里开全体股东大会。

他在春光园林和何氏集团园林分公司持有股份的事被曝光之后，陈然完全不敢相信，他通过查询工商注册资金，最终证实了楚槐确实在这两家企业里持有股份。这件事在公司中影响相当恶劣，楚槐的这种做法实际上等于为了最高限度牟取个人利益而出卖了公司的利益。包括蒋新国在内的几位董事全都坐不住了，纷纷要求陈然处理好这件事情。当然，处理这件事，无非就是两个方案，一是让楚槐退出在这两家公司的股份，二是让楚槐离开菰浔园林。为此，除去楚槐之外的几位董事全都坐下来认真讨论了一次。朱英、沈梦希和秦风提出，楚槐在公司改制那几年为公司所做出的汗马功劳不可否认，可是在利益驱动下，这位公司昔日的功臣，已经慢慢变质成了毒瘤，是时候采取坚定的措施来铲除它，以维护公司的正常发展。而蒋新国和何欢则认为楚槐跟连如海、周明森以及现在在规划处的章新明等人关系非同一般，如果选择对他直接动手，很有可能会导致三位领导对公司更加不满，建议以逐步收拢和架空楚槐的权力为上策。

事实证明蒋新国和何欢的担心并非没有道理。没几天，连如海便给陈然打来了电话为楚槐说情，并提出楚槐之所以当初入股这两家公司，也只不过是想帮助这两家公司的顺势而为，因此，建议他在这件事上“大事化小，小事化了”“睁一只眼，闭一只眼”，扣点奖金什么的，给董事、股东有交代就行了。当然，作为回报，他将不再“误会”他们公司，并且在今后会适当支持和帮助他们公司进一步发展。

陈然简直出离愤怒了，此时此刻，他才真正体会到，当时展颜在知道了连如海瞒着她给春光园林盖章时的那种心情。一个肩负着为人民服务重要使命的官员，却以“哥们”义气为重，以感情替代原则，以底线冲破红线，并且如此肆无忌惮、堂而皇之地上门来当说客，完全就不把党性和原则放在眼里。他这种为“兄弟”两肋插刀的行为，恰恰就是利用了他手中由人民赋予的权力，牺牲了大众的利益，在全心全意地为“哥们”服务。

陈然严词拒绝了连如海的要求，并直言告诉他，楚槐这件事情怎么处理，将以股东会全体股东的意见为主，企业的内部事宜，希望政府部门不要干预，否则，他不介意带着这个疑问去咨询新上任的建委领导魏鸿山。连如海大怒之下，挂断了电话，两人闹了个不欢而散。

之后，陈然几次准备开全体股东大会，但楚槐的家人接连出事，先是林晚晚被判刑，再是林晓军逝世，让他不太忍心也不愿意在这个时候处理楚槐，这才拖到了现在召开全体股东大会。

正当陈然在向全体股东展示楚槐背叛公司的确凿证据之时，楚槐的手机响了，当他接起电话得到的是林晚晚自杀的消息后，有那么一瞬间，他感觉自己的心脏停止了跳动。陈然在上面讲些什么，他已经完全听不见了，只看到陈然的嘴巴一张一合地在动着，整个世界仿佛在这一瞬间失去了声音也失去了颜色。

他的脸色逐渐变成死白，他怎么咬紧牙关也没法掩盖他的痛苦而悲伤的情绪，陈然和坐在他身边的秦风同时发现了他的失态，一个停下了发言，一个关切地小声问道：“阿槐，你没事吧，怎么了？”

怎么了？呵呵，他也想知道自己这是怎么了。

人，有时候就是这么奇怪。他一直以为自己根本就不爱林晚晚，可为什么在听到她的死讯的时候，自己竟然会这么难过、这么伤心？怎么会这样？怎么会这样？怎么会这样？楚槐闭上眼睛，眼泪唰的一下流了下来。此时，他的脑子里一片混乱，各种翻搅不清的情绪，像一团乱丝一般纠缠在一起，无数个哭着笑着喊着他名字的林晚晚占据了他脑海里的每一寸地方。她对他的爱，他从来都是漫不经心，此刻追忆起来，她所有的柔情蜜意却是那么的刻骨铭心、惊心动魄。

这世上，再也不会有人肯这么全心全意地爱他了，他想。

看着突然流泪的楚槐，所有人都惊呆了，大家面面相觑，就连陈然在一时间都有些不知所措。

过了一会，楚槐睁开了眼睛，他站了起来，对着陈然说：“什么都不用再说了，我辞职，我退股。”他说这话的时候，声音里没有一点的怒意，但却充满了辛酸苦涩的悲哀。

“我要走了，晚晚死了，我要去见她最后一面。”他说。

“阿槐，你别开车，我送你。”秦风追了出来。他见楚槐情绪异常，担心楚槐会跟林晓军一样出车祸，跟陈然打了个招呼之后，跟了上去。

楚槐并没有拒绝秦风的好意，跟着秦风上了车，两人一路沉默，秦风有心要开解他几句，可看到他的脸色，却什么都不敢说了。

在林晚晚的葬礼上，展颜狠狠地打了楚槐一个耳光，她知道了林晚晚是在梦梦探监之后选择自杀的。楚槐跪坐在那儿，麻木地承受了展颜的这个耳光。

不过几天时间，他消瘦得厉害，整个面颊都凹了进去，一双眼睛深陷在眼窝里。无论是展颜的责打还是家人的劝解，这个时候，他都已经感受不到了，在整个葬礼期间，他一直都在回想着自己跟梦梦的对话。

“你为什么要这么做？为什么要去监狱看她？你明知道她有抑郁症，你明知道这么做会害死她的！”他对着梦梦疯狂地怒吼着。

“我不是故意的，我只是想让她主动跟你提出离婚。我有了你的孩子，我不能让这孩子出生证上爸爸这一栏是空的。”梦梦对着他哭喊着。

“你什么意思？你还想跟我结婚？你？就凭你？”“啪”的一声，他重重地抽了梦梦一个耳光。梦梦站立不稳，踉跄着连退了好几步，一直退到墙边，她靠在墙上，眼泪像雨一般滚下来，可说出来的话又狠又绝。

“对，就凭我！如果你不肯跟我结婚，我就把你怎么串标围标，怎么收买章新明，怎么买卖操作资质的事全都说出来！我不好过，你们谁都别想好过！”

他愣住了，惊愕地凝视着她，心里顿时戾气横生，在那一刻，他恨不能把她给剁成碎片！他冷冷地看了梦梦最后一眼，头也不回地转身就走。

林晚晚葬礼过后一个月，梦梦出了车祸，一尸两命。

肇事司机是一个强壮、黑瘦、胳膊上文着一条青龙的男人，外号叫龙哥，据说是因为拿手机刷抖音看入迷了，没有看到走在前面的梦梦，这才造成了这起惨案。这位龙哥因交通肇事罪，被判处有期徒刑三年。

照顾豆豆的保姆在林晚晚尾七的那天夜里，曾看到楚槐独自一个人坐在别墅的平台上烧了一夜的东西，第二天她去平台打扫的时候，发现平台上的一个铁脸盆里，有未烧尽的一个陌生女人的半张照片。

楚槐消失了很长一段时间。等他再次出现在众人面前的时候，已经摇身一变，变成了春光园林的董事长兼总经理了。据说，赵忠民手中的股份是在连如海的游说下全部卖给了楚槐。而此时，楚槐已经不甘再成为别人的下属，他从何嘉文那儿退了股，但他承诺她，两家公司的合作一如既往。

此后，当上了春光园林董事长的楚槐，连连出手，以极其强势的姿态抢占了菰城园林的半壁江山，这一年，他们公司不光连中整个菰城市市场上所有的大型绿化标，并且还横扫了一切包括全国、省、市的绿化、市政方面的工程奖项。此外，他还联手景胜、大宇、港飞以及何氏集团园林分公司等几家园林公司，对一向洁身自好的菰浔园林展开了穷凶极恶的打压和围攻，致使菰浔园林在整个菰城市的招投标市场上举步维艰。

就这样，楚槐打着公然背叛的旗帜，对自己昔日的老东家步步紧逼，露出了赶尽杀绝的杀伐之气。

而菰浔园林这边，自从楚槐走后，张思易被提上来当了业务部主任，蒋新国分管园林方面招投标这一块工作。蒋新国此人胆小懦弱，贪图安逸，一向只满足于眼前的蝇头利益，哪会是楚槐的对手？作为曾经是楚槐助手的张思易又资历太浅，经验不足。眼见着这两位业务上的主要干将被楚槐杀得节节败退，差点就要被人家将死，陈然就不顾蒋新国、何欢两人的竭力反对，孤注一掷地下了一步起死回生的妙棋。他把蒋新国手头上分管的这一块工作收了回来，将秦风提到了总经理的位置，并由他全权负责园林、市政的招投标工作。

临危受命的秦风果然不负陈然所望，一上任就提出，现在的菰浔园林已经无法跟有连如海鼎力支持的春光园林正面抗争，必须要另辟捷径才行。他要求暂时保守对待菰浔镇和菰城市的绿化招投标市场，将主要资源重点转投德安县以及周边安徽、江西、江苏等省市地区的绿化市场。

蒋乐一现在在德安县当县委书记，与公司有些老交情，而且今年开始德安县将在全县开展“中国美丽乡村”精品示范村创建活动。虽然在美丽乡村示范村创建上绿化项目并不是大头，但就冲着德安方面提出的“要实现美丽乡村精品村全覆盖”这个观点，就可以看到这是一个长期的、多量的绿化工程项目，公司有必要把战略方向调整过来。

秦风的这个提议得到了陈然的全力支持，公司立即着手改变策略，原本公司开展招投标业务是以本地业务为主、周边发展为辅，现在倒过来，变成以德安县为首的周边省、市、县地区发展为主，以本地业务为辅。其间，在蒋新国、何欢反对无效的情况下，展颜被提了上来当园林分公司经理。此时的展颜已经如愿拿到高级工程师证，无论是作为分公司经理还是项目经理，都能够独当一面了。原来这个位置是许良的，楚槐走后，许良跟着他去了春光园林，现在是春光园林的副总。

之后，陈然亲自带着秦风、展颜去德安县拜访了县委书记蒋乐一。

蒋乐一本身就是建委出身，自从他当了德安县委书记以来，便以美丽乡村建设为载体，将全县一百多个村庄作为一盘棋统一规划，开展了环境整治。如今对全县的农村污水处理、清洁能源利用、生活垃圾无害化处理等13项治理措施已经实现全覆盖。他也正在为怎么样做好美丽乡村绿化建设而发愁。原因是美丽乡村绿化建设项目不像以往的绿化工程项目那样是整片大片连在一起的，往往都是东一点西一点，村头种一点村尾种一点，所有的绿化项目都是非常零星琐碎的，既费时间又费人力，而且种植的都是些本土绿化植物，利益不大，人力投入却不小。因此，很多大型的绿化企业把美丽乡村绿化建设项目当成鸡肋，兴趣并不是很大。甚至还出现过有外地绿化企业故意废标，不肯做项目的事件。

陈然他们的到来，让蒋乐一大喜过望。这个项目的竞争力不大，很快，菰浔园林就在德安县站稳了脚跟，不仅如此，秦风带张思易转战去的江西市场也得到了回报，分别中了一个5000万元和一个3000多万元的大标，中标的是两位年轻的项目经理。

展颜留在了德安县，成了美丽乡村绿化建设项目的项目经理。她在美丽乡村绿化建设项目上，付出的汗水要比她先前所做过的任何项目都多。所有的美丽乡村绿化建设项目的总工程量都不大，有的非常小，但它也囊括了园林景观的各个要素，像园内道路、照明系统、水系、亭榭廊架等。而且很多村庄的地势、泥土都不同，超高土撤掉多少合适、路床挖多深最好、先种树还是先铺装等等，都是根据不同的情况来决定的。

另一方面，在农村施工突发情况还是比较多的，踩了谁地里的苗，压了谁家养的鸡，这样的事难免会碰上一两件。这就要求她必须在处理人际关系上做到游刃有余，好在展颜同志最不怕的就是跟大爷大妈们打交道，一张小嘴常常哄得那些看上去凶巴巴其实朴实善良却又孤独留守在家的爷爷奶奶高兴得不得了。几个项目下来，好家伙，光是干爷爷干奶奶就认了一大堆，每天都有人给她送新鲜的蔬菜来。

后来做着做着就做到了秦风老家的家门口，项目部就直接设在了秦家。整个村庄上，有一大半村民都是秦家的亲戚，大家伙儿听说建设美丽乡村绿化项目的那个女经理是老秦家的儿媳妇，就天天跑到项目部来看新鲜，简直热闹得一塌糊涂。

蒋乐一到现场来考察，几次都看到有人在给展颜送菜，忍不住“又嫉又恨”地跟陈然“告状”说：“展颜这个德安县的媳妇，居然比我这个德安县的县委书记还吃香，我当这么久的书记，从来都没人给我送过菜。她倒好，在这儿混得简直如鱼得水，天天新鲜的蔬菜吃不完，简直让人羡慕嫉妒恨呀。”

隔年，中央组织部组织编选的一本关于生态文明建设方面的图书里，德安县的美丽乡村建设经验作为案例之一入选，展颜也因此在绿化行业内名声大噪。

第四十九章

这一年，省里成功获得国际峰会的举办权，为了迎接这个盛会的召开，省委、省政府发布全力做好迎接国际峰会园林绿化工作部署的通知，动员业内人士积极参加美丽家乡的各项建设任务，各家园林企业纷纷为城市的绿化提升而努力着。此时的展颜已经如愿成为蔬浔园林的技术总工，这几年，她在绿化项目上的成绩傲人，是全省唯一一个拿了全国、省、市优秀园林项目金奖的女性项目经理。以她的业绩，她很快中标成为其中一个绿化项目的项目负责人。

而秦风在这些年来，始终避免跟以楚槐为首的那几家园林公司正面接触，在坚守住本地市场的同时，以优质的工程质量打开了江西、江苏、安徽等地的园林绿化市场，公司的业务逐渐向外延伸，最远的一个绿化项目标中在内蒙古的赤峰。

当然，这几年来，在连如海这个副局长朋友的支持下，楚槐的春光园林算是发展得挺不错，可与之两极分化的是，他们公司在绿化行业内的口碑却越来越差。春光园林所中的绿化项目，全都以追求高利润为主，根本就不顾工程质量。他们往往在投标报价中就开始随意压低标价，中标后则依靠非法的手段修改方案追加工程款，甚至偷工减料，用劣质苗木充当优质苗木等现象更是缕缕发生。尽管这样，他们公司靠弄虚作假、瞒天过海的手段，市里各种大小奖项拿得也没停过，这种情况不仅为本地园林企业诟病，还引起了一些外地园林企业的严重不满。

这次春光园林也拿到了一个重点工程项目，楚槐对这个国际峰会的绿化项目根本就不重视，而是跟往常一样，随随便便地将项目分包给了其他几家公司，工程质量一如既往地差。他打的如意算盘就是等省里专家来现场看项目的时候，就跟从前一样，带着这些人生地不熟的专家去别的类似的绿化工程项目看，反正建管处的人是不会揭穿他的。

等展颜的绿化工程项目和楚槐这边的项目全部竣工之后，市里便要求他们将这两个项目申报“长江杯优质工程奖”的同时，还要申报参加建筑工程鲁班奖（国家优质工程）的评比。这也得亏是市里领导发了话，如果这两家单位二选一往上报的话，展颜的这个项目早就被连如海刷下来了。

即便这样，工作人员拿着申报资料去园林协会盖章时，仍遭到了已经成为处长的周明森的刁难。要说周明森这位同志，为了楚槐可当真是做到了“两肋插刀”的地步。因为都是老乡，两家人逢年过节还都会聚在一起吃“团圆饭”。作为“兄弟”，也许他很合格，可作为一名公职人员，他却已经完全置人民利益和法规法律于不顾，用感情替代原则，用权力替代法律法规，在楚槐“哥们”声中勾肩搭背，大玩特玩权钱交易。这些年来，楚槐光在麻将桌上“输”给他的就有差不多50万元，周明森“投桃报李”，自然会在自己的权力范围内回报给楚槐。

因此，展颜的这个项目一报上来，他看都不看，便让秘书长任亚萍以协会的名义出具了一张工程项目整改单，鸡蛋里挑骨头般，硬说出工程项目上的许多缺点，要求菰浔园林对这个项目进行整改，还扬言如果整改不到位，就不会给他们公司盖章。此时的园林协会哪里还有半分服务于企业的意识？哪里还有维护会员企业的利益和本行业的利益的想法？秘书长任亚萍本就是何嘉文的手下，自然是看何嘉文眼色行事，而何嘉文又跟楚槐穿一条裤子，当然对建管处唯命是从，指哪打哪。

展颜知道后冷冷一笑，让人去楚槐那个项目地拍了很多照片，然后，亲自拿着资料去建管处找周明森。

她很有礼貌地把资料再次递交到周明森面前，微笑着说："周处，麻烦您跟任秘书长说一下，给我们这个申报项目盖个协会公章。"

周明森连眼皮都不抬，冷冷地问："你们这个项目整改好了吗？"

展颜就把手机拿了出来，翻出了楚槐的那个项目，笑着说："您的意思，是让我们整改成这样吗？"

周明森一看，好家伙，这一棵棵树全都蔫了，树干纤细，一看就是一副营养不良的样子，草坪里杂草丛生，地上的铺装全都是毛毛糙糙的，当下就发火，展颜就抢先说："周处，同样是申报长江杯工程奖，春光园林的资料早就送上去了，可我们申报的资料却被退了回来，并且还要求我们整改。所以，我觉得，我们菰浔园林是有必要向春光园林好好学习学习的。这些照片，全都是我昨天在春光园林的那个申报项目地拍来的。对比之后，我实在是想不明白，我们菰浔园林的这个项目应该怎么改？但想想处里和协会既然对我们提出了整改要求，认为我们的项目做得不如他们春光园林的，那么，也许我拍到的春光园林的这些照片，的确有值得我们学习的地方，只是我这人比较蠢笨，未曾能参透而已。所以，我在想是不是把我们项目的照片跟他们项目的照片发到微信朋友圈里，去听听大家伙的意见，说不定，我就知道该怎么改了呢！”

周明森脸色铁青，气得差点要冒烟，在他的认知里，他这个处长要是发个脾气，别人可能还会诚惶诚恐感到害怕，但展颜这个女同志的构造跟别人不一样，一向很是“拎不清”，她多半会转身就走，回头准保会把照片发到微信朋友圈里去，要是这么一来，事情就闹大了。当下，他不得不强忍着这口气，让任亚萍把公章给展颜盖上。

这一仗，展颜虽然大获全胜，但她对现如今菰城市绿化行业乌烟瘴气的环境越发感到失望，对自己公司的前景也很是担心。

现如今，随着市场化程度的加深和行业体制、机制的逐步完善，园林绿化行业已经开始出现了新一轮的整合，优胜劣汰的局面更加突出，还有一些中小园林企业面临即将被淘汰的结局。但楚槐早就通过连如海的政策解读，有了准备，他已经在章新明的帮助下把市政和建筑等方面的资质全部提升到了一级，而章新明本人则在帮着楚槐跑了五趟北京后，因为害怕被纪委追究，辞去了公务员一职，如今，他被楚槐聘为春光园林公司的总经理。

秦风是在楚槐后面升市政和建筑资质的，但可惜，菰浔园林公司在升资质的这一条道路上遇到了前所未有的打压。连如海和周明森简直是赤膊上阵，不顾颜面，目的就是要遏制菰浔园林的发展。虽然，这几年菰浔园林在菰城和菰浔镇的园林绿化市场上，已经低调得近乎不存在，可他们在外地却发展得非常好，每年他们公司在报建筑业年统计报表数据到建管处时，总会让楚槐感到眼红。

闲聊的时候，展颜就把自己的顾虑对秦风说了：“老秦，这么下去可真的不行呀。咱们升资质的资料一直卡在周明森和连如海手里，这两个人一日在位子上，咱们公司就一日没好日子过。园林资质要取消的消息已经传出来有一段时间了，如果咱们公司再不赶紧把市政和建筑资质升到一级的话，恐怕到时候根本就没有能力去跟楚槐竞争了。你说，难道以后我们公司都要被他们这样按在地上摩擦？就没人管管楚槐这两位当官的兄弟？”

秦风这些年主持公司大局下来，越发显得稳重成熟，他笑着搂住展颜的肩说：“别太担心，园林资质取消，并不代表招投标就要用市政、建筑这两个资质替代。从目前发展的情况来看，我认为，其实这对于很多具有一级资质的园林企业来说既是一种灾难又是一剂良药，资质取消后，将对工程质量更加看重，对具有一定实力、诚信和信誉度较好的企业来说，将会是更大的契机。另外，现在招投标市场上，也有了诚信系统，资质取消后，投标企业的主要管理人员、技术人员及企业自身的诚信行为也将成为招投标的重点。像楚槐他们公司这样，应该不会走得太远。至于连副局长和周明森这两位，天网恢恢，疏而不漏，他们两位迟早是会为自己的行为付出代价的。”

秦风的话，并没有说错，因为很快周明森就为自己的行为付出了代价。

省里长江杯工程奖的评审专家在这些天已经来到了蔬城开始现场勘察这两个申报项目。在现场勘察之前，分管领导连如海代表市建委先和专家们开了个简短的座谈会，随后便由周明森全程陪同专家去勘查现场。

连如海在座谈会上首先对这两个工程做了简短介绍，然后作为主管部门对这两个项目进行了评介。他代表的是政府部门，因此，他所提出来的意见和建议，省里的专家还是非常重视的。连如海重点推荐的当然就是春光园林的项目，他从技术难度、功能需求以及新材料、新工艺、新技术、节约型园林等方面替春光园林大吹特吹，硬是把春光园林那些杂草丛生、植物萎靡的景观吹成了“充满野趣的生态景观效果”。而评论展颜的那个项目的时候，他说："虽然整体效果较好，但不太符合现下节约型园林观念。"

专家们自然非常重视政府部门官员如此推崇的项目，但跑到现场一看，就全都傻眼了。植物配置不合理不说，死树枯树占了一小半，草坪绿篱病虫害严重，掇石叠山造型诡异奇葩，一看就是外行的人随便堆砌出来的。总之，整体给人的感觉就是这个工程根本就是个粗制滥造、水平低下的豆腐渣工程。

专家组组长钱守业就对着陪同的周明森不太客气地说："先前，你们连副局长重点推荐这个项目，我们专家对这个项目是抱以希望的，但在现场一看，就觉得很失望。要知道，申报长江杯工程质量奖的项目，代表的可是你们菰城市的园林绿化施工水平。但如果，这个项目就代表了你们菰城市园林企业的施工水平的话，我觉得你们主管部门领导要好好反省反省了。我到你们菰城市来评奖也不是第一次了，以前的那个滨湖公园评奖，就是我来评的。我记得，那个项目是菰浔园林的，那个项目就做得非常好。当年终审的时候，是以全票赞成通过的。希望等下去看的那个菰浔园林的项目不要让我们失望。"

周明森一听就有些着急，一上车就打电话给楚槐，跟他说专家们对这个项目非常不满，让他要加大跟专家们"沟通"的"力度"。

展颜的这个项目植物茂盛，草坪整齐美观，园林建筑及小品建造精细，景物交融协调，整体景观亮丽优美。其中一位专家就不由得感叹地说："不愧是菰城园林界的龙头企业，做出来的项目质量就是不一样。"

周明森在边上说："我们菰城园林界的龙头企业是春光园林，这些年我们菰城的绿化发展也全都靠春光园林起了良好的带头作用，菰浔园林现在发展得并不好，基本上本地的绿化标都中不到，一直在走下坡路。"

专家看了他一眼，像是明白了什么似的，便不再多说。钱守业皱了皱眉说:“周处,我觉得你们建委似乎对人家蓰浔园林有很大的偏见呀,据我所知,这几年蓰浔园林发展得还是挺不错的。光我手里评出来的省优秀园林金奖和长江杯工程质量奖,他们公司每年都有好几个呀。只不过,他们的项目基本都是在外地的,他们的那个女项目经理,叫展颜的,可是全省唯一拿了大满贯金奖的女性项目经理呢。这个项目,也是她施工的吧?这么好的项目,你们怎么会说他们不符合节约型园林观念呢?我们专家看下来,这个项目所用的植物都是本土树种,并不存在什么奢侈的名贵树种。你们是不是对节约型园林有什么误解?节约型园林可不是叫你杂草丛生荒在那儿,这个工程质量还是要保证的。”

周明森不敢跟这位白发苍苍的老专家争辩,露出满脸尴尬的笑容,拼命扯开了话题。

两个项目现场看完之后,周明森就把钱守业等几位专家送至宾馆休息。此时,得到消息的楚槐早就在宾馆等着众人,一见到专家们,他便立即热情地上来跟大家打招呼,钱守业也很客气地跟楚槐握了握手。随后,周明森故意说要去办事,让楚槐替他送钱守业回房间,钱守业便淡淡地看了周明森一眼,并没有揭穿他的用意。

楚槐送钱守业到了房间后,拿出了一个厚厚的信封,笑着说:“钱教授,这么热的天,你们专家还要在现场跑来跑去,实在是太辛苦了。我呢,本来想买点什么冷饮矿泉水之类的让专家们解暑降温,但搬来搬去的话,又实在不太方便。所以,这点冷饮费和辛苦费,还请钱教授不要嫌弃。我真没别的意思,只是觉得专家们太辛苦,表达一下自己的感谢而已。”

钱守业看着那个厚厚的信封袋问:“这么厚,你这是给我包了多少冷饮费和辛苦费?是我一个人有呢,还是我们几个专家都有?”

这些年来，楚槐没少给那些评奖的专家送过所谓的“冷饮费辛苦费”，一开始一些专家并不敢收，但后来在周明森等人的授意和劝说下，也都收了。因此，他觉得钱守业肯定也会收下这些钱的，当下便回答说：“哦，不多不多，就只有两万而已！少是少了点，可代表的是我们公司的一点心意，其他几位专家那儿当然也有，我怎么敢忘记呢？”

钱守业又问：“你这么正大光明地送钱到我的房间，万一要是让你们建管处的周明森处长看到了，我该怎么跟他解释？”

楚槐递了支香烟给钱守业，说：“钱教授，这您放心。你们专家的辛苦，咱们局里的领导也都是看在眼里的，周处长一向支持我们企业的发展，也知道我们企业的难处，所以才会给了我跟你们专家近距离接触的机会。”

专家们不肯或者不敢收钱的情况还是有的，但一般只要政府部门的官员略有表示，他们看在官员的面子上，有时是不得不收的。

“行，既然这样，那你把其他几位专家的辛苦费都放在我这儿得了，我会去跟他们沟通的。只是我现在有点累，需要休息休息。”钱守业安安静静地说，端着茶杯喝了一口，淡淡地看着楚槐。

楚槐连忙把其他几个准备好的信封拿了出来，含笑说：“其他几位专家都是一万，当然，您是专家组组长，自然是跟他们不一样的。”

钱守业就笑着点了点头。

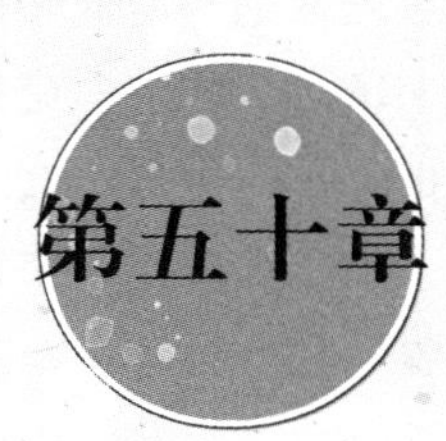

第五十章

这天晚上，建委的魏鸿山局长设宴亲自出面招待钱守业等人，他是钱守业的学生，跟这位老师的关系一向很好。可是今天钱守业并没有给自己这位得意门生面子，他让人把楚槐的这几个信封带给了魏鸿山，自己连夜赶回了省里。

魏鸿山一看，顿时蒙了，也不知道自己老师给自己这么多钱是什么意思，连忙打电话给钱守业问情况，钱守业用调侃的语气说："魏局长，我不走不行呐。哎，你可不知道，你们建管处的领导，实在是太关心企业的发展了。关心到，能把黑的说成白的，把质量差的工程说成好的，好的反而说成差的。而且，还关心到把某个企业的同志带过来，跟我们这些专家近距离接触。这个，某企业的同志呢，今天给我们这些专家发了冷饮费和辛苦费，我在想，不收吧，太过于驳你们政府部门的面子，收了吧，我这身硬骨头偏又不答应，这可真是太让人为难了。思前想后，我想，我还是干脆跑了得了。免得明天你们建管处的领导因为太过关心企业，亲自来找我谈心，然后非要我们专家昧着良心，把某企业这么差的一个项目给评出个长江杯工程质量奖来！"

说到这儿，他渐渐严肃："魏局长，作为你曾经的老师，在这儿，我得说一句，你们建委在一开始做施工项目评审的时候，所说出来的每一句话，代表的可是你们政府的态度呀。你们申报上来的参加长江杯评选的每一个项目，代表的可是你们菰城市园林企业的施工水平呀。你们申报了春光园林这么差的一个项目上来，并且还以政府部门的态度，重点推荐这个项目，怎么着，你们是想告诉我，这几年，在你魏局长的带领下，你们菰城园林的施工质量是一年不如一年呢？还是想告诉我，你们菰城市园林施工企业的能力就是这么差呢？我看也不尽然嘛，另一个被你们局里那位领导拼命打压，说得一无是处的申报项目就做得很好，我们专家看了都非常满意！魏局长，这些天，我们专家已经看过好几个城市的申报项目了，说一句难听的，就你们菰城市的风气最差！官商勾结，沆瀣一气，我会向省里领导直接汇报这次我们在评奖过程中发生的一切的，还希望我这些话，能引起你魏局长的重视呀！”

魏鸿山面红耳赤。

不久，市建委纪检组长就约谈了周明森。

此后，建委党委书记彭建在全局召开了党风廉政建设和反腐败工作会议，会议上，他提出党员干部要谨慎交友，严守底线，要把握分寸，严于律己，不能只讲关系，不讲原则，只讲哥们义气，不讲党性原则，要做到在其位，谋其政，谨防被人利用、落入圈套。其后，魏鸿山在班子会议上，公开点名批评连如海在长江杯评审过程中的不当行为。连如海心知大事不妙，开始四下活动，准备给自己找一条后路，可是为时已晚。

此时，电视剧《人民的名义》播出，将反腐倡廉工作提升到一个更为显著的地位。

很多绿化企业对这些年来楚槐在连副局长的帮助下作风嚣张、公开串标围标、公开把控招投标等行为早就心存不满。偏偏这个时候，楚槐还不知道收敛，继续操控几家公司串标围标一个造价 7000 万元的绿化大标。

这个绿化标，楚槐志在必得，因此，在跟一家外地绿化企业商谈的时候，就要求这家企业直接弃标。这家外地绿化企业当然不愿意放弃这么一个大标，断然拒绝。楚槐使出老手段，让秘书长任亚萍以协会的名义对这家企业进行各种刁难，一会儿复查企业驻菰办公地址的相关材料，一会儿直接去企业驻菰办公的地方检查人员是否到位，一会儿又要求企业重新出具所属市建设行政主管部门的诚信证明，千方百计地阻挠该企业招投标。这家企业被协会的这番操作弄得不堪其扰，直接实名举报了协会和楚槐。

此时，周明森的问题越查越多被双规，连如海也接受了纪律审查和监察调查。市里还专门成立了专项整治工作领导小组调查绿化市场的招投标问题。紧接着，楚槐因涉嫌串标围标、贿赂国家公职人员、行贿罪等被公安机关立案调查，包括春光、项山、绿野、景胜、大宇、何氏集团绿化分公司等曾经一起跟楚槐弄虚作假、串标围标的二十几家投标企业被列入了全市建筑市场黑名单，相关责任人被调查问话。章新明虽然辞职，但也未能逃脱法律的制裁，他在在职期间行贿、受贿等多种罪行被揭发，继楚槐之后，同样被公安机关立案调查。

不久，公安机关接到林风伟的实名检举揭发信，揭发楚槐蓄意谋杀梦梦。

原来，当初楚槐跟梦梦大吵一架转身走后，梦梦独自一人在外面散心，遇到了如今已为人妻的雪儿。当初，雪儿出卖楚槐和梦梦，被暴打一顿后，被赶出了“欢乐今宵”，她文化水平低，找不到好的工作，只能在一家小饭店里当服务员打工。没想到跟饭店老板日久生情，两人随后结婚生子，如今的雪儿已经是两个孩子的母亲。她至今还不知道自己当年挨的那顿揍，其实是楚槐和梦梦联手下的套。看到梦梦后，她就想到自己当年被打的时候，只有梦梦帮她求过情，当下便热情地邀请梦梦去她家的饭店吃饭。

梦梦那天跟楚槐大吵一架之后，正是心情极度郁闷之时，聊着聊着，在知道雪儿有时候还会去看看林风伟时，她就故意把当年的真相向雪儿透露了出来。她就是想借助雪儿的嘴巴告诉林风伟当年害他入狱的真凶是谁，她这是要给楚槐提个醒，如果他真的不肯娶她，那她就像这样，把他的秘密一个个全都说出来。

雪儿后来去看林风伟的时候，果然就把这件事说了出来，林风伟大怒，心中暗暗记恨。

梦梦出事的时候因为是一尸两命，所以还上了菰城的网络新闻，雪儿一看那个肇事者，可不就是当年打她的那个男人吗？那男人手上的文身她可记得太清楚了！这个男人是跟着强哥的，梦梦跟着这个强哥应该是很熟悉的，这个一直跟在强哥身边的男人又怎么可能不认识梦梦呢？怎么他在新闻里被采访的时候说不认识梦梦呢？这么想着，她就把这件事又告诉了林风伟。

林风伟想得可比她多多了，立即觉得这件事不对劲，让雪儿帮忙找一个跟苏安强和楚槐都熟悉的中间人调查这件事。那位中间人很快就知道了梦梦逼死林晚晚的事，随后他买通了照顾豆豆的保姆，从她的口中得知楚槐曾经在林晚晚头七那天晚上烧了一晚的照片，中间人就把梦梦的照片给保姆看，保姆证实楚槐烧的正是这个女人的照片。

林风伟当下就确认了梦梦的死不是意外，而是楚槐的蓄意报复。要知道自己当年拿了个照片威胁了他一下，就被他害得进了牢，梦梦害死了林晚晚，楚槐岂有不报仇的道理？这么想着，林风伟就给中间人一笔钱，让他想办法继续收集证据。

后来，当他知道楚槐出事之后，就立即让中间人把收集到的证据连同他的实名检举揭发信寄给了公安机关，于是，梦梦的案件被重新拿出来调查。经过再一次调查取证，以及龙哥的最终交代，楚槐蓄意谋害梦梦罪名成立，等待他的将是法律的严惩。

三兄弟六手遮天的时代终于过去了，菰城市园林绿化行业的天空迎来了一片清明。在众绿化企业的要求下，在市建委的支持下，园林绿化行业协会进行重新换届选举，陈然再次当选为行业会长，虽然展颜被重新提议担任秘书长，但被她婉言拒绝了。相比起来，她更喜欢奋斗在施工工地上，一个个项目所获得的奖项，让她充满了成就感。陈然见展颜执意不肯回来当秘书长，便聘请了朱英当协会秘书长。

2017 年 3 月 21 日，国务院发布第 676 号中华人民共和国国务院令《国务院关于修改和废止部分行政法规的决定》，园林资质正式被取消。2018 年 4 月，住建部正式废止《工程建设项目招标代理机构资格认定办法》。

正如秦风所预测的那样，取消园林资质后，在招投标方面，市政、建筑等施工总承包资质等并不能作为投标人的资格条件。而投标人及项目负责人的信用承诺则被纳入园林绿化市场主体信用记录，作为招投标的重要参考。园林绿化市场信用信息系统中的市场主体信用记录，也作为投标人资格审查和评标的重要参考。

菰浔园林作为一家集园林工程设计和施工、养护以及苗木销售于一体的综合性企业，企业核心优势明显。况且，这几年公司运作规范、工程质量优良，拿了不少奖项，公司的各个项目经理无论是从业绩还是信用上，都优于其他园林公司。取消园林资质对菰浔园林来说，使他们公司在城市园林绿化市场更具有竞争力，经营优势也更加明显。

随着连如海、周明森等人相继得到法律制裁，秦风开始重新调整公司的战略方向。公司的招投标重点再次回到了菰城市的园林绿化市场，很快，公司凭借着资金、品牌、运营能力等方面的实力，成功抢占了蓅城市绿化市场的最大份额。

这一年的清明，展颜、秦风及他们六岁的儿子睿睿和六岁的豆豆去墓地看望林晚晚。不知不觉当中，林晚晚已经离开这世界很多年了，而楚槐因数罪并罚最终被判无期徒刑，跟林风伟做伴去了。他家的别墅被拍卖，部分财产被充公，楚爷爷楚奶奶在楚槐被抓之后，相继病死。原本身体就不佳的楚父受刺激后瘫痪在床，楚母不得不每天守在楚父的身边照顾。展颜可怜豆豆无父无母，爷爷奶奶又封建迷信重男轻女，觉得家里衰败都是从豆豆出生之后开始的，对豆豆非常不好，就以干妈的身份把豆豆接到了自己家里照顾。

照片上的林晚晚微笑着看着他们，清晨初升的太阳的光芒洒在照片上，让照片上的林晚晚看起来美好而宁静。

展颜让豆豆在林晚晚坟上献上一束菊花，豆豆问："干妈，你说我爸爸跟你一样是个园林工作者，一直在外面种花种草种树，那这束花是不是就是爸爸种出来的呀？妈妈在天上能收到这束花吗？"

展颜含着泪，亲了亲她说："宝贝，这束花就是你爸爸种出来的，你妈妈在天上一定能收到这束花的。"

同一时间，铁窗内的楚槐注视着窗外一棵摇曳的小雏菊，他注视了很久很久，然后，他慢慢向着某个方向跪了下去，他跪在那儿，一动也不动，像一尊正在忏悔的石像。

太阳越升越高，天空的颜色越发明亮，豆豆和睿睿手拉着手蹦蹦跳跳地走在前面，秦风搂着展颜含笑跟在后面。此时，正是春光烂漫时，无邪的孩童在杜鹃花丛中笑着追逐嬉闹。远处的蓅浔古镇，带着千年的沧桑和睿智，伴随着天边的云卷云舒，青山依旧在，绿水仍长流！